KB006482

오국지

1

오국지 1
고구려, 60년 전쟁의 서막

초판 1쇄 발행 | 2014년 6월 19일
초판 3쇄 발행 | 2014년 7월 11일

지은이 정수인
발행인 이대식

책임편집 김화영 **편집** 이숙 나은심
마케팅 윤여민 정우경 **관리** 홍필례
디자인 모리스

주소 서울시 종로구 평창길 329(우편번호 110-848)
문의전화 02-394-1037(편집) 02-394-1047(마케팅)
팩스 02-394-1029
전자우편 saeum98@hanmail.net
블로그 saeumbook.tistory.com
페이스북 facebook.com/saeumbooks

발행처 (주)새움출판사
출판등록 1998년 8월 28일(제10-1633호)

ⓒ 정수인, 2014
ISBN 978-89-93964-78-3 04810
       978-89-93964-77-6 (세트)

• 잘못된 책은 바꾸어 드립니다.
• 책값은 뒤표지에 있습니다.

정수인
역사소설

오독시

고구려, 60년 전쟁의 서막

새흙

차례

일러두기

1. 이 책에서는 연대를 계산하는 기준을 단기(檀紀)로 삼고 서기(西紀)는 괄호 안에 병기했다. 예수 그리스도가 태어난 서기 원년은 단군왕검이 고조선을 세운 지 2334년 되는 해다. 우리나라는 5·16군사쿠데타 이후 단기를 버리고 서기를 사용했다. 우리 역사소설이기에 당연히 소설 전개를 위해서도 단기를 사용하는 것이 맞다는 저자의 생각에 따른다.
2. 중국이라는 국호는 1911년 쑨원(孫文)이 신해혁명을 일으켜 청을 없애고 중화민국을 세우면서 처음으로 사용되었다. 따라서 수 · 당 시절을 중국이라 칭해서는 안 된다. 이 책에서는 그 땅을 서토(西土)로 칭했다.
3. 이 책에서는 가능한 한 한자를 병기하지 않았다. 대신 되도록 우리말을 살렸다. 예컨대 여름지기(농부), 안해(아내), 바오달(군영) 등을 그대로 썼다.
4. 삼국 시기에는 고구려, 백제, 신라 공히 화랑제도가 있었다. 김부식에 의해 신라에만 있었던 것으로 잘못 전달되었을 뿐이다. 신라는 화랑, 백제는 배달, 고구려는 선배로 그 이름만 달랐을 뿐, 제도 자체는 크게 다르지 않았다. 이 책에서는 당시의 풍습을 따라 각각의 호칭을 살렸다.

하늘백성의 나라

단기 2931년(598) 2월, 높은 성벽으로 둘러싸인 평양 장안성.

백성들이 사는 외성과 안쪽 관부들이 밀집해 있는 중성을 지나 천궁인 내성 한가운데에 자리 잡은 태왕궁의 대전. 조정 벼슬아치들이 조회를 하고 있는 맨 앞자리에 태왕 천하의 호위장수인 금군대장이 서 있다. 금군대장을 만조백관 앞에 세워두고 한참이나 뜸을 들이던 태왕 천하의 옥음이 마침내 조정을 울렸다.

"금군대장은 선태왕의 유지를 짓밟은 무리들을 응징하라. 유성 다물에서 추악한 무리들을 쫓아내라!"

태왕을 호위해야 할 금군대장에게 출전을 하라니, 이 무슨 뚱딴지같은 천명이란 말인가.

"즉시 말을 달려라. 가서 승전보를 전해오라!"

"존명!"

너무도 간결한 하명과 복명. 이런저런 설명도 승전에 대한 어떤 다짐도 없었다. 군례를 올리고 일어선 을지문덕이 벼슬 아치들에게도 잠깐 고개를 숙여 예를 표한 뒤 조정을 물러나갔을 뿐이다.

태왕이 몸소 원정을 떠나는 것이라면 모를까, 천궁 군사들이 직접 출정하는 일은 없었다. 오랑캐들에게 넘어간 유성을 되찾을 장수가 벌써 오래전에 출정했어야 하지만, 천궁을 지키는 금군대장이 단기필마로 출정하는 것은 생각도 할 수 없는 일이었다.

갑작스러운 천명에 영문 모르는 백관들이 아직 어리둥절한 사이, 조정을 나선 을지문덕은 곧바로 말에 올라 칠성문으로 달렸다. 미리 대기하고 있던 금군 장수들이 말에서 뛰어내려 군례로써 대장을 맞이했다. 여느 때처럼 가슴에 손을 대는 정도가 아니라 한쪽 무릎을 땅에 대고 올리는 최상의 군례였으나 을지문덕은 말에서 내리지도 않고 가볍게 팔을 들어 답례했다.

"마침내 이 사람에게 유성을 되찾으라는 천명이 내렸소"

"삼가 대장군의 무운을 빕니다. 천궁 군사들은 물론 여느 백성들까지 모두 대장군이 늘 건강하시고 승전고를 울리며 돌아오시기를 천지신명께 빌 것입니다."

군례 자세로 도열한 장수들을 대표해 금군부장이 인사를 올렸다.

"금군대장은 곧바로 들어가 천하를 알현하시오. 그리고 금군 장수 여러분, 그동안 고마웠소."

금군의 장수들도 을지문덕의 출전과 부장 여태명의 승차를 이미 알고 있었던 듯 부장을 금군대장으로 칭했음에도 아무런 동요가 없었다. 을지문덕이 말을 몰아 성문 통로로 들어서자 도열했던 장수들이 군례 자세를 풀고 일어서 칼을 뽑아 치켜들며 구호를 외쳤다.

"서캐 토벌! 서토 평정!"

"서캐 토벌! 서토 평정!"

유성은 패수(浿水, 요녕성 대릉하) 북쪽에 있었으니 지금의 조양이다. 후연(後燕)의 수도였을 때는 용성(龍城)이라고 불렸다.

200여 년 전, 담덕(광개토경호태열제)은 18세 젊은 나이에 태왕에 오른 뒤 5년째 되던 해부터 몸소 군사를 이끌고 국토 회복에 나섰다. 변방의 모든 나라가 고구려의 다물로 살아왔지만 필요에 따라 아쉬울 때에만 조공을 바치고 다물국 행세를 한 것이지 진심으로 따른 것은 아니었다. 백제와 신라, 가야는 다시 고구려의 다물국이 되어 태왕 천하께 엎드려 충성을 맹세한 뒤 조공을 바치는 것만으로 나라를 보존할 수 있었다. 모든 다물국을 직접 통치하는 것이 아니라 '영원히 형제같이 지내도록 한다'는 것이 다물제국의 근본이념이었다.

그러나 거란은 달랐다. 고구려는 거란을 친 뒤 수십 개의 성을 쌓고 고구려 백성들까지 이주시켜 거란인을 다스렸다. 이유는 하나였다. 백제와 신라, 가야는 고구려와 한 핏줄인 동이족이지만 거란은 아니었기에 나라가 없어지고 백성들은 노예처럼 부림을 당하게 된 것이다.

선비족 장군 풍발은 담덕태왕의 공격을 눈앞에 두고 깊은 시름에 잠겼다. 하수 언저리에 자리 잡았다가 차츰 북쪽으로 올라온 흉노의 한 갈래인 거란보다는 대흥안령 언저리를 크게 벗어나지 않고 살았던 선비 모용부의 모용수가 세운 연나라가 혈통적으로는 동이와 더 가까웠다. 그러나 바로 그 점이 문제였다. 곁에서 부대끼며 살아왔기에 역사의 앙금이 더 클 수밖에 없었다. 부여에서 나와 오랫동안 부여와 대립하며 성장하던 고구려의 환도성을 공격한 뒤 현 태왕의 고조부인 미천태왕의 무덤을 파헤치고 유골까지 훔치는 만행을 저질렀으니, 연나라가 호태왕의 칼날 앞에 살아남을 수 없으리라는 것은 불을 보듯 뻔한 일이었다.

오로지 동이족이어야 한다! 전란을 피하고 백성들이 모두 노예로 떨어지는 것을 피할 수 있는 길은 단 하나, 스스로 예를 갖추고 고구려의 다물이 되는 것은 물론 동이족을 왕으로 내세우는 것이다.

풍발은 궁리 끝에 고운을 후연 왕으로 세우기로 결심했다.

고운은 고구려에서 온 동이족이었다. 고운이 왕이 된다면 연은 두고두고 고구려 다물국으로서의 충성을 의심받지 않을 것이었다.

"태왕 천하. 어리석은 신의 소견으로는 저희가 조공을 바치고 천하의 연호와 책력만 받아쓰는 것으로는 부족할 듯합니다. 천하의 군사들이 머무른다면 감히 어느 누구도 이 땅을 넘보지 못할 것입니다. 태왕 천하. 천년이 넘게 조선의 빛을 애타게 그려온 이 땅의 어린 백성들을 굽어살펴주옵소서."

비록 서툰 조선말이었지만 풍발의 말에는 진정한 충정이 담겨 있었다.

"유성 왕. 그대는 이처럼 어질고 훌륭한 신하를 두었구나. 이 땅은 앞으로도 영원히 편안할 것이며, 온 누리의 장사치들이 갖가지 산물을 가지고 모여들어 저자가 흥성할 것이다."

사실 태왕의 말은 단지 듣기 좋으라고 한 빈말이 아니었다. 관료들이 수십 장의 설계도를 내왔다. 그것은 모두 유성을 국제적 상업도시로 만들기 위한 설계도였다. 곳곳에 창고와 관리소를 두며 장사치와 짐꾼들이 묵을 객관을 짓고, 마차를 수선하는 공장과 말을 먹일 마구간을 세울 위치까지 낱낱이 그려져 있었다.

태왕은 또 유성 인근의 봉성을 '군사들이 묵는다'는 뜻으로 숙군성(宿軍城)으로 고쳤으며, 유성에는 군사를 두지 않는 대신 숙군성에 5천 군사를 두어 유성 언저리를 지키게 했다.

호태왕의 천명에 따라 고구려의 다물들은 모두 유성을 중심으로 상업활동을 했으며, '어떤 나라도 유성에 군사를 보내서는 안 된다'는 천명은 유성을 신성불가침 지역으로 만들었다. 그 후에도 서토(西土, 지금의 중국)에서는 오래도록 많은 나라가 군사를 일으켜 서로 땅을 빼앗고 명예를 다퉜지만, 그 누구도 감히 유성에는 군사를 보낼 엄두를 내지 못했다. 그러나 세월이 흘러, 북조(北朝)를 무너뜨리고 일어난 수나라의 양견(문제)이 마침내 그 '천명'을 깼다.

단기 2923년(590), 고구려에서는 평강상호태열제가 돌아가고 영양무원호태열제가 즉위했다. 수왕 양견은 평양에 조문사절을 보내는 대신 유성으로 10만 군사를 보냈다. 유성에서 대군을 맞아 싸우려면 미리 숙군성에 있는 군사들이 유성으로 들어와야 하는데, 수나라 군사들이 장사꾼으로 꾸미고 갑자기 밀어닥쳤기 때문에 손쓸 새가 없었다. 숙군성에 주둔하고 있던 5천 군사는 유성으로 달려가던 중 수군의 매복에 걸려 모두 전사하고 말았다.

양견은 손쉽게 유성을 손에 넣은 뒤 이름을 용성으로 되돌렸다. 그러나 고구려는 국상 중이었으므로 저들이 하는 양을 지켜볼 수밖에 없었다.

유성을 손에 넣은 양견은 흡족했지만 생각했던 것보다 경제적인 이익이 없었다. 200년 가까이 지켜온 호태왕의 천명이 깨진 뒤 고구려는 유성으로 나가는 철제품을 철저히 통제했기 때문이다. 수나라는 장사꾼을 유성으로 모으기 위해 갖가지 묘안을 짜냈으나, 가장 중요한 고구려 철제품이 저자에 나오지 않자 장사치들은 갈수록 눈에 띄게 줄었다.

그리고 8년 후, 마침내 태왕(영양무원호태열제)은 고영길을 유성 다물왕에 봉하고 그간 피폐해졌던 유성을 다시 국제적 상업도시로 흥성시키라는 명을 내렸다. 이때 군사를 이끌고 유성을 되찾을 장수로 지명받은 이는 뜻밖에도 여동군 병마도원수나 대장군들이 아니고 선배들의 스승인 신크마리 을지문덕이었다.

을지문덕은 그릇이 크고 문무를 겸비한 장수였다. 선배에 나갔을 때 일찍이 두각을 나타내 서른이 되기 전에 중형이 되었다. 천궁을 지키는 군사로 뽑혀가서도 빠르게 승진을 거듭했으므로 마흔이 되었을 때 이미 금군대장에 올랐다.

평민 출신인 문덕이 어렵지 않게 금군대장에 오른 것은 당시 천궁 군사들의 특이한 제도 때문이었다. 금군대장은 오직 선배 출신에게만 허락되었는데, 선배 중에서도 한미한 가문 출신들만 오를 수 있는 특별한 지위였고 막강한 권력이었다. 태왕의 안위를 책임지는 금군대장은 막리지와 같은 지위로서, 천궁은 물론 장안성의 모든 군사를 통솔하며, 아사달 하늘 아래 어떤 군사도 금군대장의 명을 거역하지 못한다. 호족이 득세하는 세상임에도 어느 명문가에서도 금군대장은 배출하지 못했다. 천궁을 지키는 금군에서 호족 출신들은 대장은 물론 상급의 직은 맡지 못하고 외직으로 나가거나 가문으로 복귀해야 했다. 명문가 출신들이 천궁에서 이렇듯 역차별을 받는 것은 유사시 태왕을 대신해 아사달의 모든 군사를 호령할 수 있는 막강한 권력을 한시라도 어느 한 가문에 맡길 수 없었기 때문이다.

"태왕 천하. 신은 이제 금군대장 직을 내려놓고 다시 선배로 돌아갈까 합니다."

을지문덕은 금군대장에 오르고 다섯 해가 지났을 때 사의를 표명했다.

"천하가 태평하고 무탈한데 어찌 천궁을 떠나려는 것인가? 혹. 어디 몸이 불편한 데라도 있는가?"

"선배를 떠나 천궁 군사로 신명을 다하였으나 신은 본디 산사람이 되고 싶었습니다. 신의 가슴 깊은 곳에는 늘 골짜기를 휘돌아가는 바람이 있었습니다. 천하의 백성으로 나름대로 충성을 다하였으니 이제는 산으로 돌아가 몸과 마음을 닦고자 합니다."

권력의 정점에서 자진해서 물러나려는 사람을 만나기란 쉽지 않은 일이다. 뛰어난 능력을 가졌으면서도 권세에 초연한 을지문덕이 언제고 다시 곁으로 돌아올 수 있는 빌미를 만들어 두고 싶었던 태왕은 한 가지 제안을 했다.

"서캐들에게 빼앗긴 유성을 되찾고자 하는데, 그대가 그 일을 마친 뒤 선배로 돌아가는 것이 어떠한가?"

"그 일 이후 유성이 몰락을 거듭하고 있음에 늘 가슴이 무거웠습니다. 신에게 유성을 되찾을 수 있는 광영을 베풀어주신다면 신명을 다 바치겠습니다."

유성을 되찾으라는 것은 문덕에게 공을 세울 기회를 주려는 것이었다. 공을 세우게 된다면 나중에 태왕의 부름에 따라 조정으로 돌아온다고 해도 크게 반대하는 사람이 없을 것이기 때문이다.

준비를 끝낸 을지문덕은 기마군사 2만을 거느리고 구려하를 건너 바람보다 빠르게 유성으로 달려갔다.

먼동이 틀 무렵 몰래 밧줄을 타고 성벽에 오른 고구려군은 쉽게 성문을 점령했고, 성문이 열리자 2만 군사가 들이닥쳐 수군 진영을 급습했다. 놀라 잠자리를 뛰쳐나온 수군들은 정신을 차리지 못하고 도마 위의 고기처럼 죽어갔다.

성안에 있던 수나라의 8천 군사는 모두 죽거나 항복했고 용성총관 위충도 사로잡혔다. 숙군성에 있던 군사 7천도 멀리 달아나거나 항복해서 목숨을 건졌다.

유성 다물왕 고영길은 붙잡힌 군사들을 모두 풀어주고 수나라로 돌아가게 했다. 위충에게는 수왕에게 서찰을 전하고 나면 식솔들을 풀어주겠다고 약속했다. 그러나 책임추궁당할 것이 걱정된 위충은 타고 가던 말을 꼬챙이로 찔러 놀라게 하고는 그 날뛰는 말에서 떨어져 크게 다친 것처럼 꾸몄다. 그리고 부하장수에게 서찰을 주어 먼저 장안으로 보내고 자신은 남모르는 곳으로 도망쳐버렸다.

서찰을 맡은 부하장수도 낌새를 채고 제 부하들에게 서찰을 맡긴 뒤 도망쳤다. 고구려가 유성을 되찾아간 사실이 장안에까지 알려지고 나서도 보름이 더 지난 뒤에야 유성 다물왕 고영길의 서찰이 양견에게 전해진 것은 그런 연유에서였다.

지난날 호태왕 천하께서는 유성 다물을 큰 저자로 만들고 나라와 나라 사이에 물품을 주고받게 하셨소. 그러나 수나라가 군사를 앞세워 유성의 이름까지 바꾸었으니, 유성에는 더 이상 장사꾼이 모이지 않고 창고는 텅 비어 먼지만 쌓였소. 이 지경이니 어찌 나라 안의 장사치들이 마음 놓고 서로 물품을 바꾸며, 먼 나라의 장사치가 수고를 아끼지 않고 찾아오겠소? 이에 태왕 천하께서는 본 왕을 유성 다물왕에 봉하시고 유성의 옛 모습을 되찾도록 하였으니, 수 다물왕도 적극 협력하기 바라오.

서찰을 받아든 양견은 분노로 몸을 떨었다. 서토를 통일한 자신을 아직도 고구려의 말단 신하로 여기고 있지 않은가. 더구나 서찰을 보낸 사람은 태왕도 아니다. 태왕의 수많은 신하에 지나지 않는 일개 다물왕이다. 비록 유성이 국제 상업지이기는 하지만 그리 큰 고을도 아니다. 왕이라지만 다시 찾은 땅(다물)이라는 뜻에서 성주 대신 왕 이름을 얻었을 뿐이다. 사실 그 위치로 볼 때 여동성주나 안시성주보다 훨씬 아랫자리다.

"이런 미친놈! 아직도 나더러 다물왕이라고? 내 이놈을 잡아다 뼈까지 갈아 마시고 말겠다! 이놈을 그대로 놔두면 내가 사람이 아니다! 어서 군사를 모아라! 갑주를 가져와라!"

양견이 발을 구르며 악을 썼다. 하지만 부하들은 꼼짝하지 않았다. 갑주를 입고 군사를 모아서 무얼 어떻게 하겠다는 것인지 감이 잡히지 않았기 때문이다. 그저 튀는 불똥이나 피해보려고 부지런히 눈알을 굴려 옆 사람 눈치나 살폈다.

"뭣들 하느냐? 당장 나가서 군사들을 모아오지 않고? 너희들의 목부터 베어야 알겠느냐?"

목을 베겠다는 소리에 부하들은 찬물을 뒤집어쓴 것처럼 정신이 번쩍 들어 콩 튀듯 와다닥 달아났다.

나더러 다물왕이라니! 수왕 양견으로서는 미치고 팔짝 뛸 일이었다. 그러나 돌이켜보면 그렇게 억울할 것도 황당한 일도 아니었다. 제가 먼저 고구려에 사신을 보내 태왕한테서 다물왕으로 책봉받았으니 말이다.

양견이 북주의 왕 우문천을 죽이고 정권을 잡았을 때였다. 우문천은 아홉 살짜리 어린아이인 데다 양견의 외손자였다. 가뜩이나 북주 신하들의 반발이 큰 데다 외손자를 죽였다는 비난이 쏟아질 것이 뻔했다. 양견은 재빨리 고구려에 사신을 보내, 북주 왕 우문천이 홍역을 앓다가 죽었으니 자신으로 하여금 북주를 다스리게 해달라고 청했다.

고구려는 아비의 벼슬을 아들이 그대로 이어받았으며, 번국(藩國)인 다물의 왕 또한 자식이 이어받게 했다. 뒤를 이을 아들이 없을 때에는 새로 다물왕을 파견하기도 했지만 그 다물에서 사람을 뽑아 다스리게 하는 것이 상례였으므로, 양견은 별 어려움 없이 태왕(평강상호태열제)으로부터 북주 다물왕으로 봉해졌다. 고구려 태왕의 다물왕 책봉은 양견에게 면죄부를 준 것이나 마찬가지였으니 북주의 벼슬아치들과 백성들은 양견의 죄를 따질 수 없게 되었다. 정통성을 인정받은 양견은 나라 이름을 수로 바꾸고, 곁에 있는 나라들을 하나씩 정복해 영토를 확장해나갔다.

그때는 나라 안팎의 반발을 누르기 위해 어쩔 수 없이 고구려에 고개를 숙이고 손을 내밀었지만 이제 수나라는 아사달보다 더 넓은 땅 서토를 모두 차지한 큰 나라가 되었다. 그런데도 고구려는 옛일을 빌미로 아직도 상전 행세를 하려고 드는 것이 아닌가.

"해가 솟은 지 오래인데 고구려는 아직도 꿈속에서 헤어나지 못하고 있다. 동이(東夷)가 하늘백성으로서 조선을 세우고 구이(九夷)의 우두머리가 되어 온 누리를 다스린 것은 사실이지만, 그것은 까마득한 옛날의 일일 뿐이다. 하늘을 대신하여 천하를 다스린다고 으스대지만 서토에서 춘추전국의 난장판이 벌어져도 저들은 모르는 척 눈을 감고 있었고, 진시황이 땅을 넓히며 포악을 떨던 시절에는 오히려 조선이 망하고 부여가 일어나지 않았느냐? 부여 밑에서 일어난 고구려도 한나라에 대해 이러쿵저러쿵 간섭하지 못하다가 한나라가 망한 뒤에야 비로소 슬그머니 손을 뻗쳤고 작고 힘없는 나라들에 대해 다물 운운했을 뿐이다. 서토는 이제 우리 수나라 하나로 뭉쳐졌다. 더는 조선이니 뭐니 할 필요가 없다. 더구나 고구려의 다물이라니? 개수작 말라고 해라! 나는 아직도 잠꼬대를 하고 있는 태왕을 쳐서 이 땅의 진정한 주인이 누구인지 똑똑히 가르쳐주겠다."

양견의 의지는 분명했다. 하늘에는 두 개의 해가 없는 법! 건곤일척, 오직 운명을 건 사투뿐이다!

"오늘부터 고구려를 칠 군사를 일으킨다. 서둘러 군량을 모으고 여러 가지 병장기를 만듦에 있어 빈틈이 없도록 하라."

이렇듯 전쟁 준비 명령을 내렸으나 늘어선 부하들은 감히 입을 열어 대꾸하지 못했다. 고구려를 치다니? 감히 조선에 도전하겠다는 말인가? 그들은 하나같이 짓누르는 공포에 몸을 떨었다. 서토 역사상 가장 겁 없이 날뛰던 진시황도 감히 아사달에는 침범할 엄두를 내지 못했다. '나도 클 만큼 컸으니 이만큼은 따로 다스려야겠소!' 하는 생각에서 쌓은 것이 바로 만리장성이었다. 하늘백성들이 쳐다보지 않는 서토와 아사달의 경계를 긋자는 생각이었지, 감히 조선을 상대로 맞서 싸울 배짱은 없었다. 서토 백성들에게 조선나라는 하늘백성들의 나라로 수천 년 핏줄 속에 각인되었기 때문이다.

고구려가 진노한다면? 조선의 진노 앞에 살아남을 자가 과연 누구인가? 구이의 우두머리인 동이는 무엇보다 목숨을 아낀다. 헛된 명예나 이익을 다투는 어리석은 싸움은 하지 않는다. 크고 어질어서 상대하기 무서운 겨레는 아니지만, 한번 노하면 그 화가 어디까지 미칠지 상상할 수도 없는 일이다.

하늘백성들은 서토를 덤불 속에 숨어 있는 짐승 같은 오랑캐들이나 사는 곳으로 여겼기에 서토에서 무슨 일이 일어나도 아는 척하지 않고 내버려두었다. 하늘백성들처럼 일일이 옳고 그름을 따질 수 없는 천박한 무리이기에 무슨 짓을 하든 눈감아주었지만, 바로 그 때문에 한번 크게 노하면 인정사정없이 서토를 깨끗이 쓸어 없애버릴지도 모를 일이었다.

그러나 양견은 이미 간이 뒤집혔다. 황제가 이런 수모를 겪고 있는데도 보복할 엄두조차 내지 못하다니! 아니, 오히려 당연하다는 낯짝들이 아닌가?

"병부상서도 아무런 의견이 없느냐? 그대도 내가 이런 치욕을 당하는 것이 옳다고 여기느냐?"

양견의 질책을 받은 유술이 마지못해 의견을 내놓았다.

"황상, 곧바로 용성에 군사를 보내겠습니다. 다시는 고구려가 용성을 침범하지 못하도록 성벽을 높이 쌓고 10만 군사로 철통같이 지키겠습니다."

"한심한지고! 누가 그까짓 용성을 말하느냐? 평양을 쳐서 아직도 꿈속을 헤매는 태왕을 내 앞에 무릎 꿇려야 한다. 이제는 고구려가 우리 수나라의 신하가 되었음을 세상에 선포해야 한다. 나는 이제 서토뿐 아니라 천하의 주인이 될 것이다."

양견이 답을 가르쳐주었으나 유술은 고개를 저었다.

"황상, 함부로 고구려에 도전할 수는 없습니다. 우리가 싸움 준비를 하면 저들도 군사를 일으킬 것입니다. 잘못하다가는 장안에서도 저들의 말발굽 소리를 듣게 될 것입니다."

"병부상서, 그대는 간도 쓸개도 없느냐? 우리 수나라가 얼마나 큰 나라인데 아직도 이런 수모를 겪어야 한다는 말이냐? 나더러 다물왕이라니? 세상이 어떻게 바뀐 줄도 모르고 잠꼬대만 늘어놓는 고구려놈들을 보고만 있어야 한다는 말이냐? 그대들은 부끄럽지 않으냐? 이 큰 땅덩이, 이 많은 군사를 가지고도 언제까지 저들의 신하 노릇을 하겠느냐?"

양견은 무섭게 으르렁거렸다. 뱃속에서 쓸개가 터진 듯 울컥울컥 올라오는 쓴 물을 그대로 뱉어냈다.

"계집만도 못한 것들! 차라리 불알을 떼어버리고 앉아서 오줌을 누어라! 낯짝에 분칠하고 평양에 가서 태왕의 사타구니나 핥으란 말이다!"

모두들 숨죽이고 눈치만 살피는데 안주총관 우문술이 나서 목청을 돋웠다.

"황상, 용성을 다시 빼앗아보아야 얻는 것이 없습니다. 세상 사람들은 우리 수나라가 고구려에는 감히 맞서지 못하고 손쉬운 다물국을 상대했다며 두고두고 비웃을 것입니다. 당당하게 고구려와 한판 승부를 겨뤄야 합니다."

우문술의 본 성은 파야두였는데 우문씨로 바꿨다. 남북조 때에는 주(周)나라를 섬겼으나 수나라에 들어와 진(陳)나라를 쳐서 빼앗은 공으로 안주총관이 되었다. 머리가 좋은 데다 몸이 날래 싸움도 잘하지만 잘난 척하지 않고 모나지 않은 성격이다. 조정에 병부상서 유술이 있었지만 사람들은 서슴없이 안주총관 우문술을 수나라 으뜸 장수라며 엄지손가락을 세웠다.

"그러나 지금 당장 대군을 이끌고 출병하는 것은 좋은 계책이 아닙니다. 우선은 적은 군사만을 이끌고 신속하게 달려가

구려하 언저리의 성들을 얻고, 평양까지 가는 것은 나중으로 미뤄야 합니다."

이건 또 무슨 소리인가? 짓밟힌 자존심을 회복하기 위한 전쟁인데 기껏 성 몇 개 빼앗고 말자니, 양견은 다시 성이 치밀었다.

"그까짓 성 몇 개를 무엇에 쓰겠느냐? 그 정도로 저들의 건방진 콧대가 꺾일 것 같으냐?"

"황상, 요동성은 매우 큰 성입니다. 우리가 구려하를 건너 요동성만 손에 넣는다 해도 저들은 간담이 서늘해 다시는 행패를 부리지 못할 것입니다."

"요동성이 아무리 크다 해도 결국 하나의 성일 뿐이다. 내가 몸소 군사를 이끌고 갈 터인데 겨우 성 몇 개라니? 창피해서 낯을 들지 못하겠구나!"

"황상, 족한 줄 알면 부족한 것이 없다고 하였습니다. 진나라도 한나라도 아사달을 침범하지는 못했습니다. 한 무제를 생각하십시오."

"으음!"

양견의 얼굴이 어두워졌다. 단기 2325년, 한나라는 아사달에 쳐들어갔으나 조선군에게 떼죽음을 당하고 쫓겨났다. 아무런 공도 세우지 못하고 군사만 몰살시켰으므로, 무제는 제 몸처럼 아끼던 장군 순체(荀彘)와 양복(楊僕)을 거열형에 처했다.

거열형은 소나 말이 끄는 네 대의 수레에 팔다리를 묶어 몸을 갈가리 찢어 죽이는 잔혹한 형벌이다.

"요동성이 우리 손에 들어오면 얻는 것이 많습니다. 요동성 남쪽에 안시성이 있는데, 흙으로 만든 토성이라 빼앗기에 어렵지 않습니다."

"안시성? 그까짓 토성은 또 무엇에 쓰겠느냐? 쓸데없이 힘만 낭비하는 게 아니냐."

"황상, 안시성은 매우 중요한 성입니다. 동쪽으로 100리쯤 되는 곳에 갈로산이 있는데, 바로 치우천황이 쇠를 캐던 산입니다. 고구려 병장기는 바로 이 갈로산에서 캔 쇠로 만들기 때문에 단단한 투구를 한낱 옹기처럼 단번에 박살내는 것입니다."

솔깃한 소리였으나 양견은 다시 고개를 저었다.

"총관, 그것은 다만 전설일 뿐이다. 수많은 사람이 고구려 병장기를 찾으려고 그렇게 애를 썼지만 아직 봤다는 사람은 나타나지 않았다. 지난날 우리 군사들이 유성을 쳤을 때, 고구려 군사들의 병장기는 우리 것보다 별로 뛰어나지도 않았다."

"황상, 유성은 고구려의 수많은 다물국 가운데 하나일 뿐 고구려는 아닙니다. 고구려는 좋은 병장기를 구려하 서쪽으로는 내보내지 않고 있습니다. 좋은 병장기를 가지고 구려하를 넘는 자들은 무조건 극형으로 다스린다고 합니다. 우리가 보낸 많은 간세가 돌아오지 못하는 것도 그 때문입니다. 좋은 병장기를 보면 탐이 나서 어떻게든 몰래 갖고 나오려고 애를 쓰다가 끝내 뜻을 이루지 못하고 붙잡혀 죽는 것이지요."

"그것이 바로 헛소문을 만들어 어리석은 사람들을 미혹시키려는 계략이다. 아직껏 본 사람이 없는데 소문만 무성한 것이 바로 그 증거가 아니겠느냐?"

입으로는 그렇게 말하면서도 양견은 차츰 생각이 달라졌다. 자존심을 세우기보다 실리를 얻어야 한다! 군사를 크게 일으켜 운명을 거는 모험을 하기보다는 적은 군사로 요동성과 안시성만 손에 넣는 것이 낫겠다. 180년을 지켜온 호태왕 광개토경호태열제의 천명을 어기고 유성을 손에 넣었을 때에도 고구려는 손을 쓰지 않고 지켜보기만 했다. 동이는 싸움을 좋아하지 않기 때문에 성 몇 개만 빼앗는 정도라면 크게 문제를 삼지 않을 것이다. 또한 앙갚음하려고 군사를 일으킨다고 해도 서토를 오랑캐들이나 살 수 있는 곳이라고 업신여기는 까닭에 장성을 넘어 쳐들어오지도 않을 것이다.

양견은 우문술의 말대로 적은 군사로 기습 공격하기로 결정했고, 부하들도 더는 반대하지 못했다.

인연

산을 내려와 들판에 들어서자 그늘을 만들어주던 나무숲도 끝났다. 이제부터는 가슴 높이까지 자란 결 사나운 억새밭이다. 억새풀들은 뙤약볕 아래 꼼짝 않고 서서 숨이 막히게 더운 김을 훅훅 뿜어내고 있었다.

소나무숲이 보이고 한참을 더 걸어서야 무착(無着) 스님은 숲에 들어섰다. 시원한 그늘에는 그럴듯한 쉼돌까지 군데군데 자리하고 있었으나, 잠깐 멈춰 선 스님은 그저 삿갓을 슬쩍 치키고 이마에 흐르는 땀을 훔쳐 뿌려냈을 뿐이다.

한뎃잠을 자고 별빛을 더듬어 한 줌 남은 미숫가루로 아침을 때운 뒤에 점심도 거르고 내처 걷는 길이었다. 석두성까지는 아직도 40리 길이 짱짱하게 남았다. 아무리 빨리 걸어도 늦은 밤이 되어서야 성에 닿을 터였다. 밤길을 걸어온 나그네를 위해 성문이 열려 있지도 않을 것이다. 차라리 쉬엄쉬엄 걸어서 내일 아침 성문이 열리기를 기다리는 게 옳겠으나, 불 때다 부엌을 나온 사람처럼 무착 스님의 마음은 바쁘기만 했다.

솟을뫼 몽운사에서 수행하고 있던 무착 스님이 은사 스님의 갑작스러운 부름을 받은 건 지난 5월 스무 날이었다. 사비성 정림사로 찾아간 스님에게 은사 스님은, 지난 수릿날 송산성에 몰려온 고구려군이 성을 빼앗을 수 없자 군사를 돌려 석두성을 지키던 군사들을 모조리 죽이고는 3천 명이나 되는 사람들을 붙잡아갔다는 놀라운 소식을 전해주었다. 나라에서도 거두고 돌보겠지만 그래도 한번 둘러보라는 은사 스님의 말을 좇아 그길로 나선 걸음이었다.

"성안에 보덕사가 있으니 그곳도 찾아보고."

적이 물러간 지도 이미 오래다. 이제 와서 스님네의 할 일은 죽은 사람의 저승길을 빌어주고 산목숨들의 찢긴 가슴을 어루만져주는 게 고작일 텐데 까닭 모르게 마음자리가 뒤숭숭하고 어지러웠다. 관세음보살, 관세음보살…… 무착 스님은 관세음보살의 원력을 빌었다.

억새밭 가운데 버드나무가 줄지어 섰는가 했더니 나무숲 아래로 제법 널찍한 개울이 흐르고 있다. 벌써부터 목이 마르고 시장하던 참이다. 외나무다리 아래로 내려서는데 저만치에서 웬 아이가 물장난을 치고 있었다.

"얘야!"

반가운 마음에 아이를 부른 스님은 깜짝 놀랐다. 저를 부르는 소리에 힐끗 돌아보던 아이가 잽싸게 배를 깔고 납작 엎드려 물속으로 숨는 것이 아닌가?

앞뒤를 가릴 새도 없이 달려간 스님이 아이를 번쩍 들어 안았다. 그러나 허리를 펴고 일어서던 스님의 눈에 번쩍 번개가 일었다. 아이가 손에 들고 있던 돌로 이마를 갈겨버린 것이다.

"윽!"

비명을 지르며 얼굴을 감싸는 사이 손에서 놓여난 아이는 도망쳐버렸다. 이마를 훑어내는 손바닥에 피가 묻어났다. 눈썹 부위, 양은 적었지만 조금만 비꼈더라면 눈알이 터졌을지도 모른다.

아무래도 그냥 스쳐 지나갈 일이 아니었다. 겨우 서너 살짜리 어린아이가 스님의 몸에 상처를 내면서까지 깊은 인연으로 다가온 것이다.

힘껏 달아나봐야 어린아이다. 뒤쫓아간 스님은 아이의 손목부터 잡아챘다. 실랑이 끝에 돌을 빼앗긴 아이는 발버둥 치며 품에서 벗어나려고 했으나 스님은 더욱 힘주어 껴안았다.

"싫어! 싫어! 놔! 놔!"

"엄마 어디 있어? 엄마한테 가자, 엄마한테."

스님이 자꾸 엄마를 찾자 빠져나가려고 발버둥 치던 아이가 갑작스럽게 "으앙!" 하고 울음을 터뜨렸다.

한참을 그렇게 울며 엄마를 부르던 아이가 마침내 지쳐 축 늘어졌다. 스님은 잠든 아이를 안고 어미아비를 찾으러 이리저리 돌아다녔으나 아무도 보이지 않았다. 아무래도 석두성에서 못 겪을 일을 겪고 여기까지 흘러온 아이 같았다. 그러나 여기서 석두성이 어딘가? 예닐곱이라면 혹 모르겠거니와 어디로 보아도 세 살배기 어린아이다. 이제는 해지고 때가 꼬질꼬질해 졌지만 입성을 보면 귀한 집 아이인 게 분명했다. 그동안 누가 이 아이를 돌본 것일까? 꾀죄죄한 옷차림과는 달리 통통하고 맑은 얼굴로 보아 별로 굶주린 것 같지도 않았다.

그때 아이가 깨어났다. 스님이 조심스럽게 물었다.

"엄마, 엄마는 어딨어? 아빠는?"

아이는 눈에 눈물을 가득 담고도 끝내 도리질이었다.

철없는 아이와 벅찬 씨름을 하다 보니 해가 설핏 기울었다. 석두성까지는 이미 틀렸다 해도 아이와 함께 밤을 보내려면 부지런히 걸어서 사람 사는 마을을 찾아야 했다.

스님이 아이를 바랑 위에다 올려 업고 길을 서두르는데 아이가 오줌이 마렵다면서 내려달라고 보챘다. 아이는 아무렇지도 않게 돌아서서 시원스럽게 오줌발을 내뻗치고는 오던 길을 되짚어갔다. 스님이 손을 잡고 북쪽을 가리키며 스님이 업어줄 테니 같이 가자고 했으나 막무가내였다.

어찌해야 옳은가? 은사 스님의 말씀도 그렇거니와, 아이의 어미아비가 잘못되고 돌봐줄 곁붙이마저 없다 해도 석두성에 들어가서야 제 신세나마 물어 알 수 있는 일이었다. 그런데 철없는 아이가 막무가내로 뒤쪽만 가리키며 혼자서라도 가겠다니, 이를 어쩌면 좋은가.

"산에서는 호랑이가 나와서 '왕!' 하고 물어갈 거야. 호랑이 무섭지?"

잔뜩 겁을 주자 아이는 "아앙!" 하고 울음을 터뜨리면서도 손을 뿌리치고 산 쪽으로만 달아났다. 이 아이를 거두어 보살피라는 것이 부처님의 뜻인가? 그래서 그렇게 마음이 뒤숭숭하고 발길이 바빴는지도 모른다.

마침내 스님은 아이를 업고 밤길을 되짚어 산을 넘었다. 구름 없이 별이 총총 밝은 밤이지만 숲으로 덮인 산길이다. 외나무다리를 건너듯 발끝이 어두웠다. 밤 짐승들의 울음소리가 들릴 때마다 아이는 잠결에도 목을 조이며 달라붙었다.

스님은 문득 막대기를 찾아들었다. 여태 지팡이나 몽둥이는 물론 육환장조차 들지 않았던 스님이다. 어쩌다 들짐승을 만나도 돌멩이나 나뭇가지를 들고 맞서기는커녕 눈싸움조차 하지 않고 무심히 지나치곤 했다. 못된 짐승을 만나면 부처님의 보살핌으로 물리치고 배고픈 짐승을 만나면 서슴없이 내줄 몸뚱어리인데 이 무슨 못난 짓인가 싶었으나, 등에 짊어진 어린 목숨을 생각하고 막대기를 단단히 움켜쥐었다.

길을 더듬어 산을 내려오니 첫닭이 울었다. 어느 여름지기의 울바자 안을 잠깐 들여다보기도 했으나 스님은 그대로 지나쳐 걸었다. 날이 밝으려면 아직 멀었다.

어둠이 가시고 동살이 잡힐 무렵 잠에서 깬 아이가 "쉬~" 하고 소리를 질렀다. 마침 개울가였다. 아이를 내려놓고 물을 마신 뒤 이슬에 흠뻑 젖은 바지를 맑은 물에 헹궈 짜 입었다. 바랑 위에 업은 아이라 팔을 바꿔가며 왔지만, 몽둥이까지 끌고서 산을 넘었으니 새삼 뻐근했다. 다리쉼을 하면서 아이에게 말을 건넸다.

"이름이 뭐야?"

"계백."

"성은?"

"……?"

아이는 멀뚱한 얼굴로 스님을 올려다보았다. 몇 번을 물어도 마찬가지다. 혹시 성이 해씨고 이름이 백인가 싶어 "해, 백?" 하고 물어도 아이는 "아니, 계, 백"이라며 도리질이다.

"부여계백?"

"아니야, 계백이야."

사계백? 연계백? 협계백? 국계백? 목계백? 묘계백? 원계백? 진계백? 이렇다 할 성씨를 다 들먹였으나 아이는 그냥 도리질이었다.

"나는 계백이야."

딴에 짜증이 나는지 소리가 높아졌다. 자칫 어린아이와 말

싸움하는 꼴이 되겠다. 아이의 입성으로 보아 행세하는 가문이 분명했으므로 성씨를 물어본 것이었다. 하기야 성씨 없이 사는 백성이 훨씬 많은데 그까짓 성이 해씨면 어떻고 부여씨면 어떠랴. 성씨가 없어도 그만이고 이름도 제가 좋아 부르는 것보다 더 좋은 것은 없을 터이다.

무엇을 보았는지 아이가 발딱 일어나 달려가더니 풀숲에 넘어졌다. 곧장 일어서서 또 뛰는 걸 보니 개구리라도 쫓는 모양이다. 스님은 아이가 기운을 차린 것이 기뻤다.

다시 바랑 위에 아이를 업고 길을 재촉하다 보니, 얼마 가지 않아 논밭이 보이고 들에 나가는 사람들을 만났다. 사람들이 스님의 등에 업힌 아이를 보고 귀엽다며 얼렀으나 아이는 스님의 목만 힘껏 끌어안았다.

산모퉁이를 돌아서자 조그마한 마을이 나왔다.

"저기 마을에 가서 밥 먹자."

"싫어! 싫어!"

"왜? 밥 먹기 싫어? 배 안 고파?"

"싫어! 싫어! 밥 먹기 싫어!"

아이는 막무가내로 싫다고 했지만 굶길 수도 없는 노릇이었다. 아이를 내려놓고 밥을 구하러 다녀오면 또 어디로 달아나 숨을지도 모른다. 스님은 아이를 팔에 안고 이제 우리는 밥을 먹으러 가는 것이니 가만히 있어야 된다고 애써 달랬다. 아이는 마침내 알아들은 듯 스님의 팔을 꼭 붙들고 눈을 감았다.

마을에 들어서자 밥광주리를 이고 들에 나서던 한 아낙네가 반갑게 스님을 모셨다.

"이쁜 아이구나. 이리 오너라."

아무리 얼러도 아이는 대꾸를 하지 않았다. 아낙네는 점심으로 가져가던 광주리를 풀어 아침을 차려 내었다.

"내가 밖으로 나갈 테니 이쁜 아이도 밥 많이 먹어라, 응?"

달래던 아낙네가 밖으로 나간 뒤에도 아이는 스님에게서 떨어질 줄 몰랐다.

"자, 이젠 아무도 없다. 우리 계백이 스님하고 둘이서 밥 먹자."

방 안에 단둘이 앉아서 눈을 떠보라고 아무리 어르고 달래도 소용이 없다. 하는 수 없이 밥을 바리때에 담아 밖으로 나왔다. 마을에서 멀리 떨어진 개울가로 가서 자리를 잡았다.

"자, 이제는 아무도 없다. 눈을 떠보아라."

그래도 아이는 그냥 도리질이다.

"물 흐르는 소리 들리지? 여기 개울가에 우리 둘만 있어."

그제야 아이는 눈을 뜨고 스님의 목에서 손을 풀었다. 개울물로 목을 축이게 한 다음 숟가락을 쥐어주자 아이는 허겁지겁 밥을 입에 몰아넣었다.

아이는 바리때에 수북이 담긴 밥을 반 넘게 먹고야 숟가락을 놓았다.

"아암, 암."

아이는 입을 벌리고 하품을 하더니 곧 코를 골았다. 스님은 잠든 아이를 다시 업었다. 길을 가며 아이를 거두어 기를 곳을 생각해보았으나 마땅한 곳이 없었다. 스님이 머무는 솟을뫼의 몽운사에도 어버이 없는 아이가 많았으나, 이 아이는 죽자고 사람들을 멀리하니……

생각 끝에 스님은 정촌(전북 정읍) 삼신산 보림사에 있는 사제 무행(無行) 스님에게 아이를 맡기기로 마음먹었다. 아이를 기르기로 한다면야 사제 무법(無法) 스님이 다시없는 사람이었으나 제 발로 나타나기 전에는 그림자도 볼 수 없었다. 어느 한 곳에 머무르지 않고 늘 바람 부는 대로 떠돈다. 발길이 머무는 대로 바랑을 내려놓았다가 "부처님, 저 갑니다" 한 마디로 떠나는 사람이다. 몽운사에도 "사형님!" 하고 들어서서는 사나흘이면 또 훌쩍 떠난다. 무법 스님은 아이들을 끔찍이 좋아하니 바랑에다 아이를 지고 고을마다 멧부리마다 찾아다니며 어버이 노릇, 스승 노릇 단단히 해낼 것이다. 그러나 그저 생각뿐이다. 어느 고을을 떠도는지 어느 골짜기에 틀어박혀 있는지 도통 알 수가 없다.

무행 스님을 떠올린 것은 그가 보림사와는 산 위로 한참 떨어진 무애암에 혼자 살고 있어서였다. 사람을 무서워하는 버롯이 없어질 때까지 아이에게는 더없이 좋은 곳일 것이다. 무행 스님이야 며칠이 가도 군입을 떼는 일 없이 언제나 혼자이기를 바라는 사람이지만 갈 곳 없는 아이를 나 몰라라 하지는 않을 것이다.

"앗! 앗!"

갑갑해하는 아이를 내려 앞세우고 뒤따라 걸으면서 스님은 놀라지 않을 수 없었다. 조그마한 아이가 개구리나 물고기를 보면 달려가 잡으려 하거나 돌멩이를 들어 던지는 것이다. 언뜻 아이들 장난으로 여기기에는 아이의 몸짓이 너무 사납다. 저 어린것이 살생을 즐기고 있는지도 모른다는 생각에 식은땀이 흘렀다. 아이는 석두성에서 차마 보아서는 안 될 것을 보았으리라. 온갖 험악한 일들이 저 아이에게 마성을 심고 싹을 틔웠는지도 모른다.

"개구리에게 돌을 던지면 개구리가 크게 다치거나 죽는다. 아무리 작은 것이라 해도 함부로 산목숨을 죽여서는 못쓴다."

아무리 다짐을 받아도 개구리 따위가 눈에 띄면 말짱 헛일이다. 그러면 안 된다고 타일러도 도로 마찬가지다. 서로 힘들어도 아이를 등에서 내려놓지 않는 수밖에.

똑똑하고 야무진 아이다. 어느 모로 보나 제 키를 넘게 우뚝 자랄 아이다. 이런 아이에게 마성이 싹트고 있으니, 뒷날 크게 뉘우칠 일이 있으리라! 부처님이 나를 보낸 것은 바로 그 때문이다. 부처님이 미리 알고 거두어들인 어린 모나무다. 곧게 자라 울창한 숲을 이루도록 해야 한다.

스님은 길을 가는 동안 줄곧 무행 스님 이야기를 들려주었다. 아이도 알아듣는 듯 "무행 스님" 소리를 곧잘 했다.

정촌에 닿은 스님이 무애암에 오른 것은 해가 지고 보름달이 오른 뒤였다. 무행 스님은 툇마루에 앉아 있었으나 잠깐 선정에 든 듯 두어 번 헛기침을 해서야 일어났다.

부시를 쳐서 불씨를 얻은 무행 스님이 바람벽에 붙은 고콜에 관솔불을 피웠다.

"보림사에 들렀다 오시는 길입니까?"

사형한테 절을 올린 무행 스님이 먼저 물었다. 예전에는 없었던 일이다.

"아니, 부처님이야 아니 계신 데가 없지만 무행 스님이 보고 싶어서 견딜 수가 있어야지. 그래서 노장님 심부름으로 석두성에 있는 보덕사에 가다 말고 이리 달려온 걸세."

노장님이란 그들이 은사 스님을 흔히 일컫는 말이다. 보고 싶어서 은사 스님 말씀까지 거스르고 왔다는 뻔한 농에도 무행 스님은 무슨 일이냐는 물음도 없다.

"보덕사에 무슨 일이 있어서라기보다는 지난 수릿날 고구려 군사들이 몰려와 성을 휩쓸고 3천 명이나 되는 사람들을 잡아갔다네. 노장님이 그곳을 살펴보라기에 길을 나섰다가 이 어린 아이를 만났지 뭔가. 스님밖에는 이 아이를 거둘 사람이 없겠기에 이리로 온 것일세."

덤덤하게 앉아 있던 무행 스님의 입이 한참 만에야 열렸다.

"아이를 거두는 일이라면 사형님이 계시는 몽운사도 있고 이 아래 보림사도 있는데 굳이 이 무행을 생각하셨습니까?"

"아이가 사람을 무서워해서 어쩔 수가 없었네. 석두성에서 무슨 험한 꼴을 본 모양이야."

무행 스님은 그 말에 대꾸하지 않고 일어서더니 좁쌀을 퍼 들고 나갔다. 무착 스님은 그제야 여느 때와 달리 무행 스님이 먼저 입을 열어 보림사에 들렀느냐고 물은 것이 생각났다. 그저 인사말이 아니라 저녁 공양을 했느냐는 소리였음을 깨닫고 보니 방구들도 차갑기만 하다. 아마 단식하며 수행정진하는가 보다. 좁쌀을 씻어 안치고 불을 땔 때는 무행 스님에게 단식 중이냐고 묻자 웃는 얼굴에 "게으른 중이 무슨 단식을 다 하겠느냐"는 답이 돌아왔다.

저녁 공양이 끝났다. 무행 스님이 팔을 벌리자 아이는 그새 낯을 익힌 듯 다가가서 무릎에 앉았다.

무착 스님은 이틀을 더 묵으면서 아이가 무행 스님을 잘 따르는 것을 보고 돌아갔다. 그새 정이 들었는지 아이가 떨어지지 않으려고 떼를 쓰며 울었다.

"자꾸 울면 계백이를 보러 오지 않겠다. 다음에 와서 우리 계백이가 얼마나 말 잘 듣고 착하게 지냈는가 무행 스님한테 물어볼 테야."

아이는 더 이상 울지 않고 무착 스님을 떠나보냈으나 무행 스님은 그날로 걱정더미를 안게 되었다. 날이 가면서 차츰 나아지려니 했으나 아이는 빙빙 겉돌기만 할 뿐 다가오지 않았다. 아무리 달래도 대답은커녕 쳐다보지도 않았다. 억지로 안으면 씩씩거리며 발버둥 쳤다. 하루 세끼 밥을 먹고 잠잘 때에만 마지못해 곁에 올 뿐이었다.

"계백아, 계백아."

무행 스님은 하루에도 몇 차례나 아이를 찾아 산으로 계곡으로 헤매야 했다. 아이는 나무 뒤나 물가에 쪼그리고 앉아서 아무런 대꾸도 없이, 애타게 자기를 찾는 스님을 멀뚱멀뚱 쳐다보기만 했다.

이레째 되는 날, 바위 아래서 멀거니 바라보기만 하는 아이를 부둥켜안고 스님은 끝내 온몸을 떨며 울고야 말았다. 이 아이를, 이 조그만 아이를 내게서 떼어내는 것은 무엇인가? 이 아이는 정들었던 무착 스님이 떠나는 것을 보고 나마저 떠날 것이라는 지레짐작으로 내게 오지 않는 것이다. 사람이 무서워 아무도 없는 산에서 들에서 밤을 새웠던 아이다. 얼마나 사람의 정이 그리웠으면 아무도 없는 산으로 달아났을까?

"스님은 아무 데도 안 가. 우리 계백이하고 여기서 살 거야. 우리 계백이 여기서 스님하고 함께 살자."

마침내 아이도 엉엉 울며 매달렸다. 그 뒤로 아이는 잠시도 스님 곁을 떠나려 하지 않았다.

다시 깨어나는 전설, 천군 개마대

단기 2931년(598) 9월. 수나라 왕 양견은 30만 5천 군사를 이끌고 여동을 침략했다. 신성한 땅 아사달을 침범하면서 겨우 그 정도의 군사를 동원한 것은, 여동군이 미처 싸움 준비를 갖출 틈을 주지 않지 않기 위해서였다.

양견의 기습 공격은 일단 성공한 것처럼 보였다. 수나라 군사들이 탁군(북평, 지금의 북경)을 떠나 장성을 넘은 뒤에야 그 소식이 평양에 알려진 것이다. 여동군이 나타난 것도 수나라 군사들이 모두 구려하를 건넌 뒤였다. (지금의 요하는 당시 구려하로 불렸다. 여동은 구려하 동쪽이라는 뜻이니 오늘날의 만주지방을 가리킨다. 여동군은 여동에 두었던 군사조직으로 어느 한 성에 머물지 않고 필요에 따라 이리저리 옮겨 다니며 싸우는 별동대였다.)

여동군이 구려하로 달려왔을 때 수나라 군사들은 이미 구려하에 뜬다리를 다섯 개나 만들어 수레까지 마음대로 오가고 있었다. 여동군은 구려하의 강물을 조금도 이용하지 못했다. 또 10만이 넘는 것으로 알려진 여동군이었으나 막상 나타난 것은 3만 정도였다. 여기저기 흩어져 있는 군사를 모을 시간이 없었던 것이다.

기습 공격에 성공한 수나라 군사들은 사기가 드높았다. 양견은 30만 5천의 대군으로 진영을 갖췄고, 고구려의 병마도원수 강이식은 불과 3만의 군사로 맞서고 있었다. 10대 1의 싸움! 그것도 성을 공격하고 방어하는 싸움이 아니라 허허벌판에서 맞닥뜨린 싸움이다. 복병을 숨겨두는 따위의 잔꾀가 통할 수도 없었다. 수나라 군사들은 들판에 막아선 3만 여동군쯤이야 단숨에 깔아뭉개고 곧바로 요동성으로 달려갈 것으로 믿었다.

수군(隋軍)은 개마대와 기마대를 앞세워 싸움새를 벌였다. 개마대는 사람은 물론 말까지도 눈만 남기고 갑옷과 투구로 몸을 감쌌다. 화살은 물론 웬만한 창이나 칼도 뚫지 못하니, 아무런 두려움 없이 적진으로 뛰어들어 맘껏 휘젓고 다니며 적의 병진을 흩어 놓는다. 단점이라면 말까지 무겁고 거추장스러운 갑옷으로 중무장했기 때문에 움직임이 굼뜨다는 것이다. 이를 보완하기 위해 기마대가 뒤를 쫓았다. 기마대는 개마대의 공격을 받아 흐트러진 적진을 산산조각으로 부숴놓거나, 달아나는 적을 쫓아가 멀리 달아나지 못하게 막아 큰 피해를 입힌다. 그 뒤에는 창칼을 든 보병이 서고 맨 뒤에는 활을 가진 궁수들이 자리 잡았다.

둥, 둥, 둥, 둥, 둥, 둥, 둥, 둥.

양쪽 진영에서 싸움을 알리는 북소리가 힘차게 울려퍼졌다. 처음에는 궁수들의 싸움이다. 북소리와 함께 하늘이 새까맣게 화살이 날아간다. 화살은 개마대 위로 높이 날아 기마대와 보병들에게 떨어진다. 갑주로 무장하지 않은 보병과 기마대의 말을 공격하는 것이다.

한참을 그렇게 서로 화살을 퍼붓기 마련이나, 여동군 진영에서는 화살이 날아오지 않았다. 대신 맨 앞에 서 있던 개마대가 곧장 앞으로 달려나왔다. 갑작스러운 상황 전개에 대응하기 위해 수군 진영에서도 활쏘기를 멈추고 개마대가 달려나갔다.

개마대가 움직이자 창과 투구가 요란스럽게 번쩍이고 갑옷을 덮은 미늘이 햇빛을 받아 눈부시게 빛났다. 말까지 붉은 갑주로 완전무장한 수만 개마대가 내달리자 싸움터는 들판에 가득 핀 붉은 꽃이 한꺼번에 흩날리는 듯했다. 눈부시게 아름다운 광경이었다.

내달리던 수군 개마대와 여동군 개마대가 순식간에 어우러졌다. 양견이 높은 지휘소에서 내려다보니 마치 꽃나무를 그리는 것처럼 붉은 꽃 사이로 굵은 나무줄기가 먼저 쳐지고 차츰 먹물을 밀어가며 작은 가지가 그려지는 것처럼 보였다. 잔가지와 꽃들이 한껏 어우러진 한 폭의 멋진 그림.

그때 뒤에서 기다리고 있던 여동군 기마대와 보병들이 싸움판으로 다가서고 있었다. 기마대는 군사들만 갑주를 걸쳤을 뿐 말들은 전혀 무장하지 않았으므로 개마군사들의 드잡이 판에 끼어들었다가는 싸워보지도 못하고 죽어갈 게 뻔했다.

"바보 같은 것들! 개마대가 모자라니 기마대로 보충하려는가 보군!"

코웃음 치던 양견의 눈이 갑자기 크게 떠졌다.

"저건 또 무슨 바보 같은 수작이냐?"

여동군 기마대가 멈춰 서는가 했더니 그 사이로 보병들이 빠져나왔다. 기마대를 뒤로 빼고 보병을 앞세우다니, 대체 무슨 병진이 저렇단 말이냐? 멀리서 싸움판을 지켜보고 섰던 수군 장수들이 모두 머리를 갸웃거리는데, 보병들 중 앞줄에 있던 자들이 모두 한쪽 무릎을 꿇었다. 뭔가 이상하다 싶은 순간 북이 울리더니 여동군 군사들이 모두 손에 활을 들고 화살을 얹었다. 기마군사들까지 창을 놓고 활을 들어 시위를 당겼다.

화살은 갑옷으로 무장하지 않은 보병과 기마대의 말을 공격하는 수단이다. 그런데 여동군이 수없이 많은 화살을 쏘아댔지만 막상 수군 보병들은 하나도 맞지 않았다. 뒤에 서 있는 그들에게까지 화살이 닿지 않았던 것이다.

고구려의 활이 강하다는 말은 말짱 거짓이었던가? 아무리 그렇더라도 활이 저렇게 약하다는 것은 있을 수 없는 일이었다. 처음부터 드잡이판을 벌이고 있는 개마군사들을 겨냥하고 화살을 퍼붓고 있는 것이 분명했다. 그러나 사람은 물론 말까지 갑옷으로 무장한 개마대다. 화살이 비 오듯 쏟아져도 다칠 까닭이 없었다.

"미친놈들! 아까운 화살만 낭비하는구나!"

"그러게 말씀입니다. 저것들이 아침부터 못 먹을 걸 처먹고 나왔나 봅니다."

부하들의 맞장구에 잔뜩 신이 나서 떠들던 양견의 낯짝이 문득 일그러졌다. 개마대의 드잡이판이 수군 쪽으로 옮겨오고 있지 않은가. 이쪽으로 밀리는 것은 수군 개마대가 싸움에 지고 있다는 뜻이다. 열 배나 많은 군사가 지고 있다니? 양견은 눈을 크게 뜨고 싸움판을 다시 살폈다. 활을 쏘는 여동군이 조금씩 앞으로 다가오고 있다. 개마대가 밀려난 곳에는 붉은 갑주를 걸친 수군 개마군사들의 주검이 수없이 널브러져 있었다. 말도 사람도 여동군의 화살에 맞아 거꾸러지는 모양이었다.

"저게 무슨 일이냐? 우리 개마군사들이 맨몸으로 나갔단 말이냐?"

양견은 제가 들어도 말이 안 되는 소리를 지껄였다.

"저 봐라. 분명히 말까지도 갑주로 무장한 개마군사들이다. 화살에 맞았다고 말까지 저렇게 힘없이 쓰러지는 게 말이 되느냐? 저놈들의 화살에는 귀신이 붙었단 말이냐?"

"아무래도 저놈들이 독화살을 쏘는가 봅니다. 그렇지 않고
서야 저렇게 맥없이 떨어질 리가 없습니다."

"독화살? 으음, 그렇구나! 독화살이 아니고서야!"

양견이 고개를 크게 끄덕였다. 그러나 곁에서 듣던 장수들
은 하나같이 못 믿겠다는 표정이었다. 말까지 중무장한 개마
군사들이 화살 앞에 맥을 못 추고 떨어질 리가 없었던 것이다.
화살이 갑옷을 뚫지 못하면 독화살이 아니라 그보다 더한 것
이라도 소용없는 일이 아닌가.

"뭣들 하느냐? 어서 나를 따라라!"

보다 못한 양견이 말고삐를 잡아당기며 앞으로 내달릴 참이
었다. 그러나 함께 달려나가야 할 장수들이 양견의 말고삐를
잡아채며 말렸다.

"황상, 조금만 참으십시오!"

"적들은 많지 않습니다. 조금만 기다리면 전세를 뒤집고 우
리 군사들이 적을 쓸어버릴 것입니다."

부하장수들이 겹겹이 에워싸고 막는 통에 양견은 싸움판으
로 나가지 못했다. 자꾸 앞을 막는 부하장수들 때문에 싸움판
마저 보이지 않았다.

"머저리 같은 놈들아, 앞을 가리지 말고 저리 비켜라!"

몇 번 소리쳐서야 앞이 트였다. 그러나 티라도 들어간 것처

럼 양견이 눈을 깜박거렸다. 장수들의 허망한 기대는 잠깐, 수군 개마대는 계속 밀렸고 마침내 기마대까지 싸움판의 소용돌이 속으로 빠져들고 있었다. 기마대는 군사들만 갑옷을 입었을 뿐이니 개마대와 어우러져 싸우면 손실이 너무 크다.

"큰일이다, 큰일!"

꿈에도 생각지 못했던 상황인지라 양견은 반쯤 정신이 나갔다. 어쩔 줄 모르고 허둥거리는데, 앞으로 나오며 화살을 날리던 여동군 기마대가 반으로 갈라지더니 가운데를 비우고 양쪽 끝으로 달려나갔다. 저놈들이 무슨 짓을 하려는 것인가? 머리를 굴리던 양견이 벌에 쏘인 것처럼 바락바락 악을 써대기 시작했다.

"기마대는 무엇하느냐? 어서 달려가 저놈들을 막아라!"

여동군 기마대가 싸움판을 빙 돌아와 자신들을 에워쌀 것임을 알아차린 것이다. 뒤가 끊기면 군사들의 사기가 떨어져 참패를 당하고 만다. 둥, 둥, 둥, 둥. 급박한 북소리와 함께 파락파락 깃발이 춤추며 기마대에게 명령이 전달되었다.

수군 기마대가 여동군 기마대를 맞으러 양쪽으로 달려나가자 기마대와 어우러지던 개마대 군사들도 양쪽 끝으로 몰려갔다. 싸움판이 둘로 나뉘었다. 가운데가 텅 빈 모양새다.

생각지 못했던 싸움새였으나 꾸물거릴 시간이 없었다. 여동군 보병이 앞으로 나오고 있었기 때문이다. 양견이 곧바로 쳐들어가라는 명령을 내렸고, 수군 보병들도 앞으로 달려나갔다.

화살이 벌떼처럼 날아왔으나 갑옷과 투구로 무장한 수군 군사들은 그대로 달렸다. 이까짓 화살쯤이야 여름날 해질녘의 각다귀에 지나지 않는다!

그러나 용감하게 달리던 군사 수천 명이 한꺼번에 비명을 지르며 쓰러졌다. 갑옷과 투구로 무장한 병사들이 그깟 화살에 쓰러질 리 없다고, 화살에 맞는다고 다 죽는 것도 아니라고 의아해할 사이도 없었다.

30만 군으로 기습 공격을 하자고 주장했던 안주총관 우문술은 매우 용맹스러우면서도 지략이 뛰어난 사람이었다. 뜬다리를 가설하고 여동군이 나타나기 전에 구려하를 건넌 뒤에는 만일을 대비해 뜬다리마다 섶과 마른나무를 쌓아놓게 했다.

여동군이 나타나자 우문술은 2만 군사를 거느리고 구려하 맨 아래쪽에서 싸우게 되었는데, 개마대 1천과 기마대 2천을 따로 배치했다. 혹시나 뒤를 막으려고 덤벼드는 여동군 기마대를 막기 위해서였다.

드디어 싸움이 시작되고 수나라 개마대가 밀리기 시작하자, 우문술은 불길한 예감에 사로잡혔다.

빛나는 도끼는 바위를 가르고

날카로운 화살은 고목을 뚫고 날아가네.

바람이 일어나면 무릎 꿇고 엎드려라.

고개를 들면 낙엽처럼 날아가리.

양견이 지난날 춘추전국시대처럼 어지러웠던 서토를 통일함으로써 400여 년에 걸친 전란이 그치고 평화가 찾아온 듯했지만, 그즈음 언제부턴가 사람들의 입에서 입으로 회자되는 노래가 있었다. 이른바 '고구려군가'였다.

걷는 것이 달리는 것처럼 빠르고 바윗돌도 집어던질 만큼 억센 군사들, 10리를 날아가서도 목표물을 꿰뚫는 화살과 쇠로 만든 투구도 단번에 쪼개버리는 날카로운 쇠도끼로 무장한 조선 군사들의 위용은 서토 땅에 전설처럼 전해지고 있었다. 그러나 다만 전설일 뿐, 조선의 무서움을 제 눈으로 확인한 사람은 없었다. 천년의 침묵을 깨뜨리고 고구려 호태왕이 개마대를 이끌고 서토에까지 그 위용을 떨쳤으나, 벌써 200년이 다 되어가는 먼 옛날 이야기였다.

나라에서는 고구려 간세들이 퍼뜨린 불순한 노래라고 애써 그 의미를 축소했지만, 백성들은 하늘에서 혜성(彗星)이 내려와 가르친 노래임을 믿어 의심치 않았다. 그리고 이제 군사들은 제 눈으로 고목을 뚫고 날아가는 화살을 보고 있는 것이다. 갑옷을 뚫고 들어가 박히는 화살에 맞아 개마군사들도 맥없이 쓰러지고 있었다.

무모한 싸움이다! 아아, 멋모르고 뛰어든 불나방 신세라니! 한탄하던 우문술은 공포에 부르르 몸을 떨었다. 그렇다면? 바위를 가른다는 도끼도 거짓이 아니다!

여동군 개마대가 10대 1의 무모한 싸움판에 서슴없이 뛰어든 것이 그 증거다. 개마대끼리 맞붙으면 쉽게 승부가 나지 않는다. 몸싸움을 하게 되면 결국 수가 많은 편이 이기게 되어 있다. 그런데 바위를 쪼개는 쇠도끼라면? 결과는 불 보듯 뻔하다.

우문술은 양견한테서 뒤로 돌아 달려드는 여동군 기마대를 막으라는 명령이 떨어지자 앞에 세워둔 기마대만 내보냈을 뿐 따로 빼둔 군사는 그대로 두었다.

여동군 기마군사들이 바깥쪽으로 빠져나가고 보병들이 달려나왔다. 수군 보병들도 창칼을 들고 마주쳐 나갔으나 겹겹이 쌓인 주검 때문에 속도가 매우 더뎠다. 그런데 앞장선 군사들이 갑자기 비명을 지르며 쓰러지기 시작했다. 수군 보병들도 걸음을 멈추고 화살을 날려보냈지만 여동군의 화살은 조금도 줄어들지 않았다.

"전멸이다!"

우문술은 저도 모르게 부르짖었다. 바로 눈앞에서 군사들이 비명을 지르며 쓰러지고 있다. 더러는 방패를 들어 막았으나 역부족이었다.

물러나야 한다! 그러나 우문술은 명령을 내리지 못했다. 양견한테서 퇴각 명령이 없기도 하거니와 그러기에도 너무 늦었다. 달아나더라도 그럴듯한 핑곗거리가 있어야 한다.

"그렇다! 고구려 병장기를 얻어야 한다!"

우문술의 뇌리를 스친 생각이었다. 오늘 이렇게 맥없이 도살을 당하는 것은 확연한 병장기의 차이 때문이다. 과연 고구려군의 병장기는 전설처럼 뛰어난 것이었다.

우문술은 군사들을 독려했다.

"고구려 병장기를 얻어라! 직급을 높여주고 따로 황금을 내릴 것이다! 욕심 부리지 말고 병장기를 하나만 빼앗으면 곧바로 빠져나와라! 공을 세우지 못했어도 북소리가 울리면 곧바로 빠져나와라!"

부장에게 보병들의 지휘를 맡긴 우문술은 따로 빼둔 개마대 1천과 기마대 2천을 이끌고 개마대의 싸움판으로 뛰어들었다.

앞장서 달려든 우문술은 작은칼을 들고 말안장 위로 올라간 '얏!' 기합을 내지르며 여동군 개마군사의 뒤로 날아갔다. 개마군사가 놀라 뒤돌아보며 쇠도끼를 휘둘렀으나 우문술은 벼락같이 개마군사의 얼굴을 찍어버렸다. 우문술은 곧바로 말을 돌려 싸움판에서 빠져나왔다. 눈코 뜰 수 없는 드잡이판에서 군사를 지휘할 수도 없거니와 이미 목적을 달성했기 때문이다. 안장에 엎드린 주검은 투구까지 그대로였다.

우문술은 북을 울려 부하군사들을 불러냈다. 긴 창을 높이 들고 달려나오는 자도 있고 쇠도끼를 들고 춤추는 자도 보였다. 빠져나온 자가 500여 명도 못 되었지만 더 기다릴 수가 없었다.

원래 있던 곳은 이미 난장판이 되어 있었다. 우문술은 퇴각 명령을 내렸다.

"모두들 강을 건넌다. 침착하게 말을 몰아 강을 건너라!"

양견한테서 도망치라는 명령이 내리기도 전이었다. 우문술의 빠른 판단으로 500여 군사는 여동군의 화살 공격을 받지 않고 모두 강을 건널 수 있었다.

갑작스럽게 양견 앞에까지 화살이 날아왔다. 고목을 뚫고 날아간다는 무서운 화살. 여동군 보병들은 아직 멀리 떨어져 있었으므로 어디서 날아오는지 알 수 없었다. 저승사자에게 뒷덜미를 잡힌 것처럼 무섬증이 밀려들었다.

"황상, 물러서야 합니다! 명령을 내려주십시오."

부하장수들이 부르짖는 소리에 양견은 정신이 퍼뜩 들었다.

"후퇴하라!"

"비켜라! 비켜라!"

벽력같이 고함치며 미친 듯이 달아났다. 부하장수들도 정신 없이 뒤따랐다. 따로 달아나라는 명령을 내리지 않아도 수군들은 스스로 알아서 잘 달아나고 있었다. 다섯 개의 뜬다리가 미어지게 달아나다 다리가 끊어져 강물에 처박히는 군사도 많았다. 양견이 뜬다리를 건넌 지 얼마 안 되어 불길이 일어나 다리를 태우기 시작했다. 불길이 앞을 막자 다리를 건너던 군사들은 모두 강물 속으로 뛰어들었다.

양견은 부하들을 추스르기는커녕 제 자식의 안부마저 살필 겨를이 없었다. 뜬다리를 건너서도 죽어라 달아났다. 숨이 턱에 닿게 달아나다가 힐끗 돌아보니 다리에서 검은 연기가 치솟고 있다.

살았다! 여동군 놈들도 더는 쫓아오지 못할 것이다! 목숨을 건졌다고 생각하니 긴장이 탁 풀렸다. 부하들이 어느 정도 모이자 양견은 다시 정신없이 달아났다. 뒤따르는 군사들의 말발굽 소리가 고구려 개마대의 말발굽 소리로 여겨졌던 것이다. 장성이 있는 임유관까지 살아 돌아온 군사는 1만 5천도 되지 못했다.

생각하면 너무도 어이없고 부끄러운 싸움이었다. 아니, 싸움이 아니었다. 날카로운 고구려 병장기 앞에 발가벗고 나가 고스란히 도살을 당했을 뿐이다. 더구나 5만 수로군은 단 하나도 살아 돌아오지 못했으니 어디서 어떻게 저승으로 갔는지조차 몰랐다.

죽은 자들도 차마 싸움터에서 죽었다는 말을 할 수가 없었다. 바다로 나간 군사들은 거친 풍랑을 만나 하나도 돌아오지 못했고, 땅 위를 걸어간 군사들은 큰 장마를 만나 군사들이 열에 하나도 살아남지 못했노라고 떠들며 역사책에도 그렇게 적어넣었다.

모두가 고구려라면 진저리를 치고 있는데, 어느 날 안주총관 우문술이 여동군 개마군사의 갑옷과 무기를 가지고 조정에 나왔다. 그는 사람들 앞에서 여동군에게 몰살당할 수밖에 없었던 것은 바로 개마대의 갑옷과 손에 든 무기 때문이라고 했다.

"높은 단에 올라가서는 적의 군사가 무리 지어 내달리는 것을 보았고, 싸움판에 뛰어들어서는 적이 싸우는 모습을 팔 움직임 하나까지 똑똑히 보았습니다. 이제 저들과 똑같은 갑옷과 무기로 무장하고 싸울 수가 있게 되었습니다."

우문술이 고구려 개마대에서 빼앗아온 갑옷을 양견과 다른 부하들한테도 나누어주었다. 섬뜩한 고구려 병장기에 부르르 몸을 떠는 자도 있었고 손으로 쓸어보며 감당키 어려운 흥분을 겨우 참아내는 자도 있었다.

"모두가 아는 일이겠지만, 8년 전 용성을 쳤을 때 고구려 군사들의 병장기는 우리와 조금도 다르지 않았습니다. 창칼이 조금 더 날카롭고 강했을 뿐, 개마대가 입은 갑옷까지 그 생김새는 우리 수나라 군사들과 똑같았습니다. 여태껏 저들이 우리를 속여온 것입니다. 이번에 여동에 갔을 때 저들의 병장기는 용성 군사들의 것과 전혀 달랐습니다. 갑옷에 달린 미늘을 보십시오. 이렇듯 빈틈이 없으니 아무리 날카로운 창도 감히 뚫지 못합니다. 더구나 이 미늘은 쇠도끼로 내리쳐도 끄떡없을 만큼 단단합니다."

모두들 앞다투어 갑옷에 달린 미늘을 만져보았다. 얇으나 단단하기가 쇠뭉치 같았다. 또한 미늘이 서로 3분의 1이나 겹쳐져 있어 물고기의 비늘처럼 틈새가 없었다. 화살을 소나기처럼 퍼부어도 끄떡 않고 달려들던 고구려군의 비밀이 바로 이 갑옷미늘에 있었던 것이다.

"갑옷미늘뿐이 아닙니다. 말에게 입히는 이 갑옷을 보십시오. 길이가 무척 짧아 말의 배나 겨우 가리게 되어 있습니다. 우리 개마군사의 갑옷은 말의 무릎 아래까지 가리게 되었으니 보기에는 그럴듯하나 막상 싸움터에서는 걸리적거리기만 할 뿐 마음껏 내달릴 수가 없습니다. 우리의 개마군사가 저들보다 수가 많고 훈련을 열심히 했다고 해도 어차피 이기지 못하게 되어 있었던 것입니다. 또 이 화살촉을 보십시오. 우리의 화살촉은 두 치를 넘지 못하나 이 촉은 한 자나 됩니다. 이렇게 크고 무거우니 파괴력이 엄청난 겁니다. 우리 군사들이 입은 갑옷을 꿰뚫고 목숨까지 앗아간 것도 당연합니다."

알아듣지 못하는 사람은 하나도 없었다. 우문술의 이야기가 가뭄 끝에 비를 만난 것만큼이나 반가운 듯 서로 마주 보며 고개를 주억거렸다.

"이제는 우리도 저들과 똑같은 갑옷을 만들 수 있습니다. 저들과 똑같은 개마대를 기를 수 있게 되었으니 적을 이기지 못할 까닭이 없습니다. 하루빨리 저들을 쳐서 어제의 치욕을 씻고 수나라 군사의 용맹을 역사에 길이 남겨야 합니다."

모두들 옳다고 소리치는데 수왕 양견만은 고개를 가로저었다.

"안주총관, 그 갑옷과 병장기를 빼앗아온 것만으로도 그대의 용맹은 후세에 기록될 것이다. 그대에게 그 갑옷을 모두 상으로 주겠다."

"황상, 저는 어떤 벌을 받더라도 앞날을 준비하고 싶었습니다. 이 병장기 몇 개를 얻기 위하여 2천 5백이나 되는 군사를 잃었습니다. 저들의 희생이 헛되지 않도록 해야 합니다. 이제라도 저를 벌하시고 이와 똑같은 갑옷을 만들도록 하십시오."

"모두 달아나는 와중에도 그대의 군사들만은 앞으로 달려나가 적의 개마대와 싸웠다. 그대가 뜬다리 곁에 마른나무를 준비한 덕분에 적의 추격을 따돌리고 목숨을 구해 돌아올 수 있었다. 사흘 낮 사흘 밤 동안 칭찬해도 모자랄 터인데 누가 감히 그대를 나무라겠느냐"

양견은 잠깐 말을 끊고 부하들을 둘러보았다. 모두들 싸움터에 나가는 것처럼 눈을 빛내며 울근불근 힘을 쓰고 싶어 한다. 한심한지고! 양견은 고개를 저었다.

"좋은 칼을 가지면 그 날카로움을 시험해보고 싶고 좋은 갑주를 걸치면 싸움터에 나가고 싶기 마련이다. 안주총관, 그대는 그 병장기들로 그대의 용맹을 빛내고 다시는 고구려와 싸우자는 소리는 하지 말라. 고구려를 다시 입에 올리는 자는 우리 수나라를 말아먹을 역적이다. 그 누구든 그 자리에서 목을 베어버려라. 역적의 목을 자른 자에게 상을 내릴 것이다."

양견은 전란 속에서 날을 지새우며 서토를 평정한 뛰어난 병법가였다. 여동에 가서 고구려군의 무서운 위력을 실제로 겪은 뒤에는 그 대처방법을 정확하게 알아차린 셈이었다.

하늘백성들은 서토에 아무런 미련도 관심도 없다! 우리가 죽은 듯이 있으면 고구려군은 결코 서토 토벌에 나서지 않는다! 수나라의 군사력을 엄청난 수준으로 끌어올릴 수 있는 개마대의 갑옷과 무기 등 고구려 병장기를 모두 얻었으나, 양견은 똑같은 갑옷과 병장기를 만들게 하는 대신 왕궁 창고에도 넣지 않고 모두 안주총관 우문술에게 상으로 내렸다.

"고구려를 입에 올리는 자는 즉시 사형에 처한다!"

조정의 벼슬아치들뿐이 아니었다. 서토의 모든 백성에게도 〈조선가〉나 〈고구려군가〉를 부르면 즉시 사형에 처한다는 명령을 내렸다.

양견은 백성들의 불안한 마음을 다스리기 위해 장성을 튼튼하게 보수하도록 했다. 겉으로는 여동군의 침략에 대비한다는 명목이었으나 진정한 속셈은 따로 있었다. 범 무서운 줄 모르는 하룻강아지처럼 무모한 도전을 감행했던 양견에게 백성들의 불만이 쏠리고 있었던 것이다. 터져나오는 원성을 미리 막는 길은 단 하나, 백성들을 정신없게 다그침으로써 딴 생각을 하지 못하게 하는 수밖에 없었다.

산신각 도깨비

"사형님을 만날 때까지 아이는 개구리 따위를 먹고 목숨을 이었던가 봅니다. 어디서도 살생을 즐기는 빛은 보이질 않습니다. 가지고 놀던 잠자리가 죽었다고 울더니 다시는 잠자리를 잡을 생각도 안 합니다."

겨울 결제에 들기 앞서 무애암을 찾은 무착 스님에게 무행 스님이 말했다.

그랬구나! 그저 다른 목숨을 죽이는 모습에 놀라서 젖먹이 아이가 어떻게 목숨을 이었는지에 대해서는 미처 생각이 미치지 못했다. 저 아이가 나중에 스스로 먹물옷을 입는다면 모르겠거니와 어린아이에게 굳이 불가의 인연을 들먹일 까닭이 없다.

무착 스님 자신도 어려서 고아가 된 것을 은사 스님이 거두어준 것이라 했다. 철모르는 아이가 유난스럽게 모든 것에 집착을 부렸으므로 무착이란 이름을 지어주었다고 했다. 사제인 무행 스님과 무법 스님도 어려서부터 은사 스님의 품에서 자랐다.

젊은 날에는 아무리 집착을 버리려 해도 스쳐 지나간 아리따운 여인의 모습을 잊기 어려웠다. 바람을 가르며 말달리는 장수가 되는 꿈도 숱하게 꿨다. 밭 갈고 김매는 사람들이 눈에 밟혀 길을 가기 어려웠던 적도 많았다.

그들이 끝내 속세로 나가지 않고 견디어낸 것은 부처님이나 불법보다도 길러주신 은사 스님의 따스한 사랑과 엄한 타이름 때문이었다.

저 아이는 산의 나무처럼 하늘의 솔개처럼 자라야 한다!

"비록 무행 스님이 맡아 기르나 부처님의 제자가 되고 아니 되고는 저 아이가 어른이 되어 스스로 결정했으면 좋겠네."

"저 또한 노장님을 남몰래 원망한 적이 없지 않았습니다. 저 아이에게 조금이라도 원망 들을 일은 하고 싶지 않습니다."

이듬해 봄. 아이가 가파른 비탈길에도 오를 만하게 되자 무행 스님은 아이를 데리고 자주 보림사에 내려갔다. 아이는 절에서 자라는 제 또래 아이들과 곧잘 어울리더니 이내 절에 불공 드리러 오는 사람들도 무서워하지 않게 되었다. 여름이 되면서부터는 혼자서도 곧잘 보림사에 내려가 아이들과 어울려 놀았다.

무착 스님이 찾아와 계백은 한 보름 어떻게 날이 새고 지는 줄 모르고 지냈다. 스님이 떠나고 나자 지난번처럼 애를 먹이지는 않았으나 눈에 띄게 풀이 죽었다.

오랜만에 혼자서 보림사에 내려가 아이들한테 괜한 심통을 부리다가 실컷 얻어맞았다. 제 성깔대로 돌멩이를 던지고 막대기를 들고 맞서보아도 큰 아이들이 떼로 덤벼 몰매를 놓는 데에는 꼼짝할 수 없었던 것이다. 분이 덜 풀려 징징 울면서 무애암으로 올라가는데 한 스님이 뒤에서 소리없이 다가와 번쩍 들어 안았다.

"이놈, 내가 누군 줄 알겠느냐?"

무서운 목소리와는 달리 싱글벙글 웃으며 장난치는 얼굴이었다. 계백으로서는 아무래도 처음 보는 스님이었다.

"이놈 어지간히 무겁기도 하다. 그래, 큰 사형님은 이렇게 무거운 녀석을 등에 지고 그 먼 길을 오셨단 말이지? 어디, 나도 한번 업어보자."

계백은 엉겁결에 등에 업히고 말았다. 바랑 위에 계백을 업은 스님이 그대로 허리를 굽히더니 쩔그렁쩔그렁 소리가 나는 육환장을 들려주었다.

"놓치지 말고 잘 잡아야 한다."

스님 키보다 큰 육환장이었으나 보기보다 무겁지는 않았다. 어떻게 이 육환장을 소리 나지 않게 들고 뒤를 따라왔을까? 문득 평생을 길에서만 떠돌다던 어떤 스님이 생각났다.

"무법 스님! 무법 스님이지요?"

"아무렴. 그렇고말고. 네깟 녀석을 보려고 이 산속까지 찾아올 사람이 나 말고 또 누가 있겠느냐?"

스님은 흐흐 웃으며 비탈길을 재우쳐 올랐다.

듣던 대로 무법 스님은 무척 재미있고 아이들을 좋아하는 스님이었다. 어린 계백과 어디서나 함부로 뒹굴며 놀다가 무행 스님의 혀 차는 소리를 듣기도 했다. 계백을 멀리 정촌에도 데려가 저자구경도 시켜주고 맛있는 것도 먹여주었다.

"계백아, 스님 말씀 잘 듣고 재미있게 놀아야 한다."

계백은 무법 스님을 졸졸 따라다니며 노느라 보림사에도 내려가지 않았는데, 채 이레도 안 되어 무법 스님은 아침 공양을 마치고 바리때를 바랑에다 집어넣었다.

"계백이가 저렇듯 사제를 따르니 초파일이라도 지내고 가지 그러는가? 내가 번거로운 것을 싫어하다 보니 우리 계백이한테 석가모니 부처님 오신 날 등불구경도 제대로 시켜줄 것 같지 않아서 하는 소릴세."

무행 스님이 어린아이를 들먹이며 붙잡았으나, 무법 스님은 그 무슨 큰일 날 소리냐는 듯 절레절레 고개를 저었다.

"초파일이 지나면 곧바로 여름 결재에 들어갈 터인데 저를 여기 묶어둘 생각이 아닙니까? 결재 돌아다니는 중은 때려죽여도 좋다는 소리를 듣기 전에 그만 달아나겠습니다."

사형에게도 버릇없이 들이대는 무법 스님은 그 이름처럼 도무지 종잡을 수 없는 스님이었다. 몸집이 작고 잔병치레가 많아 아이 때부터 은사 스님과 두 사형의 유난스러운 보살핌을 받으며 응석받이로 자란 탓인지, 무법이라는 이름값을 하느라고 그러는지는 몰라도 하는 짓이 늘 제멋대로다.

"같은 바람이라도 숲에서 느끼는 바람과 들에서 만나는 바람이 다릅니다. 사형님의 도량이 삼신산에 있다면 제 수행처는 길에 있습니다. 은사 스님께서 몸소 쓰시던 이 육환장을 제게 내려주신 것도 길을 떠돌며 수행하라는 뜻이 아니었겠습니까?"

연꽃 모양의 둥근 머리에 고리가 여섯 개 달린 육환장(六環杖)은 스님들이 짚고 다니는 지팡이다. 여섯 개의 고리는 각각 지옥, 아귀, 축생, 수라, 사람, 하늘을 상징하는 것으로 육도(六道)를 윤회하는 뭇 중생을 구제한다는 뜻이다. 이 육환장의 고리들은 움직일 때마다 쩔그렁쩔그렁 소리를 내므로 수행승들이 먼 길을 가는 동안 짐승들에게 사람이 가고 있으니 알아서 피하라는 신호를 보내는 용도로 쓰인다. 무법 스님처럼 지팡이가 전혀 필요 없는 젊은 스님들도 수행길을 떠날 때에는 반드시 들고 다녀야 하는 이유다.

끝내 바랑을 짊어진 무법 스님은 육환장을 쩔그렁거리며 떠나버렸다. 무착 스님처럼 따로 머무는 절이 있는 것도 아니라면서 무법 스님은 왜 서둘러 길을 가는 것일까? 무척 궁금했으나 무행 스님의 쓸쓸한 모습을 보고 계백은 입을 다물었다.

계백은 보림사에서 살다시피 했지만 날이 저물면 반드시 무애암으로 돌아왔다. 하룻밤도 보림사에서 지내려 하지 않았다. 옹이에 마디라더니, 미럽이 텄는지 밤길 걷는 것에 재미를 붙였는지, 실컷 놀다가 어두워진 다음에 무애암으로 올라가는 못된 버릇이 늘었을 뿐이다.

처음 몇 번은 걱정이 되어 멀찍이 뒤를 밟던 스님들도 이제는 계백이 어두운 밤 앞뒤를 가릴 수 없는 눈보라 속에 길을 나서도 내버려두었다.

"지난번에 왔다 간 미륵사 스님이 귀신을 봤다는데, 아무래도 귀신이 아니라 계백이를 본 것 같아."

"그게 무슨 소리야?"

"그 스님이 어두워서 우리 보림사에 들어오는데 갑자기 무서운 생각이 들면서 소름이 쫙 끼치더라는 거야. 엉겁결에 길가 풀숲에 엎드려 있는데, 발자국 소리가 들리더니 아주 조그마한 아이가 자박거리고 오는데, 그 뒤를 화등잔만 하게 눈에 불을 켠 범이 따르고 있더래. 하도 놀라서 생똥을 쌌다는데, 자기가 떠날 때까지 사흘이 넘도록 호랑이에게 물려갔다는 사람이 없자 아무래도 자기가 귀신을 본 모양이라고 하더군."

"호랑이가 사람의 혼을 빼내 데리고 간다는 말을 들은 적이 있지만, 이 깊은 산골에 어린아이가 어디 있나? 기껏해야 보림사 아이들인데, 그중에는 아파서라도 죽은 아이가 없고."

"그렇기에 하는 말일세. 그 스님이 헛것을 보지 않았다면, 밤길을 다니는 아이가 계백이 말고 또 있는가. 그때 스님이 보았다는 아이가 아무래도 계백이었을 거야."

"그렇다면 그 어린것이 산신령의 보살핌을 받고 있다는 말이 아닌가?"

무행 스님은 계백이 다섯 살 때부터 하나씩 쉬운 글자를 가르쳐보았다. 제법 잘 알아듣고 다음 날에도 삐뚤빼뚤 그림을 그려냈으나 정작 공부에는 통 관심이 없었다.

옛날이야기를 해주거나 경전에 나오는 이야기를 조금 바꿔 들려주면 쉽게 알아듣고 재미있어하면서도 유달리 공부만은 싫어했다. 아직 어려 그러려니 했으나 나이가 더해지면서도 공부보다는 밖에 나가 뛰노는 데만 정신이 팔려 있었다.

누가 시킨 것도 아닌데 여섯 살 때부터 계백은 마지 공양 때마다 나무아미타불을 곧잘 외우며 스님들을 따라 예불을 올렸다. 참선은 갑갑한 듯 따라하지 않았으나 채마밭에 나가 잡초를 뽑거나 나무를 하러 가면 따라와 제법 일을 거들며 이것저것 묻기도 했다.

아이들과 놀 때도 저보다 나이가 많거나 덩치가 큰 아이들과 잘 어울렸는데, 함께 놀았다기보다는 계백이 그 아이들을 잘 데리고 놀았다는 말이 맞을 터였다.

"나를 보아라."

계백은 툭하면 앞장서서 나무에 기어오르고 바위에서 뛰어내렸다. 싸울 적에도 누구에게든 지지 않고 대들었으며 자기보다 훨씬 큰 아이들도 꼼짝 못하게 주먹으로 치고 발로 찼다. 아무리 싸움을 잘한다 해도 얻어맞지 않을 수는 없는 노릇이지만, 계백은 다른 아이들처럼 아프다고 울지 않았다. 코피가 터지는 건 밥 먹듯 흔한 일이고 이마가 깨지고 눈두덩이 시퍼렇게 멍드는 때도 많았다.

무슨 영문인지 무애암 스님도 혼내는 눈치가 아니었고, 다른 스님들도 모르는 척 지나쳤다. 다른 아이들 같으면 싸움질을 한다고 크게 혼날 일이었으나 계백은 아무런 꾸중도 듣지 않았다.

그러다 보니 조그마한 녀석이 어느새 세상에 무서울 것이 없는 쌈쟁이가 되었다. 저보다 나이 많고 덩치가 너무 커서 맞잡이가 되지 않으면 막대기나 돌멩이를 들고 마구잡이로 덤벼들었다. 큰 아이들한테 잘못 걸려 실컷 얻어터진 뒤에도 다음날이면 날이 새기가 바쁘게 찾아가 다시 싸움을 걸었다. 어떤 아이도 무애암 쌈쟁이를 이길 수는 없었다.

"무애암 쌈쟁이가 고뿔 들었나?"

"쌈쟁이가 오지 않으니 놀이가 심심하다. 쌈쟁이 데리러 가자."

싸울 때는 지긋지긋한 쌈쟁이였지만 놀이에서 쌈쟁이가 빠지면 재미가 없다. 쌈쟁이라고 아무 때나 마구 덤비는 것도 아니다. 아이들은 한나절만 쌈쟁이가 안 보여도 무애암으로 찾아갔다.

무애암 스님은 늘 참선만 하는 무서운 스님이다. 계백을 부르다가 스님이 참선에서 깨어나기라도 하면 혼쭐난다.

"조심해라. 쌈쟁이가 나올 때까지 숨어서 기다리자."

몇 번 꾸중을 들은 뒤로는 댓돌 위에 계백의 신발이 보이면 그 주인이 밖으로 나오기만을 마냥 기다렸다. 나중에 누군가 꾀를 냈다.

"뻐꾹, 뻐꾹, 뻑뻐꾹, 뻐꾹."

무애암에서는 게으른 뻐꾸기가 철도 모르고 눈이 내릴 때까지 쉰 목소리로 울더니, 때 없이 부지런한 부엉이는 벌건 대낮에도 배고프다고 부엉, 나무 없다고 부엉, 심심할 때마다 부엉부엉 울고 다녔다.

바깥나들이를 모르고 살던 무착 스님과 한두 해쯤 쉽게 건너뛰던 무법 스님도 해마다 봄이 오고 가을이 되면 잊지 않고 무애암에 와서 며칠씩 묵어갔다. 계백은 스님들이 오면 보림사에 내려가지 않고 스님들만 졸졸 쫓아다녔다. 특히 무법 스님은 계백을 정촌에도 자주 데리고 나갔는데, 이때 계백은 정촌으로 나가는 길에 약초를 캐다 팔며 밭갈이도 하는 집이 셋 있다는 것을 알았다. 계백은 혼자서도 거기까지 놀러 다녔다. 제 또래 동무는 없었지만 진영석이라는 아이 집에서 기르는 짐승들을 보러 가는 것이었다.

"스님, 우리도 짐승 길러요. 병아리도 기르고 토끼도 길러요."

"저기를 봐라. 저 많은 새가 다 계백이 네 것인데 더 짐승을 기르겠다면 욕심이 지나친 것이야."

"저 새들은 내가 보고 있으면 모이를 안 먹어요. 다람쥐도 내가 가면 달아나요. 나는 내가 주는 모이와 풀을 먹는 짐승을 기르고 싶어요. 산에는 아무리 짐승이 많아도 계백이 것은 하나도 없는 것이나 마찬가지예요."

"새나 토끼가 달아나는 것은 사람들이 자기를 잡아먹는 줄 알기 때문이다. 우리 계백이가 새나 멧토끼를 잡으려 하지 않는다는 것을 알면 달아나지 않을지도 몰라."

그 뒤로 계백은 멧짐승들과 친구가 되기 위해 정성을 다했다. 그러나 아무리 애써도 사귀어지지 않자 계백은 다시 토끼 먹이를 가지고 가서 오물오물 먹는 것을 지켜보았다.

계백이 일곱 살 되던 해 여름이었다. 보림사에서는 사람들이 모두 함께 나서서 싸리를 잘라 들였다. 냇가에 큰 가마솥을 걸고 잘라온 싸릿개비를 두 시각 정도 푹 쪄서 찬물에 담갔다가 껍질을 벗겨낸다. 이때는 아이들의 손도 큰 힘이 된다. 그 벗긴 껍질을 비사리라고 한다. 비사리는 짚과 함께 맷방석이나 둥구미, 멍석, 망태기 등을 결었다. 이렇게 만든 물건은 튼튼하고 짚의 누런빛과 비사리의 짙은 갈색이 어울려 보기에도 좋다.

껍질을 벗긴 속대는 말려두었다가 겨울 한가할 때 물에 담가 눅눅하게 해서 채반이나 다래끼, 채롱, 소쿠리, 용수 따위를 결었다. 껍질을 벗기지 않은 통대로는 지게에 얹는 발채나 삼태기, 어리 등을 결었다.

계백은 아침을 먹기가 바쁘게 절에 내려가 다른 아이들과 함께 비사리 벗기는 일을 거들었다. 껍질을 잡아 뜯어낼 때마다 미끈하고 하얀 속대가 드러나는 것이 무척 재미있는 모양이었다. 스무 날이 넘게 쫓아다니더니 일이 다 끝났는지 새로 결은 다래끼를 하나 얻어왔다.

"스님, 이 다래끼에 멜빵을 매어주세요."

"멜빵은 해서 무엇하려고?"

"토끼풀 뜯어다 주려고요."

"그 다래끼는 방에서 쓰고 토끼풀은 저기 헌 다래끼를 쓰도록 해라."

"아니에요. 토끼는 예쁘니까 밥그릇도 새 그릇을 써야 해요."

원, 녀석도! 스님은 더 말리지 못하고 멜빵을 매주었다. 이튿날부터 계백은 다래끼를 메고 나서서 토끼를 보러 다녔다. 겨울이 되어 토끼를 보러 가지 못하게 되고 나서야 계백은 절에 내려가 또래들과 어울렸다.

이듬해 봄 서토 오랑캐 수나라가 고구려에 도전해왔다. 삼신산 깊은 곳에서도 고구려 군사들이 서토 오랑캐를 때려잡는 이야기로 날을 새웠다. 보림사에서 자라는 아이들은 스님들의 눈이 미치지 않는 곳으로 몰려다니며 군사놀음에 날이 저무는 줄 몰랐다. 여름부터 힘센 아이들은 서로 막리지 고건무를 하겠다고 우기더니, 오랑캐들이 서토로 달아난 뒤에는 모두 을지문덕을 하겠다고 치고받고 싸우기 일쑤였다. 나중에는 그때마다 제비를 뽑아서 편을 가르고 우두머리를 정하기도 했다.

다른 아이들이 싸움놀이에 신바람내고 있을 때 뜻밖에도 쌈쟁이 계백의 모습을 찾을 수가 없었다. 비록 여덟 살 난 꼬마였으나 모두가 혀를 내두를 정도로 싸움에 이골이 난 쌈쟁이였다. 한두 번 양보를 해준 뒤에는 어렵지 않게 다시 을지문덕이 되어 오랑캐 군사들을 쫓아다니곤 했는데, 제비를 뽑게

된 뒤로는 그만큼 사이가 떴으므로 군사놀음에 재미가 없어
진 것이었다.

아이들도 이제는 잘난 척만 하는 쌈쟁이를 찾으러 다니지
않았다. 차츰 무리에서 베돌게 된 계백은 아이들과 어울리지
않고 하릴없이 혼자서 새나 산토끼를 뒤쫓는 사냥꾼이 되었
다. 날이면 날마다 산을 타느라 얼굴이 새까맣고 온몸에는 가
시에 찔리고 긁힌 흉터투성이였다.

툭하면 갑갑한 듯이 옷까지 벗어던지고 싸돌아다녔다. 온
몸이 새까맣게 그을고 깡마른 몸집에 눈만 매섭게 빛났으니
어디서 낮도깨비가 나왔는가 싶었다. 게다가 아이들이 노는
곳에 슬그머니 다가와 느닷없이 "꺄-욱" 짐승 같은 소리를 지
르며 높은 나무에서 뛰어내리거나 바위 위에 불쑥 나타났다
가 사라졌다. 아이들은 쌈쟁이가 미쳐서 도깨비가 되었다고
소곤거렸다.

"낮도깨비 나왔다! 삼신산 도깨비, 낮에 나온 낮도깨비, 어
디 어디 가느냐?"

계백이 나타나면 아이들은 일부러 크게 소리를 지르며 내뺐
다. 계백은 그게 재미있었다. 아이들을 놀래주는 재미로 사는
아이 같았다. 그러나 그것도 오래가지 못했다. 재미도 차츰 시
들해지고 정말 자기가 도깨비가 되는 것이 아닌가 무서운 생
각이 들었다. 그 후로는 그저 산토끼나 노루를 뒤쫓으며 하루

하루를 보냈다.

무애암 스님은 그런 계백을 그저 모르는 척 내버려두었다. 아이들과 싸워서 코피가 터지고 머리가 깨져도 나무라지 않던 스님이다. 멧짐승처럼 산을 타고 돌아다녀도 나무라지 않더니, 이제는 계백이 온종일 방구석에서 뒹굴어도 못 본 척이다. 계백은 온몸이 근질근질하고 갑갑해서 견딜 수가 없었다. 외로웠다. 아이들에게 따돌림을 당하는 정도가 아니었다. 이러다 정말 멧짐승이 되어버릴지도 모른다.

"스님, 저에게 글자를 가르쳐주세요. 책을 읽고 싶어요."

"나중에, 네가 좀 더 자란 다음에 가르쳐주마."

"옛날에 더 어렸을 때에도 글자를 가르쳐주셨잖아요. 한눈팔지 않고 열심히 배울 테니 제발 가르쳐주세요."

"그만 잠자코 있으라 하지 않았느냐?"

예전에는 붙들어놓고 글을 가르쳐주더니 이제는 애타게 빌어도 귀찮다는 꾸중이다. 계백은 제풀에 지쳐 좋으나 싫으나 밖으로 나돌 수밖에 없었다.

이른 봄, 오랜만에 찾아온 무법 스님을 따라 정촌 저자구경을 하고 오던 계백이 물었다.

"스님은 참선 안 해요?"

"왜?"

"앉아서 참선하면 정처 없이 떠돌지 않아도 되잖아요."

정처 없이 떠돈다?

무법 스님은 잠깐 말을 잊었다.

어쩌면 떠돌고 싶어서 떠도는 것이 아니다. 마음 붙여둘 자리가 없으니 바람 따라 떠돌 수밖에. 애야, 네가 짐작이나 하겠느냐. 한시도 너를 잊은 적이 없단다. 어린 네가 늘 눈앞에 아른거리고 너를 보러 올 때마다 내 마음이 설레고 너를 두고 갈 때마다 발길이 떨어지지 않는단다.

그러나 스님의 입에서는 엉뚱한 소리가 나왔다.

"나도 참선할 줄 안다. 한번 볼래?"

길을 가다 말고 스님은 길바닥에 반가부좌를 하고 앉았다. 마침 지나다니는 사람도 없었다.

스님이 조금 움직이는가 싶더니 개구리처럼 펄쩍 뛰어올랐다가 다시 내려왔다. 다음번에는 독수리처럼 댓 걸음이나 휘익 날아갔다 다시 날아왔다. 이번에는 길바닥에 드러눕더니 이내 머리와 어깨를 땅에 대고 두 발을 공중으로 들어올렸다.

"나는 이 자세로 잠을 잘 수도 있다!"

"에? 정말요?"

"그럼! 여기서 잠까지 잘 수는 없는 노릇이지만…… 잘 보아라, 내 자세가 흔들리는지."

스님이 두 손바닥으로 길바닥을 밀어올려 물구나무를 서더니 두 손을 번갈아 내밀며 앞으로 나갔다. 그냥 두 다리로 길을 걷는 것처럼 자연스럽기까지 했다.

"내가 몇 가지 재주를 가르쳐줄 테니 부지런히 익혀라. 만일 네 동무들이나 다른 스님들이 눈치채면 너를 가둬두고 배우지 못하게 할 테니 절대로 남들이 알지 못하게 해야 한다. 무행 스님이 알면 나도 무애암에 올 수가 없어."

"예, 무법 스님. 남들 모르게 몰래 익힐게요."

그 후로 무법 스님은 무애암에 올 때마다 계백이 익힌 재주를 칭찬하고 새로운 재주도 가르쳐주었다.

열두 살 되던 해 봄, 봄바람에 실려온 무법 스님은 여느 때처럼 육환장을 바람벽에 세워두고는 계백을 번쩍 들어서 목말 태우고 보림사로 내려갔다. 사천왕문 마당에서 씨름판을 벌이고 있던 아이들이 그저 헤 웃으며 바라보았다. 지난해 가을부터 아이들은 계백이 같이 놀자고 하기 전에는 무서워서 말도 못 붙였다. 아기같이 목말타고 다닌다고 놀렸다가 싸움이 났는데, 몰매를 놓으려고 달려들었던 아이들이 떼거리로 코피가 터지고 대가리가 깨졌기 때문이다.

무법 스님은 대웅전을 지나 산신각으로 올라와서야 계백을 내려놓았다. 초에 불을 붙인 무법 스님이 계백을 돌아보았다. 계백은 향을 들어 촛불에 댔다. 가볍게 흔들어 향에 붙은 불을 끄고 이마에 댄 다음 곧게 내려 꽂았다. 하늘과 땅을 한숨에 꿰듯. 세 개의 향로에서 가느다란 연기가 피어오른다. 산신님마다 세 번씩 조심스럽게 절을 올렸다.

"우리 계백이, 여기가 어딘 줄 아니?"

너무 엉뚱한 물음이라 계백의 머리가 갸웃 넘어갔다.

"산신각 아녜요?"

"그래, 여기 계시는 분들이 누구지?"

"산신님들이죠, 뭐."

계백의 목소리에 짜증이 묻었으나 무법 스님은 그저 고개를 끄덕였다.

"계백아, 너도 이제는 이분들이 누군지 알 때가 되었다. 잘 들어라."

무법 스님의 목소리가 전에 없이 무거웠다.

"가운데 계시는 분은 하늘에 계시는 한인님이다. 까마득하게 먼 옛날 이 땅에 내려와 모든 사람을 낳고 세상의 모든 것을 다스리셨다. 오른쪽에 계시는 분은 한웅님이다. 한인님의 뒤를 이어 배달나라를 세우고 여러 즈믄 해를 다스리셨다. 호랑이가 곁에서 모시고 있는 분은 조선나라를 세우고 다스리다 자손들이 잘 살아가도록 산에 들어가 산신이 되었으니, 바로 우리 단군겨레의 첫 할아버지인 단군 천제님이다."

"할아버지?"

계백이 갑자기 엉엉 울기 시작했다. 무법 스님이 아무리 어르고 달래도 소용이 없었다. 계백은 저절로 지쳐서 곯아떨어질 때까지 울었다. 피붙이가 없이 외로이 자랐으니 뼈에 사무치게 핏줄이 그리웠던 모양이다.

보림사에 사는 아이들도 어버이가 없기는 마찬가지였다. 그러나 피붙이가 아주 없는 것은 아니어서, 드물지만 아저씨나 아주머니들이 찾아왔다. 그때마다 그들이 얼마나 부러웠던가. 스님들이 아무리 잘해줘도 아버지, 아저씨라고 부를 수는 없었다.

아이들은 더러 꿈속에서 본 어버이 이야기를 했으나, 계백이 만나는 어버이는 늘 안개 속에 가려진 것처럼 알아볼 수가 없었다. 꿈을 꿀 때마다 탱화에 그려진 보살님으로 이리저리 바뀌고, 일전에 불공을 드리러 왔던 사람들의 얼굴로 아무렇게나 변하곤 했다.

단군 할아버지의 이야기는 까마득하게 먼 옛날의 일이었으나 '할아버지'라는 말 하나가 대번에 계백의 모든 것을 사로잡았다. 그날부터 산신각은 온 누리에서 가장 좋은 계백이네 할아버지의 집이었다. 삼신산 도깨비가 산신각 도깨비로 바뀌어 산신각을 돌봤다. 무애암 쌈쟁이가 산신각 도깨비가 되어서는 아예 사람이 몰라보게 달라졌다. 아이들이 놀려대도 무어라 한 마디도 않고 모르는 척했다. 산신각 도깨비답게, 무애암에서 보림사로 내려오는 날이면 언제나 마당을 쓸고 마루를 닦으면서 산신각에서 살았다.

"단군 할아버지가 우리 모두의 할아버지라면, 우리 모두가 친척이란 말이잖아."

"온 누리에서 가장 높은 분이 부처님인데 느닷없이 단군 할아버지라니, 그 무슨 뚱딴지같은 소리냐?"

아무리 애써 일러주어도 아이들은 바보 같은 소리 말라고 빈정거리기 일쑤였다. 어린 계백은 차츰 입을 다물었다.

"산신각 도깨비, 머저리 도깨비!"

아이들이 놀리면 놀릴수록 단군 할아버지는 저 한 사람만의 할아버지가 되는 것 같아 계백은 외돌토리가 되어서도 되레 즐거웠다.

할아버지가 생긴 뒤로 계백은 차츰 셈이 들고 웅숭깊은 아이가 되어갔다. 산신각 도깨비가 산신각에 보이지 않는 날이면 무애암에 꼼짝 않고 틀어박혀 글을 배우는 것이다. 어쩌다 묏자락에 있는 마을에 가는 것도 아우 삼아 지내는 진영석한테 하나씩 글을 가르치러 가는 것이었다.

두 별이 떨어져 태어난 아이

　단기 2865년(532) 금관가야(신가야, 경남 김해 지방)가 머리를 숙이고 신라에 들어갔다. 금관가야는 2375년(542) 김수로가 세운 나라로, 다른 다섯 가야보다 훨씬 컸으며 처음에는 신라보다도 크고 강했다.

　2435년 아화국(경북 상주 지방)이 신라에 쳐들어왔을 때, 신라의 파사이사금은 견디지 못하고 가야의 김수로에게 구원을 청했다. 김수로는 곧바로 2천 군사를 이끌고 싸움터에 달려갔다. 김수로는 두 나라 군사들에게 싸우지 말고 화친할 것을 권했고, 가야국의 위세에 눌린 아화국에서는 신라와 싸우지 않겠다고 약속하고 군사를 물렸다.

　신라에서는 김수로에게 큰 잔치를 베풀었다. 신라 임금은 토착세력인 6부 촌장에게도 김수로에게 예를 올리도록 했다. 다섯 촌장은 곧바로 달려와 신라 임금에게 하는 그대로 큰절을 올렸으나 한 촌장만은 나타나지 않았다. 토착세력들은 일찍이 신라를 세운 박혁거세가 본디 제 고장 사람이 아니라 고구려에서 밀려온 세력이었으므로 신라 임금에 대하여 어느 정도 반감을 가지고 있었던 것이다.

속사정이야 어쨌건 자신의 위엄이 땅에 떨어졌다고 생각한 김수로는 크게 성을 냈고, 가야의 신하 탐하리는 군사를 이끌고 달려가서 한기부 촌장 보제의 목을 베었다.

수로임금 뒤로는 나라의 힘이 자꾸 줄어들었다. 대가야(밈라가야, 경북 고령 지방)의 침략을 견디지 못했고, 못난 자손 김구해는 신라에 나라를 바치고 그 대가로 신라의 귀족이 되었다.

단기 2884년(551), 신라 진흥왕은 고구려에 빼앗긴 한강 유역을 되찾으려는 백제 성왕과 합세하여 한강 유역을 공격했다. 백제는 한강 하류 지역 6군을, 신라는 한강 상류 지역 10군을 점령했다.

2년 후 7월, 진흥왕은 120년간 계속되어온 나제동맹을 저버리고 백제가 차지한 한강 하류 지역을 빼앗고, 그곳에 신주(新州, 경기 광주)를 설치했다. 그러나 백제 성왕은 결혼관계를 맺어서라도 동맹관계를 유지하기 위해 자신의 딸을 진흥왕에게 보냈다.

"평화적인 해결은 나도 바라던 바, 신라와 백제 사이에 더 이상 전쟁은 없을 것이다."

성왕의 성의를 달갑게 여긴 진흥왕은 새로운 신부를 맞아 정성껏 합방을 치렀다. 성왕은 배신당해 빼앗긴 한강 하류 지역을 되찾길 원했으나, 진흥왕은 성왕의 성의에 대한 보답은 더 이상 전쟁을 일으키지 않는 것으로 충분하다고 생각했다.

진흥왕이 짐짓 모르쇠를 잡는 것은 나제동맹이 계속되기를 바라는 성왕의 뜻을 몰라서가 아니라 자신들이 침탈한 지역이 너무도 중요했기 때문이다. 한강 하류가 백제에게는 옛 수도가 있었던 역사적 장소겠지만, 신라에게는 누른바다로 곧장 나가 국제무역 중심지인 유성이나 기타 서토 여러 나라와도 직접 교류할 수 있는 매우 유용하고 더할 나위 없이 중요한 곳이었다. 진흥왕은 신라를 위해서 다른 곳이라면 몰라도 한강 하류만큼은 어떤 비난도 두렵지 않고 양심의 가책도 느끼지 않았다.

공주까지 보내 사태가 원만하게 해결되기를 바랐던 백제로서는 신라가 오히려 한강 하류 지역에 군사력을 증강시키는 것을 더 이상 지켜볼 수 없었다. 마침내 빼앗긴 영토를 무력으로 되찾기 위해 군사 요충지인 고시산군(충북 옥천)을 공격하기에 이르렀다.

신라도 총력을 기울여 고시산군을 방어해야 했으므로, 신주에 주둔하고 있던 김무력에게도 군사를 이끌고 고시산군으로 집결하라는 명령이 내려졌다.

백제와 접경지역인 고시산군에는 여러 개의 성이 있었는데,

관산성이 가장 컸다. 무력은 관산성에 이른 다음 날 적지를 살펴러 나가겠다고 나섰다.

"토끼는 도망갈 구멍부터 파지만 범 같은 맹수는 날마다 제 영역을 순찰하여 확인하는 법이다. 내가 군사를 이끌고 이곳에 왔는데 어찌 싸울 곳을 두루 살피지 않는단 말인가? 동짓 달 긴긴밤을 아녀자들처럼 휘영청 밝은 달이나 구경할 것인가, 달빛을 횃불 삼아 적지를 돌아볼 것인가?"

무력은 신라에 귀순한 금관가야 왕 구해의 손자로 세종의 아들이다. 기골이 장대하고 용력과 무예를 갖췄으며 매우 호방한 성품이었다. 무력은 또 법흥왕의 왕비 보도부인의 동생 박씨 부인과 결혼했으니, 그에게 무슨 일이 생기면 가야파뿐 아니라 왕실에까지 문제가 번져나가게 된다. 고시산군 방어를 책임지고 있던 우덕은 즉각 명령을 내려, 무력의 호위군사 외에도 길 안내를 핑계로 고시산군의 군사들까지 대거 뽑아 200명이 넘는 정찰대를 조직했다.

어둠이 내리자 이들은 곧바로 출발했다. 산을 내려가니 마침내 둥근 달이 환하게 떠올라 오히려 적의 눈에 띄지 않게 조심해야 할 처지였다. 주위를 살피며 왼쪽 산에는 험한 벼랑이 계속되고 오른쪽 작은 평야지대로는 서화천 깊은 물이 굽이쳐 흐르는 구진벼루(충북 옥천군 군북면 월전리)에 도착해서 앞으로 나가고 있을 때였다. 갑작스럽게 뒤에서 한 떼의 말발굽 소리가 들려왔다.

말을 달려온 사람은 놀랍게도 백제 성왕이었다. 일행도 조정 벼슬아치 몇과 소수의 근위병뿐이었다. 성왕은 넉 달이 넘게 전투를 치르고 있는 태자를 지원하기 위해 따로 군사를 거느리고 와서 성치산성에 주둔하고 있었는데, 고리산성(환산성)에 있는 태자 여창이 몸져누웠다는 소식을 듣고 나선 길이었다.

모두가 동짓달 긴긴밤과 밝은 달빛 탓이었다. 밤이 짧은 하지경이었거나 달빛이 어두운 그믐 무렵이었다면 성왕은 다음 날 날이 밝기를 기다렸을 것이다. 그런데 공교롭게도 자식 걱정으로 지새우기에는 밤이 너무 길었고, 횃불이 없어도 말을 달릴 만큼 달이 밝았다.

두두두두두. 갑작스러운 말발굽 소리에 신라군 정찰대는 자신들의 움직임이 노출된 것으로 알았다. 즉시 적지에서 되돌아 빠져나가야 했다. 그러나 적과 마주쳐 싸우지 않고 달아나려면, 험한 벼랑과 깊은 물이 계속되는 이곳에서는, 적을 피해 한동안 앞으로 달려갈 수밖에 없을 것이었다.

촌각이 아쉬운 때였지만, 아무런 명령도 내리지 않고 멈춰 선 채로 주의 깊게 말발굽 소리를 듣고 있던 무력은 적의 기마대가 대부대는 아니라고 판단했다. 기마대는 선발대로 급하게 달려오는 것이고, 보병들은 한참 뒤에서 숨을 헐떡이며 달려오고 있을 것이다.

"모두 벼랑 쪽으로 붙어 숨어라. 적을 기다리다가 내가 신호하면 일시에 공격한다."

아무리 빨리 달려도 속도가 훨씬 빠른 적의 기마대에 잡히기 마련이고, 오히려 숨이 가쁘고 몸이 지쳐서 제대로 저항도 못해본 채 당할 수밖에 없다. 달빛이 대낮처럼 밝다고 해도 그저 말이 그렇다는 것일 뿐이다. 급하게 말을 달리면서 수풀에 숨은 군사까지 알아볼 수는 없을 것이다. 같은 보병끼리라면 멀리서부터 숨차게 달려온 백제군보다 신라군 정찰대의 발걸음이 더 빠를 수밖에 없다.

길을 따라 군사들을 매복시킨 무력은 활을 들어 한꺼번에 화살을 날린 뒤 활을 버리고 창칼로 공격하도록 했다.

백제 기마대는 신라군이 숨어 있는 곳까지 달려와서도 속도를 줄이지 않았다. 수도 많지 않았다. 50여 기가 좁은 길을 따라 일렬로 달려오고 있었다. 아무런 낌새도 채지 못하고 무방비로 달려오는 백제군 기마대, 매복한 신라 정찰대가 기습 공격하기에 더할 나위 없이 좋은 대형이었다.

"쏴라!"

무력의 외침을 신호로 화살이 쏟아지고 뒤이어 우렁찬 고함소리와 함께 군사들이 창검을 휘두르며 뛰쳐나갔다. 갑작스러운 고함과 비명이 구진벼루 일대를 뒤흔들었다. 기마대는 대부분 기습적인 화살공격으로 쓰러졌다. 그러나 용케 공격을 피해 살아남은 10여 명의 무예는 놀라웠다.

"어라하!"

"어라하를 지켜라!"

괴상한 소리를 내지르며 펄펄 나는 칼부림에 20여 명의 신라 정찰대가 순식간에 쓰러졌다.

"이놈들!"

처음 맞닥뜨린 적을 해치운 무력이 또 다른 적을 찾아 칼을 휘둘렀으나 한참이나 번갯불을 튀기며 싸운 끝에야 간신히 제압했다. 팔이 잘리고 목에 칼을 받아 쓰러지면서도 적병은 비명 대신 또다시 괴상한 소리로 부르짖었다.

"어라하!"

어라하? '폐하'라는 소리 아닌가! 적들이 부르짖던 괴상한 소리가 그제야 무력의 귀에 제대로 전달되었다.

폐하라니? 이 위급한 상황에서도, 죽어가면서도 왕을 찾다니? 그렇다! 놈들은 분명히 몇 번이나 '어라하를 지켜라!'라고 외쳤다!

"불을 밝혀라!"

"적들이 몰려오기 전에 빨리 피해야 합니다."

"적들은 쉽게 오지 않는다. 백제 놈들은 우리가 이곳에 온 것을 전혀 모르고 있었다."

사실이었다. 그들은 비록 모두 몸에 갑옷을 걸쳤으나 머리에는 투구 대신 담비나 여우 털로 만든 모자를 쓴 자가 여럿이었다.

"그래도 빨리 피해야 합니다."

"아니다. 어서 불을 밝히고 이자들의 신원부터 확인해야 한다."

무력은 직접 횃불을 들고 널브러진 적병들의 옷차림부터 확인했다. 갑옷 사이로 드러난 것은 태반이 화려한 비단이었다. 마침내 얼음 속에 머리를 박고 있는 한 구의 황금갑주를 발견한 무력은 돌처럼 굳어버렸다.

"백제 왕입니다!"

"우리가 백제 왕을 잡은 것 같습니다."

백제 왕을 죽이는, 감히 상상하기도 어려운 엄청난 전공에 군사들이 환호성을 질렀으나 무력은 하악하악, 거친 숨을 몰아쉬었다.

이런 개 같은! 어찌 이런 개 같은 일이! 백제 왕의 시신을 확인한 무력은 가슴을 쳤다. 백제 왕이 이렇게 극소수의 근위병만 데리고 함부로 돌아다니는 것을 알았더라면, 철저한 계획하에 반드시 사로잡아 두고두고 백제를 쥐고 흔들었을 것이다.

제아무리 목청 좋은 꾀꼬리도 목숨이 끊어지면 노래를 하지 못한다. 털을 뜯어도 먹을 것이 없는 작은 고깃덩이에 지나지 않는다. 작은 비둘기를 한 마리 잡은 것이나 마찬가지다.

적국의 왕은 반드시 사로잡아야 한다. 전투에만 능한 적장은 전투에서 베어버리거나 사로잡거나 크게 다를 것이 없다. 그러나 적국에서 위세를 떨치는 자들은 다르다. 사로잡으면 두고두고 여러 가지 흥정거리가 되지만, 전투 중에 죽여버리면 이쪽의 기세는 크게 오르겠지만 자칫 저쪽의 원한만 높아져 두고두고 두통거리가 될 수도 있다. 더구나 장수도 권문세가도 아닌 왕이라면 그 가치와 파괴력은 절대적이다.

투구 대신 담비 털로 만든 모자를 쓰고 있는 백제 왕의 왼쪽 목에 화살이 박혀 있었으나 직접적인 사인이라고 할 만큼 치명상은 아니었다. 목에 화살을 받고 바로 말에서 떨어진 백제 왕은, 갑작스럽게 나타난 신라군 정찰대를 자신을 잡기 위해 미리 매복하고 있던 대군으로 착각하고 자결을 택한 것이 분명했다. 빠져나가기 어렵다고 판단되자, 신라군에게 포로가 되어 이용당하지 않기 위해 얼음을 깨고 머리를 박아 스스로 숨을 끊어버린 것이다.

숨이 붙어 있다면 어떻게든 살려보겠지만, 이미 물속에 머리를 박고 죽어버린 왕은 아무런 이용가치가 없다.

"바보 같은 놈, 이렇게 허무하게 당하고 말다니!"

장수들은 포로가 되어도 험하게 취급하지 않는다. 정보를 캐기 위해 고문을 하고 죽일 때 죽이더라도 일단은 그 명예를 생각해서 탈출하지 못하게 묶거나 가두어둘 뿐, 다른 것은 이쪽 장수에 버금가는 대우를 해주기 마련이다. 하지만 군사를 이끌고 전쟁터에 나왔으면서도 만일의 위험에 대비하지 않고 천둥벌거숭이처럼 날뛰다가 일개 정찰대에게 걸려 죽은 자에게 왕 대접은 너무 과분하다고 무력은 생각했다.

"이중에 제일 낮은 자가 누구더냐?"

무리 중에서 신분이 가장 낮은 자를 찾으니, 고시산군 곁에 있는 삼년산군(충북 보은)의 삼년산성에서 말을 돌보는 도도란 자가 나왔다. 도도는 본디 관산성 아래에서 살던 백성으로 어려서부터 병약해 말이나 돌보던 자였다. 말먹이꾼 도도가 정찰대에 합류한 것은 누구보다 이곳 지형을 잘 알고 있었기 때문이다. 일행은 도도에게 백제 왕의 시신을 메고 가게 할 것으로 알았으나, 뜻밖에도 무력의 명령은 전혀 엉뚱한 것이었다.

"네 손으로 저자의 목을 잘라라. 네 이름이 역사에 기록될 것이다."

무력의 명을 받은 도도가 칼을 들어 여러 번 내리쳤으나 백제 왕의 목은 쉽게 잘리지 않았다. 남들이 무술을 닦을 때 말이나 돌보던 도도가 서툰 나무꾼 도끼질을 하듯 중구난방으로 내려친 칼질에 시신의 목은 걸레처럼 짓이겨졌다.

그렇게 백제 왕의 주검은 말이나 돌보던 천한 자의 거친 칼질에 목이 잘리는 수모를 당했다. 상상치도 못했던 곳에서 상

상치도 못한 방법으로 너무도 허망하게 죽어버린 백제 왕에게
합당한 대우였고 분풀이였다.

비록 허망한 죽음이었을지라도 백제 왕의 사망 소식은 신라
의 모두에게 큰 기쁨이었다. 다만 한 사람, 백제 공주에게만은
크나큰 슬픔이었다. 아비를 위해 분향하고 싶다는 말에 사도
왕후는 허락했고, 공주는 제 처소에 분향소를 차리고 백제대
왕 부여명농의 위패를 모셨다.

벌써 사흘째 음식을 입에 대지 않는 공주가 걱정되어 분향
소에 다녀온 사도왕후는 넋을 놓고 있는 공주 때문에 또 다른
근심이 생겼다. 기운 없이 멍하니 앉아 있는 모습이 아비를 잃
은 슬픔과 음식을 먹지 못해 그런 줄 알았으나, 아니었다. 아이
를 가진 것이다!

아비의 장례를 치르기 위해 곧장 백제로 돌아가겠다고 나
서는 대신 빈소를 차리겠다고 했을 때 눈치를 챘어야 했다. 신
의를 배반하고 아비를 죽인 원수의 자식을 낳아 기를 수 없어,
스스로 굶어 죽어 고통과 우환을 혼자서 깨끗이 마무리하기
로 작정한 것이다.

백제 왕의 죽음으로 신라와 백제의 관계는 쏟아진 물처럼
돌이킬 수가 없게 되었다. 뒤통수를 쳐서 빼앗은 땅뿐 아니라
합의하에 차지했던 땅까지 모두 돌려준다고 해도 비명에 아비

를 잃은 공주의 슬픔과 원한을 달랠 수는 없을 터였다.

사도왕후는 왕의 어머니인 지소태후를 찾아가 어찌하면 좋을지 물었다.

"꽃다운 나이에 굶어 죽다니, 그 정경이 너무 가엾구나. 왕후가 도와주어야 하지 않겠나?"

"돕고 싶지만 방법을 모르겠습니다."

"내가 독주를 내줄 터이니 가져다주게."

"달랠 수는 없는 것입니까?"

"죽음보다 더한 고통이 계속될 것이네."

"그래도 어찌, 말리지는 못할망정……."

왕후가 말끝을 흐렸으나 태후는 단호했다.

"이미 고통스럽게 스스로 목숨을 끊고 있는 사람, 조금이라도 그 고통을 덜어주는 것이 오히려 인지상정 아니겠는가. 왕후가 못하겠다면 내가 하겠네."

"아닙니다, 태후 폐하. 제가 하겠습니다."

그날 밤 왕후는 작은 주안상을 하나 들려 백제 공주의 처소로 갔다. 따로 상을 받는 것이 당연했지만 공주가 거절하지 못하도록 굳이 하나만 준비한 것이다.

다과상도 아닌 주안상을 마주해본 적이 없는 두 사람이었다. 여태 물 한 잔도 사양하던 공주였으나 스스럼없이 권하는 잔을 비웠다. 빈속에 술을 마시는데도 좋은 차를 마시는 것처럼 등에서 땀이 솟고 속이 편안해졌다.

시녀가 새로운 술을 내오자 왕후는 그 술병을 주안상 구석에 놓아두게 했다.

"여자들이 마시기에는 너무 독한 술이다. 다른 술을 가져오너라."

다시 가져온 술은 꿀처럼 향긋하고 달콤했다.

"너무나 독한 술, 빈속에 마셨다가는 영영 깨어나지 못할 수도 있어요."

왕후가 한 번 더 구석에 밀어둔 독주에 대해 말했고, 공주는 대꾸 대신 빙그레 웃고는 젓가락을 들어 안주까지 고루 맛있게 먹었다.

두 사람 다 얼근하게 주기가 올랐을 때 왕후가 잠깐 볼일을 보고 오겠다며 자리를 비웠다. 공주의 눈이 구석의 술병에 고정되었다.

영영 깨어나지 못하는 술! 공주는 망설임 없이 독주를 따라 마셨고 의자에 몸을 기댄 채 깊이 잠들었다.

창졸간에 어이없이 왕을 잃은 백제군은 맹렬한 기세로 덤벼들었으나 자꾸 무리수만 두게 되어 결국 한 달 만에 무려 3만에 가까운 전사자만 남기고 철군했다. 관산성 전투 승리로 신라는 누른바다로 진출할 수 있는 한강 유역의 땅을 영구 점령하게 되었으므로 국력이 크게 신장되었다.

백제 왕과 좌평 넷을 죽여 일거에 전쟁을 대승리로 이끈 무력은 신주도행군총관(新州道行軍摠管)에 임명되었고, 이후 벼슬이 승승장구하여 마침내 제1관등인 각간에까지 이르렀다. 박씨 부인과의 사이에 자식이 없었던 무력은 관산성 전투에서 공을 세운 후 진흥왕과 사도왕후의 딸인 아양공주와 결혼해 아들 서현을 두었다.

그러나 이미 골품제도가 깊게 뿌리를 내린 신라 사회였다. 허리 굽히고 들어온 변방의 귀족을 은근히 경멸하고 있었던 데다 진평왕의 어머니인 만호태후가 서현의 어머니 아양공주와 사이가 좋지 않았던 것이 문제가 되었다.

김서현이 그의 부인 만명을 맞을 때의 일이다. 진평왕의 여동생인 만명은 서현이 잘생긴 외모뿐 아니라 문무가 뛰어나 서라벌에 맞수가 없을 것이라는 소문을 듣고 호기심에서 만나보았는데, 볼수록 기대 이상이었고 사랑하는 마음도 커져만 갔다. 서현도 자신에게 다가오는 만명이 매우 예쁘고 똑똑하였으므로, 서로 지아비 지어미가 되어 죽는 날까지 함께 살기로 약속했다. 그러나 만명의 어머니인 만호태후는 서현의 어머니인 아양공주를 미워하고 있었으므로 둘의 교제를 허락하지 않았다.

"나도 내 딸을 변방의 귀족에게 보내고 싶지 않으니 그리 알아라."

만명이 아비 숙흘종에게 서현과 혼인시켜달라고 빌었으나 그 또한 한 마디로 거절했다. 갈문왕 숙흘종은 지소태후가 법흥왕의 동생인 갈문왕 입종과 결혼해 낳은 아들로, 진흥왕의 친동생이다. 만호공주(만호태후)는 진흥왕의 아들인 동륜태자와의 사이에 아들(진평왕)을 두었는데, 동륜이 개에게 물려 죽은 뒤 숙흘종과 다시 결혼해서 만명을 낳았으니, 만명은 진평왕의 동복동생으로서 공주처럼 귀한 신분이었다. 만일 만명이 딸이 아닌 아들로 태어났다면 갈문왕에 봉해졌을 것이다.

서현과 만명이 애타게 빌었으나 만명의 부모는 끝내 허락하지 않았다. 그리고 풍월주 부제로 있는 서현에게 만노군(충북 진천) 태수로 가라는 갑작스러운 명이 내렸다. 겉으로는 서현이 이른 나이에 출세한 것처럼 보였지만, 사실 숙흘종과 만호태후가 만명과 서현을 멀리 떼어놓으려고 꾸민 일이었다. 각간에까지 올랐던 아비 무력도 죽은 지가 벌써 15년이나 지났으므로 서현의 뒤를 봐줄 사람도 없었다.

하지만 만명 또한 만만치 않았다.

"서현과 헤어져 살 수는 없습니다. 제 몸속에는 이미 서현의 아이가 자라고 있습니다. 아비 없는 아이를 낳을 수는 없는 일입니다."

마음에 흡족한 사윗감은 아니더라도 손자를 아비 없는 자식으로 만들 수는 없는 일, 완고한 숙흘종이지만 서현을 서라벌로 불러들여 혼례도 치러줄 것이 틀림없었다.

"벌써 아이를? 정말이더냐?"

"예, 달거리가 끊긴 지 벌써 두 달입니다. 속이 메스꺼워 밥도 넘어가지 않습니다."

사실일 것이다. 이미 며칠 전에 만명에게 태기가 있는 듯하다는 보고를 받았던 숙흘종은 놀라지 않았다.

"아비가 없기는 왜 없다는 것이냐? 오늘 밤부터 하종전군을 불러올 것이니 너도 정성을 다해 맞이하거라."

"하종전군? 제가 그를 정성껏 맞을 이유는 또 무엇입니까?"

"너는 하종전군에게 마복자를 둘 자격이 없다고 말하는 것이냐?"

하종전군은 임금까지 갈아치울 정도로 막강한 권력을 독점해온 미실의 아들이다. 그의 마복자가 된다는 것은 더없이 좋은 일이다. 2년 전 풍월주를 보리공에게 물려주고 상선이 된 하종전군은 인물이 훤하고 성품까지 맑아서 총애를 받으려는 봉화들로 문전성시를 이루고 있었다. 진흥왕의 친동생인 숙흘종이나 되니까 함부로 하종전군에게 오라 가라 할 수 있는 것이지, 보통 사람이라면 꿈도 꾸지 못할 일이었다.

"하종전군은 싫습니다."

"그럼 미생공은? 화랑도가 그의 누이 미실의 손에 있음을 너도 모르지 않을 터."

미실이 화랑도의 주인이라는 것을 모르는 사람이 있을까. 10세 풍월주였던 미생은 이미 오래전부터 서라벌 제일의 색남으로 정평이 나 있었다.

"아무도 필요 없습니다. 아양공주의 아들 서현이 무엇이 모자라서 자식을 마복자로 만들겠습니까?"

"모자라서가 아니라 든든한 울타리를 두려는 것이다. 이 아비와 어미가 언제까지 살아서 손자의 뒤까지 봐주겠느냐."

당연한 말씀이었다. 그러나 만명에게는 아비의 말을 따를 수 없는 사정이 있었다. 임신했다고 거짓말한 것은 서현과의 혼인을 허락받기 위해서였지, 다른 사내와 잠자리가 필요해서는 아니었기 때문이다. 마복자를 만들라는 명에 따라 하종전군이나 미생공과 잠자리를 했다가는 꼼짝없이 엉뚱한 사내의 아이를 낳게 되는 것이다. 누구의 자식이건 아이를 낳게 되면 서현과의 혼사는 당연한 일이 되겠지만, 다른 사내의 아이를 낳아 기르고 싶은 마음은 털끝만큼도 없었다.

"색남으로 소문난 미생공이라면 얼마든지 너를 편안하게 해줄 것이다. 아비의 말대로 마복자부터 낳은 뒤 서현을 불러 혼례를 치르도록 해라."

"마복자는 싫어요. 당장 서현을 오라고 해주세요."

음식도 제대로 못 먹는 만명이 날마다 애타게 빌었으니, 속

두 별이 떨어져 태어난 아이

사정을 모른 채 들볶이던 숙흘종도 막무가내로 들이대는 딸 만명한테서 무언가 수상쩍은 냄새를 맡았다.

"고얀 것 같으니라고. 여봐라, 저 아이를 가두어두고 밖에 나오지 못하게 하라."

숙흘종은 벌컥 화를 내면서 딸을 외딴 집에 가뒀다. 시중드는 사람을 모두 여자로 바꾸고 늙은 군사들을 시켜서 지키게 했다. 임신한 척 거짓으로 입덧을 할 수는 있어도, 처녀 혼자서 뱃속에 없는 아이를 낳을 수는 없을 것이다. 숙흘종은 이번 기회에 아비의 눈을 속이려는 딸아이의 버릇을 단단히 고쳐줄 셈이었다.

만명이 외딴 집에 갇힌 지 며칠이 지난 어느 날, 먹구름이 몰려오더니 장대비가 쏟아졌다. 번개가 일고 하늘이 무너지듯 우레가 울었다. 집을 지키는 군사들까지 모두 늙은이들뿐인 것은 아버지도 이미 눈치를 채고 있다는 뜻이다. 아이를 가졌다는 거짓말이 들통 나는 것은 시간문제였으므로 답답한 가슴을 억누를 길 없었던 만명이다. 하늘과 땅이 맞붙는 것처럼 요란한 우레도 무섭지 않았다.

"벼락아, 차라리 나를 때려라!"

번쩍! 꽈광! 눈앞에 불이 번쩍하며 하늘이 한꺼번에 무너졌다. 하늘의 뜻이었는지 귀신이 도왔는지 만명이 갇혀 있는 집 대문에 벼락이 떨어진 것이다.

"무슨 일이냐?"

"하늘이 노하셨다!"

집을 지키던 군사들이 땅에 엎드려 벌벌 떨었다.

"하늘이 나를 불쌍히 여기신 것이다."

만명은 밖의 소란을 틈타 뒷담을 넘어 멀리 도망쳤다.

"아기씨를 찾아라."

나중에야 만명이 없어진 것을 알아차린 군사들이 찾아 헤맸으나 헛일이었다. 만명은 이미 다른 사람의 집에 들어가, 빗속에 길을 나섰다가 옷이 젖었노라고 핑계를 대고 그 집 아낙네의 옷을 얻어 입었다. 만명이 저고리에 달고 있던 노리개 하나를 떼어주자 아낙네는 고맙다며 수없이 절했다.

소나기가 그치고 바다 쪽으로 구름이 밀려갔다. 그 집을 나선 만명은 머리를 장식한 것들을 모두 풀어냈다. 신라 왕실의 처녀가 여느 백성의 아낙네로 모습을 바꾼 것이다. 만명은 두 달 동안이나 갖은 고생을 다하며 멀리 길을 돌아 만노군으로 갔다.

서현은 꿈에 형혹(화성)과 진(토성) 두 별이 떨어져 집으로 들어오는 것을 보았다. 귀한 아들을 얻는 태몽이었다. 만명 또한 꿈을 꾸었는데 한 아이가 금빛 갑옷을 입고 구름을 타고 하늘에서 내려와 집으로 들어오는 것이었다.

임신하여 스무 달 만에 유신을 낳으니 2928년(595)의 일이다. 김유신은 생김새가 훤칠하고 똑똑해서 어려서부터 신동으로 소문이 자자했다. 열세 살에 화랑도에 들어갔으며 열다섯에는 100여 명의 낭도를 거느린 화랑이 되었다.

춤추는 새

단기 2944년(611) 10월, 아직 첫눈도 내리지 않은 서라벌의 겨울은 따뜻했다. 열사흗날 밝은 달이 둥실 떠오르자 숨바꼭질을 하는 아이들이 달그림자를 찾아 골목을 잽싸게 내달렸다.

"어이쿠!"

길모퉁이를 급하게 돌아서던 아이가 비틀 넘어졌다.

"말이다!"

뒤따르던 아이들이 소리를 지르며 담벼락에 붙어섰다. 그러나 길모퉁이에서 갑자기 모습을 드러낸 말은 아무것도 느끼지 못한 듯 왼쪽으로 몸을 돌렸다. 아이들이 달려온 쪽이다.

다각, 다각. 말발굽 소리가 달빛 속에 튀어오른다.

쩔렁 쩔렁. 말방울 소리가 가락을 맞춘다.

아무 일도 아니라는 것은 저쪽 느티나무 아래서 등을 돌린 채 눈을 감고 있던 술래가 먼저 알았다. 술래의 목소리가 그만큼 더 커졌다.

"꼭꼭 숨어라, 머리카락 보인다. 꼭꼭 숨어라, 머리카락 보인다."

말발굽 소리와 말방울 소리가 술래가 노래 부르듯 외우는 소리에 어우러졌다. 잠깐 노랫소리가 끊기는가 싶더니 이제 찾는다고 소리치며 술래가 내달린다. 이내 느티나무 그늘을 벗어난 말도 푸르스름한 그림자를 드리우며 가던 길을 간다.

다각, 다각. 혼자서 길을 가는 말은 머리를 끄덕이며 쩔렁쩔렁, 제 발소리를 듣는다. 쩔렁쩔렁, 달빛을 밟으며 하염없이 길을 가던 말이 마을길을 벗어나 마침내 노송이 우거진 숲길로 들어서더니, 오래지 않아 그 끝에 있는 집 마당으로 들어섰다. 무슨 제사라도 있었던 듯 너른 마당 곳곳에 초롱불을 밝히고 제단 곁에는 아직 화톳불까지 남아 있었으나 어디에도 부산한 움직임은 없었다.

이히히힝, 투르르르. 이제 다 왔노라고 말은 코를 불며 투레질을 해댔다. 말 잔등에 엎드려 두둥실 떠가는 느낌에 달콤하게 잠들었던 주인이 잠깐 몸을 세우는가 했으나 다시 앞으로 코를 박았다.

"유신랑!"

한껏 정겨운 목소리다. 몇 날 며칠을 애태우다 불러보는 이름인가? 버선발로 내달아오는 여인. 아아, 참새로구나! 내 사랑, 어여쁜 사람! 오색 무지개를 밟고 훨훨 춤추며 날아오는 선녀. 그 얼마나 사나이의 가슴을 졸이던 모습이요, 아름다운 눈이던가. 그러나 그 눈빛이 칼날처럼, 햇살처럼 빛나는 순간 흠칫 눈을 떴다.

천관녀의 집이다! 그러나 요란하게 밝힌 불빛에 비해서 왠지 썰렁하다.

천관녀 춤새의 차림새는? 색색의 긴 천을 앞뒤로 늘어뜨렸는데, 그 사이에서 작은 거울이 번쩍번쩍 빛을 뿌려내는 무복이었다.

무슨 굿이라도 있었나? 기우뚱 넘어가던 머리가 흠칫 놀랐다.

그렇다! 가잠성이 백제군에게 에워싸였으니 이곳 도당산에서도 제사를 지냈을 것이다. 나라에서 따로 돌아보지 않아도, 이 땅의 백성인 다음에야, 아니 천지신명을 모시는 이곳에서야 더욱 정성껏 제사를 모셨을 것이 아닌가.

찬물을 뒤집어쓴 것처럼 정신이 번쩍 들었다. 이 무슨 꼴이란 말인가.

"유신랑, 어이 이제 오셔요?"

원망인가? 눈물이라도 쏟을 듯 올려다보는 눈, 진한 그리움.

"유신랑!"

애타게 불러도 사내의 입은 열리지 않았다. 눈길 한 번 주지 않는다. 장승처럼 굳어서 똑바로 앞쪽만 쏘아보는 사내, 김유신. 두 해 앞서 화랑에 오른 뒤로 서라벌의 으뜸 화랑으로 뭇 사람의 입에 오르내리는 이름이었다.

말에서 내리는 것도 잊은 채 온몸이 굳어 있는 화랑 김유신 에게 만호태후의 준엄한 호통이 쏟아졌다.

"어리석은 놈! 기어이 출세를 포기하고 말 터이냐? 한갓 계집에 빠져 풍월주에 오를 수 있는 천재일우의 기회를 물리치려는 것이냐? 더구나 오늘이 무슨 날이냐? 백제놈들이 이 도당산 아래 천관녀의 집으로 쳐들어왔다더냐?"

그러나 화랑 김유신은 말 머리를 돌려 자리를 떠나지 않고 천천히 말에서 내렸다. 언제 술에 취했던 사람이냐 싶게 그의 몸짓에서는 찬바람이 일었다. 말에서 내리는 것을 도우려던 천관녀가 그 서슬에 밀려났다.

불이다! 활활 타오르는! 언제 님에게서 이런 눈빛을 생각이나 할 수 있었던가. 사람을 송두리째 태워버리는 열기, 그런데도 온몸을 얼려 부스러뜨리는 저 차가움!

그러나 김유신의 눈길은 이미 천관녀에게서 떠났다. 천천히 몸을 돌려세운 그가 스윽, 허리에 찬 칼을 뽑아들었다. 춤사위처럼 칼이 솟아올랐다.

칼날에 번들거리는 빛마저 멈추었을 때.

"얍!"

외마디가 바람을 가르고 빛을 잘라냈다. 한 칼에 동강난 말

머리가 피를 뿜으며 튀어올랐다. 뒤돌아선 김유신이 다른 어둠을 벨 것처럼 썩썩 걸어나갔다. 산처럼 버티고 서 있던 말이 쓰러졌다. 그러나 그림자가 눕는 것처럼 아무런 소리도 없었다. 누리는 소리를 잃어버렸다!

"알천랑까지? 넋 빠진 것들! 그깟 천관녀 따위가 무엇이라고!"

유신은 저도 모르게 욕설이 나왔다. 도무지 이해가 되지 않는 일이었다. 아니, 알다가도 모를 일이었다.

금년 봄, 열여덟에 처음으로 사람들 앞에 모습을 드러낸 천관녀는 맑고 단정한 용모에 두루미처럼 우아한 춤사위로 단박에 젊은 화랑낭도들을 사로잡았다. 어려서부터 춤추기를 좋아해 엉덩이를 붙이고 앉아 있지 못했다는 소문과 함께 그의 어미 천관녀가 구름을 타고 춤추던 단정학이 품 안에 날아드는 태몽을 꾸었고, 그래서 이름을 '춤추는 새'라고 했다고 했다는 소문도 모르는 이가 없었다.

'춤새'라는 이름 때문인가, 무복에 수놓은 한 마리 단정학 때문인가. 가냘픈 어깨선이 학처럼 고운 그네는 일어나 걷기만 해도 단정학이 물가를 거니는 것 같았고, 팔을 들어 춤을 추기 시작하면 선계의 선녀가 학의 무리를 희롱하며 너울너울 춤추는 것만 같았다. 손자를 본 늙은 낭도들까지 고요히 앉아 있는 모습에 깊은 호수처럼 빠져들고 살포시 웃는 모습에 심장이 터질 듯 쿵쿵거린다고 법석이었다.

젊은 낭도들이 천관녀가 예뻐서, 춤사위가 아름다워서 푹 빠지는 것쯤 이해 못할 바가 아니었다. 그러나 정도라는 게 있다. 서라벌의 화랑도가 모두 그깟 계집 하나 때문에 정신을 못 차리고 몰려든다 하니 기가 찰 노릇이었다.

화랑도의 여름수련이 끝났음을 알리는 해단식이 있던 날이었다. 화랑 알천에게 저녁에 다시 만나서 술 한잔 하자고 청했던 유신은 오늘은 다른 일이 있으니 나중에 보자는 대답을 들었다. 크게 아쉬워하는 유신에게 마침 곁에 있던 낭두(郎頭, 낭도의 우두머리)가 넌지시 일러주었다.

"아마도 오늘 밤에는 도당산에 가려고 거절하셨을 겁니다."

"도당산에? 알천랑도 춤을 배우러 다니는 것인가?"

"그보다는 오늘 밤 그곳에서도 따로 해단식을 한다고 합니다."

"도당산에서도 해단식을 하다니? 그게 무슨 소린가?"

"공식적인 해단식은 끝났지만 오늘 밤 도당산에서 제사를 모신다는 연락이 왔었습니다."

"연락이 왔었다? 그런데 왜?"

"유신랑께서 도당산을 싫어하신다는 것을 모두 알고 있지 않습니까. 하여 대노두께서 우리 용화향도는 한 사람도 도당산에 가지 말라는 엄명을 내렸고, 향도님께는 아예 아무런 말씀도 드리지 않았던 것입니다."

벌써 쉰 살이 넘은 대노두 원만은 용화향도의 최고 능구렁이답게 유신의 비위를 건드리지 않도록 미리 알아서 처리한 것이다.

월성 남쪽에 있는 도당산은 본디 시조인 박혁거세의 제사를 모시던 곳이었다. 박혁거세의 친누이인 아노가 제사를 주관했다는 옛말처럼 천관은 늘 여인네의 몫이었다. 봄, 여름, 가을, 겨울. 철마다 조정에서 벼슬아치들이 나와 제사를 지냈으며, 임금이 직접 술잔을 올리고 절하는 일도 적지 않았다.

고구려에 불교가 들어온 것은 2704년(371)이었고, 14년 뒤에는 백제도 불교를 받아들였지만, 신라는 150년 가깝게 불교를 인정하지 않았다. 서토까지 온 누리를 다스리던 고구려와 바다를 다스리던 백제는 쉽게 새로운 문물을 받아들였으나, 지리적으로 바깥세상과 소통이 어려웠던 신라 백성들은 점점 폐쇄적이 되었고 새로 들어온 불교도 쉽게 받아들이지 않았다.

마침내 2860년(527) 법흥왕은 불교를 받아들이기 위해 이차돈의 목을 베는 아픔을 감수했다. 죄명은 외래 종교인 불교를 믿은 것이라고 했으나, 막상 이차돈의 목을 베었을 때 목에서 붉은 피 대신 눈처럼 하얀 피가 흘렀다는 전설이 만들어지면서, 조정에서 불교를 승인하게 되었다.

이차돈의 순교를 계기로 법흥왕은 2862년 살생을 금지하는 명령을 내렸고, 2867년에는 월성 서쪽 천경림에 신라 최초의 불교 사찰인 흥륜사(興輪寺)를 짓기 시작해 10년 후 완공했다. 굳이 숲이 울창한 천경림을 택한 것은, 비록 조정에서 불교를 공인하고 장려했으나 일반 백성들이 쉽게 따르지 않았기 때문에 서라벌 백성들이 무속을 많이 행하는 천경림에다 절터를 잡은 것이다. 흥륜사는 유신의 집인 재매정에서 2마장밖에 안 되는 가까운 거리였으므로 유신의 가족이 자주 찾았다.

진흥왕 14년인 2886년에 황룡사를 창건했는데, 신라 최대 사찰인 만큼 아직도 공사가 마무리되지 않고 있었다. 하지만 45년 전인 2899년부터 조정에서는 나라의 제사를 도당산에서 황룡사로 옮겼으니, 도당산은 차츰 소외되어 이제는 복을 비는 백성들의 차지가 되었다. 도당산을 지키는 천관의 집에도 나라에서 내리는 곡식이 끊겼다. 천관은 백성들의 복을 빌어주고 백성들이 제단에 바치는 제물과 곡식으로 살아야 하는 처지가 되었다.

산천에 제사를 지내고 춤과 가무를 익히는 화랑들이 도당산에 가서 제사를 지내고 천관녀한테 춤과 가무를 배우는 것은 흔한 일이었으나 유신은 어미인 만명부인의 가르침에 따라 도당산에 가지 않았다. 유신이 조직한 화랑도는 다른 화랑도와 달리 특히 불교를 숭상하였으므로 용화향도(龍華香徒)라는 별칭으로 불렸다.

모르는 것이 약이라고 했던가. 평소 피를 나눈 형님처럼 믿고 의지했던 알천까지 도당산에 가려고 자신의 청을 거절했다니! 사실 오늘 따로 만나고 싶었던 것도 그동안의 회포를 풀면서 이런저런 소문을 잠재울 방법도 의논해보려던 것이었는데…….

단지 알천이 일곱 살이나 나이가 많아서가 아니다. 구륜 갈문왕의 아들로 진흥대제의 손자인 알천은 무예가 높고 완력도 누구 못지않았지만, 여인네들처럼 화사하고 가냘픈 용모에 목소리마저 청아하고 성품 또한 아름다웠다. 많은 상선이 남색으로 색공을 받고 싶어 했으며, 특히 풍월주 호림공과 전방화랑 보종이 몇 년을 두고 구애했으나, 알천은 누구의 소원도 들어주지 않았다. 상심한 보종이 그 반발심으로 얼굴에까지 욕심이 덕지덕지 붙은 염장을 사신으로 삼아 색공을 받고 있다는 것도 모르는 사람이 없었다. 보종이 부제가 된 뒤에도 여러 가지 조건을 제시하며 어르고 달랬으나 알천은 여전히 소신을 굽히지 않았다. 탄탄대로를 달려 풍월주에 오를 수 있는 기회를 스스로 차버린 것이다.

남색을 싫어하는 만큼 여색을 좋아하는 것도 아니어서 알천의 화랑도에 속한 유화나 봉화들도 가슴만 태울 뿐이었다. 알천에게 색공을 바치기란 하늘의 별따기만큼이나 어렵다고들 했다. 그렇다고 알천이 부실한 것도 아니었다. 어쩌다 색공을 바친 여자들은 알천이 마치 구름을 타고 희롱하는 용과 같았다면서 자신들은 이제 죽어도 여한이 없다고 했다.

알천은 화랑도를 지휘할 때가 아니면 좀처럼 목소리를 높이지 않았고, 누가 실수를 해도 크게 나무라지 않고 빙긋이 웃으며 다독거리거나 조용히 타일렀다.

유신은 여인처럼 아름답고 누구보다 심지가 곧은 알천을 화랑의 표상이라 여기며 존경해왔다. 위로 형이나 누이가 없는 유신은 알천한테서 아름답고 다정한 누님과 듬직한 형님을 동시에 느끼고 있었다. 유신도 남색을 달갑지 않게 여기고 있었지만 다른 사람이 아닌 알천이라면 어렵지 않게 색공을 바칠 수도 있을 것 같았다. 그만큼 신뢰하고 마음 깊이 따르던 알천이었다.

그러한 알천랑마저 천관녀에게 푹 빠져서 늘 동생처럼 아껴주던 자신을 만나줄 틈조차 없다니, 도무지 믿기지 않는 일이었지만 엄연히 부인할 수 없는 사실이었다. 낯짝 한 번 보지 못한 천관녀도 미웠지만, 그보다는 정신 빠진 화랑들을 못 본 척 그냥 내버려둘 수는 없는 일이었다. 특히 다른 사람은 몰라도 알천만큼은 악의 구렁텅이에서 구해내고 싶었다. 찬물을 끼얹어 정신을 바짝 차리게 하고 싶었으나 아무리 궁리해도 뾰족 수가 생각나지 않았다.

좋다! 죽이 되든 밥이 되든 일단 부딪쳐보자! 궁하면 통한다고 하지 않았는가.

유신은 어둠이 내리기를 기다려 도당산으로 갔다. 비록 공식적인 행사는 아니었지만, 서라벌의 화랑들이 모두 연모하는 천관녀가 화랑도의 수련이 무사히 끝났음을 천지신명께 고하고 감사드리는 제사였으므로, 제단 앞에는 500명쯤 되는 화랑이 줄지어 앉아 있었다. 이미 제사를 시작한 지 오래인 듯, 천관녀가 너울너울 춤추며 돌아가고 있었다. 유신은 걸음을 멈추지 않고 제단 앞으로 뚜벅뚜벅 걸어갔다.

화랑들이 놀라는 사이 김유신도 두 팔을 쳐들고 춤사위를 시작했는데 마치 양손에 바라라도 쥔 듯한 팔놀림이었다. 춤사위가 크고 활달한 것이 바라춤의 특징이겠으나 유신의 춤사위는 분명 달랐다. 앞으로 나가고 뒤로 물러서는 것이 마치 창을 든 군사처럼 힘찼고 회전을 할 때도 적을 잡아채 내던지는 것처럼 힘이 있었다. 팔 동작에 변화가 많은 천수바라춤인데도 수박을 하는 것처럼 씩씩하고 활달한 품새는 조금도 흐트러지지 않았다.

춤사위가 전혀 다른 훼방꾼이 나타났으나 천관녀는 안개

가 키 큰 전나무와 바위를 함께 싸안는 것처럼 김유신의 바라춤과 어우러졌다. 김유신의 거친 춤사위를 천관녀의 섬세함이 채우고, 한 곳에서 하늘거리는 천관녀의 춤사위를 김유신이 너른 마당으로 이끄는 것처럼, 마치 두 사람이 한 조를 이루어 춤을 추는 것만 같았다.

"참으로 대단하였소. 내 눈이 좁았음을 비로소 알았소이다."

화랑 유신이 사나이의 기백과 바라춤의 씩씩함으로 천관녀를 꺾으려 했던 것에 대한 부끄러움을 담아냈다.

"함부로 뛰어든 무뢰배가 누군가 했더니 용화향도님이었군요. 불경을 외는 일보다는 춤에만 매달린 듯, 춤사위가 좋았습니다."

이 사람이 용화향도 김유신이다! 춤판에 불쑥 끼어들었을 때부터 천관녀는 유신을 알아보았다. 커다란 몸집에 부리부리한 눈, 크고 진한 눈썹에 쭉 뻗은 코, 굳게 닫힌 붉은 입술 등 온몸에서 남달리 활달한 기상이 넘쳐흘렀으니 소문으로만 듣던 화랑 유신이라는 것을 짐작할 수 있었다. 더구나 천관녀의 춤판에 천둥벌거숭이로 뛰어들어 어울리지도 않는 바라춤을 출 만큼 배짱 두둑한 화랑은 아직 없었다.

잔뜩 별렀는데 싱거운 싸움이 되고 말았다. 어쩌면 싸움이 아니라 깊은 산속에서 자욱한 안개를 뚫고 들어가 뜻밖에 신비한 절경을 만난 것 같았다. 천관녀 춤새는 마치 기다리고 있었던 것처럼 유신을 받아들였고, 유신의 젊은 가슴도 너른 바다에서 큰바람과 너울을 만난 조각배처럼 뛰놀았다.

한번 사랑에 빠지니 열일곱 젊은 가슴에는 앉으나서나 천관녀 춤새 생각뿐이었다. 유신은 틈만 나면 도당산을 찾았다. 춤새도 한창 꽃피는 젊음, 애타는 가슴으로 유신을 기다렸다. 하루가 멀다 하고 만나지만 그 그리움이야 견우직녀가 따로 없었다.

사랑에 빠지면 물정 모르는 아이들처럼 쑥스러움이 없어진다. 화랑 유신이 그 엉터리 그림을 그리게 된 것도 그런 어린아이 같은 치기에서였다.

"나는 벚꽃이 좋아. 그중에서도 붉게 피는 왕벚나무를 보면 아무리 우울했던 마음도 환하게 밝아져. 그림을 그릴 수 있으면 좋을 텐데. 솜씨가 영 아니라서 짜증나. 유신랑 그대가 꽃이 활짝 핀 벚나무 그림을 그려줘."

"나도 그림에는 소질이 없는데?"

"아이, 그래도 그대가 그려줘. 그대는 무서울 것도 못할 것도 없는 화랑이잖아."

유신은 잠시 생각에 잠겼다. 커다란 나무에 꽃이 만발한 풍경을 글씨로야 멋들어지게 그려낼 수가 있지만, 그렇다고 빛날 화(華) 자만 달랑 써줄 수도 없는 노릇이다. 차라리 향가를 지으라면 좋을 텐데. 화사한 벚나무 아래서 춤추는 춤새까지 정말 멋지게 그려낼 수 있을 텐데…….

심사숙고 끝에 화랑 유신이 그려낸 그림은 가냘픈 몸매에 유난히 다리통이 굵은 사람이 두 발을 벌리고 만세를 부르는 모습에 동그라미 하나를 후광처럼 그려놓은 것으로, 크기도 겨우 손바닥만 했다.

"에게, 이게 뭐야?"

"뭐긴. 우리 춤새한테 그려주는 세상에 하나뿐인 벚나무 그림이지."

"이게 어떻게 나무야? 다리통만 몹시 굵은 이상한 사람이지."

"춤새, 사랑나무라고 들어봤어?"

사랑나무라니, 그 무슨 소리냐는 천관녀에게 유신은 기다란 설명을 보탰다. 사랑해서 일심동체가 되는 것은 사람뿐이 아니라고. 두 그루의 나무가 너무 좋아 가까이 붙어 있다가 마침내 정말 하나의 나무가 되어버리기도 한다고. 그래서 '사랑나무'라고 한다고.

"이건 천관녀 춤새, 이건 화랑 유신. 그대와 내가 이렇게 두 그루의 나무로 자라다가 마침내 이렇게 하나가 되었고 또 이렇게 꽃을 가득 피운 거야."

'꿈보다 해몽'이라고 했다. 뭐가 뭔지도 모를 서툰 솜씨의 그림이었지만 듣고 보니 정말 그럴싸했다.

"내가 좋아하는 것은 붉은 꽃이 피는 벚나문데, 이것만으로는 알 수가 없잖아?"

춤새의 투정은 당연했다. 그렇다. 아무리 큰 건물도 단청까지 끝내야 제대로 되었다고 할 수 있다. 분홍색으로 동그라미 안을 채우면 좋겠지만, 당장 눈앞에는 검은 먹물뿐이다. 궁리하던 유신이 비수를 뽑아들더니 오른쪽 손끝에서 피를 조금 냈다. 붉은 피로써 채색을 하려는 것이다. 유신은 핏방울을 왼손바닥에 모으더니 침을 조금 뱉어냈다. 핏방울이 너무 진한 빨간색이라 침으로 희석해 분홍색으로 만들려는 것이다. 그러나 유신이 침을 섞은 것은 그 때문만은 아니었다. 자신의 마음까지 함께 보탠 것이었다.

"이것은 화랑 김유신의 피이며 피보다 더 붉은 마음이다."

주문을 외우며 인장을 누르듯, 엄지에 핏물을 묻혀 가지 끝마다 꾹꾹 눌렀다. 세 방울의 핏물로 벚나무는 화사한 꽃을 피워냈다.

"삼(三)은 가장 큰 숫자야. 일은 하늘이고 이는 땅, 삼은 인간을 나타내지만 천지인을 하나로 말할 때도 그냥 삼이라고 해. 즉, 삼은 하늘과 땅과 사람이 서로 다르지 않고 하나라는, 그러니까 그 셋이 일심동체라는 의미를 담고 있는 거야. 그래서 삼을 복이 있는 숫자라고 복삼(福三) 자라고 하는 거야."

장난삼아 시작된 그림이었지만, 이것은 화랑 유신이 자신의 정(精)과 혈(血)로써 그려준 것이었다. 이 그림이 먼 훗날까지 천관녀 춤새의 가슴에 지울 수 없는 불도장(火印)으로 남을 줄은 누구도 몰랐다.

호랑이뼈를 먹는 재강아지

　도대체 어떻게 해볼 수가 없는 아이였다. 태어났을 때부터 유달리 덩치가 크고 울음소리가 곱절이나 우렁차기는 했었다. 밤잠을 자지 않고 울어댈 때면 집안사람 모두 잠을 설칠 정도였으므로, 아이의 아버지 연태조는 아이의 백일을 쇠자마자 일찌감치 가시집살이를 끝내고 쫓겨나듯 제집으로 돌아왔다.

　갓난아이가 밤마다 울어대는 소리가 어찌나 컸던지 견딜 수가 없게 된 동부대인 연자유가 용하다는 의원을 모두 불러들여 손자의 버릇을 고치게 했다. 덕분에 서너 달 만에 밤잠은 편히 자게 되었지만, 아이가 고개를 가누고 기어다니기 시작하면서 다시 집안사람들의 고통이 시작되었다. 이것저것 관심과 요구사항이 많아지면서 툭하면 큰 소리로 떼를 쓰는 통에 도무지 견뎌낼 재간이 없었다. 지나고 보니 그래도 울음소리는 듣기 좋은 노랫소리였다. 무슨 뜻인지 알 수도 없는 소리를 꿱꿱 질러대면 듣기도 거북했지만 귀청이 아파 도저히 견딜 수가 없었다. 누워서 울어댈 때는 멀리 피하면 그만이었지만 이제

쫓아다니며 악을 쓰는 통에 귀청이 남아날 것 같지가 않았다.

다시 불려온 의원들도 타고난 목청만큼은 어떻게 해볼 재주가 없었는데, 한 도인이 소문을 듣고 찾아왔다. 아이를 종일 관찰하고 밤새도록 맥을 짚으며 몸을 살핀 도인은 매우 밝은 얼굴이었다.

"전하, 기뻐하십시오. 소공자는 하늘이 내린 소리통의 기연을 타고 났습니다."

"소리통? 고얀 것! 목을 베기 전에 썩 물러가거라."

꾀죄죄한 도사 따위가 감히 막리지 동부대인을 희롱하는 소리에 연자유의 노기가 폭발하고 말았다. 소리꾼들은 허리에 소리통을 타고난다고 하지만, 아이를 진맥했던 어떤 의원도 소리통 이야기를 한 적이 없었다.

"막리지 전하, 저는 제가 본 대로 말씀드렸을 뿐입니다."

"끝까지 나를 희롱하느냐? 그 아이 몸에서 소리통을 찾아내지 못하면 목을 걸어야 할 것이다."

"전하야말로, 소공자를 안아보시지도 않고 어찌 함부로 멀쩡한 사람의 목숨을 논하십니까?"

"뭐?"

그러나 자유의 분노는 폭발하지 못했다. 손자를 안아보지도 않았다니? 너무도 황당한 소리에 힘껏 당긴 활시위였지만 화살을 날려보내려던 순간 갑자기 과녁을 잃은 것이다.

성인이 된 자식이 혼인을 하고 10년을 기다려 얻은 손자다. 떡두꺼비 같은 손자를 어찌 품에서 놓았으랴, 어찌 무릎에서 기르지 않았으랴! 그런데 손자를 안아보지도 않았을 거라고 우겨대는 것은?

"소공자는 덩치에 비해 몸무게가 가볍습니다. 뼈마디는 누구보다 굵어도 수수깡처럼 속이 비어 있기 때문입니다."

"수수깡처럼 뼛속이 비다니? 무엇을 근거로 그런 허무맹랑한 소리를 지껄이는 것이냐? 또 그것이 어찌 기연이란 말이냐?"

뼈는 말 그대로 몸의 골격을 이루는 인체의 근간이다. 뼈가 부실하면 굳건하게 몸을 지탱할 수가 없다. 그 뼈가 수수깡처럼 비었다는데도 기연이라니?

"팔다리가 굵고 알통이 큰 자들이 힘세고 강한 것으로 여기지만 사실은 그렇지 않습니다. 터질 듯이 팽팽한 근육은 이미 속이 꽉 차 있어서 기운이 드나들 공간이 없기 때문입니다. 도인들 중에는 부처를 믿지 않으면서도 불상을 곁에 두고 사는 자가 많습니다. 부처의 몸이 도인이 이를 수 있는 최상의 경지라고 보기 때문입니다. 소공자의 뼈가 수수깡처럼 비어 있는 것은 범의 뼈와 같기 때문입니다."

"그럼 범도 뼈가 수수깡처럼 비어 있다는 말이냐? 어디서 그런 허무맹랑한 소리를?"

"범의 뼈는 단단하지만 범과 사람은 그 유가 다릅니다. 사람에게서 범의 뼈가 소리통으로 나타날 때면 수수깡처럼 속이 부실하기 마련입니다. 새의 울음소리는 목에서 나오고 짐승들은 배에서 울음을 토해냅니다. 사람 또한 짐승이므로 배에서 소리가 나오지만 소리꾼들은 뼈를 울려서 소리를 냅니다. 허리에 소리통이 있다고 하는 것은 허리의 명문(命門)에 힘을 주고 등뼈를 울려서 소리를 내기 때문입니다. 그러나 경지에 이른 소리꾼은 백회혈에 기를 모아 이마뼈를 울려서 내는 두성(頭聲)을 최고의 경지로 여깁니다."

"그러면 저 어린것이 벌써 뼈를 울려서 소리를 내는 경지를 터득했다는 것인가?"

"어찌 그럴 리가 있겠습니까. 타고난 것이지요. 짐승들은 배에서 소리를 내지만 대호(大虎)는 온몸의 뼈를 울려서 포효합니다. 백수의 제왕이 온몸의 뼈를 울려서 내는 소리이기에 범의 포효를 듣는 뭇 짐승은 뼈가 떨리고 살이 굳어서 감히 도망조차 치지 못하는 것입니다."

"우리 손자는 나와 제 아비의 뒤를 이어 막리지에 오를 몸이다. 소리통은 기연이 아니라 오히려 방해가 되는 장애물이다. 막을 방법은 무엇인가?"

막리지의 권세를 누리는 할아비는 손자의 앞날이 탄탄대로이기를 바랐다. 그깟 기연 따위에는 관심이 없었다.

"빈 항아리가 울지 못하게 하는 것처럼 소리통을 막는 방법으로는 두 가지가 있습니다. 하나는 물이나 곡식 등으로 항아리를 채우듯 속을 채우는 것이고, 또 하나는 항아리에 뚜껑을 덮는 것처럼 소공자의 몸에 침으로 시술을 해서 금제를 가하는 것입니다."

"속을 채우는 방법은 무엇인가?"

"비어 있는 범의 뼈를 채우는 것은 오직 범의 뼈뿐입니다. 뼛속이 꽉 차게 되면 비어 있는 항아리에 곡식을 채운 것처럼 소리통은 저절로 없어집니다. 말린 호골(虎骨)을 독한 술에 세 이레 동안 담갔다가 하루 동안 고아서 먹이십시오. 한 해에 한 마리씩 모두 열두 마리를 먹고 나면 강건한 뼈로 바뀝니다. 호골을 먹는 동안 야생의 습성을 보일 수도 있으나 걱정할 일은 아닙니다. 다만 한 가지 걱정은, 물론 그럴 리야 없겠지만, 만일 어떤 연유로 꽉 채운 속이 다시 비게 된다면, 겉으로는 무성해도 속이 텅 빈 고목처럼 어느 날 갑자기 쓰러지고 말 것입니다."

"그러면 범의 뼈를 계속 복용하면 될 것 아닌가?"

"이미 채워진 항아리에 물을 붓는 것처럼 아무런 효험이 없습니다. 해마다 무성한 잎을 피워내지만 오래된 고목나무에 구새가 드는 것은 막을 수가 없는 일입니다."

겉으로는 멀쩡해도 어느 날 갑자기 죽을 수도 있다는 뜻이었지만, 우선 당장 소리통의 기연을 끊고 강건한 뼈 만들기에만 관심이 있는 동부대인에게 도인의 경고는 하나마나한 소리였다.

고구려는 무를 숭상하는 나라였다. 신라의 왕들처럼 사냥대회를 열고서도 가만히 구경만 한다는 것은 상상조차 할 수 없는 일이었다. 사냥대회가 열리면 태왕이 앞장서 말을 달리며 화살을 날리고 창칼을 뽑아 맹수를 사냥한다. 신하들이 사냥감을 양보하는 수는 있지만 태왕이 맹수와 맞대결하는 위험에 처해도 결코 도와주지 않는다. 아무리 큰 범이나 곰도 결국 짐승에 지나지 않는 한갓 미물일 뿐이다. 미물 따위에 목숨을 빼앗기는 자라면 이미 천하 주인의 자격이 없다고 생각하기 때문이다. 무예라면 모를까, 악기를 만지고 노래하는 예능 따위는 귀인이 갖춰야 할 하나의 소양일 뿐 애써 배우고 익혀야 할 것은 절대로 아니었다.

도인은 당장 그날 밤부터 잠든 아이의 몸에 침을 놓기 시작했고 동부대인은 사냥꾼을 풀어 호골을 구해오게 했다.

"아이구, 우리 재강아지!"

말썽꾸러기 아이를 윗사람들은 '재강아지'라고 했지만, 아랫사람들은 아예 '개자리'라고 했다. 아궁이에 들어가 고운 재를 묻히는 정도가 아니라 정말 굴뚝 바닥에 파놓은 개자리까지 기어들어가 새까만 재를 묻히고 다니는 것이다. 이름마저 '개소문'이었으니 훨씬 어울리는 별명이었다.

개자리 덕분에 따로 방고래 청소를 할 필요는 없어도 말썽 꾸러기의 옷을 빨아대야 하는 아랫사람들로서는 미워 죽을 맛이었다. 그래도 내색할 수는 없는 일이었다. 고구려 으뜸 벼슬인 막리지 동부대인 가문의 장남 연태조가 혼인하고 10년이나 기다려 얻은 귀한 아이였기 때문이다. 나중에 남동생과 여동생을 하나씩 더 얻어 귀한 값이 조금 떨어지기는 했지만 누구도 연개소문의 못된 버릇을 고치지는 못했다. 아이들이 부경마루 밑으로 숨거나 벽장 속에서 잠드는 것은 흔한 일이었지만, 개자리처럼 혼자서 방고래 속을 헤집고 다니며 노는 아이는 없었다.

"개자리, 개자리 있나 잘 봐라. 개자리까지 잘 봐라."

말썽꾸러기의 행방을 모를 때면 아궁이에 불을 넣을 때마다 한바탕 난리를 치러야 했다. 보나마나 어느 아궁이로 들어가 방고래 속을 헤집고 다닐 테니까. 만에 하나 말썽꾸러기가 연기에 질식하는 사고라도 생기면 아랫사람들은 목숨으로도 값을 치를 수 없는 귀공자가 아니던가.

어찌 된 일인지 아이는 도무지 낮 동안에는 방 안에 들어앉아 있지를 못했다. 걸음마를 시작하면서부터 바깥에서만 노는 버릇이 붙었다. 봄가을 긴긴 해는 물론 한여름 땡볕도 한겨울

추위도 아이를 방 안으로 몰아넣지 못했다. 어린아이가 누구한테 들었는지 '갑갑하다'는 소리를 입에 올리며 바깥에서 놀다가 지쳐 잠드는 것도 예사였다. 더위 먹는다고 고뿔 든다고 안거나 잡아끌면 아무나 치고 박고 거칠게 저항했다. 아직 어린아이였지만 또래보다 크고 건강한 몸인데다 힘까지 장사였으므로 들돌을 들고 씨름하는 것보다 힘들었다.

그렇게도 밝고 너른 방에서도 갑갑해서 견디지 못하던 아이가 어째서 어둡고 비좁기 짝이 없는 방고래 속을 좋아하게 되었는지 사람들은 도무지 모를 일이었다.

아이가 세 살 때였다. 장난삼아 숨바꼭질을 가르쳐준 것이 화근이었다. 문갑 뒤나 책상 밑으로 숨는 것으로는 성이 차지 않았다. 어디에 숨었는지 뻔히 알면서도 어른들이 모르는 척 속아준다는 것을 아이가 눈치채버린 것이다.

아이가 아궁이 속으로 들어간 것은 우연이었다. 아궁이 속에서 재를 둘러쓰고 나왔을 때 어른들이 놀라는 것이 재미있었다. 처음에는 부끄러워서 그랬다. 숨은 곳을 들켰으니 바깥으로 나가는 대신 안으로 뒷걸음쳤다. 독 안에 들어간 쥐처럼 더는 도망갈 데가 없다는 것을 알았지만 자신이 졌다는 것을 인정하고 싶지 않았다.

그러나 강제로 끄집어내려고 아궁이에 들어온 어른이 커다란 덩치 때문에 방구들 고래 속으로는 들어오지 못한다는 것을 아이가 알아버렸다. 뻔히 알면서도 속아주는 것이 아니라 어디에 있는지 알면서도 억지로 끌어내지는 못하는 곳. 고래 속이야말로 오롯이 아이의 세상이었다.

밤낮으로 따라다니며 감시할 뿐 아이의 행동까지 막을 수는 없었다. 상전의 허락을 얻어 아궁이를 모두 막아보기도 했지만, 당장 치우라는 세 살짜리 어린 상전의 호령에 끝까지 버텨낼 재간도 없었다. 하룻밤도 그치지 않은 시술과 장복하는 호골 덕분에 소리통이 채워지고 닫혀가고 있었지만, 목청이 큰 것은 소리통과도 관계가 없는 모양이었다. 우레 같은 소리에 귀청이 떨어질까 봐 할아버지도 아버지도 아이를 당해내지 못했다.

차라리 말썽꾸러기 개자리가 아궁이에서 나올 때까지 느긋하게 기다리는 편이 훨씬 나았다. 물론 개자리가 옷을 더럽히는 것까지 막을 수는 없었지만. 누가 걱정을 하거나 말거나, 고생을 하거나 말거나 개자리는 툭하면 아궁이를 들락거렸다. 날이 가고 달이 갈수록 더 심해졌다.

"소리통의 통로는 완전히 닫혔으니 제가 할 일은 끝났습니다. 뼛속이 비어 소리통이 온전하다고 해도 이제는 마음대로 그 소리통을 울릴 수 없을 것입니다."

차츰 길게 건너뛰며 침을 놓던 도인은 3년이 지나자 침술을 끝내고 돌아갔다.

이름값을 하느라고 개자리에서 물을 달라고 소리치곤 해서 굴뚝 속으로 물병을 넣어주었는데, 그것은 곧 당연한 버릇으로 굳어졌다. 간식거리도 굴뚝으로 넣어주게 되었고 나중에는 점심도 굴뚝 속으로 들어갔다.

"아이고. 차라리 아궁이에 들어가서 노는 것이 낫지. 벌써 미운 일곱 살인데 언제 무슨 사고를 칠지 어떻게 알아?"

아랫것들의 바람과는 달리, 일곱 살이 되면서 아이는 아궁이 속으로 들어가는 일이 점차 줄어들었다. 나이보다 빠르게 커진 덩치 때문에 고래 속에서 놀기가 불편해졌던 것이다.

아이는 차츰 글을 배우고 무술을 배우는 데 관심을 갖게 되었지만 경당에 나가지는 않았다. 경당에 가서 동무들과 놀며 공부하는 것보다 집에서 호위장수들한테 무술을 배우는 것이 훨씬 재미있었기 때문이다.

천하의 말썽꾸러기가 정신을 차려 제법 얌전해졌지만 집안 어른들은 걱정이 많았다. 학문은 뒷전이고 무술에만 정신을 쏟았기 때문이다. 차라리 병서를 읽으라고 했으나 아무리 좋은 병법이라도 힘이 미치지 못하면 어떻게 성공하겠느냐며 말을 듣지 않았다.

"머리로 생각하는 그깟 병법이야 필요하면 그때그때 공부하면 되지만 마음대로 움직일 수 없는 것이 사람의 몸이라고 합니다. 무술은 몸에 배지 않으면 아무 소용이 없습니다. 강한 체력과 무술은 하루아침에 길러지는 것이 아닙니다."

"너는 우리 연씨 집안의 장자다. 학문을 닦아 막리지 지위에 올라야 한다. 막리지에게 필요한 것은 지혜와 품성이지 무예가 아니다."

조정에서도 서로간의 타협과 화합이 필요할 뿐, 강한 성격이나 너무 뛰어난 무예는 오히려 다른 사람에게 위협적으로 비쳐 공동의 적이 되고 만다. 아비는 자식의 앞길이 순탄하기를 바랐으나 아직 철없는 아들은 끝내 납득하지 못했다.

호골 복용을 끝낸 연개소문은 열네 살 때부터 선배수련을 받았다. 선배가 되지 못하게 말리면 아예 산으로 도망쳐 도사가 되겠다는 으름장에 부모가 지고 말았다.

개소문은 소원대로 집을 떠나 선배수련을 받게 되었지만 곧 후회했다. 3천여 명이 똑같은 수련복으로 차려입고 입단식을 치를 때는 좋았지만 그뿐이었다. 100명씩 작은 부대로 나뉘어 숙소를 배정받고 스승들의 지도를 받게 되었으니 잠자고 밥 먹는 것까지 제 뜻대로 할 수 있는 것이 하나도 없었다.

날이 밝으면 새들과 함께 일어나 수련을 시작했다. 아침나절에는 글을 배우고 학문을 닦았지만 저녁나절에는 밥을 먹고 잠자는 시간까지 계속 수련을 해야 했다. 학문 위주였던 경당과 달리 신체단련에 중점을 두고 수련하는 것이다. 처음에는 학문보다 신체수련 위주라고 좋아했으나 쉴 틈 없이 빡빡한 일정에 쫓기다 보니 괜히 서둘러 선배수련에 들어왔다는 후회와 함께 도망치는 것이 낫겠다는 생각이 울컥울컥 치솟았다. 그러나 집에 돌아갔다가 창피당할 것이 두려워 하루하루 한 시각 한 시각을 그저 견뎌야 했다. 열대여섯 또래의 아이들만큼 덩치가 크고 힘도 셌지만 매일 똑같은 동작만 반복되는 수련이 지겹고 고되기만 했다.

"어떤 귀한 집 자식이건, 얼마나 호강하며 살았건, 여기서는 모두 잊어라. 너희는 이제부터 조선나라 고구려의 선배로 태어나야 한다. 젖먹이 응석받이가 아니라 어디서고 당당한 사나이로 거듭나는 것이며, 무뢰한이 아니라 고결한 선배로 다시 태어나는 것이다. 수련이 힘들거나 가치가 없다고 생각하는 자들은 언제든지 집으로 돌아가라. 그러나 한 번 떠난 자는 두 번 다시 돌아올 수 없다는 것을 명심하라."

첫날 마리의 훈시는 매우 위압적이었다.

"못 견디겠으면 지금이라도 돌아가라. 너희를 붙잡을 사람은 아무도 없다."

곁에서 수련을 도와주는 조교들이 입고 달고 다니는 말이었다. 그러나 쫓겨났건 제 발로 떠났건, 한 번 선배수련에 들었던 자는 이곳뿐 아니라 전국 어느 곳에서도 받아주지를 않으니, 평생 선배 되기를 포기한다면 모를까 힘들다고 떠날 수도 없었다. 집에서 아무리 응석받이였더라도 여기서는 어떤 엄살이나 고집도 통하지 않았다.

"흉내만 내지 말고 정성을 다하라."

개소문은 맨 처음 배우는 단군배공 수련 때부터 싸리나무 몽둥이로 사정없이 얻어맞았다. 회초리처럼 가느다란 싸리나무를 묶어 만든 몽둥이라 뼈가 부러지지는 않았지만 그 깊은 아픔에는 절로 비명이 터져나왔다.

단군배공은 서로 만났을 때의 인사법인데, 수련을 시작하거나 끝낼 때 반드시 해야 하는 일종의 수련법이기도 했다. 꼼짝없이 느릿느릿 온몸을 웅크리며 공손하게 절을 올려야 한다. 오직 지도하는 마라나 싱크마리만이 단상에 앉아 절을 받을 뿐 모든 선배는 정성을 다해 서로에게도 단군배공을 올렸다.

땅에 엎드리지 않고 허리만 굽혀서 약식으로 단군배공을 하는 경우도 있었다. 이때에도 손이나 팔의 모든 동작은 정식으로 하는 때와 거의 같았다. 이 약식 단군배공은 길을 가다가 다른 사람을 만났을 때 하는 인사법인데, 선배들이 수련을 받으러 모이는 곳에서도 한 사람 한 사람이 당도할 때마다 모두가 처음인 것처럼 서로에게 절을 해야 했으므로 허리가 아플 지경이었다. 서로 만나 인사를 할 때에는 별 질책 없이 넘어갔으나 수련법으로 배울 때에는 조그마한 흐트러짐도 용서받지 못했다.

"운동을 하려는 것이 아니다. 천지의 기운을 모아서 천지간에 공손히 절을 하는 것이다."

"두 손으로 우주를 감아 돌리고 두 손바닥으로 태산을 끌어올려라."

천지의 기운을 모아 휘감아 돌리고 땅에 두 팔을 벌리고 엎드렸다가 상체를 세울 때에는 두 손바닥에 태산을 붙여 끌어올리라니, 도대체 무슨 짓거리인지 알 수가 없었다. 그러나 날이 갈수록 정말 태산을 들어올리는 기분이 드는 것도 신기한 일이었다.

어쨌건 단군배공이 가장 쉬운 기본기라는 말이 맞았다. 단군배공에 이어 내가신장이라는 기본자세를 배울 때였다. 내가신장은 평소에 사용하지 않는 근육의 힘을 기르는 역근법이다. 자세를 잡기는 매우 쉬웠다. 두 발을 벌리고 말을 타는 자세로 엉덩이를 뒤로 빼고 두 팔을 들어 얼굴을 가리는 정도였으니 따로 연습을 하고 말 것도 없었다. 그러나 움직이지 않고 계속 똑같은 자세로 장시간 서 있어야 한다는 것이 문제였다. 팔과 다리가 아프다 못해 나중에는 온몸이 부들부들 떨렸다. 역근법 수련을 하면 1·2각도 안 되어 지옥에 던져진 것 같았다. 물먹은 솜처럼 지치고 손가락 하나 까딱할 기운이 없을 만큼 온몸의 기운을 다 쏟아내야 한다.

우주는 시작됨이 없이 시작된 생명이니

하늘과 땅과 사람으로 나뉘어도 근본은 변함이 없어

하늘과 땅과 사람 삼극(三極)의 근본은 하나이니라.

하늘과 땅과 사람의 숨결이 모두 하나로 시작해 우주를 채우지만

우주는 달리 중심이 없고

둘레도 없는 상자이므로 도로 삼극으로 변하는 생명이 된다.

하늘도 땅도 사람도 천지인(天地人) 삼극으로 도는 것이며

삼극의 숨결이 합쳐 겨울이 되고

그 겨울이 봄, 가을, 여름으로 벌어진다.

크게 날줄로 서는 것은 삼(三)과 사(四)요

작게 씨줄로 이루는 것은 오(五)와 칠(七)이다.

생명은 묘하다.

삼라만상이 천변만화의 변화를 보이되

아무리 변화해도 생명의 근본은 움직여본 적조차 없다.

근본 핵심은 본래 열과 빛이니

따뜻하고 밝은 것은 사람 속에서도 천지와 하나이다.

생명은 끝남이 없으되 끝남으로써 우주이니라.

제자들이 수련에 지칠 무렵이면 스승은 『천부경(天符經)』을 노래하듯 읊조리고 다니며 제자들의 기운을 돋웠다. 더러 자

세가 틀어지는 제자를 보면 손으로 등이나 목덜미를 쳐주는데 갈증 끝에 샘물을 마신 것처럼 새로운 기운이 돌았다.

역근법 수련은 한 시각이 기본이고 한나절씩 수련하는 일도 많았다. 수련 중에는 마치 지옥을 경험하는 것 같았지만, 마치고 나면 신기하게도 온몸이 가벼워지고 펄펄 날 것처럼 기운이 솟곤 했다.

지옥구경에도 이력이 붙어 2년쯤 지나자 한 시각 정도는 쉽게 지나갔고 한나절씩 수련을 해도 크게 힘들지 않았다. 역근법 수련에 익숙해진 뒤에야 선배들은 비로소 서로 겨루는 수박과 창검을 다루고 활을 쏘는 등 갖가지 무예를 배우게 된다.

선배생활에도 제법 여유가 생긴 개소문은 여가시간을 이용해 북 가락과 천지음을 배웠다. 북 가락은 조선의 군사들이 말 달리는 것을 형상화한 것이었고, 천지음은 천하의 주인들이 뱃속 깊은 곳에서 차오르는 기운을 뱉어내는 웅혼한 노랫가락이었다.

풍월주가 되기 위하여

만명부인에게 유신과 천관녀의 소문은 큰 충격이었다. 아들 유신이 여자에게는 전혀 관심 없이 오로지 글을 읽고 무예를 연마하며 화랑도에 나가 낭정에 전념하는 것으로만 알고 있었던 것이다. 어미는 아들을 앉혀놓고 엄하게 타일렀다.

"네가 너를 용화향도로 기른 까닭을 진정 모른단 말이냐? 사람들은 이제 하늘이나 귀신에게 빌지 않고 부처님을 믿고 따른다. 세상은 변해 이제는 선도(仙道)가 아닌 불도(佛道)의 세상이 되었다. 새들은 죽은 나무에는 둥지를 틀지 않고 짐승들도 믿을 만한 돌 밑에다 구멍을 판다. 한갓 미물도 그러려니와 사람임에랴! 천관녀는 이미 몰락한 귀족으로, 더 이상 가지를 뻗고 꽃을 피울 수 없는 고목일 뿐이다."

천관녀도 귀족이긴 하지만 이미 나라의 제사를 도당산이 아닌 황룡사에서 지내는 이상 몰락한 귀족에 지나지 않았다.

"사람이란 모름지기 앞날을 내다보고 설 자리를 고를 줄 알아야 한다고 입버릇처럼 가르친 까닭을 아직도 모르겠느냐?

내가 목숨도 아깝지 않게 네 아버지를 사랑하여 맺어졌지만 내 아비 숙흘종은 딸을 잃었고 내 자식들은 변방귀족이라는 굴레를 벗어날 수 없게 되었다. 사랑에 눈이 멀어 나는 낳아준 부모를 배반하고 내 자식들의 신세를 망치고 만 것이다."

유신은 숨이 멎는 듯했다.

"네 아비와 혼인한 것을 후회한다!"

어머니 만명부인은 늘 김서현의 사람됨과 가락국의 시조 김수로왕으로 이어지는 훌륭한 가계를 들려주며 부족한 후손이 되지 않도록 노력하라고 가르쳐왔다. 용감하게 적지에 들어가 백제 왕의 목을 벤 할아버지의 무용담도 귀에 쟁쟁했다. 앞날을 내다보고 설 자리를 고를 줄 알아야 한다는 가르침도 앞을 내다보며 처신을 똑바로 하라는 뜻으로만 알았지 이렇듯 큰 뜻이 숨어 있는 줄 몰랐다.

그러나 도를 깨우치기는 쉬워도 행하기는 어렵고, 당장의 갈증에는 나중의 수정과보다 눈앞의 물 한 모금이 절실한 법이다. 어미의 자식사랑은 절절했으나 사랑에 빠진 사춘기 자식에게는 끝내 '쇠귀에 경 읽기'가 되고 말았다.

유신도 어머니의 말씀이 구구절절 옳다고 생각했다. 그래서 천관녀 춤새를 잊으려고 노력해보았지만, 그럴수록 춤새가 그리워 죽을 것만 같았다.

차츰 어머니의 훈계가 귀찮아진 유신은 며칠 동안 집에도 들어가지 않고 바깥으로 맴돌다가 화랑도를 이끌고 멀리 수련을 떠나버렸다.

"유신의 나이 벌써 열일곱, 내가 너무 방심했다."

자신 또한 사랑에 눈이 멀어 가출까지 감행했던지라 철없는 자식이 아주 이해가 되지 않는 것은 아니었다. 그러나 시간이 흐르면 흐를수록 되돌리기가 어려워진다. 오랜 생각 끝에 만명부인은 월성에 들어가 어머니 만호태후를 찾아뵈었다. 더 이상 유신을 말리기만 하는 것은 오히려 불난 집에 기름을 붓는 꼴이라는 것을 잘 알았기에 만호태후의 지혜를 빌리려는 것이었다. 만호태후는 지소태후가 이화랑에게 색공을 받아 낳은 딸이었으므로, 생김새뿐 아니라 영민한 머리에 과단성 있는 성격까지 어머니인 지소태후를 그대로 빼닮았다.

만호태후는 처음 진흥왕의 아들인 동륜태자와 결혼했으나 그가 개에게 물려 죽은 뒤 진흥왕의 동생인 숙흘종과 결혼해서 만명을 낳았다. 지금은 숙명공주와 동복오라비인 진흥왕 사이에서 태어난 정숙태자(숙명공주가 지소태후의 색공지신 이화랑과 사통해서 도망치는 통에 태자에서 폐위되었지만)와 살면서 만룡공주까지 두고 있었다. 그러나 그전에 동륜태자와 사이에 아들 백정, 즉 진평왕을 두었으므로 '태후'로 불렸다.

"여자 문제는 여자로 풀어야지, 다른 방도가 없다."

"제 생각에도 그렇습니다만, 혼처를 찾아볼 생각은 미처 하지 못했습니다."

"미실의 손녀 영모는 어떤가?"

"아비가 누굽니까?"

"하종의 딸인데, 아직 모르고 있었던가?"

"하종공의 딸이라면 혹시 바깥나들이를 하지 않는다는 그 아입니까?"

만명부인은 겨우겨우 하종공의 어린 딸 하나를 기억해냈다. 아직 본 적도 없다. 소문을 잘못 들은 것이 아니라면 그 어린 처녀는 용모 때문에 바깥나들이도 하지 못한다고 했다. 어지간히 예쁜 처녀라도 이미 사랑에 빠진 유신을 돌려세우기 어려울 터인데…….

"천관녀는 서라벌 모든 화랑의 밤잠을 설치게 할 만큼 예쁘고 요염한 계집입니다. 그러니 뛰어나게 예쁜 처녀가 아니고서는 유신의 반눈에도 차지 않을 것입니다."

"소문이란 턱없이 과장되기 마련이지. 영모가 눈에 띄는 미색은 아니지만 그렇다고 박색도 아니니 걱정하지 말게. 아무려면 내가 눈에 넣어도 아프지 않을 손주의 짝으로 하필 박색을 골랐겠나?"

"유신이 결혼하겠다고 하지도 않을 것이려니와 막상 결혼을 해도 걱정입니다. 처를 홀로 두고 다른 여자를 만나러 다닌다면 오히려 더 나쁜 큰 문제가 될 겁니다."

"환갑이 되어도 어미의 눈에는 철없는 어린애로 비친다더니 네가 꼭 그렇구나. 유신은 절대 그러지 않을 것이다."

"물론 유신이 아비를 닮아서 효자인 데다 품성이 강직해서 정처 외에 함부로 딴눈을 팔지는 않을 겁니다. 그렇지만 유신은 아직 혈기 넘치는 청년이에요. 이미 예쁜 여자와 사랑에 빠진 아이가 아직 어리고 예쁘지도 않은 안해만을 바라보기도 어려울 겁니다."

"제 아들이 귀여운 줄만 알았지 얼마나 큰 야망을 가졌는지는 전혀 모르는 것이 아닌가. 유신은 효심이나 강직한 품성 때문이 아니라 제 야망 때문에라도 영모와 결혼해 정성을 다할 것이다. 걱정 말고 유신을 나한테 보내라. 내가 알아듣게 잘 이야기할 것이다."

집에 돌아온 만명부인은 유신에게 사람을 보내 급히 만호태후를 찾아뵙도록 했다. 외할머니가 손주를 보고 싶어 한다는 것이었으나 그 외할머니는 폐하의 어머니이다. 유신은 화랑도를 이끌고 굴아화촌(屈阿火村, 울산)으로 나가 수련 중이었으나, 부름을 받자마자 곧장 말을 달려 월성으로 갔다.

"어서 오너라. 할미가 너를 부른 것은 너의 앞날이 걱정돼서다."

인사를 받기가 바쁘게 만호태후는 유신을 몰아세웠다.

"풍월주란 어떤 자리냐? 네가 풍월주를 거치지 않고도 출세할 수 있다고 여기느냐?"

물론 특별한 신분이라면 풍월주에 오르지 않고도 얼마든지 출세할 수가 있다. 그러나 골품제가 깊이 뿌리내린 신국에서 그런 신분이 아닌 자로서는 누가 뒤를 밀어도 불가능하다. 풍월주는 그런 자들의 출세를 돕기 위한 검증장치라고 해도 과언이 아니었다. 그런데 그 풍월주도 이제는 특별한 신분층이 독식하고 있었다.

유신의 외가는 모두 신라 왕족이지만 친가는 가야에서 귀순한 망한 나라의 왕족일 뿐이다. 6두품을 넘어서는 진골이지만, 진골도 진골 나름이다. 여느 백성들의 눈에는 까마득히 높은 신분이겠지만, 아직도 서라벌에 뿌리내리지 못한 변방의 귀족일 뿐이다.

풍월주만 해도 그렇다. 유신 자신에게도 기회가 올 수도 있겠지만 이미 부제로 보종이 있고 보종의 신임을 독차지하는 전방화랑 염장이 있다. 염장의 뒤를 잇는 풍월주가 되려면 지금부터 염장의 사신이 되었다가 나중에 뒤를 잇는 길뿐이다. 그런데 염장에게 잘 보이려면 남색으로 색공을 바치는 수밖에 없다.

여색을 싫어하고 남색을 좋아하여 아예 풍월주 호림공을 집으로 모셔다가 부인까지 넘겨주고 남색으로 색공을 바쳤던 보종과 달리, 염장은 여색도 즐겼지만 남색 또한 매우 밝혔다. 남색으로 색공을 바치지 않고 염장의 신임을 얻을 방법은 없었으나, 염장은 벌건 대낮에도 보종을 업고 다닐 만큼 후안무치한 자다. 풍월주의 부제이면서도 부끄러운 줄 모르고 남의 등에 업혀 다니는 보종이야 워낙 음악이나 좋아하는 진선공자(眞仙公子)로 소문났으니 그렇다고 해도, 남보다 허우대가 크고 용력이 뛰어난 염장이야말로 낯짝 두껍고 수치를 모르는 자였다. 염장이 보종의 집안일을 봐주면서 딴 주머니를 차고 재물을 끌어모으고 있다는 소문도 파다했다.

염장은 진지왕의 왕후였던 지도태후가 진지왕 사후에 진평왕를 섬겼으나 총애를 받지 못하였으므로 천주공에게 가서 낳은 아들이니 용수·용춘의 이부동모제(異父同母弟)다. 천주공은 진흥왕의 아들인데, 선혜황후의 딸 양화공주가 가야 이뇌왕에게 가서 낳은 딸인 월화궁주가 진흥왕의 소비로 들어가 천주공을 낳았다. 혈연으로 따지더라도 염장은 누구에게 함부로 밀릴 신분이 아니다. 유신의 어미가 비록 임금(진평왕)의 동복누이일지라도, 부계가 망한 가야의 왕족인 유신이 함부로 범접할 수 없는 신분인 것이다.

유일한 방법은 미래의 풍월주인 염장에게 지금부터 부지런히 남색으로 색공을 바치며 사랑받는 것이겠으나, 간사하고 후안무치한 염장에게 색공을 바친다는 것은 영 내키지가 않았다. 또한 염장의 마음이 나중에 어떻게 바뀔지도 장담할 수 없는 노릇이다. 호림공의 뒤를 이어 보종이 풍월주가 되고, 다시 염장이 오르기까지 너무도 장구한 세월을 기약없이 기다려야 하기 때문이다. 그사이 언제 어디서 어떤 강적이 나타날지 누가 안단 말인가. 아직은 여덟 살짜리 어린 꼬마지만, 용수와 천명공주의 자식인 춘추는 인물이 훤하고 영리하기로 명성이 자자하다. 10여 년 뒤라면 풍월주의 자리가 염장한테서 춘추에게로 곧바로 넘어갈 수도 있는 것이다.

아무리 생각해봐도 결론은 비관적이었다. 하루이틀 해온 고민이 아니고 철이 들면서부터 계속 따라다니는 두통거리였다. 김유신이 풍월주에 오른다는 것은 천지가 개벽을 하기 전에는 불가능한 일이었다.

"네가 풍월주에 오르는 한 가지 길이 있다. 내일도 모레도 아니다. 오늘 이 자리에서 그 기회를 잡지 않으면 천운은 영원히 돌아오지 않을 것이다. 당장 미실의 손녀 영모와 결혼하는 것이다."

미실의 손녀? 영모?

"하종공의 정실 딸은 둘인데 그 하나다. 맏이는 풍월주 호림공의 안해가 되었으니 너도 보았을 것이다. 그러나 너무 좋아하지 마라. 영모도 미실의 손녀답게 영리하기는 하지만 솔직히 얼굴 때문에 바깥나들이도 못하는 아이니까."

아직 어리둥절한 유신을 보고 만호태후가 웃었다.

"너는 미실을 본 적이 없겠지만 소문은 많이 들었을 것이다. 미실은 환갑이 다 되어 죽을 때까지도 목을 매는 사내가 많았다. 너무나 예뻤기 때문이지. 나이가 들어서도 주름도 별로 없는 데다 스무 살 처녀애들처럼 언제나 고운 살결을 갖고 있었다. 그런데 아느냐? 미실도 어릴 때는 너무 못생겨서 사람들 눈에 띄지 않게 숨어서 살았다. 무슨 진귀한 영약을 먹었는지 타고난 운명인지는 몰라도 나이 들어가면서 차츰 몰라보게 예뻐진 것이다. 미실이 살아생전 가장 아끼던 손녀가 영모였다. 미실은 나한테도 그 아이가 세상에서 가장 예쁘고 귀한 처녀가 될 것이라고 장담했었지."

유신은 영모를 본 적이 없었다. 풍월주 호림공의 집에는 물론 상선인 하종공의 집에도 여러 번 갔지만 영모를 만난 적은 한 번도 없었다. 낮에는 얼굴을 내밀지 못하고 어두운 밤에나 피어나는 박꽃 같은 처녀라는 소문만 얼핏 들었을 뿐이다. 남달리 예쁘다는 소문이라면 그 진위를 학인해보고 싶었겠지만 예쁘지도 않은 처녀는 아예 관심 밖이었다.

만호태후는 호림공의 안해인 유모를 염두에 두고 있었다. 용모가 미치지 못해서 그렇지, 유모는 영리하고 강단 있기로는 할머니 미실을 그대로 닮았다. 만호태후는 유모의 가슴에 얹혀 있는 응어리가 무엇인지도 알고 있었다. 예쁘지 않은 동생

영모가 바로 유모의 응어리였다. 유모는 정이 많고 착한 사람이다. 동생의 행복을 위해서라면 무엇이든 마다하지 않을 사람, 그 유모를 이용하려는 것이었다.

새주 미실이 죽고 없는 지금 후임 풍월주 지명은 전임 풍월주의 권한이다. 현 풍월주를 마음대로 움직일 수 있는 사람은 당연히 미실만큼 똑똑하고 결단력 있는 유모였다. 부제인 보종이 있지만 유모의 지혜와 강단이라면 충분히 막아낼 것이라고 만호태후는 판단한 것이다.

영모의 외모는 사실 어렸을 때의 미실보다도 더 형편이 없었다. 언니인 유모와 달리 비루먹은 말처럼 볼품없었다. 미실의 가르침대로 제 몸을 어루만지며 예쁘다고 고맙다고 사랑한다고 주문을 외웠지만 그 효과는 더디기만 했다. 그러나 열다섯이 된 지금에는 밖에 내놓아도 크게 빠지지 않을 만큼 제법 살결도 고와졌고 얼굴도 예뻐졌다.

외할머니인 만호태후에게서 감히 상상도 못했던 길을 찾은 유신은 풍월주가 되기 위해 영모와 결혼하기로 작정했다. 천관녀한테는 입이 열 개라도 할 말이 없었으니 아예 발길을 끊어버렸다. 춤새가 어떻게 받아들이거나 말거나, 어떤 저주를 퍼붓거나 말거나 전혀 신경 쓰지 않기로 단단히 마음을 먹었다.

수련을 마치고 서라벌에 돌아와서도 일절 바깥나들이를 하지 않고 학문과 무예를 닦는 데만 열중했는데, 그날 백제군이 몰려와서 가잠성을 포위했다는 말을 듣고 다른 화랑들과 함께 남산신성으로 몰려갔다.

옛날부터 있었던 남산성을 진평왕 13년(591)에 다시 성을 크게 고쳐 쌓고 남산신성이라고 했다. 돌을 다듬어 성벽을 쌓았는데 성의 둘레가 10여 리에 이른다. 서라벌에서 남산신성을 쳐다보면 둥실한 봉우리에 게눈처럼 보이는 두 개의 바위가 있어 게눈바위라고 부른다.

동쪽 국경에서 일어난 일은 봉화를 통해 명활산성으로 들어오고, 서쪽 국경에서 일어난 일도 봉화를 통해 선도산성으로 알려진다. 남산신성에서는 명활산성과 선도산성에서 받은 소식을 다시 받아서 임금이 계신 반월성에 전하니, 국경의 소식을 가장 먼저 알 수 있는 곳이었다.

화랑들은 봉우리에다 제단을 쌓고 천지신명에게 가잠성주 찬덕과 군사들이 모두 잘 싸워서 백제군을 물리치게 해달라고 빌었다. 제사를 지낸 후 음복을 하는데, 이 또한 다른 때와는 다를 수밖에 없었다.

"천지신명은 신라를 침략하는 무리를 결코 용서하지 않을 것이다. 하루빨리 저놈들을 몰아내게 해달라고 잔을 높이 들어라."

"허구한 날 침략을 일삼는 백제놈들은 신라군에게 살아남지 못하리라. 백제놈들을 쓸어버릴 신라군을 위하여 단숨에 잔을 비워라."

적과 맞서 싸울 신라군을 위하여 한 잔, 괘씸한 백제놈들이라고 욕하며 또 한 잔…… 젊은 혈기에 술잔은 끝없이 비워졌다. 화랑들은 가잠성에 쳐들어온 백제군을 모두 술에 빠뜨려 죽일 듯이 마셔댔으나 결국 술에 약한 사람부터 하나씩 나가 떨어졌다.

날이 어두워져서야 화랑들은 저마다 말에 올라 집으로 돌아갔다. 유신도 몸을 가누지 못하게 취해 말에 올랐는데, 유신의 집 재매정택으로 돌아가던 말이 도당산 아래에 이르자 방향을 틀어 유신이 날마다 드나들던 천관녀의 집으로 가버렸다. 도당산 기슭 천관녀의 집은 나정 북동쪽에 있었으니, 남산 신성에서 재매정택으로 가는 길목에 위치하고 있었던 것이다. 또한 유신이 집에 틀어박히기 전에는 늘 제집에 가기 전에 천관녀 춤새한테 먼저 들렀으니, 말로서는 술에 취한 임자를 싣고 먼저 천관녀의 집으로 가는 것이 오히려 당연한 일이었을 것이다.

인간의 말을 알아듣지 못하는 말 때문에 갑자기 뜻밖의 방문이 이루어졌지만, 어쩌면 핑계 삼아 오랜만에 회포를 풀 수도 있었고 무어라 변명을 할 수도 있었을 것이다. 그러나 유신의 행동은 단호했다. 단 한 마디 변명도 위로의 말도 없었다. 입을 여는 대신 칼을 뽑아들었고, 사랑했던 여자를 달래는 대신 자신을 곤란에 빠뜨린 말의 목을 베었다.

김유신은 닷새 뒤 낭도들을 모아 겨울철 수련에 들어갔다. 그동안 많은 경험이 있었지만 이번 수련이야말로 빈틈없이 짜이고 칼날처럼 실행되어 낭도들로 하여금 신라의 화랑낭도 됨을 스스로 자랑스럽게 여기도록 할 것이었다. 밖으로는 가잠성이 백제군에 둘러싸인 채 100일이나 맞서 싸우다 마침내 떨어졌고, 안으로는 한칼에 말을 베고 돌아선 김유신의 시퍼런 불길이 돌이라도 녹여낼 듯 활활 타오르고 있었기 때문이다.

사랑을 잘라낸 유신이 화랑도를 이끌고 수련을 하는 사이, 풍월주 호림은 매일같이 안해 유모의 등쌀에 시달리고 있었다.

"유신랑의 재주는 익히 알고 있으나 모든 일에는 순서가 있소. 보종공이 열다섯이나 많을뿐더러 부제가 된 지도 오래요. 나이도 나이려니와 부제를 거치지도 않은 화랑을 어찌 곧바로 풍월주에 올린단 말이오?"

"당신이 보종공을 사랑하여 아예 그의 집에서 살며, 보종공은 물론 그 안해 현강까지도 함께 잠자리를 하다가 마침내 현강을 잉태시키고 결혼까지 했다는 것을 모르는 사람이 없습니다. 군이 보종공에게 풍월주를 물려주려는 것은 그가 나이도 많고 이미 당신의 부제이기 때문이 아니라, 당신에게 색공을 바치고 안해까지 바쳤기 때문 아닙니까? 폐하의 모친인 만호태후께서는 우리 영모를 유신랑과 결혼시키고 싶다 하셨습니다. 서라벌 제일의 화랑이 풍월주에 오르지 못하고, 남의 등에나 업혀다니는 보종공 같은 사람이 풍월주가 된다면 세상 사람들이 다 비웃을 겁니다."

영모가 서라벌 제일의 화랑인 유신랑과 결혼하게 된 것을 누구보다 기뻐한 사람이 바로 언니인 유모였다. 유모는 철들면서부터 영모를 가엾게 여겨왔다. 지금은 그런대로 예뻐졌지만 어려서부터 못난 얼굴 때문에 자신이 없어 남들 앞에 나서는 걸 꺼려온 동생이다. 그래서 좋은 일이건 나쁜 일이건 지아비 호림공의 일을 입에 올리지 않았다. 비록 부부싸움에 관한 이야기라도 바깥에 얼굴을 내밀지 못하고 사는 동생에게는 잘난 언니의 배부른 투정질로 비칠 것이기 때문이다. 동생이 먼저 호림공의 안부를 물어도 언니는 그저 남의 일처럼 덤덤하게 말했을 뿐이다.

유모는 못난 동생을 선택해준 유신에게 풍월주라는 결혼 축하 선물을 꼭 해주고 싶었으나 끝내 지아비로부터 시원한 대답을 듣지 못했다. 호림과 전처 현강 사이에 태어난 딸 계림을 내쫓겠다고 위협해도 통하지 않았다. 호림은 여자보다 어여쁜 보종의 집에 가서 남색을 즐기다가 그 안해 현강의 색공도 받게 되었는데, 처녀나 다름없었던 현강이 계림을 낳게 되자 호림은 보종의 강권으로 그녀와 결혼했다. 그러나 몇 년 지나지 않아 현강이 죽었으므로 호림은 하종의 딸 유모와 재혼한 것이다. 아직 어린 딸 계림이 정말 유모한테 구박을 당하다 쫓겨난다면 호림은 집안 단속도 못하는 사내가 되어 얼굴을 들 수 없게 된다. 그러나 마음가짐이 곧고 청렴하기로 소문난 호림이다. 밤낮없이 안해의 갖은 협박과 등쌀에 시달리면서도 부제 보종이 아닌 화랑 유신에게 풍월주를 물려주는 엉터리 인사를 단행할 수는 없었던 것이다.

유모가 저간의 사정을 이야기하자 만호태후는 그럴 줄 알았다는 듯 웃었다.

"풍월주라는 사람이 그렇게 귓구멍 콧구멍이 꽉 막혔을 줄 누가 알았나. 걱정 말게. 내가 시원하게 뚫어줄 터이니."

이제 변죽을 울릴 만큼 울렸으니 정수리를 치겠다는 것이다. 풍월주 호림을 부른 만호태후가 쌀쌀맞은 소리로 물었다.

"그대가 풍월주에 오른 지 벌써 9년이나 지났다. 누구에게 물려주려는가?"

"하종공의 동복동생인 보종이 부제로 있습니다."

미실의 아들인 보종에게 물려주는 것이 당연하지 않겠느냐는 대답이었다. 그러나 태후는 가타부타 대꾸하지 않고 다른 질문을 던졌다.

"그대가 풍월주에 오른 것은 무엇 때문이었나?"

호림은 공식적으로 복승공의 아들이지만, 9세 풍월주 비보랑의 자식이라고 하는 사람도 있고 아예 누군지 알 수 없는 노릇이라고 우기는 사람도 있었다. 지소태후와 영실공의 딸인 송화공주가 지아비 복승공은 물론 비보랑과 다른 사신들한테도 골고루 색공을 받으며 호림을 낳았기 때문이다. 아비가 누구든 호림에게는 아무 문제가 되지 않았다. 외할머니가 진흥왕의 모후인 지소태후였으니, 아무도 그 외손주인 호림에게 진짜 아비가 누구냐고 물을 수 없었다. 또한 진평왕의 정비인 마야왕후가 호림의 친누나였으므로 13세 풍월주 용춘이 호림을 부제로 삼았다가 자리를 물려준 것이었다. 굳이 따진다면 얽히고설킨 혈연의 이해관계로 자연스럽게 풍월주가 된 것이라고 할 수 있다.

그러나 호림의 머릿속 복잡한 실타래를 만호태후가 단칼에 잘라버렸다.

"그대가 새주의 손녀와 결혼했기 때문에 새주의 뜻으로 풍월주에 올랐다는 사실을 모르는가, 아니면 부인할 터인가?"

생각해보니 그 또한 그렇다. 호림 못지않게 왕실과 혈연으로 복잡하게 얽힌 사람도 많았지만, 당시 화랑도의 주인이었던 미실의 뜻으로 자신이 풍월주에 올랐다고 할 수 있었다.

"다시 묻겠네. 풍월주를 누구에게 물려주려는가?"

"태후 폐하, 보종은 제가 풍월주에 오를 때 새주께서 직접 부제로 임명한 새주의 아들입니다. 늦게 얻은 막둥이라 새주의 사랑이 더욱 깊었다고 들었습니다."

그래서 더욱 다음 풍월주는 보종이 하는 게 당연하지 않느냐는 이야기였으나 만호태후의 의중은 그게 아니었다.

"보종? 보종은 다음에 풍월주가 되어도 늦지 않아. 당장 다음 풍월주로 누구를 세우려는가?"

여태껏 보종에게 물려주는 것이 당연하다고 믿었던 호림이다. 며칠째 안해 유모한테서 유신에게 풍월주를 물려주라고 닦달을 당하는 중이지만, 사리분별을 할 만한 만호태후까지 이렇게 막무가내로 나올 줄은 몰랐다.

"다음 풍월주로 내 손자이자 미실 새주의 손녀사위가 될 유신이 어떤가?"

"……?"

"어찌 대답이 없는가? 풍월주는 지금 나에게 맞서는 것인가?"

"제가 어찌 감히 태후 폐하께 맞서겠습니까?"

"그러면 어째서 대답을 하지 못하는가? 미실의 손녀 영모한테 우리 유신보다 더 나은 신랑감이 있다고 여기는가?"

"알겠습니다. 태후 폐하의 뜻을 받들겠습니다."

호림으로서도 어쩔 수 없는 선택이었다. 유모의 등쌀이 심한 터에 만호태후까지 이렇게 거칠게 나올 줄은 몰랐다. 앞뒤 없이 사나운 만호태후에게 밉보였다가는 자신의 앞날에 먹장

구름이 낄 것이 확실했다.

호림은 보종의 형이자 자신의 장인인 하종공에게 만호태후의 뜻을 전했고, 하종도 자신의 못난 딸을 유신의 안해로 선택하겠다는 만호태후에게 고마운 정을 갖고 있었으므로 동생인 보종에게 일러 풍월주를 양보하도록 했다.

이듬해인 2945년(612) 정월 포석사에서 영모와 혼례를 치른 김유신은 열흘 뒤 신궁에서 풍월주에 오르는 의식을 치렀다. 겨우 열여덟 어린 나이였으나 미실의 손녀 영모와 결혼함으로써 유신은 14세 풍월주 호림의 뒤를 이어 15세 풍월주가 된 것이다.

양광의 음모

단기 2943년(610) 10월. 조절을 맞은 수나라 강도에는 나라 곳곳에서 100만이 넘는 구경꾼까지 모여들어 더없이 흥청거렸다. 어디를 가나 들큼한 술냄새를 풍기는 사람들로 붐볐으며, 철을 만난 장사치들에게는 저잣거리가 따로 없었다. 공간이 있으면 아무데서나 좌판을 벌였고 좌판이 펼쳐지기가 무섭게 손님들이 모여들었다.

조절은 시월 첫날, 조상에게 제사를 지내 자손들의 복을 빌고 술을 빚어 마시며 노는 날이다. 이해에 따라 엄청나게 많은 사람이 강도에 모여든 것은 수나라 왕 양광이 강도에 와서 조절을 지내기 때문이었다.

양광은 지난 추석날 장안을 떠났는데, 감때사납고 뽐내기 좋아하는 왕답게 호위군사 20만이 에워싸고 따르는 궁녀만도 3천이나 되는 호화스럽고 어마어마한 나들이었다. 운하에 배를 띄웠을 때는 크고 작은 배 5천 척이 200리에 뻗쳤다. 양광이 탄 배는 길이 200척에 높이가 45척이었으며, 4층으로 되었는데 배를 끄는 사공만 9천 명이었으며, 이들도 모두 아름다운 비단으로 몸을 감쌌다. 백성들에게는 다시없는 구경거리였으므로 강도에 100만 명이나 되는 구경꾼이 모인 것이다.

양광이 이처럼 엄청난 차림으로 강도에 와서 조절을 보낸 데는 그만한 까닭이 있었다.

지난날 남북조시대 북주의 선비족 우문호는 제 마음대로 임금을 바꿀 만큼 세력이 컸는데, 우문씨의 외숙이 되는 보륙여충이라는 자가 성을 양씨로 고쳤다. 2914년(581) 양여충의 아들 양견은 북주의 아홉 살짜리 코흘리개 왕이자 자신의 외손자였던 우문천을 죽이고 수나라를 세웠다.

제 아비를 닮아 뱃속이 시꺼먼 양광은 양견의 둘째아들이다. 양광은 왕세자 양용을 밀어내고 왕위를 가로채려는 흉계를 꾸몄는데, 가장 먼저 할 일은 제 어머니를 끌어들이는 것이었다.

선비족은 농사를 지을 줄 모른다. 짐승이나 기르며 풀을 찾아 몽골 초원을 떠돌던 유목민이다. 떠돌이로 사는 사람들은 겉보기에 얽매이지 않고 실속을 중요하게 여긴다. 선비족은 살림살이에서도 지나친 겉치레를 싫어하며, 아낙네들이 남자들의 일에 간섭하는 것도 그리 흉이 되지 않았다.

양견의 안해는 남달리 고집이 세고 성품이 까다로웠다. 몰래 사람을 시켜 조정 벼슬아치들의 행동을 살피고 잘잘못을 따졌다. 나랏일에도 깊이 참견했는데, 양견은 안해의 말을 잘 들었다. 언제나 그럴듯한 의견을 냈기 때문이다. 왕비에게 나쁜 점이 있다면 너무 드세고 강짜가 많다는 것쯤이었다. 양견은 곁에다 몇몇 첩을 두고도 애만 태울 뿐 가까이할 수가 없었다.

아무리 똑똑한 사람도 성이 나면 판단이 흐려지기 마련이다. 양광은 제 어미의 강짜 많은 성깔을 이용하기로 마음먹고 꿍꿍이를 꾸몄다.

양광은 심복부하들을 동원해서 남몰래 아름다운 여인들을 찾아 왕세자 양용에게 보냈다. 양용은 젊고 거칠 것 없는 성격이었다. 자신을 낚으려는 제 아우의 미끼라는 생각은 미처 하지 못했다. 아름다운 여자가 제집에 들어오면 거침없이 품에 안았다. 술 취한 사람이 잔을 비우듯 여자를 즐겼다. 왕세자궁에 들어간 여자들은 이내 배가 불룩해졌다.

"황태자께서 다음 달에 두 아이를 얻게 된다고 합니다. 어머님께서는 이후로도 달마다 손주를 보게 될 것이니 축하드립니다. 옛날부터 황실이 번영하려면 황손이 많아야 한다고 하지 않았습니까."

양광은 어미를 제집으로 모셔놓고 축하인사를 올렸다.

"옳은 말이다. 그런데 어째서 이 집에는 늙은 여자들뿐이냐? 집 안이 깨끗지 못하고 활기가 없는 것도 젊은 여자가 없어서 그런 것이다. 내가 젊고 예쁜 계집들을 보내주마."

"죄송하지만, 저는 어머님께서 정해준 안해 한 사람만으로 만족합니다."

"그게 무슨 소리냐? 너도 아이를 많이 낳아 황실을 번영케 해야 하지 않겠느냐?"

말은 그렇게 하지만 조금도 믿을 바가 못 된다. 아비 양견도 첩이 여럿이었지만 아직 아이를 낳은 사람은 하나도 없다. 아들 다섯에 딸을 셋이나 둔 것을 보면 양견이 남자로서 힘이 모자라는 것도 아니다. 그가 첩들을 멀리하는 것은 단지 강짜 많은 안해가 무서워서였다. 양광은 누구보다 그런 제 어미를 잘 알았다. 어머니는 비록 제 자식일지라도 한 사내가 여러 여인 거느리는 꼴은 보지 못할 것이다.

"황실에 자손이 많다면 이런저런 일로 오히려 시끄러울 뿐입니다. 신하와 백성들을 올바르게 다스리면 황실의 위엄은 절로 갖춰질 겁니다."

"방금 네 입으로도 황실에 자식이 많아야 번영한다고 말하지 않았느냐?"

"신하의 몸으로 황태자께서 하시는 일을 그르다고 해서는 아니 됩니다. 또한 형제간의 우애보다 더 좋은 것은 없지요. 제 생각과 다른 행동을 하신다 하더라도 황태자께서는 나름대로 깊은 생각이 있을 겁니다. 우둔한 제가 어찌 함부로 이러쿵저러쿵 말을 하겠습니까."

"어찌 마음에도 없는 소리를 하느냐? 이 어미는 너희를 낳고 길러온 사람이다. 네가 어렸을 때부터 동생들을 때리고 형까지 이겨먹으려고 울며불며 싸우던 것을 모를 줄 아느냐?"

"참으로 부끄럽고 죄송합니다. 못난 자식이 어머님께 많은 죄를 지었습니다."

말뿐이 아니었다. 의자에서 벌떡 일어나더니 그대로 바닥에 무릎을 꿇고 엎드렸다.

"형님한테 대들고 어린 동생들을 때려서 어머님의 마음을 너무 아프게 해드렸습니다. 다시는 형제들과 싸우지 않고 의좋게 살겠습니다."

"알았다. 그만 되었으니 일어나거라."

"아닙니다. 어리석었던 지난날을 생각하면 너무도 부끄러워서 차마 몸 둘 곳을 찾지 못하겠습니다."

얼굴까지 붉힌다. 진심인 것 같다. 철이 든 것인가?

"네가 정말로 형제들을 그리 생각하느냐? 또한 죽을 때까지 네 안해 하나만을 사랑하겠느냐?"

"물론입니다. 형제들을 내 몸같이 생각하고 받들겠습니다. 여자라면 죽는 날까지 어버이가 맺어주신 안해 하나만을 사랑하겠습니다."

어미는 짐짓 무서운 얼굴을 했다.

"네가 나를 속이는 것이라면, 내 손수 네 목을 자르겠다."

"제가 감히 어머님을 속이다니요? 하늘이 굽어보고 있습니다. 벼락을 맞을 것입니다."

"나라를 다스리는 자는 제 가정부터 잘 다스려야 하는 법이다. 알겠느냐?"

마침내 어미의 입에서 통 큰 소리가 나왔다.

며칠이 지났다. 양견이 안해와 함께 아침을 먹고 있는데 내시 하나가 들어왔다. 왕세자 양용의 스승인 고형이 첩한테서 아들을 보았다는 것이다. 고형은 사리판단이 정확하고 성품이 강직한 사람이었다.

"뭐? 아들을 보았다고? 환갑도 넘은 나이에? 허허, 그것 참 대단하구나!"

양견이 탄성을 지르며 좋아했다. 얼마나 좋았던지, 제 마누라가 그런 데 강짜가 많은 여자라는 것도 깜빡 잊고 물었다.

"그렇지 않소?"

"그렇다니, 뭐가 그렇다는 겁니까?"

"환갑도 훨씬 지난 사람이 아들을 보았다니, 얼마나 좋은 일이오?"

"쳇! 그러고 보니 황상은 꼭 겨울 들판의 허수아비 같구려! 시도 때도 없이 바람만 불면 그저 좋다고 날뛰는."

가을이 끝난 들판에 우두커니 서 있는 허수아비는 아무런 뜻도 없다. 바람이 불면 버릇대로 너풀너풀 춤을 추지만, 이미 낟알도 참새도 없는 황량한 들판 아닌가. 아무리 말버릇 사나운 마누라지만 해도 너무한다.

"감히 황제더러 허수아비 같다고? 함부로 말하지 마시오."

"황상한테는 검은 것도 희다고 해야 합니까? 황상은 그 엉큼하기 짝이 없는 늙은이한테 속은 줄도 모르고 뭐가 그리 좋다고 야단입니까?"

"엉큼하기 짝이 없다니? 그가 얼마나 올곧은 사람인지 몰라서 그러오? 아무나 황태자의 스승이 될 수 있는 게 아니오."

"흥! 몇 달 전 그자의 안해가 죽었을 때 황상께서 다시 안해를 맞으라고 하자 그가 뭐라고 했습니까?"

마누라는 계속 입을 삐쭉거렸다.

"집에 가면 밤늦도록 글이나 읽을 뿐 여자한테는 눈곱만큼도 관심이 없다고 하지 않았습니까? 그런데 이제 몇 달도 안 되어 종에게서 아이를 낳았다니 도대체 말이나 되는 소립니까? 그 엉큼한 늙은이가 여태 황상을 속여온 게 아니고 무엇입니까? 황상은 부끄럽지도 않습니까?"

"으음, 분명 그랬지!"

양견의 낯빛이 싹 바뀌었다. 그러고 보니 생각할수록 괘씸하다. 그때 양견은 마누라한테 '황제가 신하만도 못하다', '제발 어진 고형을 본받으라'는 쓴소리도 들었던 것이다.

"황상은 뱃도 없습니까? 그런 엉큼한 늙은이한테 속은 것이 분하지도 않습니까?"

아무리 황제라도 부부 사이에는 못할 말이 없다. 마누라는 계속해서 속을 긁었다.

"밤마다 계집들을 끼고 놀면서도 황상 앞에서는 저 혼자 도 덕군자인 척하고…… 듣자니 그자는 매일 계집들을 바꿔서 끼고 잔답니다. 그 집에 있는 계집들 가운데 그 늙은이가 안아 보지 못한 계집은 하나도 없다고 합니다."

세상에! 계집들을 맘대로 품을 수 있다니? 그놈 참, 복도 많다! 그러나 그런 엉뚱한 생각도 잠깐이었다. 자신은 서토를 다스리는 황제인데도 아리따운 궁녀들은 물론 후궁들마저 품을 수가 없지 않은가.

"그렇게나 많은 계집을 맘대로 품고 잔다고? 고얀 놈!"

마침내 엉뚱하게도 고형한테로 불똥이 튀었다. 황제인 자신이 맘에 드는 계집의 손도 잡아보지 못하는 것이 마치 고형의 탓만 같았다.

"여봐라. 당장 가서 고형이란 놈을 끌고 오너라."

"잠깐 기다려라."

왕의 명을 받은 내시가 급히 나가는데, 뜻밖에도 왕후가 불러세웠다. 내시가 멈춰서서 돌아다보았으나 왕후의 눈길은 왕을 향하고 있었다.

"황상, 그 늙은이를 끌어다 무엇하려 그러십니까?"

"그걸 몰라서 묻소? 그놈이 도덕군자인 척 헛소리를 지껄이는 통에 내가 당신한테 얼마나 타박을 받았소? 내 그놈을 엎어놓고 볼기가 터지도록 곤장을 쳐야겠소."

죄 없이 마누라한테 시달린 것을 생각하니 분통이 터졌다. 앞뒤도 모르고 강짜만 많은 마누라의 버릇도 고칠 겸 놈한테 시원하게 분풀이를 하고 싶었다.

"에구, 나도 깜빡 속아서 그랬지, 어디 일부러 그랬겠습니까?"

마누라가 호들갑을 떨었다. 전에 없던 버릇, 정말 자신이 잘못했다고 생각하는 것인가?

"나도 그 늙은이를 잡아다 때려죽이고 싶습니다. 하지만 그 늙은이는 이 길로 내쫓고 다시는 꼴을 보지 않는 것이 좋겠습니다."

"어째서?"

"구린내 나는 똥은 덮어두라고 하지 않았습니까. 이런 일은 들춰봐야 이로울 것이 하나도 없습니다. 그냥 내쫓고 잊어버리는 것이 좋습니다."

양견은 잠깐 생각에 잠겼다. 다시 생각해보니 그도 그럴듯했다. 주인 남자가 계집종을 품고 자는 것은 죄가 아니다. 여자에게 관심이 없다고 한 것도 윗사람 듣기 좋으라고 거짓말을 한 거라면 크게 나무랄 일도 아니다. 고형을 잡아다 혼을 낸다면, 마누라한테 꼼짝 못하고 사는 못난 사내가 애먼 사람한테 엉뚱한 분풀이를 한다고 비아냥거릴 게 뻔하다.

"과연, 그대의 생각이 옳소!"

양견은 고형을 잡아오라는 명을 거뒀다. 대신 왕세자 스승 자격을 박탈하고 궁중에 드나들지 못하게 하는 것으로 마무리를 지었다. 양광과 그의 어미가 짜고서 꾸며낸 터무니없는 모함에 양견이 속아넘어간 것이다(본디 무슨 잘못이 있는 것도 아니었으므로, 고형은 양광이 왕에 오른 뒤 다시 조정에 들어가 높은 벼슬을 했다. 그러나 양광이 고구려 침략 군사를 일으키는 것을 보고 반대하다가 미움을 받아 2943년 죽임을 당하고 만다).

고형을 내쫓음으로써 왕세자 양용의 팔 하나는 잘라낸 셈이지만 정작 몸통은 아직 그대로였다. 하루빨리 양용한테서 왕세자 자리를 빼앗아야겠으나 뾰족수가 없었다.

양광은 심복부하인 장형에게 제 속셈을 털어놓았다. 장형도 이미 딴 생각이 있었던지 곧 그럴듯한 소리를 했다.

"진왕께서 아무리 좋은 생각을 가지고 있어도 이를 뒷받침할 신하가 없으면 이루기가 어렵습니다. 또한 아무리 사람을 얻으려 해도 이쪽의 힘이 크지 않으면 사람들은 두려움을 느끼고 등을 돌리려 할 것이니 먼저 힘센 장수를 얻어야 합니다."

"옳은 말이다. 우중문은 욕심이 많고 사나운 사람, 쉽게 내 말을 들어줄 것이다."

양광도 이미 그쯤은 생각하고 있었다는 듯이 우중문을 거론했으나 장형은 머리를 저었다.

"군사를 몰아 싸우는 것이라면 우중문도 좋을 것이나 황태자가 되는 것은 들에서 싸우는 싸움이 아닙니다. 멧돼지 같은 우중문보다는 모든 벼슬아치가 믿어마지않는 안주총관 우문술이 필요합니다."

"우문술? 우문술을 얻어야 한다고?"

"예, 그렇습니다. 비록 많은 날이 걸리더라도 먼저 수나라 으뜸 장수인 우문술을 얻지 않으면 안 됩니다."

"어림없는 소리!"

양광은 저도 모르게 고개를 흔들었다.

"우문술은 나와 함께 건강(강소성 남경, 진의 고을)을 쳤던 사람, 나는 누구보다도 그를 잘 안다. 그자는 용을 돕지도 않을 것이나 나를 따르지도 않을 것이다. 무엇보다 그는 부귀영화를 탐내지 않는 장수다. 그런 바윗돌 같은 장수를 무슨 수로 꾀어낸다는 말이냐? 아예 단념하고 다른 장수를 찾아봐라."

그러나 장형은 빙긋이 웃으며 말했다.

"진왕께서는 우문술의 집에 고구려 개마대가 있다는 것을 모르십니까?"

"고구려 개마대? 그게 무슨 뚱딴지같은 소리냐?"

대답 대신 장형은 또다시 말꼬리를 돌려 되물었다.

"여동 정벌에서 돌아온 지 두 해가 되었지만 조정에서는 어느 누구도 다시 군사를 일으키자는 소리를 하지 못하고 있습니다. 무엇 때문이라고 생각하십니까?"

"그야 황상께서 다시 고구려를 입에 올리는 자는 그 목을 자르겠다고 엄명을 내리셨기 때문 아니냐?"

"그렇습니다. 그때 일을 아십니까?"

알다마다! 7년이나 점령했었던 국제적 상업도시 유성은 구렁이알만큼이나 소중한 곳이었다. 단맛도 덜 빠졌고 한창 정을 들이던 판에 원주인인 고구려한테 빼앗겨버렸다. 더욱이 양견은 서토의 주인이 되어서도 다물왕 취급밖에 받지 못했으니 분통이 터져 죽을 노릇이었다.

양견은 분풀이도 할 겸 치우천황이 쇠를 캤다는 갈로산을 얻기 위해 30만 대군을 이끌고 여동으로 달려갔지만 열에 하나도 살아오지 못했다. 몇 해 동안 갑작스럽게 유행한 〈고구려 군가〉의 "빛나는 도끼는 바위를 가르고 / 날카로운 화살은 고목을 뚫고 날아가네. / 바람이 일어나면 무릎 꿇고 엎드려라. / 고개를 들면 낙엽처럼 날아가리." 하는 노랫말처럼 되어버린 것이다.

고구려의 갑옷은 너무 단단해서 서토의 화살이나 창칼 따위로는 범접할 수 없었다. 금강석처럼 강하고 칼날처럼 날카로운 고구려의 화살은 수나라 군사들의 갑옷을 푹푹 꿰뚫었다. 악마처럼 내려치는 쇠도끼는 투구와 머리통을 함께 박살내버렸다. 너무 호되게 당했기 때문에 수나라는 꿈속에서도 앙갚음할 엄두를 내지 못했다.

"울안에 갇힌 호랑이가 바라는 것이 어찌 살찐 토끼나 암탉 따위겠습니까? 지난날 여동에 갔던 사람들치고 승냥이 같은 고구려에 이를 갈지 않는 사람이 없습니다. 그러나 황제께서 원한을 잊은 것처럼 눈을 감고 계시니 감히 어느 누구도 입을 열어 말할 수가 없습니다. 우문술을 낚으려면 고구려 정벌을 미끼로 쓰십시오. 더욱이 진왕께서도 함께 고구려에 가셨었으니 곧이듣고 따르지 않을 수가 없을 것입니다."

양광 또한 지난날 목숨을 건지려고 정신없이 도망쳤던 한 사람이다. 그 일을 생각하면 아직도 이가 북북 갈린다.

우문술은 세상이 다 아는 무서운 장수다. 목숨을 내던지고 고구려 개마대의 갑옷과 병장기를 얻어온 사람이다. 어찌 비단이불을 덮고 편히 잠들 수 있겠는가.

"그대의 말이 옳다. 그리고 보니 안주총관을 끌어들이기는 매우 쉬운 일이겠구나."

개마각에 갇힌 고구려 병장기

쏴아아, 바람이 일어나고 연잎이 어지럽게 흔들린다. 어제부터 시작된 장맛비다. 군사들의 방패만큼이나 커다란 연잎은 수없이 쏟아지는 빗줄기를 하나도 놓치지 않고 다 받아낸다. 사나운 화살처럼 쏟아지던 빗줄기도 주먹만큼씩 뭉쳤다가 와르르 쏟아지는 물일 뿐이다.

개마각(介馬閣)은 전(殿)이라고 해야 옳을 만큼 커다란 집이다. 굳이 각(閣)이라고 이름을 낮춘 것은 적국인 고구려의 개마대가 있는 집에 차마 전을 쓸 수 없어서였을 뿐이다. 지난해 봄부터 연못 한쪽을 메우고 새로 지었는데 주인이 살고 있는 집보다 훨씬 컸다. 개마군사들을 세워두기 위한 것이었으므로 집 안에는 기둥만 줄지어 있을 뿐 통째로 하나의 방이다. 연못이 내려다보이는 곳에 차를 마시며 쉴 탁자 하나만 놓여 있을 뿐 썰렁한 마룻바닥이다.

커다란 방 한쪽에는 긴 창과 쇠도끼로 무장한 개마군사 아홉이 싸움터를 달리듯 셋씩 어깨를 나란히 하고 서 있었다. 비록 아홉뿐이지만 천군만마가 휩쓸어가는 듯한 위용이다. 나무로 만든 몸통에 갑옷을 입히고 투구를 씌운 허수아비지만 뼈를 찌르는 듯한 살기에 소름이 쭉 끼친다. 말 갑옷 일곱 벌만 우문술이 만들어 입힌 것일 뿐 군사들의 병장기는 모두 고구려 것이 틀림없다.

왕의 시위로 있는 아들 우문화급만이 아비의 뜻을 알고 가끔 드나들 뿐 다른 사람들은 얼씬도 하지 못했다. 어쩌다 시중들기 위해 방 안에 들어서는 계집종들은 대낮에도 고구려 귀신이 나오는 것처럼 무서워 벌벌 떨었다.

꿈에도 그리던 고구려군의 병장기가 우문술의 집에 무더기로 쌓여 있다는 소문이 퍼지자 온 나라의 도둑들이 다 장안으로 모여들었다. 밤마다 하나둘에서 서너 명씩 개마각을 넘보는 자가 많았으나 끝까지 성공한 도둑은 없었다. 모두 경계군사의 손에 붙잡혀 지옥 문턱을 넘어갔기 때문이다. 도둑들 사이에 우문술의 집에 있는 개마각이 용담호혈(龍潭虎穴)이라는 소문이 퍼지면서 도둑의 발길도 끊겼다.

한 달쯤 지났을까. 도둑들이 포기했다고 여겨질 무렵이었다. 안주총관 우문술이 안주를 순시하기 위해 떠난 날 밤이었다. 우문술의 집에 35명이나 되는 떼도둑이 들었고 20명이나 되던 경계군사가 모두 죽었다. 20명의 도둑이 개마각 안으로 들어갔으나 살아서 나온 자는 하나도 없었다. 도둑들이 모두 개마군사들의 날카로운 병장기에 가슴을 찔리고 대가리가 터지는 등 처참하게 죽고 만 것이다. 도둑들의 손에 고구려군의 병장기가 쥐여져 있는 것으로 보아 전설적인 병장기에 욕심이 발동한 도둑들이 하나라도 더 차지하기 위해 서로를 죽인 것으로 보였다. 도둑들이 지니고 있던 칼들은 거의가 개마대의 병장기에 맞아서 부러진 것이 확실했으나 개마대의 병장기는 조금도 상하지 않고 멀쩡했다.

우문술은 모든 일정을 취소하고 급히 돌아왔다. 무예가 빼어난 자들로 경계군사를 다시 뽑았고 그 수도 두 배로 늘렸다. 우문술은 어떤 일이 있어도 밤에는 제집으로 돌아왔다. 경계가 강화되자 도둑들도 두려운 듯 더는 담을 넘는 자가 없었다.

그렇게 여름이 지나고 가을이 되었다. 서늘한 아침 공기를 마시며 산책하던 우문술의 발걸음이 버릇처럼 개마각으로 이어졌다. 빗장을 풀고 문을 열고 들어서던 우문술이 크게 놀라 경계군사들을 불러모았다.

참혹하게 죽어 널브러진 주검이 다섯이나 되었다. 경계군사들은 믿기지 않는 듯 서로의 얼굴만 바라보았다. 기와를 걷어내고 지붕을 뚫고 들어온 것이 믿어지지 않아서가 아니었다. 개마각에 들어온 도둑들이 병장기를 휘두르며 치열하게 싸운 것이 분명한데도 밤새 개마각을 지킨 자신들은 전혀 몰랐던 것이다. 물샐틈없이 삼엄한 경비를 뚫고 몰래 개마각에 들어갈 정도라면 이미 보통 솜씨는 아니다. 드잡이질을 하다가 팔다리가 잘려도 비명소리를 낼 놈들도 아니다. 그러나 도둑들의 칼이 둘이나 동강이 나 있지 않은가. 멀리서 낙엽이 떨어져도 알아차릴 자신들이 칼이 부딪혀 부러지는 소리도 듣지 못했다니!

긴 창은 좁은 공간에서 싸우기에 불편하고 쇠도끼는 다루기가 힘들다. 아무리 솜씨 좋은 자라고 해도 칼을 가지고 싸우는 것보다 못한 것이다. 그래서 개마대의 긴 창을 빼든 두 도적은 창을 버리고 제가 지닌 칼로 개마대의 쇠도끼를 빼든 자들과 겨룬 모양이었다. 그러나 개마대의 쇠도끼는 엄청나게 강하고 날카로워서 막아서는 칼날과 함께 상대방의 머리통까지 단숨에 쪼개버렸다. 쇠도끼를 들고 싸운 자들은 솜씨도 비슷했던 듯 상대방의 팔을 하나씩 자르고 배를 가른 뒤 어깨에 도끼날을 박고 죽어버렸다.

상식적으로 납득이 가지 않는 일은 또 있었다. 싸움판에서 떨어진 구석에 홀로 널브러진 주검이다. 아무래도 제 가슴에 도끼날을 박고 자살한 것처럼 보였다. 도둑이 자살을 하다니 도무지 납득할 수 없는 일이었지만, 죽은 형태로 보아 다른 생각은 할 수가 없었다. 그의 얼굴은 핏덩이가 되어 있었는데, 개마대 군사의 못신에 당한 것이 틀림없었다. 바로 곁에 있는 못신에 피 묻은 살점이 묻어 있었다. 허수아비 개마군사가 도적을 짓이겨놓다니!

믿어지거나 말거나 짐작이 가는 것은 거기까지였다. 한두 번 걷어차인 정도라면 잘못 넘어져서 당한 것으로 짐작할 수도 있겠지만, 눈 코 입이 형체도 없이 짓이겨지고 허연 뼈가 드러난 처참한 주검이었다. 더구나 말에 타고 있는 개마군사의 발에 피 묻은 못신이 신겨져 있는 것은 무엇으로 설명한단 말인가.

"개마각에는 고구려 개마대 귀신들이 살고 있다!"

"개마각에 들어서는 자는 모두 처참하게 죽여버린다!"

소문은 입에서 입으로 퍼져나갔다. 그 때문인지 더는 간 큰 도둑들이 몰려오지 않았다. 그래도 밤이면 항상 40여 명이나 되는 경계군사가 밤새 불을 밝히고 모여서 개마각을 지켰다. 도둑들이 오는 것보다 개마각 안에 귀신들이 살고 있다는 생각에 경계군사들이 겁을 먹고 모여 있는 것이다.

고구려 개마대 귀신들이 살고 있다! 뜬소문이 아니다. 도둑들의 처참한 죽음을 제 눈으로 본 우문술 집 안 사람들은 개마각을 지옥처럼 무서워했다. 잔심부름을 하는 여종들은 주인인 우문술이 방 안에 있어도 반드시 대여섯씩 무리를 지어 드나들었다. 들어올 때는 조심조심 들어오지만 나갈 때는 저도 모르게 발걸음이 빨라지기 마련이다. 누가 앞사람 치맛단을 밟거나 들고 있던 찻잔이라도 놓쳐 깨뜨리는 날에는 모두가 비명을 지르며 뛰쳐나갔다.

우르르 급하게 몰려나가는 발소리를 느낀 우문술은 저도 모르게 찻잔을 잡았다. 계집종들이 우려낸 차를 따를 때에는 돌로 깎은 사람처럼 연잎만 내려다보던 우문술이다. 서늘한 바람 때문인가. 손바닥에 전해지는 따뜻한 느낌이 문득 좋았다. 그러나 막상 차를 마시는 것은 차가 다 식은 다음일 것이다.

"우리 군사들은 한여름에도 찬물을 마시지 못한다! 그런데 저들은 한겨울에도 얼음을 깨물어 먹는다고 한다!"

저도 모르게 탄식이 나왔다. 한족 군사들한테 찬물을 먹였다가는 열에 대여섯은 배탈이 나서 물찌똥을 죽죽 내쏘거나 낯빛이 노래지기 마련이다. 시험 삼아 끓인 물을 식혀 먹여도 마찬가지다. 더운물을 먹는 것은 본디 황하 가에서 흙탕물을 먹고 사는 한족들의 버릇이었다. 그런데 이제는 선비족 출신 군사들도 찬물을 마시지 못한다. 성을 바꾸고 나니 몸과 마음이 모두 한족이 된 모양이다. 더운물에 찻잎을 띄우면 그 향기는 몸과 마음까지도 향긋하게 한다. 그러나 군사들은 찻잎이 없어도 더운물을 찾는다. 어느새 찬물을 먹을 수 없게 몸이 바뀐 것이다.

더운물은 위생에도 좋고 갈증을 이기는 데도 좋지만 아무 데서나 먹을 수 없다는 것이 큰 문제다. 이미 몸에 굳은 버릇이라 어떻게 해볼 도리가 없다. 좋은 병장기는 대장장이들이 만들어내면 되지만 군사들의 못된 버릇을 떼기는 정말 어려운 노릇이다.

"그러나 정작 큰 문제는 따로 있다!"

한숨이 절로 터져나온다. 고구려 군사와 싸우고 싶어도 싸울 수가 없는 것이다. 왕은 신하들끼리도 고구려를 입에 올리지 못하게 금했다. 평소에는 너그럽고 부하들의 말도 귀담아듣지만 고구려에 관해서는 칼날처럼 날카롭고 창끝처럼 매섭다. 고구려는 왕의 역린(逆鱗)이다. 선불리 입에 올렸다가는 정말 목이 달아날 것이다.

용은 사나운 영물이지만 아무나 올라타는 사람이 주인이다. 누구나 등에 올라타기만 하면 마음대로 부릴 수가 있다. 그런데 용의 목에는 거꾸로 달린 비늘이 하나 있다. 이 비늘을 건드리는 자는 누구든 곧바로 물어 죽인다. 제 등에 올라타저를 부리는 주인일지라도 용서하지 않는다.

"진왕께서 오셨습니다."

문득 어지러운 발소리가 들리는가 했더니 역시 숨찬 소리였다. 그러나 진왕이라니? 일어서던 우문술이 다시 자리에 앉았다.

"객청으로 모셔라. 그리고 곧 나간다고 아뢰어라."

욕심 많고 거만하기 짝이 없는 진왕이다! 몸소 찾아올 까닭이 없다!

천천히 찻잔을 입에 가져갔다. 식은 차는 향기가 떨어지지만 차가운 느낌만으로도 좋다.

"총관님, 진왕께서 찾아오셨습니다."

혹 잘못 들었는가 싶어 다시 아뢰는 부하장수의 목소리가 높아졌다. 우문술의 목소리도 높아진다.

"진왕을 객청으로 모시라지 않았느냐!"

말이 끝나기가 바쁘게 뒤에서 다른 목소리가 들렸다.

"괜찮소. 총관. 나는 이곳이 더 좋소."

양광이었다. 우문술은 마시던 찻잔을 내려놓고 천천히 뒤돌아선 뒤 무릎을 꿇고 절을 올렸다.

"진왕께서는 잡인을 금하신다. 모두 물러가거라."

장형이 외치는 소리에 우문술이 고개를 끄덕여 사람들을 내보냈다. 장형도 밖으로 나가고 양광과 우문술만 남았다. 양광은 권하는 자리에 앉지 않고 고구려 개마군사들 앞으로 걸음을 옮겼다.

"하하하! 소문보다도 훨씬 그럴듯하구려."

큰 소리로 칭찬하며 개마대로 다가서던 양광은 '헉!' 하고 숨이 멎었다. 머리끝이 잡아채인 듯 하늘로 날아올랐다. 온몸에 소름이 돋고 다릿심이 풀렸다. 허공을 디디듯 비틀거리며 뒤로 물러났다. 가까스로 탁자를 짚고 어깨를 들썩이며 막혔던 숨을 한꺼번에 몰아쉬었다. 애써 눈을 뜨고 연못을 노려보지만 얼굴에 핏기가 가셨고 온몸에 식은땀이 솟았다.

허수아비 개마군사들이다. 앞줄 셋은 긴 창을 내지르며 달리고, 뒤에는 쇠도끼를 높이 치켜든 군사들이다. 긴 창은 길이가 두 길이나 되니 땅 위의 보병들까지 맘대로 살상할 수 있다. 쇠도끼는 개마군사끼리 맞붙었을 때 적의 투구와 머리통을 단숨에 박살내버린다.

맨 뒤의 군사들은 활을 들고 있다. 한 군사는 창처럼 반듯한 활을 바람개비처럼 휘두른다. 이 활은 쇠로 만든 철궁(鐵弓)이다. 화살을 날려보내는 것은 각궁(角弓)에 미치지 못해도 줌통을 뺀 나머지의 끝을 날카롭게 했기 때문에 휘두르는 활에 맞으면 창이나 칼에 맞은 것처럼 상처가 깊다. 다른 군사는 활을 들어 당기는 시늉을 하고 있는데, 이 철궁도 창처럼 반듯하게 서 있다. 시위를 얹어 힘껏 당기는데도 시위를 벗긴 부린활처럼 휘지 않은 것은 그저 그럴듯하게 보이려고 턱없이 기다란 시위를 매었기 때문이다. 활에 힘이 실리지 않은 것이 한눈에 보였지만 얹은 화살을 보면 등골이 서늘하다. 한 자나 되는 화살촉은 갑옷과 투구를 거침없이 꿰뚫고 치명상을 입히기 때문이다.

우문술이 앉아 있던 탁자까지 물러났지만, 당장에라도 성난 말들이 콧김을 뿜으며 덮쳐오고 고구려 군사들의 날카로운 창과 화살이 날아오는 것만 같다. 대낮에 귀신을 만난 것처럼 양광은 다시 한 번 부르르 몸을 떨었다.

허둥거리는 꼴을 다 보았지만 우문술은 짐짓 모르는 척했다. 황상께서도 정신없이 채찍질하며 10리나 달아나셨다!

간신히 정신을 차린 양광이 고개를 돌려보니, 한쪽에선 연잎이 천천히 고개를 숙이고 와르르 담긴 물을 쏟아낸다. 끊임없이 내리는 빗줄기를 저렇게 됫박질하는 것이다.

"대장군! 대장군은 날마다 이곳에 앉아 무슨 생각을 하시오?"

대장군? 느닷없이 대장군이라니, 무슨 영문인지 모를 일이다. 그러나 총관 우문술은 차분하게 대답했다.

"연잎을 내려다보고 있었습니다."

"하하하, 대장군한테 그런 면이 있다니 놀라울 뿐이오."

양광의 웃음소리가 새삼 높다. 전에 없이 밝고 신나는 목소리.

"대장군은 황상께서 어찌하여 저 개마대를 황궁 창고에 넣지 않고 대장군에게 내려주었는지, 그 까닭을 아시오?"

우문술의 짙은 눈썹이 잠깐 움직이다 만다. 고구려 개마대 때문에 이렇게 큰 전각까지 지어놓고 사는 우문술이다. 양광도 대답을 기대하지 않은 듯 잠깐 뜸을 들였다가 입을 열었다.

"황상께서는 우리 개마군사의 갑옷을 바꾸지 않기로 작정했기 때문이오. 저들의 갑옷은 창칼로도 뚫을 수가 없소. 우리 군사도 좋은 갑옷을 입고 싶어 하는데 어째서 바꾸지 않는지, 대장군은 그 까닭을 아시오?"

"……!"

"이제는 우리도 갑옷을 꿰뚫는 화살과 투구도 깨드리는 쇠도끼를 가질 수 있게 되었지만 황상께서는 아무것도 하지 못하게 하고 있소. 그 까닭을 아시오?"

우문술은 그저 쳐다보기만 했다. 대장군이란 호칭 때문이 아니다. 너무도 뻔한 소리이기 때문이다. 대답을 듣지 않아도 알겠다는 듯 양광은 저 혼자 묻고 대답했다.

"황상께서는 고구려를 염라국처럼 무서워하고 계시오. 역사 이래 온 세상을 다스려온 조선의 무서움을 몸소 겪었기 때문이오. 그러므로 우리는 죽는 날까지, 아니 자손대대로 그날의 부끄러움을 가슴에 묻고 살아야만 하오."

"……?"

"나는 아직도 싸움 때마다 군사를 휘몰아가던 대장군의 모습이 눈에 선하오. 지난날에 건강을 쳤을 때, 모르는 사람들은 나한테도 공이 있다고 했지만 그것은 선봉장인 대장군이 내 앞에서 길을 열어주었기 때문이라는 것을 누구보다도 잘 알고 있소."

이제 와서 제가 세운 공까지 우문술 앞으로 돌리고 있다.

지나치다는 생각이 없지 않았으나 우문술은 그저 잠자코 듣기만 했다.

"대장군! 나는 수십만 군사를 휘몰아가는 대장군의 모습을 다시 한 번 보고 싶소."

옛일까지 들춰가며 이런저런 소리를 지껄이던 양광이 마침내 속마음을 털어놓았다.

"대장군의 결단과 용맹으로 전설로만 전해지던 고구려의 병장기를 손에 넣었으니 우리도 이제는 저것과 똑같이 무서운 병장기를 만들 수 있게 되었소. 황상께서는 말도 꺼내지 못하게 하시지만 나는 우리 군사들한테도 저 갑옷을 입히지 않으면 안 된다고 생각하오. 나는 저것과 똑같은 병장기를 가지고 고구려군과 한판 승부를 벌이고 말 것이오. 대장군, 나를 도와주지 않겠소?"

"황상께서는 저한테 저 개마군사를 맡겼고 저는 저것들을 제 집 안에 가두었습니다. 우리 군사들이 저 갑옷을 입고 저 병장기들을 들고 싸움터에 나설 날은 영원히 없을 것입니다."

굳게 닫혔던 우문술의 입술이 열렸으나, 대답은 거절이었다. 그렇다고 쉽게 포기할 양광도 아니었다.

"대장군! 벌써 두 해가 지났으나 나는 아직도 밤잠을 이루지 못하고 끝없는 악몽에 시달린다오. 대장군 또한 그날의 부끄러움을 잊지 못할 것이오. 나는 어떤 일이 있더라도 지난날의 설움을 씻고 말겠소. 내가 평양에 들어가는 날에는 반드시 잊지 않고 대장군의 뼈라도 안고 가서 그곳에 묻을 것이오. 대장군, 부디 나를 도와주시오!"

양광은 혼신을 다해 간청했다. 고구려에 복수를 하지 않고서는 살 수가 없노라! 그날이 언제 올지는 모르나 내 힘이 닿는다면 반드시 군사를 일으켜 고구려를 칠 것이다! 그날에 그대가 죽고 없다면 그대의 뼈라도 평양에 묻어 지난날의 원한을 갚아주리라!

"대장군 또한 사나이 대장부가 아니오. 이제는 우리도 저처럼 좋은 병장기를 가질 수 있게 되었는데, 어찌 이대로 앉아서 수모를 곱씹기만 해야 한단 말이오?"

격정에 찬 양광의 목소리가 때로는 높았고 때로는 낮았다.

"여동에서 피맺힌 한을 품고 돌아온 지 벌써 두 해나 지났는데, 우리는 저들의 눈치만 살피며 스스로 손발을 묶고 앉아 있소. 아, 아! 사나이의 가슴뼈가 모두 녹아 없어지고 말겠소!"

사나이 양광의 처절한 울부짖음은 듣는 이의 심금을 울리고도 남았다. 마침내, 우문술도 그만 눈시울을 붉혔다.

지난 2년 사이 양견은 부쩍 늙었다. 나들이 때마다 수레만 이용하는 것을 보면 말을 타고 달리기도 힘든 모양이었다. 계단을 오르내릴 때에도 곁부축을 받는 일이 잦았다.

양나라와 진나라를 멸망시키고 서토를 통일해 대제국을 건설했지만 아사달의 고구려에게는 끝내 변방의 다물왕 취급밖에 받지 못했고, 이를 분하게 여겨 30만 대군을 일으켰지만 군사를 거의 잃고 도망쳐왔다. 비록 더 넓은 땅을 가졌으되, 고구려를 상대로는 고양이 앞의 쥐처럼 숨도 크게 쉴 수 없다는 현실 인식이 그를 끝없는 절망으로 몰아넣었다. 온 누리를 호령하는 영웅이고자 했으나 사실은 우물 안의 개구리에 지나지 않았음을 알고 끝없는 자괴지심에 시달리는 것이다.

양견은 고구려를 입에 올리지도 못하게 했다. 자칫 조선의 비위를 건드려 장안에까지 고구려 개마대가 나타날까 두려웠기 때문이다. 양견뿐이 아니다. 왕세자 양용은 야욕도 배짱도 없었다. 그저 술 마시고 계집질하여 새끼 치는 데에나 온 힘을 쏟을 뿐이었다.

누가 어느 천년에 군사를 일으킬 것인가? 그러나 양견의 둘째아들 양광은 성격이 호탕하나 다 믿을 수는 없는 사람이었다. 우문술은 양광과 함께 군사를 이끈 경험이 있어, 그의 지휘력은 잘 알고 있으나 그 품성은 믿지 못했다. 그때 진후주는 수나라 군사들이 강수를 건너 건강을 치는 그 순간까지도 잔치를 벌이다 두 비와 함께 마른 우물 속으로 숨었다. 양광은 우물 속에서 찾아낸 진후주의 두 여자를 침실로 끌어들였다. 또한 진나라 왕궁 창고를 열고 갖가지 보물을 꺼냈는데 수레 한 대에는 손수 짐을 옮겨 실었다는 소문까지 돌았었다.

우문술은 빠르게 머리를 굴렸다. 양광의 입에서 나오는 말을 다 믿을 수는 없다. 양광은 마치 왕처럼 행동하고 있지만, 그는 왕세자가 아니니 양견이 죽은 뒤에도 왕이 될 수 없다. 그런 사람이 자꾸 고구려를 입에 담는 것은 뭔가 품은 뜻이 있다는 말이다. 군사를 일으키려면 먼저 왕이 되어야 하기 때문이다.

양광이 모반을? 모반이 실패하면 죽음뿐이다. 그러나 죽음이 두려운 건 아니다. 우문술은 양광을 믿기가 어려웠다. 그의 진정한 목적이 고구려와 싸우는 것이 아니라면? 그저 왕이 될 생각으로 고구려 도전을 미끼로 던진 거라면? 호랑이 아가리에 머리를 들이미는 꼴이 될지도 모른다!

"안주총관 우문술은 오직 한 분 황상께만 충성을 바칠 뿐입니다. 진왕께서 하신 말씀은 못 들은 것으로 하겠습니다."

우문술은 끝내 귓맛 좋은 소리를 올려바치지 않았다. 양광도 더는 다그치지 않고 그대로 돌아갔다.

그러나 보름쯤 지났을 때, 우문술은 양광이 부르자 기꺼이 그의 집으로 찾아갔다. 그동안 여기저기 손을 써서 양광에 대해 알아보니 예전에 생각했던 것과는 전혀 달랐기 때문이다. 직접 가서 제 눈으로 확인해보고 싶어진 것이다.

먼지를 둘러쓴 악기들이며 수수한 세간살이를 보면 수나라 둘째왕자의 집이라고는 믿어지지 않을 정도였다. 생긴 모습대로 성격이 포악하고 흰소리 잘하는 사람으로만 여겨왔는데 이제 제 눈으로 보니 그렇지만은 않았다. 아비 양견을 닮아 선비족답게 수수하게 살고 있었다. 양광이 진나라 왕궁에서 보물을 훔치는 것을 직접 본 것도 아니지 않은가. 성격이 포악하다는 소문도 젊음이 넘치는 데서 온 오해였을 거라는 생각까지 들었다.

군사를 일으켜 고구려와 싸울 생각이 굴뚝같았던 우문술이다. 여태껏 보아온 양광의 모습과 크게 다르다는 생각을 하면서도 그 속셈까지 다 헤아릴 겨를은 없었다. 우문술은 마침내 양광의 뱃속부하가 되기로 약속했다.

대운하

양광과 한통속이 된 우문술은 양견의 가장 큰 신임을 받고 있는 양소를 쉽게 꾀어냈다. 왕자들 사이의 알력에 대해서는 생각조차 해본 일이 없는 양소였으나 우문술 같은 장수까지 양광의 편에 선 것을 알고는 생각을 달리하게 되었다. 양용은 사람은 착하나 용맹이 없다. 사람들은 권선징악을 말하지만 동서고금을 막론하고 나쁜 사람이 승리해왔다. 흐르는 강물을 거스르는 것은 바보들이나 할 짓이다! 양용의 앞날이 뻔하다는 것을 깨닫고 마침내 뜻을 같이하기로 했다.

양소는 틈나는 대로 양용의 잘못을 양견에게 일러바쳤다. 작은 것은 크게 불어대고 없는 것은 그럴듯하게 꾸몄다. 그러잖아도 안해의 말을 듣고 양용의 그릇을 못미더워하던 양견이었다. 마침내 맏아들 양용을 내쫓고 둘째 양광을 왕세자로 세웠다.

단기 2933년(600), 양광은 바라던 대로 왕세자가 되었으나 만족할 수 없었다. 아비 양견이 여동에서 쫓겨온 뒤로 건강이 눈에 띄게 나빠지고 있지만 막상 언제 죽을지 알 수가 없었기 때문이다. 더욱이 자신을 밀어주던 어미도 죽었다. 아비의 마음이 언제 어떻게 바뀔지 모르는 일이었다.

목을 빼고 기다리기 4년, 마침내 때가 왔다. 양견이 심한 몸살로 앓아누운 것이다. 신하들은 조정에 나가지 않고 양견의 침실로 모여들었다. 양광이 자리에서 빠져나오자 문밖에서 기다리던 장형이 눈짓을 하며 바깥으로 나간다. 왕궁 문밖으로 나가서야 뭐라고 소곤거리더니 양광을 남겨둔 채 다시 안으로 들어가 우문술을 데리고 나왔다. 초조하게 기다리던 양광이 우문술의 옷소매를 잡아끌었다.

"대장군, 마침내 때가 왔소. 지금부터 황궁을 철통같이 지키시오."

느닷없는 소리에 우문술의 눈이 커졌다.

"아시겠소? 쥐새끼 하나 드나들지 못하게 하란 말이오. 특히 벼슬아치들은 황궁을 나서는 대로 잡아 가두시오."

모반이다! 양광의 속셈을 알아차린 우문술의 얼굴이 환해졌다.

"알겠습니다. 제가 문 앞에 서서 지키겠습니다."

"특히 조금이라도 반항하는 놈은 가차 없이 목을 베어버리시오. 그런 역적들은 아비와 자식들까지 살려두지 않을 것이오."

"바깥일은 걱정하지 마십시오. 목숨을 걸고 황궁을 지키겠습니다."

우문술이 문을 지키고 있는 장수에게 명령을 내리자 장수가 달려나갔다. 잠시 뒤 20여 명의 장수가 모여들었다.

양광은 철통같은 수비 태세를 확인한 뒤 장형을 데리고 황궁 안으로 들어갔다. 양광은 양견이 누워 있는 침실까지 갔으나 안으로 들어가지 않고 문 바깥에서 가만히 지키고 있었다. 오래지 않아 양견의 병상을 지키던 선화부인이 옷을 갈아입으러 나왔다. 슬금슬금 뒤따르던 양광이 갑자기 달려들어 선화부인을 껴안았다.

"그대는 밤마다 외롭지 않으냐?"

"태자는 감히 무슨 짓을 하는 게요? 내가 누구인지 몰라서 이러는 게요?"

"모르면 이러겠느냐? 너처럼 젊디젊은 년이 늙은것한테만 붙어 있다니 불쌍하구나! 네가 밤마다 나를 생각하고 있다 하니 이제라도 네 소원을 들어주마."

"닥치시오. 천벌을 받을 게요."

"앙큼한 것, 앙탈을 부리니 더 귀엽구나. 하하하."

양광은 선화부인을 희롱하며 옷을 찢었다. 겉옷을 다 찢어내고 속옷도 북북 찢었다. 팔다리가 드러나고 가슴까지 맨살이 보였다. 볼만하게 되었다는 생각이 들자 양광은 여인의 발버둥에 못 이기는 척 놓아주었다. 양광이 발소리도 요란하게 뒤쫓는 척하자 선화부인은 찢어진 속옷 바람으로 정신없이 양견한테로 달아났다.

"당장 그 짐승을 붙잡아와라. 몽둥이로 때려죽여야겠다. 아니, 토막을 내버리겠다."

사납기 짝이 없는 마누라가 죽은 뒤에야 꿈에도 그리던 여인들을 맘 놓고 안아본 양견이다. 아들놈이 제 여자를 건드렸다는 것을 알자 머리끝까지 성이 치밀었다.

"황상, 태자를 함부로 죽일 수는 없습니다. 먼저 용을 태자로 되돌린 뒤에 광의 죄를 묻는 것이 순서입니다."

양광을 당장 잡아들이라고 소리치는 양견에게 병부상서 유술이 일의 선후를 가려야 된다고 냉정하게 말했다. 분노에 눈이 뒤집혔던 양견도 제정신이 돌아왔다.

"그 말이 옳다. 병부상서는 빨리 나가 용을 데려오라. 용을 다시 황태자로 올린 뒤에 그 짐승만도 못한 놈의 죄를 다스리겠다."

"예, 즉시 가서 모셔오겠습니다."

그러나 병부상서 유술은 그 명령을 따를 수가 없었다. 황궁을 나서기도 전에 우문술에게 붙잡히고 만 것이다.

유술이 나간 뒤에도 양견은 치미는 분노를 삭이지 못했다.

"선화는 내 여자다. 광 그놈한테는 제 어미나 다름없는 사람이다. 어미를 올라타는 것은 개 같은 짐승들이나 하는 짓이다.

그놈은 어미나 다름없는 여자를 희롱했다. 아아, 나는 그 짐승 같은 놈한테 속아서 용을 내쫓고 놈에게 나라를 맡기려고까지 했었다."

넋두리를 늘어놓던 양견은 유술이 너무 오래 돌아오지 않고 있음을 깨달았다.

"병부상서는 어찌하여 돌아오지 않느냐? 형부상서가 당장 군사를 이끌고 달려가라!"

양견이 소리치며 잇달아 신하들을 내보냈으나 누구도 제 발로 황궁을 나서지 못했다. 나가는 족족 우문술에게 붙잡혀 감옥으로 끌려갔던 것이다.

많은 신하를 내보냈으나 다시 돌아와서 궁금증을 풀어주는 이는 하나도 없었다. 펄펄 뛰던 양견도 제풀에 지쳐 잠이 들었다.

"황상께서 쉬고 계시니 모두 밖에 나가 의논합시다."

양소가 모든 벼슬아치를 데리고 나갔다. 용화부인과 선화부인 둘이서 양견의 병상을 지키게 되었다.

잠시 뒤, 장형이 들어와 두 눈을 부릅뜨고 삿대질을 해가며 부인들을 나무랐다.

"황상의 병세가 이 지경에 이르렀는데 어째서 두 부인은 벼슬아치들을 불러오지 않는 것이냐? 도대체 무슨 속셈으로 이러느냐? 냉큼 가서 사람들을 불러오지 못하느냐?"

두 부인은 양소가 사람들을 모두 데리고 갔으니 곧 돌아올 것이라 하였으나 장형은 콧방귀를 뀌었다. 계획대로 벼슬아치들을 데리고 자리를 피한 양소가 다시 돌아올 까닭이 없었던 것이다. 장형의 부하들이 두 부인을 쥐어박아 기절시킨 뒤 둘러메고 나갔다.

양견이 끙끙 앓는 소리를 내며 몸을 뒤척였다.

"게 누구냐? 왜 이리 시끄러운 것이야?"

"황상, 아무 일도 아닙니다. 편히 주무십시오."

장형이 팔을 걷어붙이며 양견에게 다가갔다. 방 안에는 의원도 없는 데다 양견을 도와줄 사람이라고는 자신밖에 없었다. 장형은 부지런히 손발을 내질렀다. 신하로서 왕이 괴로워하는 모습을 차마 보고만 있을 수 없는 노릇이다. 충성스러운 부하가 젖 먹던 힘까지 다해 주물러주었으니 양견은 다시는 힘들게 숨을 쉬지 않아도 되었고 뼈마디가 욱신거리는 아픔을 겪지 않아도 되었다.

양광과 양소가 문밖을 지키며, 처음으로 좌판을 벌인 서툰 의원의 생짜배기 치료를 초조하게 기다리고 있는데, 시끄럽던 방 안이 문득 조용해졌다. 조금 뒤 장형이 벌게진 얼굴로 씨근덕거리며 나왔다. 양광은 방 안에서 귀신이 따라 나오기라도 하는 것처럼 장형의 뒤를 힐끗 보더니 몇 발짝 뒷걸음질 쳤다.

"황상께서는 너무 바빠서 유언도 남기지 못하고 저승으로 가셨습니다."

"그래? 벌써 가셨느냐?"

"예, 다시 돌아오신다는 말씀도 없었습니다."

"그것 참! 하, 그것 참!"

잘됐다는 건지 안됐다는 건지 양광은 '그것 참!' 소리만 내뱉었다.

"황상께서 돌아가셨으니 예를 갖추어 장례를 치르셔야 합니다."

양소가 깨우쳐주고 나서야 양광은 비로소 슬픈 얼굴을 했다.

"황상께서 돌아가시다니 하늘이 무너졌구나! 아아, 하늘이 무너졌구나!"

왕이 된 양광은 아비 양견의 장례를 크게 치렀다.

"아버지는 외로울 것이다. 아버지는 큰아들과 그 자식들을 매우 사랑하셨다."

양광은 아비가 죽고 나니 살아서 못다 한 효도를 한꺼번에 할 요량인지, 제 아비가 저승에서도 아들과 손자들에게 둘러싸여 행복하게 살도록 양용과 어린 조카들까지 모두 죽여서 아비의 저승길이 외롭지 않게 했다.

"아버지는 너희도 보고 싶다고 하셨다. 어서 달려가 아버지를 보살펴드려라."

양광은 살려달라고 울부짖는 동생들도 저승으로 보냈다. 핏덩이 조카들까지 몽땅 저승으로 보내고 나서야 효도를 다 했다는 생각이 들었다.

"불쌍한 것들, 너희만 남아서 외롭지 않으냐? 내가 외롭지 않도록 잘 보살펴주마."

이제는 살아남은 것들 차례다. 이미 죽은 것은 어쩔 수 없지만 산 것은 잘 돌봐주어야 했다. 양용의 부인 진씨를 침실에 끌어들인 양광은 첩들까지 남김없이 붙들어다가 제 첩으로 삼았다. 좋은 일은 많이 할수록 좋다. 죽은 아우들의 처첩까지 몽땅 불러다 위로하고 함께 인생을 즐기도록 했다.

스스로 왕이 되고 나니 그동안 억지로 참았던 술이 반가웠고, 대흥성에는 아리따운 여자들이 자꾸 몰려들었다. 게다가 아비가 데리고 놀던 여인들까지 섭섭하거나 심심하지 않게 돌보느라 밤낮없이 바삐 돌아쳤다.

그러나 술과 여자만을 위해서 왕이 된 것은 아니다. 양광은 일등공신인 우문술을 허국공(許國公)에 봉하고 군사를 맡겼다.

"대장군, 그대는 오늘부터 고구려를 쳐 없앨 군사를 일으키라. 내년에는 내가 몸소 군사를 이끌고 평양까지 갈 것이다."

"황상, 대장장이들이 쇠를 두드려가며 밤낮없이 연구하고 있습니다. 머지않아 고구려 병장기와 똑같은 것을 만들어낼 것입니다."

양광이 왕세자가 되면서부터 남몰래 고구려와의 싸움을 준비한 우문술이다. 양광이 왕이 되자마자 따로 명령을 받지 않고도 나라 안의 유명한 대장장이를 모두 모아들였다. 개마각 안에 갇혀 있던 고구려 개마군사들도 밖으로 나온 지 오래다.

"역시 대장군이오. 언제면 저들과 똑같은 병장기로 군사를 모두 무장시킬 수 있겠소?"

"아마 3년이면 될 겁니다."

"그거 잘되었다. 그러면 군사는 3년 뒤에 일으킬 것이니, 그리 알고 모든 준비를 마쳐라."

양광이 북돋워주었으나 우문술은 고개를 저었다.

"황상, 개마대나 병장기만 가지고는 아니 됩니다. 저들의 높은 성을 공격하려면 운제나 포차 같은 대형 병장기도 많이 필요합니다. 그런데 문제는 따로 있습니다. 대형 병장기를 만들기는 어렵지 않으나 이대로는 싸움터로 나를 방법이 없습니다."

"그래도 그대에게는 무슨 뾰족수가 있을 것 아닌가?"

"운하를 파야 합니다. 병장기뿐만 아니라 군량을 나르기 위해서도 운하가 필요합니다."

"운하? 그건 너무 큰 일이 아니냐? 힘도 들지만 시간도 많이 걸린다. 어느 세월에 고구려를 치겠는가?"

"황상, 군자의 복수는 10년도 길지 않다고 했습니다. 고구려를 생각하면 황상께서도 밤잠을 못 이루시겠지만 저 또한 자다가도 벌떡 일어납니다. 그러나 재촉한다고 해서 빨리 복수를 할 수 있는 것이 아닙니다. 싸우기 전에 이겨놓고 싸우는 것이 병법의 기본입니다. 황상께서 병법에 밝으시니 제가 말씀 드리지 않아도 이미 짐작하고 계실 것입니다."

우문술은 은근히 치켜세우며 차근차근 설득했다.

"공부상서에게 명을 내려 탁군에까지 운하를 파게 하십시오. 고구려와 싸우기 위해 4천 리나 되는 운하를 파는 것입니다. 4천 리 운하에 배를 띄우고 고구려와의 싸움에 나서는 황제는 앞날에도 없었고 뒷날에도 없을 것입니다."

"앞날에도 없었고 뒷날에도 없을 것이다? 그렇다! 앞날에도 없었고 뒷날에도 없을 것이다!"

생각만 해도 황홀하다! 운하는 수천수만 년을 이어 내 업적을 기릴 것이다! 양광은 그 긴 운하를 파려면 얼마나 많은 어려움이 따를지 앞뒤를 가릴 새가 없었다.

"공부상서, 뚫린 귀가 있다면 대장군의 말을 똑똑히 들었을 것이다. 그대의 재주는 내가 익히 알고 있다. 온 누리에서 가장 크고 훌륭한 운하를 만들어라. 앞날에도 없었고 뒷날에도 없을 황제의 큰 업적을 빛나게 하라."

지난날 수나라가 여동에 갔다가 제대로 싸워보지도 못하고 애꿎은 군사들만 죽였던 것은 미처 상상도 하지 못했던 고구려 병장기 때문이었다. 투구를 깨뜨리는 쇠도끼와 갑옷도 꿰뚫는 화살 앞에서 수나라 군사들은 꼼짝 못하고 도살당했던 것이다. 사람과 말을 모두 강철로 만든 것만 같았던 여동군 개마대도 그 놀라운 갑옷과 병장기로 무장했기에 가능했던 것 아닌가. 고구려의 무서움을 몸소 겪은 우문술은 기마군사 2,500명의 목숨으로 비싼 값을 치르고 고구려 개마대의 갑옷과 병장기를 얻어왔다. 그래서 마침내 수나라 군사들도 똑같은 병장기로 무장시킬 수 있게 된 것이다.

그러나 그것만으로는 안 된다. 고구려는 성곽의 나라다. 성안에 많은 논밭이 있을 만큼 성이 커서 여동의 백성들은 거의 모두 성안에서 살고 있다. 게다가 성벽이 높고 단단해서, 성문을 닫아걸고 숨어버리면 그뿐이다. 그렇게 튼튼하기 짝이 없는 고구려의 성을 빼앗으려면 성벽을 무너뜨릴 많은 병장기가 필요하다. 가장 좋은 것은 높은사다리를 걸고 군사들이 성벽을 기어오르는 것이다. 사다리는 어디서나 쉽게 만들 수 있으나 높은사다리를 세우는 것은 쉽지 않다. 아무래도 성 가까이 가서 세워야 하므로 성벽에 사다리를 걸기도 전에 군사들이 많이 다친다.

운제(雲梯)는 큰 수레에 높은사다리를 붙인 것이다. 군사들이 바퀴 달린 수레 안에 들어가서 미는 것이므로 적의 화살을 두려워할 필요 없이 성벽 가까이 다가갈 수 있다. 만들기가 쉽지 않고 덩치가 매우 커서 끌고 다니기는 힘들지만 군사들을 상하지 않고 사다리를 쉽게 세울 수 있다. 참호 때문에 성벽에 닿지 못한다 해도 높은사다리 위로 군사를 올려보내 화살을 쏘아댈 수도 있다.

성벽이 튼튼하고 지키는 군사가 많으면 운제만으로는 안 된다. 포차(砲車)로 성 가까이 다가가 큰돌을 날려 성가퀴를 깨뜨리고 허술한 성벽을 무너뜨려야 한다. 포차의 공격으로 약해진 성벽은 충차(衝車)가 쏜살같이 굴러가서 힘차게 들이받는다.

그러나 아무리 좋은 병장기를 많이 만들어도 가져갈 수 없으면 아무런 쓸모가 없다. 높은사다리를 붙인 수레를 끌고 가려면 높은 산도 넘기 어렵지만, 비라도 내리면 꼼짝 못하기 십상이다. 군량을 실어 나르는 수레도 마찬가지다.

우문술은 아무리 시간이 오래 걸려도 준비를 철저히 하지 않고는 고구려와의 전쟁에 나서서는 안 된다고 생각했다. 그리고 생각 끝에 먼저 탁군에 이르는 거대한 운하를 만들기로 마음먹은 것이다.

마침내 엄청난 토목공사가 벌어졌다. 전당강 어귀의 여항(항주)에서부터 탁군에까지 이르는 운하를 파는 것이다. 공부상서 우문개는 일찍이 수나라 수도인 장안에 대흥성을 만들었으며, 낙양성을 다시 크게 만들고 꾸밀 때에도 솜씨를 자랑하였으니 믿을 수 있는 자였다.

2938년(605)에 공사를 시작한 운하는 여항에서부터 강수(장강)를 지나 회수를 가로지르고 하수(황하)를 건너 선수를 따라서 북평에 이르는 4천 리 길이었다. 여항에서 강도까지를 강남하, 강도에서 회수까지는 한구, 회수에서 하수까지는 통제거라 하였고 하수에서 북평에 이르는 운하는 영제거라고 이름 붙였다. 운하 양쪽에는 버드나무를 심어 볼만하게 만들었다.

예부터 더러 있던 운하와 하천을 서로 잇고 모자라는 곳을 새로 파는 것이긴 했지만, 엄청나게 큰 일이었다. 550만 명이나 되는 백성을 끌어내 다섯 해를 밤을 낮 삼아 땅을 팠으니 죽고 다친 사람이 셀 수도 없이 많았다. 강제노역에 시달리다 죽은 자만도 20만 명이나 되었다.

처음부터 고구려 도전을 위한 것이라고 했다가는 고구려에서는 물론 백성들도 시끄러울 것이 뻔했으므로, 양광은 고구려를 속이고 부역에 시달리는 백성들을 다독거리느라 그럴듯한 핑계를 댔다.

"운하가 없으니 조정에서 곡식을 내려도 각 고을로 실어 보낼 수가 없다. 운하를 만들고 배를 띄우면 흉년이 든 고을에 바로 곡식이 가게 된다. 운하를 만들어야 흉년이 들어도 굶주릴 걱정 없이 잘 살 수 있다."

"남쪽의 물건이 운하를 따라 북쪽으로 가고 북쪽 사람이 남쪽으로 편안하게 여행할 수가 있다. 장사꾼도 농사꾼도 함께 좋은 세상이 된다."

4천 리에 이르는 운하 건설은 거대한 토목공사다. 백성들을 위해 운하를 건설한다고 했지만 막상 그 운하를 파는 현장은 지옥이나 다름없는 강제노역장이었다. 20만 명이나 죽어나갔으니 그 참혹함이야 이루 말할 수 없었다. 낮에는 군사들의 채찍이 무서워 딴 생각을 못하지만, 밤이 되면 마음 맞는 사람끼리 모여 세상 돌아가는 이야기도 하고 불만도 터뜨렸다.

빛나는 도끼는 정수리를 쪼개고
날카로운 화살은 심장을 파고든다네.
하늘백성이 사는 아사달은 검(儉)스러운 땅이니
죄지어 죽은 몸은 묻힐 곳도 없다네.

누군가 나지막한 소리로 노래를 부르면 모두들 따라 불렀다. 처음에는 낮은 소리로 시작하지만 차츰 발을 구르며 박자를 맞춘다. 〈고구려군가〉와 비슷한 사망가(死亡歌)지만 노랫말이 무섭고 곡조도 억세게 바뀌어 멋대가리가 없는 노래다. 아무렇게나 주먹을 내지르고 발을 구르며 반복해서 꽥꽥 소리지른다.

사망가는 운하를 파기 시작하고 얼마 안 되어 일꾼들 사이에 유행하기 시작했다. 관원들은 고구려 간세들이 퍼뜨린 불량한 노래라며 금지시켰지만, 백성들은 하늘에서 혜성이 인간 모습으로 내려와 가르친 노래라고 수군거렸다.

무엇보다 양광이 운하를 파는 진짜 속셈이 고구려 도전이라는 사실이 알려진 것이다. 일꾼들은 모두들 두려움에 떨었다. 양견은 30만 군사로 쏜살같이 쳐들어갔으나 열에 하나도 살아 돌아오지 못했다. 운하를 파는 일꾼들 가운데는 늙은이보다 젊은이가 훨씬 많다. 지금은 운하를 만들기 위해 땅을 파고 있지만 전쟁이 일어나면 모두 싸움터로 내몰려 죽을 것이다.

사망가를 계속 부르다 보면 저절로 몸이 떨리지만 함부로 노래를 멈출 수는 없었다. 밤중에 혼자 악마의 이름을 부르다 그치면 그 악마에게 잡아먹히는 것처럼. 사망가를 부르다 그칠 수 있는 비방도 노래였다.

아침이면 동녘을 향해 머리를 조아리고
빛의 나라 조선에 감사드리네.
동이는 세상의 밝은 빛이니
그 손길 스치면 천하만물이 되살아나네.

수천 년 동안 전해오는 〈조선가〉였다. 서토 백성들이 조선을 그리워하는 노래는 모든 부정한 것들로부터 지켜주는 주문(呪文)과도 같았다.

바위를 가르는 도끼, 고목을 뚫는 화살

훈련장 넓은 들판에는 늘 흙먼지가 가득했다. 장안에서 서쪽으로 300여 리 떨어진 태백산 밑이다. 날이면 날마다 밤낮 없이 내달리는 개마대 때문에 들판에는 풀 한 포기 자라지 못했다. 오뉴월 땡볕 아래서도 훈련은 그칠 줄 몰랐다. 들판 한가운데 높다랗게 단을 쌓고 천으로 그늘을 만들었다. 군사들은 하루씩 쉬어가며 훈련을 받지만 장수들은 쉬는 날에도 틈틈이 단에 올라와 다른 군사들의 훈련을 지켜봐야 한다. 모두 갑주를 벗은 전포 차림이지만 덥고 짜증스럽기는 마찬가지다. 군사들은 훈련장을 유황지옥이라고 부른다. 장수들도 정말 죽을 맛이지만 군사들처럼 내놓고 투덜댈 수도 없다. 대장군 우문술이 하루 한시도 쉬지 않고 훈련을 감독하기 때문이다. 이곳에서 한 달간의 훈련이 끝나면 최소한 석 달 동안은 다른 곳으로 가서 스스로 훈련할 수 있다는 기대감에 손가락을 꼽으며 기다릴 뿐이다.

단 위에서는 대장군 우문술의 모습을 보기가 어렵다. 훈련이 시작될 때마다 단 위에서 지휘를 하지만 오래지 않아 욕설이 터져나오고, 곧 창을 비껴들고 훈련받는 개마대 속으로 말을 달려 가기 마련이다. 장수들은 군사들 앞에서 욕을 먹고 창으로 얻어맞기도 하지만 자신과 군사들의 잘못을 먼저 돌아보아야 한다. 처음 이곳에서 훈련이 시작되었을 때, 우문술의 거친 행동에 항의하던 장수가 즉석에서 군법으로 다스려졌다. 울지장귀는 효수되었고 장수들은 공포에 몸을 떨었다. 평소의 대장군답지 않은 행동이었지만 누구든 주저없이 목을 벨 것이라는 경고였던 것이다.

낯선 장수 하나가 먼지를 뒤집어쓴 채 나타났다. 그늘에 서 있던 한 장수가 물수건을 건넸으나 장수는 주는 대로 받았을 뿐 얼굴을 닦을 생각도 못했다. 곁에서 뭐라고 말을 건넸지만 힘없이 고개만 저었다. 장수들은 따분하던 판에 무슨 일인지 궁금증이 일었으나 하도 풀 죽은 모습이라 더 물어보지 못하고 훈련장으로 눈을 돌렸다.

한참이 지났다. 군사들 가운데를 뛰어다니던 우문술이 단 위로 올라왔다. 멀리서 온 장수가 털썩 무릎을 꿇었다.

"대장군, 용서하십시오. 고구려 갑주 한 벌과 쇠도끼 하나를 잃었습니다."

"엉?"

우문술이 짐승 같은 소리를 흘리며 그대로 발길을 내질렀다. 헉, 숨 막히는 소리를 내며 장수가 벌렁 자빠졌다. 된통 걸어차인 듯 몸을 바르르 떨며 움직이지 못했다. 다시 한 번 발길질을 하려던 우문술이 뒤로 물러서며 한숨을 내뱉었다.

"에미를 붙을 놈!"

물을 끼얹고 몸을 주물러서야 장수는 정신을 차렸다. 병장기가 어떻게 없어졌는지 잘 모른다고 했다. 누군가 똑같은 가짜를 만들어놓고 진짜를 빼돌렸는데 이틀 동안 샅샅이 뒤졌지만 없어진 병장기가 나오지 않아서 이미 밖으로 빠져나간 것으로만 짐작한다는 것이었다. 장안에서 온 대장장이 하나가 없어진 것을 알았으나 그는 공장에서 멀지 않은 숲속에서 주검으로 발견되었다. 대장장이네 집으로 군사들이 달려갔지만 처자식도 이미 살해된 뒤였다. 고구려 병장기를 건네받은 자들이 아는 사람을 모두 죽여 후환을 없애버린 것이다.

우문술은 장안 동쪽 람전까지 400리를 말을 바꿔가며 쉬지 않고 달렸다. 그는 곧바로 대장장이들을 조사하게 했다. 남은 대장장이 중에도 뱃속 검은 놈들이 있을 것이기 때문이었다.

범인은 놓쳤지만 짐작은 옳았다. 그날 밤 대장장이 둘이 살해되었고 공장을 지키던 군사 셋이 달아난 것이다. 대장장이들은 서로 모르는 사이였고, 달아난 군사들도 아는 사이가 아니었다. 두 군데서 검은 손길을 뻗친 것이 확실했지만 더 이상 캘 수가 없게 되었다.

우문술은 죽은 대장장이들의 주검을 너른 마당에 내놓아 욕심 많은 자들의 말로를 두 눈으로 보게 하면서, 누구든 배신을 당해 죽기 마련이니 살고 싶거든 미리 자수하라고 을렀다. 대장장이 하나가 자신도 그런 부탁과 위협을 받았다며 자수했고, 군사들이 곧바로 달려나갔으나 도적은 이미 종적을 감춘 뒤였다.

다시 개마대 훈련장으로 돌아왔지만 우문술의 마음은 늘 무기공장에 가 있었다. 벌써 한 해가 지났지만 고구려와 똑같은 무기는 아직 만들어내지 못하고 있었다. 나라 안에서 손꼽히는 대장장이가 모두 모여 열심히 풀무질을 하고 망치질을 했으나 끝내 고구려처럼 강하고 날카로운 무기는 만들 수가 없었다. 전보다 갑절은 좋아졌지만 고구려의 병장기에 견주기는 아직 꿈같은 일이었다. 화살촉도 똑같은 생김새에 칼날처럼 날카롭고 단단했으나 투구나 갑옷을 뚫지는 못했다. 고구려 화살촉에는 반도 미치지 못했다. 누가 꾸며낸 전설이 아니다. 언제 당겨보아도 고구려 화살은 갑옷과 투구를 푹푹 꿰뚫고 들어간다. 쇠도끼도 수나라 투구는 박을 깨듯 간단하게 깨버린다.

"할 수 있는 일은 모두 다 해보았습니다. 서토에서는 더 이상 좋은 무기를 만들 수 없습니다."

결국 대장장이들은 두 손을 들고 말았다.

"대장군, 고구려 병장기는 갈로산의 쇠로 만든 것이 확실합니다. 갈로산에서 캐낸 쇠가 아니고서는 이처럼 단단하고 날카로운 병장기를 만들 수가 없습니다."

"갈로산의 쇠가 아니면 안 된다고?"

갈로산을 몰라서가 아니다. 지난날 우문술이 양견에게 요동성과 안시성만 손에 넣어도 충분하다고 말했던 것도 갈로산 때문이었다.

"그렇습니다. 치우천황이 세상에서 처음으로 쇠를 캐던 산입니다. 그런 특별한 곳이 아니고서는 이런 쇠가 나올 수 없습니다."

"으음, 치우천황이라……!"

우문술은 저도 모르게 신음을 흘렸다. 문득 두려움이 일었다.

치우천황은 한웅천황(桓雄天皇) 때의 자오지천황(慈烏支天皇)이다. 그는 세상에서 처음으로 쇠를 다룰 줄 알았다. 쇠(鐵)는 구리(青銅)와는 비교할 수 없이 단단하기 때문에 날카로운 병장기를 만들기에 그만이었다. 그는 또 처음으로 갑옷과 투구를 만들었으며 돌을 날려보내는 기계를 만들기도 했다. '짐승의 몸에 사람의 말을 하며, 구리머리에 쇠이마를 가진, 모래와 돌을 먹는 괴물'로 여기며 무서워할 만큼 배달나라의 군사력은 엄청났다. 탁록에서 황제(黃帝) 헌원을 사로잡는 것쯤은 너무나 쉬운 일이었다. 뒷날 사람들은 자오지천황을 '번개와 비가 크게 내려 산과 강을 바꾸다'는 뜻의 치우천황(蚩尤天皇)이라 불렀다. 사람들이 산동성에 있는 치우천황의 능에서 제사를 지낼 때마다 붉은 기운이 마치 깃발처럼 뻗어났으므로 이를 치우기(蚩尤旗)라고 했다. 치우기는 하늘의 별(혜성)이 되었다. 치우기가 나타나는 곳에는 항상 큰 전쟁이 일어났다.

어디 치우천황뿐이랴! 고구려는 동이의 정통을 이어받은 조선나라다. 동이는 한인천황의 한국(桓國) 때부터 한웅천황의 신시(神市), 단군천제의 조선(朝鮮) 때까지 무려 8천 년 동안이나 구이(九夷)를 거느리고 온 세상을 다스렸다. 조선의 변방 서토에서 일어난 진나라(秦, 기원전221~207)와 한나라(漢, 기원전202~서기220)가 하수와 강수를 모두 아우르는 제법 큰 나라가 되었지만, 이는 아사달에서 해모수(解慕漱)가 북부여(北夫餘, 기원전239~57)를 세우고 해부루(解夫婁)가 동부여(기원전86~서기22)를 세웠으며, 주몽이 고구려를 세우는 등 조선의 힘이 매우 쇠약해졌기 때문에 가능한 일이었다. 진시황이 장성을 쌓아 아사달과 서토의 경계를 가른 뒤 요수(오늘의 난하) 언저리까지 조선의 영향에서 완전히 벗어나 스스로 온전한 나라 행세를 해온 지 벌써 800년이나 되었다. 그래서 수나라도 감히 조선나라 고구려를 넘볼 수가 있게 된 것이다.

"문제는 쇠에 있습니다. 갈로산의 쇠를 얻지 못한다면 간장과 막야도 이처럼 좋은 무기를 만들지 못할 것입니다."

간장과 막야는 오나라의 유명한 대장장이 부부였다. 춘추시대 끝 무렵 월나라(절강성 소흥) 구천과 자웅을 겨루던 오나라(강소성 소주) 합려는 세상에서 제일가는 명검을 만들 생각으로 갖은 노력 끝에 조선의 쇠를 얻었으나 막상 녹일 재간이 없었다. 간장과 막야는 갖은 애를 썼으나 3년이 지나도록 쇠를 녹일 방법을 찾지 못했다. 그쪽에서는 철기시대가 시작된 지 얼마 되지 않았기 때문에 쇠를 다루는 기술이 발달하지 못했던 것이다. 전설에 의하면, 오랜 고생 끝에 막야가 부부의 머리칼과 손톱을 잘라 용광로에 집어넣고 어린 소녀 300명을 시켜 풀무질을 하도록 했다. 마침내 쇠가 녹아 두 자루의 검을 만들고 간장, 막야라는 이름을 붙였는데 둘 다 전설적인 명검이 되었다.

생각에 잠긴 우문술에게 대장장이들이 그럴듯한 제안을 했다.

"유성은 고구려의 쇠가 많이 나오는 곳입니다. 유성으로 가서 갈로산의 쇠를 구해오는 수밖에 없습니다."

우문술은 그제야 유성을 생각했다. 양견이 강제 점령하고 이름마저 용성으로 바꾸었던 곳, 한동안 퇴락을 거듭하던 유성은 7년 만에 다시 고구려 다물로 편입되어 이름을 되찾고 나서야 국제 상업도시의 면모를 회복했다.

수나라가 전쟁 준비에 열을 올리고 있었지만 고구려는 철제품의 수출을 줄이지 않았다. 수나라에 우수한 철기가 흘러들어갈 것을 염려한 조정에서 철제품의 수출 중단을 논의했으나 결국 전과 똑같은 물량을 내보내기로 결정했기 때문이다. 걱정이 없는 것은 아니었지만 유성 다물을 국제 상업도시로 만들어야 한다는 호태왕 광개토경호태열제의 뜻을 거스를 수가 없었던 것이다.

똑같은 물량이 공급되고 있었지만 유성에서는 철제품값이 갑자기 두 배로 뛰었다. 장사치들은 눈치가 빠르고 판단이 빠른 족속이다. 수나라에서 철제품을 사들인다는 낌새를 알아차리기 바쁘게 값을 올린 것이다. 한 달 사이 세 배로 뛰었다. 수나라 장사치들이 값을 따지지 않고 철제품을 사들였기 때문이다. 다섯 배까지 치솟자 장사치들은 제 나라의 철제품을 유성으로 가져오기 시작했다. 전량 수입에만 의존해온 실위에서도 장사치들이 철제품을 바리바리 싣고 유성으로 몰려드는 형편이었다.

유성을 통해서 좋은 쇠를 들여오기 시작했지만 우문술의 걱정은 날로 깊어졌다. 눈을 뒤집고 찾아봐도 고구려 병장기와 같은 제품을 만들 수 있을 만큼 특별히 좋은 쇠는 없었기 때문이다. 아쉬운 대로 톱을 녹여 창칼을 만들고 농기구를 녹여 갑주를 만들었지만 고구려 병장기와는 비교도 할 수 없었다. 더구나 그 양도 많지 않아서 장수들만 무장시키는 데에도 10년은 걸릴 것 같았다.

"고구려 것보다 더 튼튼한 갑주를 만들어오시오. 이렇게 나 무껍질 같은 것을 걸치고 싸움터에 나갈 수 있겠소?"

양광은 뻔히 사정을 알면서도 툭하면 투정질이었다. 시달림을 당하는 우문술에게 대장장이들이 생각을 보탰다.

"고구려 갑주에다 황금을 입히면 됩니다. 황상께서 원하는 것은 튼튼한 갑주이지 꼭 우리더러 만들어내라는 건 아닐 것입니다."

옳게 여긴 우문술은 고구려 갑주에 황금을 입히도록 했다.

"황상, 그동안 있는 힘을 다했지만 지금까지 우리가 쓰던 것보다 두세 배 나아졌을 뿐 막상 고구려와 똑같은 병장기를 만들지는 못하였습니다. 갈로산의 쇠가 아니고서는 이처럼 좋은 물건을 만들 수가 없습니다."

우문술은 차마 거짓말을 하지 못하고 대장장이들의 말을 그대로 옮겼다.

"그렇다면 그대가 가져온 이 투구와 갑옷도 고구려 것이란 말이냐?"

"그렇습니다. 미늘을 보태 황상의 몸에 맞는 갑옷을 만들었고 투구는 개마대 투구를 녹여 다시 만든 것입니다."

우문술은 사실대로 말했다. 불호령이 떨어질까 걱정했지만 뜻밖에도 양광은 성내지 않았다.

"고구려의 화살이나 쇠도끼도 뚫지 못한다는 말이지?"

양광은 어루만져보면서도 걸쳐보지는 않았다. 그 황금갑주가 자기한테 바친 것이라는 것을 몰라서가 아니다. 자존심이 상해서일까?

"허수아비를 만들고 이 갑주를 걸쳐라."

양광은 우문술이 바친 갑주를 나무로 만든 허수아비에게 입혔다. 뿐만 아니다.

"허수아비를 더 만들고 내 황금갑주를 가져오너라."

시위장수가 달려가 황금갑주를 가져오더니 나란히 세워둔 나무허수아비에 입혔다.

양광은 스무 걸음쯤 떨어진 곳에 고구려 철궁을 들고 우뚝 섰다. 한 차례 심호흡을 하더니 잇달아 고구려 화살을 날렸다.

우문술이 가져온 황금갑주에 날아간 화살은 툭 떨어졌지만, 양광의 황금갑주는 마치 과녁처럼 쏘는 대로 화살이 푹푹 꽂혔다. 믿어지지 않아서인가, 재미있어서인가? 양광은 화살이 다할 때까지 쉬지 않고 시위를 당겼다. 괴로운 듯 황금투구가 둘 다 앞으로 기울었다. 마침내 양광의 황금갑주는 고슴도치가 되었고 우문술이 바친 황금갑주 밑에는 화살이 검불처럼 흩어졌다. 아니, 우문술이 바친 고구려 갑주를 입힌 허수아비에도 화살이 세 개나 깊숙이 박혔지만, 그것은 겨냥이 빗나가 얼굴과 목 부분에 맞았기 때문이었다.

화가 난 것인가. 양광이 거친 숨소리를 내뱉으며 고구려 쇠도끼를 들고 고슴도치가 된 허수아비 앞으로 다가갔다.

얏! 기합과 함께 쇠도끼를 힘껏 내려쳤다.

빡! 박이 터지는 소리와 함께 목까지 쪼개져버렸다.

투둑 툭! 반으로 갈라진 황금투구가 땅에 떨어졌다.

양광이 쓰다듬듯 쇠도끼의 날을 어루만져보았다.

"훌륭하다!"

황금투구를 쪼개고도 도끼날은 멀쩡했다. 새하얀 빛이 흩어지며 어른어른 얼굴이 비친다. 옆으로 걸음을 옮긴 양광은 숨을 가다듬고 다시 황금갑주 앞에 섰다. 뾰족한 화살촉이 단단한 나무를 뚫고 세 치나 쑥 나왔다. 황금투구가 앞으로 기운 것은 바로 그 때문이었다.

고목을 꿰뚫고 날아간다! 고구려 활과 화살의 무서움이다. 말하기 좋아하는 자들이 지어낸 소리가 아니다. 양광 자신도 그 무서운 화살에 쫓기다 겨우 목숨을 구하지 않았던가.

얏! 다시 기합이 터진다. 하지만 고구려 투구는 쇳소리만 날 뿐 별 변화가 없다. 몇 번을 내려쳐도 마찬가지다. 그저 두껍게 입힌 황금이 흠처럼 벗겨졌을 뿐이다.

"대장군, 이 투구를 원래 모습대로 만들어오라. 보기에는 좋으나 볼과 목을 가릴 수가 없지 않은가?"

개마대의 투구는 눈코입만 간신히 내놓게 되어 있어 투구를 쓰면 답답하고 머리가 작게 보여 볼썽사납다. 보기 좋게 하느라 일반 투구처럼 만든 것이 잘못이었다.

"황상, 신이 생각을 잘못했습니다. 당장 이 투구를 고구려 개마대와 똑같은 모습으로 만들겠습니다."

투구를 갈무리하는 대신 우문술이 갑주 한 벌을 꺼내들었다. 한눈에도 매우 무겁고 둔해 보였다.

"고구려처럼 좋은 쇠는 아니지만 나름대로 단단한 쇠를 만들었습니다."

양광은 그 갑주에도 고구려 화살을 날렸으나 화살은 갑옷과 투구를 뚫지 못했다. 고구려 쇠도끼를 내려쳐도 도끼 자국만 날 뿐 투구가 깨지지는 않았다.

"몇 번 시험해보았으나 감히 뚫지 못하였습니다. 무겁기는 하지만 그리 큰 흠은 아니라고 생각합니다."

"그렇다면 되었다. 이제는 우리 개마군사들도 맘껏 싸움터를 누빌 수 있겠다. 훌륭하다!"

거듭 칭찬한 양광은 갑주를 좀 더 두껍게 만들라고 주문했다.

양광은 쉽게 명령했으나 대장장이들과 우문술은 걱정이 태산 같았다. 쇠를 단련하는 데도 몇 배나 많은 시간이 들지만 무엇보다 갑옷미늘과 투구를 두껍게 만들다 보니 엄청나게 많은 쇠가 필요했다. 유성에서 들어오는 철제품도 많지 않았다. 열 배나 값을 올렸지만 오히려 갈수록 유성으로 모이는 양이 줄어들었다. 돌궐이나 실위 같은 다물국들의 철제품 재고량이 바닥났기 때문이다. 두 해가 지나면서부터는 고구려에서 내보내는 적은 양만 사들일 수밖에 없게 되었다. 한때 이익을 남기려고 철제품을 남김없이 내다 팔던 다물국들이 이제는 턱없이 비싼 값을 주고라도 사가야 할 형편이 되었기 때문이다. 똑같은 물량을 내보내면서도 고구려만 엄청난 이익을 남기고 있었다. 금은보석에서 비단까지 유성을 통해 모두 고구려로 들어갔다. 수나라는 유성에서만 제값을 치르고 제 나라 안에서는 공짜로 징발했기에 망정이지 국고가 모두 바닥날 뻔했다.

고구려를 치려면 강력한 개마대가 있어야 된다고 생각한 양광은 안간힘을 다해 20만 개마대를 무장시키도록 했다. 고구려의 화살과 쇠도끼를 막을 수 있는 갑옷과 투구를 만들려면 잘 제련된 쇠를 써도 예전보다 세 배는 더 들어간다. 개마대만 무장시키기도 버거운 판이라 일반 기마대의 갑주는 바꿀 엄두도 내지 못했다.

5년 동안 갖은 어려움을 무릅쓰고 만든 운하가 마침내 완성되었다. 양광이 강도에 온 것은 수천만 백성들 앞에서 그 위세를 자랑하고 싶어서였다. 모두가 정신없이 돌아치는데 불현

듯 고막을 찢는 듯한 나팔소리가 들리고 북소리가 파도처럼 울려퍼졌다. 다들 제 자리에 멈춰 섰다. 물을 뿌린 듯 조용해졌다가 잠시 후 여러 악기소리가 어우러지기 시작했다. 용으로 장식한 배의 높다란 누각이 갑자기 환해졌다. 눈부시게 번쩍이는 거대한 황금덩이가 나타난 것이다. 말과 사람의 갑옷에서 수천 개의 황금미늘이 햇빛을 받아 번쩍번쩍 빛을 뿌렸다.

귀까지 쭉 찢어진 눈에 주먹 같은 코, 커다란 메기주둥이에 번들번들 개기름이 흐르는 얼굴, 수왕 양광이 번쩍이는 황금갑옷을 입고 눈코입만 뚫린 황금투구를 썼다. 타고 있는 말도 하얀 백마였으나 황금갑옷을 둘러서 다리만 하얗게 보였다. 등에는 황금으로 만든 활을 메고 허리에는 황금도끼를 찼다. 거대한 몸집에 길이가 두 발이나 되는 황금창을 들고 있으니, 그 위풍당당하고 호화스러움은 이루 말할 수가 없었다.

말이 날뛰지 못하게 양쪽에서 고삐를 잡았으나 부하들은 말에서 다섯 걸음 떨어진 곳에서 팽팽하게 줄을 당기고 있었다. 황금갑주에서 뿌리는 찬란한 황금빛을 가리지 않기 위해서.

난간 끝까지 나간 양광은 바라보이는 한 먼 곳까지 찬찬히 살폈다. 울긋불긋 장식한 배가 강물을 뒤덮었고 강변에는 온통 사람의 물결이다. 양광은 흐뭇한 얼굴로 앞에 늘어선 부하들을 하나씩 둘러보았다.

운하를 만든 공부상서 우문개가 상을 받기 위하여 맨 앞에서 있었으나 양광은 대장군 우문술을 먼저 앞으로 불렀다.

"황제의 북소리는 어디까지 울리겠느냐?"

느닷없이 들이대는 뚱딴지같은 소리였으나 대장군 우문술은 머뭇거리지 않았다. 곧바로 어두운 새벽에 수탉이 울 듯 크고 높고 힘찬 목소리가 터져나온다.

"황제의 깃발을 들고 달리지 못할 곳이 없고, 수나라 군사들의 발길이 닿는 곳이면 어디서고 황제의 북소리가 드높이 울려퍼질 것입니다."

"그렇다! 대장군은 나의 가장 충성스러운 신하다. 그대가 선봉을 맡아라."

마치 싸움터에 선 것처럼 명령을 내린 뒤에야 양광은 우문개에게도 한 말씀 내렸다.

"공부상서! 그대는 대흥성을 쌓았고 낙양을 볼만하게 만들었으며, 이렇듯 수천 리 운하도 만들었다. 그러나 아직은 쉴 때가 아니다. 단단한 성벽도 깨뜨릴 수 있는 충차와 포차를 만들고 수십 명 군사가 올라가 싸울 수 있는 운제도 더 만들어라. 이 운하는 아무리 큰 병장기도 쉽게 나를 수 있다."

양광은 다시 우문술에게 명령했다.

"대장군, 싸움은 이제부터다. 운하를 파는 데 쏟았던 힘을 군사를 기르는 데 쓰고 다시 겨울이 오기 전에 모든 준비를 마치라. 이제 그대가 황제의 북을 울려라."

바위를 가르는 도끼, 고목을 뚫는 화살　　　　205

"예, 눈이 내리기 전에 모든 준비를 마치고 기다리겠습니다."

소나기처럼 쏟아지는 명령이었으나 우문술은 힘차게 대답하고는 한 길이 넘는 북 앞으로 달려가 북채를 높이 들었다.

양광이 붉은 깃발을 들어 북쪽 하늘을 찔렀다.

둥. 둥. 둥. 둥. 대장군 우문술이 북을 울리자 뱃사공들이 힘차게 배를 끌며 앞으로 나갔다. 더할 나위 없이 화려하고 웅장하여 참으로 장관이었다. 양광은 더없이 만족했으나 황하에 이르러 행렬을 끝내고 다시 낙양을 거쳐 장안으로 돌아왔다. 생각 같아서는 곧장 고구려로 쳐들어가고 싶었지만 아직은 때가 아니었다.

수나라, 구려하를 건너다

단기 2945년(612) 2월, 아직도 메마른 서북풍이 휩쓸어대는 구려하에 엄청나게 많은 군사가 모여들기 시작했다. 얼음이 채 녹지 않은 구려하를 가운데 두고 희끗희끗 눈이 남아 있던 마른 들판이 동쪽은 검은빛으로 서쪽은 온통 붉은빛으로 변하기까지 사흘밖에 걸리지 않았다. 고구려 병마도원수 강이식 장군이 이끄는 여동군과 양광이 직접 이끌고 온 수나라 대군이 처음으로 맞부딪친 것이다.

이 전쟁을 위해서 양광은 북평까지 대운하를 건설했고 군량미와 병장기도 충분히 준비했다. 창칼을 들고 전투에 투입되는 정예군사만 113만 3,800명이었고, 구려하까지 군수물자를 운반하는 자들이 거의 100만 명이었다. 이들도 복장과 맡은 일만 달랐을 뿐 필요에 따라 언제든지 전투 투입이 가능한 자들이었으니, 무려 200만이 넘는 대군이라 해도 과언이 아니었다. 소차(巢車, 성벽 높이까지 군사를 올려보내 적과 대등한 위치에서 공격하거나 널빤지를 놓고 건너갈 수 있게 고안된 공성무기)를 밀거나 포차를 끌고 가서 돌을 날려보내는 것도 모두 정예병이 아닌 이들 지원병들의 일이다. 정예군 명단에 이름을 올리지 못했을 뿐 실제 전투에는 못지않게 적극적으로 참여하고 있는 것이다.

'픽!' 소리와 함께 얼음이 꺼졌다. 조심스럽게 나가던 대여섯 명의 군사가 한꺼번에 물에 빠졌다. 허리에도 차지 않는 얕은 곳이지만, 얼음 위에 다시 기어오르려고 할 때마다 얼음이 계속 푹푹 꺼졌다. 군사들이 철벅거리며 언덕으로 올라왔다. 어디나 똑같았다. 여기저기서 얼음이 꺼지고 물에 빠진 군사들이 시끄럽게 떠들어댔다.

"으음, 하늘이 나를 시샘하는 것인가?"

커다란 수레의 앞문을 활짝 열어젖히고 늙은 두꺼비처럼 웅크리고 앉아 밖을 내다보고 있던 양광이 내뱉었다. 아직 싸움터에 나서지도 않았는데 벌써 황금갑옷을 떨쳐입고 황금투구를 쓰고 있다. 황금갑주는 눈부시게 번쩍이고 있으나, 그 가운데 양광의 얼굴은 어둡기만 했다.

"그렇게 길을 서둘렀건만! 바람도 이렇게 찬데!"

양광이 잇달아 신음을 흘렸다. 우문술을 비롯한 여러 장수도 할 말을 잊었다.

들판을 가로지르며 하얗게 빛나는 구려하. 강물은 아직 두꺼운 얼음으로 덮여 있었으나 이미 눈처럼 버걱거리는 쓸모

없는 얼음덩이에 지나지 않았다. 아무래도 군사들이 건널 수는 없었다. 차라리 얼음이 없다면 뗏목을 띄우기라도 할 터인데…… 얼마나 지나야 얼음이 풀릴 것인가.

모두들 넋을 놓고 있는데 누군가 대단한 생각이 난 듯 외쳤다.

"모여서 가지 않고 한 사람씩 멀찍이 떨어져서 가면 강을 건널 수 있을 것입니다."

"멍청한 놈 같으니! 저놈들이 눈감고 드러누워서 우리가 다 건너기를 기다린다더냐? 차라리 투구를 벗고 엉금엉금 기어가 적에게 목을 내밀어라!"

댓바람에 양광에게서 핀잔이 날아갔다. 무어라 입을 벌리고 나자 비로소 기운이 나는지 양광은 웅크렸던 몸을 곧추세우며 크게 소리를 질렀다.

"저까짓 강이 무슨 대수냐! 해가 지기 전에 한달음에 건너고 말 것이다. 모두 모여 강을 건널 꾀를 짜보아라."

한다하는 장수들은 모두 양광의 수레 곁에 있었다. 곧바로 회의가 시작되고 장수들이 머리를 맞댔지만 신통한 꾀라고는 없었다. 그저 뗏목을 많이 만들어 강을 건너는 수밖에 없다고 한다.

"우리에게 개마대가 있음을 잊었느냐? 강에 세 개의 뜬다리를 놓고 곧바로 개마대를 건너게 하라."

뜬다리는 본디 군사들이 강을 건넌 다음에 놓는 것이다. 적잖은 장수들이 반대했지만 양광은 듣지 않았다.

뜬다리를 만들라는 명령을 받은 우문개는 강물의 흐름을 이용해 다리를 놓기로 했다. 다 만들어진 다리를 서쪽 언덕에 길게 늘인 다음에 아래쪽을 묶고 위쪽을 강 가운데로 조금만 밀어내면 될 일이다. 흐르는 물살이 다리를 강 가운데로 떠밀어내고 나중에는 저절로 동쪽 언덕에 닿게 되는 것이다. 다리가 아래로 흘러내리지 않도록 강바닥에 튼튼한 말뚝을 박아두면 된다. 이때 다리가 너무 빨리 움직이지 않도록 끝에다 밧줄을 매고 천천히 풀어주기만 하면 되는 것이다.

다만 다리가 작아서 동쪽 언덕에 닿지 않아도 문제지만 너무 커서도 안 된다. 다리가 크면 강의 위쪽에 걸리고 뜬다리가 흘러내리지 않게 지지해줄 말뚝이 쓸모없어져, 다리는 스스로 물살이 미는 힘을 견디지 못하고 부러지게 된다. 물살의 힘을 견디도록 하기 위해서는 다리를 튼튼하게 해야 하므로 덩치가 커지고, 덩치가 커질수록 물살의 힘을 많이 받게 되는 악순환이 이어져 걷잡을 수 없는 결과를 낳게 된다. 그러니 어떻게 해서든 정확한 크기의 뜬다리를 만들어야 하는 것이다.

그날 밤 우문개는 몸소 날랜 군사를 데리고 낮에 점찍어둔 곳에서 다시 한 번 구려하의 폭을 쟀다. 이미 낮에 이리저리 재어 구려하의 폭을 알아냈지만 이를 정확히 확인하기 위해 군사를 보낸 것이다.

풀려나가던 줄이 멎었다. 버걱거리는 얼음 위를 엉금엉금 기어간 군사가 강 저쪽에 닿은 것이다. 군사를 되돌아오게 하고 줄의 길이를 재어보니 낮에 종이에다 그림을 그리며 계산해둔 것이 셋 다 정확히 맞았다.

강폭에 맞춰서 우문개는 세 개의 다리를 만들었다. 싸움이 시작되면 수백 개의 뗏목을 탄 군사들이 강바닥에 말뚝을 박아 다리가 흘러내리지 않도록 할 것이다.

얼음은 날마다 풀리고 있었다. 열흘이 되지 않아 강 가운데서 얼음이 검게 변하는가 싶더니 군데군데 잔물결이 일기 시작했다. 다시 사흘이 지났다. 밤새도록 봄을 재촉하는 봄비가 쏟아졌다.

"많은 비가 내렸으니 구려하의 얼음도 다 녹았을 것이다. 그런데 이번에 내린 비로 강물이 불어나지 않았겠느냐?"

양광이 우문개를 불러서 물었다.

"얼음이 녹으면 오히려 강물은 줄어듭니다. 비가 와서 물이 불었어도 지난번 얼음이 얼던 곳까지만 물이 찼을 뿐입니다."

아침저녁으로 강가에 나가 얼음이 녹는 것을 지켜보며 물의 양을 살펴온 우문개가 자신 있게 대답했다.

"군사들이 밤을 새워 서둘렀으므로 내일 아침에는 구려하에 뜬다리를 놓을 수 있을 것입니다."

"그대의 수고가 매우 크다. 내일 강을 건너면 그대에게 큰 상을 내릴 것이다."

마침내 양광은 부하장수들을 불러놓고 명령을 내렸다.

"내일 날이 밝는 대로 뜬다리를 놓고 강을 건넌다. 모두가 공을 다투어 한꺼번에 강을 건너도록 하라."

다음 날 아침, 날이 밝기도 전에 군사들은 뜬다리를 끌고 강으로 나갔다. 다리를 끄는 군사들이 강가에 닿았을 때에야 어둠이 걷히고 푸름푸름 날이 밝아왔다.

강가에 설 때마다 버릇처럼 다리를 강물에 띄우는 광경을 그려보던 우문개다. 마침내 때가 왔다고 벼르며 강물을 쳐다보던 우문개가 갑자기 땅이 꺼지게 탄식했다.

"큰일이다. 미처 생각하지 못했다."

눈앞이 캄캄하고 하늘이 노래졌다. 구려하에 둥둥 떠내려 오는 얼음이 많아서가 아니다. 강의 위쪽 지방에도 많은 비가 내려 겨우내 쌓였던 눈과 얼음이 함께 녹아 내렸으므로 하루 사이에 강물이 엄청나게 불어나 있었던 것이다. 눈대중만으로도 이미 두 자 넘게 물이 불어 있었다.

첨벙, 첨벙. 물가에 내려선 우문개가 옷을 입은 채 물속으로 들어갔다. 크아, 푸푸푸! 질겁을 하며 기어 올라왔다. 어제 저녁까지만 해도 조금도 불어나지 않아 가슴팍에나 겨우 닿았었는데, 이제는 꼴깍 키를 넘는 것이다.

"으, 으."

다시 언덕에 올라온 뒤에도 우문개는 잇단 신음을 흘렸다. 뼛속까지 얼어붙게 만드는 차가운 물 때문이 아니다.

"강물이 두 자가 불어났다면 강폭은 얼마나 불어났을지 모른다."

천 길 낭떠러지에서 떨어지는 듯 눈앞이 캄캄하고 아득했다. 이쪽에서는 뜬다리의 무게를 견뎌야 했으므로 물이 깊고 높은 언덕이 있는 곳을 골랐으나 다리가 닿는 저쪽 언덕은 도리어 편편한 곳이 아니었던가.

그러나 땅이 꺼지게 한숨만 내쉬고 있을 때가 아니었다. 이미 이동 명령이 내린 뒤였다. 새벽밥을 먹은 군사들이 강을 건너기 위해 바쁘게 움직이고 있지 않는가.

우문개는 벌벌 떨며 양광 앞에 나아가 밤사이에 강물이 불었음을 고하고 다리를 다시 만들겠노라고 말했다.

"다시 만드는 데 얼마나 걸리겠느냐?"

"불어난 강폭은 크지 않으나 다리를 튼튼하게 덧대어 이으려면 밤낮으로 다그쳐도 사흘은 있어야 합니다."

"사흘이라고 하였느냐?"

"예."

"그 사흘 뒤에 다시 물이 불어나고 그대는 다시 사흘이 필요하다고 할 것이다. 그렇지 않느냐?"

우문개가 목을 움츠렸다.

"그뿐이냐? 나중에는 빗물이 모두 흘러가 강물이 줄었으므로 다시 다리를 잘라야 한다고 하겠지."

터무니없는 억지였으나 이런 때 무어라 말대꾸를 했다가는 살아남지 못한다. 미리 물이 불어날 것을 생각지 못한 죄를 물어 곧바로 끌어내 목을 치라는 명령이 내리지 않는 것만도 다행으로 알아야 했다.

"강이 넓어졌어도 군사들의 목까지 잠기지는 않을 것이다. 가슴까지 빠진다 해도 앞으로 나가지 못할 바보 같은 군사는 없다. 그대는 쓸데없는 걱정은 그만두고 다리가 떠내려가지 않도록 말뚝이나 잘 박아라."

이미 구려하에 뜬다리를 놓으라는 명령을 내린 뒤였다. 양광은 다리가 짧은 정도를 가지고 이러쿵저러쿵하며 우문개의 죄를 따져봐야 하나도 이로울 것이 없다고 생각했다.

"아직 공격 명령을 내리지 않았으니 며칠 더 군사를 쉬게 하고 다리를 잇는 것이 좋겠습니다."

우문술이 좋은 말로 양광을 달래 싸움을 늦추려 했으나 되레 핀잔만 듣고 말았다.

"대장군이야말로 무슨 소리를 하는가? 뜬다리가 없으면 뗏목을 타고 강을 건너면 될 것이 아닌가?"

"다리가 저쪽 끝에 닿지 않는다면 개마대를 먼저 내보낼 수가 없습니다. 잘못하다가는 예전처럼 크게 당하고 말 것입니다."

"큰 싸움을 앞두고 재수 없는 소리를 하다니, 대장군은 무슨 겁이 그리 많으냐? 모자라는 다리는 뗏목으로 이어서 만들면 되지 않는가?"

양광이 더 듣지 않고 공격 명령을 내렸다. 수만 명의 군사가 '와~' 달려들어 수백 개의 뗏목을 물에 띄우고 다리를 밀어넣었다. 구려하에는 금세 세 개의 뜬다리가 놓였으나 우문개가 걱정한 대로 저쪽 강가에 완전히 닿지 못했다. 그러니 몸이 날렵한 군사들을 먼저 내보내야 했다. 갑옷을 입지 않고 투구만 쓴 군사들에게 방패를 들려 내보냈다. 뜬다리 끝에서 뛰어내린 군사들은 허리까지 물에 잠겼다.

물은 비록 두 자가 넘는 정도밖에 불어나지 않았으나 물을 먹은 강바닥이 한 자 넘게 진흙뻘로 바뀌어버렸으니, 이는 양광도 미처 생각하지 못한 것이었다.

강 언덕까지 적게는 서른 걸음에서 많아야 쉰 걸음 정도였으나 몸이 물속에 들어 재빠르게 내달릴 수가 없었다. 게다가 물에 둥둥 떠 흐르는 주검은 산 사람의 발을 묶는 걸림돌이 되었다. 시간이 흐를수록 화살에 맞아 물속에 고꾸라지는 군사가 많아졌다.

둥 둥. 둥 둥. 예상보다 일찍 북소리가 전장을 울렸다. 맨 앞에서 전열을 이루고 있던 2만 개마대가 일찌감치 이동하기 시작한 것이다. 한꺼번에 큰 타격을 주려면 오랑캐 보병들이 뗏목을 타고 웬만큼 건너오기를 기다렸다가 휩쓸어야 하는데, 갑작스럽게 도원수의 작전이 바뀐 모양이었다.

어쨌거나, 드디어, 나가 싸운다!

전투 대열 속에 서 있는 연개소문의 가슴이 거칠게 뛰었다. 말고삐를 잡은 손에 저절로 힘이 들어간다. 자신이 속해 있는 기마대가 움직여 적과 조우하려면 아직 멀었다. 그러나 얼마나 기다렸던 전투인가?

패도를 뽑아들고 참전시켜주지 않으면 자결해버리겠다고 우겨서 나온 자리다. 공갈이 아니었다. 군막에 앉아 북소리를 듣는 것보다는 날카로운 칼을 심장에 박아버리는 것이 훨씬 덜 고통스럽고 차라리 더 시원할 것이었다.

둥 둥. 둥 둥. 꼼짝 않고 대열을 지키고 있지만 뛰노는 가슴은 개마대와 함께 적을 향해 나아간다. 땅에 대고 서 있는 긴 창이 훨훨 날아갈 것 같다.

쾅 쾅 쾅. 급하게 울어대는 요란한 징소리에 정신이 돌아왔다. 놀라 도원수의 지휘대를 바라보니 검고 흰 기를 양손에 나눠쥔 군사가 깃발을 좌우로 흔든다. 이어서 곁에 서 있던 군사의 노란색 깃발이 잇달아 둥글게 원을 그리다 곧추섰다.

전진하는 개마군사에게 정지하라는 신호였다. 그뿐 아니다. 잠시 동안 곧추서 있던 세 깃발이 모두 좌우로 파락파락 흔들린다. 개마대를 뒤로 물리라는 신호!

웬일인가 궁금해하는 사이 다시 징이 울리고 노란 깃발과 함께 도원수의 영기까지 좌우로 흔들리다 다시 곧추섰다. 모두 공격을 중지하고 제자리를 지키라는 명령이었다.

오랑캐들이 떼지어 강을 건너고 있을 터인데 이게 무슨 일인가? 모두 한꺼번에 달려나가 공격하라는 명령이 잘못 전달된 것이 아닌가?

전황을 전혀 모르고 신호하는 깃발만 쳐다볼 수밖에 없는 군사들로서는 궁금하기 짝이 없는 노릇이었으나, 높은 단 위에 서 있는 장수들은 한마디 상의도 없이 쏟아지는 도원수의 명령에 모두 고개를 끄덕이고 있었다.

"활로만 적을 막는 척해라."

"개마대와 기마대는 모두 움직이지 말고 적이 강을 건너기를 기다려라."

오랑캐들이 대뜸 뜬다리를 놓기 시작하는 것을 보고 여동군 장수들은 크게 놀랐다. 개마대를 앞세우고 강을 건너올 것을 알아차린 것이다. 개마대는 개마대로 막아야 한다. 그래서 적의 보병들이 뗏목을 타고 웬만큼 건너오기를 기다렸다가 한꺼번에 휩쓸어버리려던 계획을 바꿔 개마대를 일찍 내보낸 것이다.

　수군 개마대가 14년 전과는 비교할 수 없게 강해졌음을 알기 때문이다. 무려 20만이나 되는 수군 개마대는 고구려 개마대에 비해 크게 뒤떨어지지 않았다. 긴 창이나 쇠도끼는 고구려 군사들 것보다 훨씬 못했으나 갑주는 큰 손색이 없다고 했다. 고구려군의 날카로운 화살과 쇠도끼가 예전처럼 엄청난 위력을 떨칠 수 없게 된 것이다. 저들의 갑주가 세 배나 무겁다 해도 그리 큰 흠은 아니다. 개마대를 막을 계책이 없는 것은 아니지만, 예전처럼 화살로 한꺼번에 도살할 수가 없게 되었으니, 일이 번거로워졌다.

　서둘러 개마대를 내보내 막으려고 했는데 또 변수가 발생했다. 다행스럽게 저들의 다리가 짧아 개마대가 먼저 건너올 수 없게 된 것이다. 도원수는 처음에 계획했던 대로 적을 많이 끌어들인 다음에 치려는 것이다. 비록 구려하 물이 넓고 깊지만 15만 여동군이 100만이 넘는 적을 모두 막아낼 수는 없는 일이다. 적당한 수의 적을 끌어들인 뒤 마음껏 짓밟아 여동군의 무서움을 다시 한 번 보여주고 깨끗이 물러나면 그만이다.

　짧은 다리를 건너와 강물에 뛰어든 적들은 거의가 이쪽 언덕에 오르지 못하고 강물에 코를 박았다. 물에 뜬 주검이 걸림돌이 되어 앞을 막으니 뜬다리를 가득 메운 적들은 선뜻 강물에 뛰어들지 못하고 멈칫거리다 떠밀려 강물에 떨어지기도 했다. 수군들은 타고 온 뗏목을 모자라는 다리에 비끄러매려고 안간힘을 다했으나 여동군의 화살이 빗발치는 데다 강물이 자꾸 뗏목을 밀어내니 쉽지가 않은 모양이었다.

뗏목을 타고 건너오는 적도 빗발처럼 쏟아지는 화살 때문에 움직임이 굼떴다. 방패로 몸을 가리고 기어오르지만 다리만 화살에 맞아도 주저앉기 마련이다.

"저게 누구냐? 어서 불러들여라!"

이제 겨우 6천 명이나 건너왔을까? 계획대로 3~4만 명 정도가 이쪽 언덕에 오르려면 꽤 기다려야겠다고 느긋해하던 도원수가 갑자기 깜짝 놀라 소리쳤다. 윤경호가 허락도 없이 1천 기마대를 이끌고 달려나가버린 것이다.

윤경호는 기마술이나 마상무예가 여동군에서 으뜸가는 장수였지만 강이식은 그의 불같은 성질을 걱정해 겨우 1천 군사만 거느리게 했었다. 강을 건너온 적군이 대열을 이루기 시작하는 것을 보고 그 급한 성미가 공격 명령이 내리기도 전에 달려나간 것이다.

윤경호의 1천 기마군사가 미친 듯이 헤치고 다니자 오랑캐들은 무리를 지을 수가 없게 되었다. 견디지 못하고 흩어진 적들은 다시 강물에 뛰어들었으나 뒤쫓아온 여동군의 화살에서 벗어나지 못하고 모두 죽고 말았다.

강을 건너지도 못하고 맥철장, 전사웅, 맹차 등의 장수와 2만 명에 이르는 군사가 헛되이 죽었을 뿐이다. 양광은 뜻을 이루지 못하고 뜬다리를 서쪽 언덕으로 끌어올렸다. 군사들이 낑낑거리며 줄다리기하듯이 다리를 끌어올리는 사이, 부아통이 터진 양광은 우문개를 끌어냈다.

"아무 재주도 없는 것이 공부상서의 높은 벼슬에 올라 우쭐거리더니 첫 싸움부터 꼴좋게 되었다. 늙은것이 집에나 틀어박혀 있을 것이지, 싸움터에까지 기어나와 내 얼굴에 흙칠을 해? 그러고도 살아남을 줄 알았느냐?"

누가 따라오고 싶어서 따라왔나? 뜬다리는 군사들이 강을 건넌 다음에 놓는 것이지, 빗발치는 화살 속에서 군사를 건너보내려고 다리부터 놓는다는 말은 들어본 적도 없었다. 무엇보다 생각지 못했던 비로 말미암아 강물이 불었기 때문이지, 처음부터 다리를 짧게 만든 게 아니지 않은가. 잘못이 있다면 강물이 엄청나게 불어난 것을 알면서도 도강을 멈추지 않고 강행한 양광에게 있지, 우문개의 잘못은 아니었다.

그러나 이미 잘잘못을 따질 때가 아니었다. 우문개는 이마를 땅에 찧어 피를 흘리며 그저 살려달라고 빌었고, 보다못한 우문술이 나섰다.

"뜬다리를 처음 만들기 시작한 것은 보름 전이나 강물이 불어난 것은 어젯밤의 일이었습니다. 공부상서에게 잘못이 있더라도 묻어두고 다시 다리를 잇도록 하십시오."

"대장군은 그게 탈이다. 그에게 잘못이 없다면, 뗏목을 타고서라도 강을 건너지 못한 대장군에게 잘못이 있다는 말이 아니냐?"

"포차나 운제 같은 병장기를 고치거나 새로 만들려면 아무래도 공부상서만 한 사람이 없습니다. 벌을 주는 것을 잠깐 미루고 잘못을 벌충할 수 있도록 해주십시오."

"다리를 잇고 망가진 병장기를 고치거나 다시 만드는 것쯤은 누구나 할 수 있는 일이다. 그러나 땅에 떨어진 사기는 아무나 올릴 수 없는 일이다."

우문개의 잘못이 아니라는 것을 뻔히 알면서도 양광은 기어이 그의 목을 잘라 군문에 높이 내걸었다. 수도 장안을 방어하는 대흥성을 쌓고 낙양성을 고쳐 쌓았으며, 군량과 병장기 따위를 손쉽게 나를 운하를 만드는 등 큰 공을 세운 그였지만, 고작 뜬다리 하나 때문에 불귀의 객이 되어버린 것이다.

군문에 내걸린 불쌍한 우문개의 목은 제단에 바쳐진 제물이나 다름없었다.

"잘못하다가는 목이 날아간다."

"모진 놈 곁에 있다가 애먼 우문개만 벼락맞아 죽었다."

뜬다리가 저쪽 언덕에 닿지 못하여 많은 군사가 죽어갈 때에는 멋모르고 우문개를 원망하던 장수들도 이제는 모두 자라목이 되어 벌벌 떨며 양광을 두려워하게 되었다.

우문개를 죽인 양광은 하조에게 다리를 고치도록 했다. 하조는 사흘 동안 밤낮없이 군사들을 시켜 모자라는 다리를 잇고 망가진 곳을 손질했다.

여동군의 전략

고구려 여동군의 주둔지. 병마도원수 강이식이 입을 굳게 다물고 앉아 있다. 싸움터를 달리는 장군이라기보다는 여느 농사꾼 늙은이처럼 보인다. 지그시 눈을 감고 골똘하게 생각에 잠겨 있으니 얼굴은 온통 주름살투성이다. 어쩌다 입언저리의 주름살이 한 번씩 크게 움직일 뿐이다.

오랑캐들이 처음부터 뜬다리를 놓고 구려하를 건널 것이라고는 생각지도 못했다. 다리가 짧았기에 망정이지 개마군사들이 줄지어 쏟아져 들어왔더라면 오늘처럼 쉽게 막아내기는 어려웠을 것이다.

"저들이 뜬다리를 거두어들인 것은 다시 고쳐서 쓰고자 하는 것이오. 기어이 개마대를 앞세우고 강을 건너오겠다는 뜻인데…… 저들의 뜬다리를 쓸모없는 것으로 만들 수는 없겠소?"

도원수의 말이 떨어지자 윤경호가 기다렸다는 듯이 나섰다.

"도원수 전하께서는 우리에게 개마군사들이 있음을 잊으셨습니까? 오늘 같은 피라미들이라면 이 윤 아무개가 짓밟아버릴 것이고, 오랑캐들이 밀물처럼 밀려온다 해도 우리 개마대가 나서면 송사리떼처럼 쫓겨다니기에 바쁠 것입니다."

윤경호는 수많은 적을 베었어도 좋은 소리를 듣지 못했다. 남에게 공을 빼앗기지 않으려고 도원수의 명령을 기다리지 못하고 뛰쳐나갔기 때문이다. 적이 모두 달아난 뒤에도 한참이나 쏘다니다가 돌아와서 제 자랑을 하다가 나무라는 소리를 듣고서야 가슴을 쳤다. 너무 일찍 기마대가 나서서 설치는 통에 적이 많이 건너오지 않고 철수했다는 소리를 듣고서야 더 큰 공을 세울 기회를 스스로 저버렸음을 깨달았다. 이후 풀이 죽어 잠자코 있었는데 도원수가 너무 크게 걱정하는 것을 보고 그만 불쑥 나선 것이다.

"14년 전 오랑캐를 개미떼처럼 짓밟아버릴 수 있었던 것은 바로 우리의 뛰어난 병장기 덕분이었소. 그러나 저들은 우리의 화살과 쇠도끼를 막을 수 있는 두꺼운 갑주를 만들었고, 20만이나 되는 개마대를 길러왔소. 우리 개마군사들에 대한 방비 없이 다시 오지는 않았을 것이오."

도원수가 머리를 저었으나 윤경호는 미련을 버리지 못했다.

"오랑캐들이 아무리 준비를 했다고 하더라도 처음부터 개마군사를 내보내 휩쓸어버리면 그만입니다. 도원수 전하, 오랑캐 개마대가 아무리 많아도 발붙일 곳이 없으면 함부로 강을 건너지 못할 것입니다."

"우리가 여기서 싸우는 것은 저들이 구려하를 건너지 못하게 하려는 것이 아니오. 비록 앞에 강물이 있으나 저 많은 적을 모두 막으려다가는 우리 군사들이 크게 다칠 것이오. 첫 전투에서 따끔하게 혼내 두고두고 우리를 보기만 해도 겁을 집어먹게 만든 뒤에는 곧바로 뒤로 물러날 것이오."

"그렇다면 조금 더 적이 건너오기를 기다렸다가 휩쓸어버리면 될 것입니다."

윤경호뿐이 아닐 것이다. 강이식은 다시 한 번 제 생각을 알리지 않을 수 없었다.

"저들이 믿는 것은 많은 수의 군사와 개마대일 것이오. 저들이 뜬다리부터 설치하는 것은 개마대를 내보내기 위한 것이니, 다음 싸움에서도 개마대가 앞서 건너올 것이오. 무엇보다 저들의 개마대를 크게 꺾어놓지 않으면 안 될 것이나, 한꺼번에 너무 많은 적이 뜬다리를 건너온다면 우리 뜻대로 싸울 수가 없게 되오. 어떻게 해서든 알맞은 때에 적들이 뜬다리를 건너지 못하게 해야만 하오."

본때를 보여 여동군 소리만 들어도 겁을 집어먹고 움츠러들게 만들려고 나온 싸움이다. 처음부터 끝까지 멋들어지게 싸우고 깨끗이 물러나야 한다. 우리 군사가 많이 죽거나 다치면 아무리 많은 적을 베어도 쓸모가 없다. 어떻게 해서라도 저들의 뜬다리를 끊거나 쓸모없는 것으로 만들어야 한다. 그것도 우리가 필요한 때에······.

모두들 골똘히 생각에 잠겨 있는데 부장 정현백이 입을 열었다.

"전하, 불화살을 준비했다가 뜬다리를 태워버리면 되지 않겠습니까?"

"나무로 만든 것이라 해도 모두 불에 타는 것은 아니오. 생나무를 잘라 만든 것이니 불에 쉽게 타지도 않거니와 불이 붙어도 곧장 물을 길어 꺼버릴 것이오."

곧바로 터져나온 도원수의 대답에 정현백은 얼굴을 붉힐 뿐이었다. 그제야 도원수는 깊은 생각 없이 부장의 기를 꺾었는가 싶었다.

"불화살이 크게 쓰이지는 않는다 해도 적을 놀래주기에는 충분하니 이를 시험해보는 것도 좋겠소. 언제라도 쓸 수 있게 불화살을 많이 마련해두시오."

"예, 전하! 불화살을 마련하겠습니다."

이곳은 싸움터다. 싸움에 필요한 것은 모두 갖추고 있었으니 언제라도 사용할 만큼 가져오라고 명령만 내리면 되는 것이지, 불화살 따위를 새삼스럽게 마련할 필요는 없는 일이지만, 자리에 있기가 거북살스러운 정현백은 곧바로 대답하고 밖으로 나갔다.

"정 장군은 활달한 사람입니다. 마음에 두지 않을 것이니 전하께서도 심려치 마십시오."

장수들이 위로했으나 강이식은 마음이 편치 못했다. 정현백은 아랫사람이 잘못해도 성을 내지 않고 지나가는 말로 가볍게 가르치는 사람이다. 그래서 사람들이 두려워하지 않고 마음 깊이 따르는 것을 도원수도 잘 알고 있었다. 여러 사람이 골똘하게 생각하느라 무겁게 가라앉은 것을 보고 가볍게 한마디 했을 것이다. 이를 미처 헤아리지 못하고 대뜸 꾸짖어 낯을 깎았으니 모두가 자신의 잘못이다.

입 밖에 내어 말하는 의견이 다 옳을 수는 없다. 이것저것 저마다 품은 생각을 나누다 보면 좋은 계책이 나오는 것이다. 도원수 혼자서 하는 싸움이 아닌데, 좋건 나쁘건 여러 사람의 생각을 다 들어보지 않은 것은 잘못이다. 더구나 군사의 싸움에 꼭 좋은 계책이 있어야 하는 것만도 아니다.

오랑캐 양광이 군사를 이끌고 고구려를 침략하기 위해 장안을 떠났다는 소식이 전해지고 여러 장수가 평양에 모여 대책회의를 가질 때였다.

양광이 일으킨 군사가 200만이라고 했으니 어마어마한 대군이다. 어중이떠중이가 모인 오랑캐라고는 해도 한꺼번에 밀물처럼 몰려온다면 막아내기가 어려울 것이다. 이틀 동안이나 머리를 맞대고 이야기를 나누었으나 아직 적을 쉽게 물리칠 이렇다 할 방법이 나오지 않았다. 나중에는 서로의 얼굴을 쳐다보며 누군가 그럴듯한 계책을 내놓기를 기다리기만 하는 꼴이 되었다.

"저녁밥이 마련되었습니다."

한 장수가 들어와 저녁 먹을 때가 되었음을 알렸으나 회의를 이끌던 막리지 고건무는 머리를 끄덕였을 뿐 일어나지 않았다. 고건무가 자리에 앉아 있으니 누구도 일어서지 못하고 잠자코 있는데 헛기침 소리가 방 안을 울렸다.

"어흠, 흠!"

또다시 헛기침을 돋우며 막리지 을지문덕이 천천히 자리에서 일어났다. 그것만으로도 사람들은 가슴이 툭 트이는 것을 느꼈다.

을지문덕은 고구려 으뜸 장수다. 오랑캐들은 그의 손가락질 하나에 꼼짝 못하고 갇힐 것이며 한 마디 호통에 검부러기처럼 흩어질 것이다. 치렁하게 내려뜨린 흰머리와 대추처럼 붉은 얼굴은 보기만 해도 믿음직스러웠다. 지난날 유성을 되찾으라는 태왕 천하의 명을 겨우 2만 기의 기병만으로 훌륭하게 수행했던 을지문덕은 신크마리의 신분으로 산에 들어가 수행하며 살았으나, 태왕 천하는 3년 만에 그를 조정으로 불러들였다. 이때 막리지의 지위에 올라 일가를 이루게 되었다. 그러나 언제고 천명에 따라 천궁에 복귀해야 하는 신분인 만큼 당대의 가문 번성은 용납되지 않았다. 하나뿐인 아들마저 아비가 죽어 막리지 지위를 물려받을 때까지는 변방에서 외직으로 떠돌아야 했다.

천천히 일어나 느릿느릿 여러 사람을 둘러보던 을지문덕이 마침내 입을 열었다.

"일은 하지 못해도 밥은 제때에 먹어야 할 것이오."

어떻게든 머리를 짜내 적을 막아야 하는 자리다. 을지문덕의 입에서 겨우 배고프다는 소리가 나오다니? 모두들 제 귀로 들었으나 믿기지가 않았다.

"막리지!"

마주 앉아 있던 고건무가 눈살을 찌푸리며 핀잔했다. 을지문덕은 아랑곳하지 않고 다시 한 번 여러 사람을 둘러보며 소리를 높였다.

"이 자리에 모인 여러분은 한 사람 한 사람 모두가 고구려에서 으뜸가는 장수들이오. 적이 아직 얼굴도 보이지 않는 터에 다만 적이 온다는 소리에 놀라 이렇게 모여서 제때 밥조차 먹지 못하고 걱정만 하고 있으니, 이것이 무슨 꼬락서니요?"

을지문덕의 목소리가 쩌렁쩌렁 울렸다.

"오랑캐들이 장안에서 떠났다는 소리만 듣고도 이 꼴이라면 정작 저들과 마주쳐서는 어찌 싸울 것이오? 예부터 하늘이 무너져도 솟아날 구멍이 있고 호랑이에게 물려가도 정신만 차리면 산다고 하였소. 미리 어떠한 계책을 세우지 않더라도 느긋한 마음으로 생각을 크게 하여 군사를 움직이면 되오. 더이상 함께 모여 걱정만 하고 있어서는 안 될 것이오."

"우리가 이 자리에 모인 것은 오랑캐와 싸울 계책을 마련하자는 것이오. 막리지께서는 마땅한 계책이 없이도 그 많은 오랑캐를 물리칠 수 있다는 말이오?"

듣다못한 고건무가 내놓고 나무랐으나 을지문덕은 되레 머리를 크게 끄덕였다.

"그렇소이다. 군사를 이끄는 우두머리 된 사람이 근심하고 애써야 하는 것은 눈앞의 적이 아니라 내 군사들의 아픔이오. 무예가 높은 싸울아비는 어둠 속에서 화살이 날아들어도 다치지 않는 법이오. 우리가 언제라도 장수와 군사들이 한 몸이 되어 한맘 한뜻으로 싸울 수 있다면 눈앞의 적은 근심하지 않아도 될 것이오."

너무도 당연한 소리다. 그러나 이 자리에서 마땅한 소리는 아니다. 지금 이 자리는 엄청나게 많은 오랑캐를 막기 위한 대책을 세우는 자리다.

"머지않아 나라의 운명을 걸고 싸워야 할 사람들이오. 다시는 얼굴을 볼 수 없는 벗들도 적지 않을 것이오. 모두들 바쁜 가운데 어렵게 모였는데, 그냥 이렇게 얼굴만 쳐다보다가 헤어진다면 두고두고 섭섭하지 않겠소?"

을지문덕은 아예 한술 더 떴다.

"시꺼먼 사나이들끼리 웅크리고 앉아 서로 얼굴만 쳐다보고 있으려니 답답해서 안 되겠소. 오늘은 술을 마시고 춤을 추며 즐겁게 놀아봅시다. 제놈들이 온다는 소리에 기뻐하며 술을 마셨다 해야 듣는 오랑캐들도 신바람이 날 것이오. 자, 함께 일어나 밖으로 나가 잔치를 합시다."

선뜻 뒤따라 나서는 사람이 없자, 을지문덕이 뚜벅뚜벅 고건무에게 다가갔다.

"아무래도 막리지께서 먼저 일어나셔야 하겠소. 앞장서 갑시다."

소매를 잡아끌자 고건무는 마지못해 일어났다. 머뭇거리던 사람들도 자리에서 일어나 저녁을 먹으러 갔다.

"오늘은 잔칫날이다. 곧바로 잔칫상을 마련하고 악대를 불러라."

막리지 을지문덕이 명을 내리자 술동이가 들어왔다. 잠시후 안주거리가 들어오고 악기를 든 악대들이 들어와 그럴듯한 잔치마당이 되었다. 악대들이 풍악을 울리자 잠깐 멈추라고 명한 을지문덕이 또 좌중을 향해 뜬금없는 소리를 했다.

"여러분, 오늘 우리가 마시는 이 술은 나중에 값을 치러야 하는 외상술이오. 어느 분이 술값을 치러주겠소?"

술값을 치르다니? 너무 엉뚱한 소리라 누구도 얼른 대꾸를 하지 못했다.

"우리가 이 자리에 모인 것은 오랑캐들이 쳐들어오기 때문이오. 싸움을 앞두고 벌이는 잔치는 승리를 미리 축하하는 잔치. 오늘 술값을 어느 분이 내겠느냐고 물었소."

모두가 서로 얼굴만 쳐다보았다. 더러 우스갯소리를 잘하는 을지문덕이기는 하지만 도무지 종잡을 수가 없었다.

"술값이 없노라는 핑계는 대지 마시오. 오랑캐들의 목이 200만 개나 굴러올 것인데 모두들 그냥 돌려보내겠다는 말씀이시오?"

막리지의 목소리가 나무라듯 쩌렁쩌렁 울렸다. 그제야 모두들 알 만하다는 얼굴이 되었다.

"좋소이다. 외상값은 이 고 아무개 앞으로 달아놓으시오."

고건무가 먼저 시원스러운 소리를 하자 여기저기서 통쾌한 소리가 터져나왔다.

"오랑캐들의 목을 줍는 일이라면 으레 이 정 아무개의 몫이오."

"누구는 손발이 없는 줄 아시오? 여러분은 가만히 앉아서 지켜보기나 하시오."

대책을 세울 때는 코를 빠뜨리고 앉아 있던 장수들이 이번에는 서로 나서겠다고 떠들썩했다.

"여러분, 잠깐만 모두 자리에 앉아주시오."

을지문덕이 손을 저으며 말려서야 자리가 조용해졌다.

"모두들 자기 혼자서 외상값을 몽땅 갚겠다고 나서니 이러다 우리끼리 싸움이 나겠소. 각자 마신 술값은 저마다 치르기로 합시다. 다만, 오늘 술을 적게 마시는 사람은 술값을 적게 치르겠다는 뜻으로 알겠소이다."

모두가 옳다고 소리치며 손뼉을 두드렸다. 을지문덕의 손짓에 따라 악대가 풍악을 울리고 잔치가 시작되었다. 200만 오랑캐의 목을 걸고 마시는 외상술은 맛도 좋았다. 모두들 벌컥벌컥 마시고 지칠 때까지 땅을 구르며 춤을 추고 노래를 불렀다. 오랑캐 군사를 맞는 고구려군의 대책회의는 끝내 아무런 대책도 세우지 못하고 날이 밝을 때까지 술을 마시며 노래하고 춤추다가 끝났다.

여동으로 돌아온 강이식은 북평을 떠난 오랑캐들이 패수를 건너는 것을 확인하고 태왕 천하께 전령을 보냈다.

"신은 먼저 15만 여동군을 이끌고 구려하에 가서 오랑캐 군사를 맞겠습니다. 강을 건너는 오랑캐를 쳐서 사기를 꺾은 다음 다시 뒤로 물러나서 기회를 보아가며 저들과 싸울 것입니다."

강이식은 뜻대로 군사를 움직이라는 천명을 기다리지 않고 곧바로 군사를 이끌고 이곳으로 달려왔다.

강이식은 정현백이 나간 뒤에야 비로소 을지문덕의 뜻을 모두 알 수 있었다.

"화공이라 하는 것은 함부로 쓸 것이 아니나, 적의 군사를 향한 것이 아니고 저들이 놓은 다리에 그치는 것이라면 마음에 거리낌이 없을 것이며 그 보람도 자못 클 것이오."

강이식이 여러 소리를 길게 늘어놓았다.

"그런데 가만히 생각해보니 우리가 뜬다리를 태웠다고 오랑캐들이 방화죄 운운하며 떼거리로 몰려온다면 그것이 더 큰일일 것 같소. 값을 치르기 전에는 움직이지 않겠다고 발가벗고 드러누우면 꼼짝없이 우리가 놈들의 시중을 들어주어야 할게 아니오?"

껄껄 웃으며 우스갯소리를 하는 것이다.

"좋은 방법이 아니더라도 생각나는 대로 말해보시오. 싸움에 관한 것이 아니어도 좋소이다. 이야깃거리가 없는 사람은 노래를 해서라도 벌충을 해야 할 것이오."

느닷없는 이야기에 장수들은 서로 얼굴만 쳐다보았다. 그러거나 말거나 도원수는 아랑곳하지 않고 제 말을 이었다.

"내가 어렸을 때는 부싯돌을 치는 것이 하도 재미있어서 온몸에서 매캐한 불내가 가실 날이 없었소. 언젠가는 부시가 없어 아버님의 말안장에서 등자를 떼어 부시를 치다 망가뜨려 혼이 난 일도 있소이다. 하하하."

장수들도 마지못해 웃었으나 입만 벙긋거릴 뿐이다.

"너도 부싯돌을 잘 칠 줄 아느냐?"

장수들이 말이 없자 강이식은 옆을 돌아보며 곁에 서 있는 젊은 선배에게 물었다.

"예, 도원수 전하. 그보다, 제 짧은 생각으로는……."

기다렸다는 듯이 선배가 곧바로 대꾸했다. 뭔가 품은 생각이 있는가 보았으나 장수들의 눈길이 무서운 선배는 말끝을 흐렸다.

"어려워 말고 말해보아라. 불장난을 하다가 밤에 오줌이라도 쌌느냐?"

도원수가 짐짓 하하 웃으며 선배를 바라보았다. 선배 일청은 조정의 벼슬아치인 고병식의 막내아들이다. 아비의 청을 받아 이번 싸움에 처음으로 데리고 왔으니 도원수의 위엄에 눌린 탓인지 제대로 말을 나눠보지도 못했다.

"도원수 전하! 배에다 마른나무를 가득 싣고 뜬다리에 이르게 한 다음 불화살로 이를 태우면 될 것입니다."

아니? 선배 고일청의 말에 도원수 강이식은 물론 여러 장수도 눈앞이 훤하게 밝아졌다.

"참으로 좋은 방법이다! 어찌 그 생각을 못했던고?"

강물은 움직여 흐른다. 마른나무를 가득 실은 배를 위쪽에서 띄우고 배가 뜬다리에 닿기를 기다려 불화살로 이를 태우면 된다. 비록 다리를 태우지 못한다 해도 불이 타는 동안은 뜨거운 불기운 때문에 적들이 함부로 다리를 건너지 못할 것이다. 이때를 기다려 개마군사들을 내보내고 갈팡질팡하는 적을 친다면 크게 이길 것이다.

수군들이 뜬다리를 잇고 수리하는 동안 고구려군은 부지런히 뗏목을 엮었다. 나뭇단을 헐어서 마른나무와 마른풀을 뗏목에 가득가득 실었다.

뗏목에 오른 군사들이 강을 건널 무렵 맨 아래쪽의 뜬다리가 먼저 동쪽 언덕에 닿고 개마대가 앞장서 달려나갔다. 양광은 우문술이 심혈을 기울여 훈련시킨 개마대의 위용부터 확인하고 싶었다. 고구려 병장기도 겁내지 않는 진짜 개마대가 아닌가. 지난날 산이 무너지듯 덮쳐오던 무서운 고구려 개마대였지만 바로 그 기억 때문에 고구려 개마대부터 보란 듯이 초전에 박살내버리고 싶었다. 바윗돌처럼 든든한 개마대가 전열의 맨 앞을 지키는 것이 병진의 정석이라는 것은 오히려 관심밖이었다.

뜨거운 차 두어 잔 마실 시간이 지나자 위쪽에서도 가운데 뜬다리가 놓였으며 이어서 맨 위쪽 뜬다리까지 다 놓였다. 개마대가 강을 건너 대열을 이루기 시작하자 빗발같이 날아오던 여동군의 화살도 차츰 잦아들더니 아예 궁수들까지 자취를

감춰버렸다. 말까지 눈부시게 빛나는 갑주로 무장한 개마군사들이 들판을 달리듯 한달음에 강을 건너고 있다. 우문참이 이끄는 1만 개마군사다. 우문참은 장안을 지나 하수(황하)로 흘러드는 위수(위하) 가에서 자랐다. 위수를 건너다닐 만큼 헤엄을 잘 쳤으나 말 타고 싸우는 재간도 빼어나서 믿을 만했다.

1만 개마대가 앞으로 나가 대오를 갖출 때까지도 여동군 개마대는 모습을 나타내지 않았다. 처음부터 여동군 개마대가 밀어닥쳐 도강을 방해할까 봐 내내 걱정했는데 이제는 안심해도 되겠다 싶었다.

"잠깐 개마대를 뒤로 물리고 적이 싸움을 걸어올 때까지 걸낫과 갈고리를 든 군사를 내보내라."

양광은 느긋하게 여동군 개마대에 맞설 준비를 하려는 것이었다. 개마대끼리 부딪치는 사이 걸낫과 갈고리를 든 군사들이 달려가 개마대 군사를 끌어내리는 것이 가장 좋다. 그것은 우문술이 몸소 개마대끼리 싸움을 시켜보면서 생각해낸 방법이었는데, 효과가 매우 좋았다.

뜬다리를 건너려던 개마대 군사들이 물러서고 걸낫과 갈고리를 든 군사들이 줄지어 달려나갔다. 뒤로 물러난 여동군도 싸움새를 벌이는 중이다. 싸움터는 한동안 화살도 날지 않고 군사들의 뜀박질만 바빴다.

너무 쉽게 군사들이 강을 건너자 도리어 의심스러운 생각이 드는데, 아니나 다를까, 강 위쪽에서 집채만 한 것들이 수백 개나 둥둥 떠내려오고 있었다.

"어쭈, 그래도 할 짓은 다 하는구나! 봐라, 저 머저리 같은 것들을!"

양광이 놀라기는커녕 비꼬는 소리를 했다.

"참으로 멍청하기 짝이 없는 것들이다. 네놈들의 꾀는 그럴 듯하나 너무 늦었다. 이렇게 손발이 안 맞아서야 무슨 싸움을 하겠느냐, 하하하!"

양광과 부하장수들이 배를 두드리며 웃었다. 마른나무를 가득 실은 뗏목이었으나 이미 1만 개마대와 2만여 군사가 다리를 건너 저쪽 언덕에 오른 뒤가 아닌가. 세 줄기 붉은 핏물이 흘러 물에 번지듯, 붉은 전포를 입은 수군이 강 저쪽에서도 전투 대열을 갖추고 조금씩 여동군을 밀어붙이고 있다. 여동군은 이미 화살 한바탕 거리가 넘게 강에서 물러난 뒤였다. 더구나 불화살은 기름 먹인 베를 두껍게 감은 것이다. 여동군의 불화살이 덤불을 실은 뗏목들에까지 닿는다는 것은 꿈에도 생각할 수 없는 일이었다.

"화살이 목에 박힌 뒤에야 방패를 드는 꼴입니다."

"저것들도 군사라고 싸우는 흉내를 내는가 봅니다."

모두들 느긋한 마음으로 입만 부지런히 놀렸다.

그사이 마른나무를 실은 뗏목이 다리 가까이 떠내려왔다.

뗏목에 오른 수군들이 칼을 휘둘러 나무와 덤불더미를 흩어버리려 했으나 헛수고였다. 여동군이 밧줄이 아닌 쇠사슬로 뗏목에 나뭇단을 묶었기 때문이다. 수군들은 급한 대로 제 뗏목에다 나뭇단을 실은 뗏목을 비끄러매고 강가로 끌어내기 시작했다.

"고구려놈들이 마른나무를 해서 바치는 꼴입니다."

"날도 추운데 잘되었습니다. 오늘부터 땔나무 걱정은 하지 않아도 되겠습니다."

양광 곁에 늘어선 장수들은 군사들이 하나둘 끌어내오는 뗏목을 보며 부지런히 귀맛 좋은 소리들을 올려바쳤다.

그때 콰-앙, 콰-앙, 문득 여동군 쪽에서 징소리가 요란하게 울렸다.

벌써 달아나겠다는 것인가? 양광과 부하장수들은 서로 얼굴을 쳐다보았다. 강을 건넌 수군은 이제 겨우 3만 5천을 헤아릴 정도였으니 15만 여동군이 벌써 달아나지는 않을 것이었다.

잠깐, 머리를 갸웃거리며 눈썹을 모으던 장수들의 눈이 크게 떠졌다. 멀리 강 아래쪽에서 눈부신 빛무리가 나타나더니 곧게 달려오고 있었다. 어디로 숨었는가 했더니 마침내 여동군 개마대가 그 모습을 드러낸 것이다.

"흥, 같잖은 놈들! 그토록 잘난 척하던 네놈들도 오늘로 끝장이 날 것이다. 모두들 잘 봐두어라."

양광의 말을 알아듣기라도 한 듯 우문참이 때를 놓치지 않고 개마대를 움직이기 시작했다. 수군 개마대는 병아리를 본 독수리처럼 사납게 내달려갔다. 양광은 오늘에야말로 지난날의 설움을 톡톡히 갚게 되었노라고 엉덩이를 들썩거리며 어깨춤을 추었다.

1만 개마대가 적과 싸우는 사이 하나라도 더 군사들을 내보내 여동군 개마군사들을 말에서 끌어내려야 한다. 걸낫과 갈고리를 든 군사들도 다리가 미어지게 내달렸다.

강 아래쪽에서 수군 개마대와 여동군 개마대가 맞부딪치기 시작했을 때였다. 땅에서 솟았는지 하늘에서 떨어졌는지 갑자기 강 위쪽에 1천 기마대가 나타나더니 돌개바람처럼 휘몰아쳐왔다. 윤경호가 이끄는 기마대였다. 이들은 사흘 전 적을 휩쓸고서도 꾸중을 들었던 원한까지 보태 엉뚱한 수군한테 되갚음을 하려 들었으니 사납기가 짝이 없었다. 궁수들 뒤에서부터 달려왔으나 너무 빨랐으므로 강 아래쪽에서 벌어진 개마대들의 싸움에 잠깐 정신이 팔렸던 수나라 군사들은 이들이 어디서 왔는지조차 모르고 허둥거렸다.

개마대를 끌어내리려고 준비했던 걸낫과 갈고리를 든 군사들이 달려가 막으려 했으나 이들이 자리를 잡기도 전에 달려온 윤경호의 기마대는 양떼에 뛰어든 호랑이처럼 날뛰었다. 수군들은 엉겁결에 걸낫을 휘두르고 갈고리를 던졌으나, 이들은 말에게까지 갑옷을 입힌 개마대처럼 느림보 거북이가 아니었다. 번개처럼 앞뒤로 내달리며 창을 휘둘러 수군의 전투 대열을 깨뜨려버렸다.

윤경호의 기마대 뒤를 따라 300여 개마군사들이 손에 활을 들고 달려나오는 것이 보였다. 뿌연 흙먼지와 함께 시꺼먼 연기가 오르는 것으로 보아 덤불더미에 불을 지르려는 것이 틀림없었다.

"빌어먹을! 그만 싸우고 빨리 저놈들부터 막아라."

양광은 개마대를 빼내 막으라고 명령했으나 이미 싸움판에 어우러진 뒤다. 징을 두드리고 깃발을 휘저어 신호를 보냈으나 명령대로 뒤로 빠져나오는 개마대는 보이지 않았다.

"큰일이다. 개마대부터 강을 건너게 하라. 어서어서 저것들을 막아라."

양광이 소리소리 지르자 부교 앞에서 잠시 대기하고 있던 개마대가 곧바로 알아듣고 강을 건너기 시작했다. 개마대가 뒤에서 사납게 몰아치는 바람에 제 발로 뛰던 군사들이 개 잡는 소리를 지르며 강물 속으로 나가떨어진다. 그러나 사납게 달려가던 개마군사들도 다리를 건넌 뒤에는 제 편 군사들에 얽혀 어쩌지 못하게 되었다. 말발굽에 채여 넘어지는 군사도 많고, 제가 살겠다고 개마군사들한테 낫을 들이대는 놈도 있었다. 수군 개마대는 소원대로 강을 건넜으나 생각처럼 빠르게 강 위쪽으로 달리지 못했다.

되짚어보면 일찍 강을 건넌 1만 개마대가 강 아래쪽에 나타난 여동군 개마대를 보고 너무 반가운 나머지 앞뒤 가리지 않고 모두 달려간 것이 큰 잘못이었다.

강 아래쪽으로 달려간 수군 개마대는 예전에 여동군이 했던 대로 모두 제 키의 두 배나 되는 긴 창을 들고 싸움판에 뛰어들었다. 그러나 긴 창은 말 아래의 군사를 베고 적의 말을 찌르는 것이었으니, 개마대끼리 어울려 싸울 때는 그다지 쓸모 있는 물건이 아니었다. 하나만 알고 둘은 몰랐던 수군 개마대와 달리 여동군 개마대는 처음부터 수군 개마대와 싸울 셈으로 모두 창 대신 걸낫을 들고 나왔다. 걸낫도 말 탄 군사들을 끌어내리는 자루만 기다란 걸낫이 아니었다. 창날처럼 양쪽에 날이 서 있었는데, 낫날의 방향이 낫자루와 직각이 되게 누워 있었으니, 보병들이 사용해온 걸낫과는 생김새와 쓰임새가 전혀 달랐다. 새로 만든 걸낫은 보병이 땅에서 말에 탄 군사를 끌어내리려면 오히려 날카로운 날 대신 넓적한 볼이 닿게 되어 살상 효과가 떨어지기 마련이었다. 그러나 말에 탄 사람이 이 걸낫을 손에 들고 달리면 곁을 지나는 말의 다리나 사람의 다리가 정확히 낫날에 직각으로 닿게 되어 베어지고 만다. 오랜 연구와 노력 끝에 만든 새로운 무기였다.

서로가 말에게까지 갑옷을 입혔으므로 창에 맞아도 아프다는 놈이 없었으니 수군 개마대 군사들이 든 긴 창은 아무 쓸모가 없었다. 여동군 개마군사들은 맞닥뜨려 싸우지 않고 온몸을 숙인 채 내려뜨린 걸낫을 움켜쥐고 수군 곁을 스쳐 나가기만 했다. 수군들이 창으로 찔러도 투구나 어깨에 맞아 창끝이 미끄러질 뿐이다. 그러면서 풀을 후리듯 걸낫으로 수군 개마대의 말 다리만 후리고 지나갔다.

"이놈들, 어디로 달아나느냐?"

"나는 네 어미와 붙겠다!"

1만 개마대를 이끌고 나섰던 수군 개마대장 우문참과 부장 이연걸은 화끈하게 맞서 싸우지 않고 번개같이 제 곁을 스쳐 지나가는 적들을 보고 욕을 퍼부었다. 그래도 그때가 봄날이었다. 말이 뛰지 못하고 나둥그러졌으니 이제는 뒤따르는 여동군 개마대의 말발굽에 채이지 않으려고 이리저리 풀밭의 메뚜기처럼 뛰느라 욕할 틈도 겨를도 없었다. 일찍 땅에 떨어진 이연걸은 말발굽에 밟혀 먼저 저승으로 떠났다. 우문참도 다른 군사들과 함께 말에서 굴러떨어졌으나 몸이 날랜 장수답게 벌떡 일어나 이리 뛰고 저리 뛰었다. 세 배나 무거워진 갑주 때문에 생각처럼 몸이 움직이지 않았지만 젖 먹던 힘까지 짜내 팔짝팔짝 뛰었다. 우문참은 운 좋게도 여동군 개마대의 말발굽에서 벗어나 겨우 목숨을 건졌다.

"나는 네놈들의 8대 조상하고 붙어먹었다!"

우문참은 거친 숨소리로 욕을 내뱉었다. 그러나 그가 한숨 돌리기도 전에 여동군 군사들이 새까맣게 밀려왔다. 이번에는 대충 휩쓸고 지나가는 놈들이 아니라 땅에 떨어진 이삭을 줍겠다고 덤벼드는 보병들이다. 걸리는 날에는 조상이 살피고 부처가 돌봐도 불쌍한 목숨 건지기가 어렵다.

"이놈들아, 대장을 모시고 가야 하지 않느냐?"

이번에는 앞서 도망치는 제 부하들한테 욕을 퍼부으며 죽어라 내달렸다. 달아나면서 앞을 보니, 아뿔싸! 여동군 개마대 한 무리가 방향을 바꿔 제 앞으로 먹구름처럼 몰려오고 있다. 왼쪽으로 방향을 바꾼 우문참은 서슴없이 강물 속으로 뛰어들었다. 허리밖에 안 차는 곳이라 코가 깨질 뻔했다. 잽싸게 일어나 달아나는데 갑자기 몸이 천근처럼 무겁다. 세 배나 무거운 갑주 탓도 있지만, 갑주 속에 옷을 너무 껴입은 것이 문제였다. 혹시 고구려군의 화살이 갑옷을 뚫더라도 살까지 닿는 거리를 두기 위해 몽땅 껴입은 옷이 잔뜩 물을 먹은 것이다.

"에미를 붙을!"

버릇대로 욕부터 튀어나왔다. 입으로 욕을 하면서도 부지런히 손발을 놀려 귀찮은 갑옷을 벗었다. 저고리는 어렵지 않게 벗었으나 바지를 벗기는 여간 어렵지 않았다. 몇 번이나 엎어지고 자빠지며 겨우 벗어던졌다.

몸이 가벼워진 우문참은 정신없이 내달렸다. 물이 목까지 차오르자 쑥쑥 헤엄치며 나갔다. 그런데 이게 웬일인가. 앞에 가는 놈만 피하면 될 줄 알았는데 갑자기 옆에서 어깨를 찍어 누르는 놈이 있었다.

"놔라, 이놈! 내가 누군 줄 아느냐?"

목청껏 소리를 쳤으나 그가 놈을 모르듯 놈도 우문참을 몰라보았다. 모두 투구까지 벗어던졌으니 장수와 졸개를 알아볼 재간이 없다. 말귀가 어두운 놈은 매로써 가르치는 법이라 대가리를 한 대 쥐어박았더니 그제야 떨어졌다. 그러나 구려하 강물 속에는 쫓겨온 군사가 너무 많았고 예절을 모르는 무식한 놈도 너무 많았다.

여동군 군사들한테 쫓기느라 진작부터 목구멍에서 겻불내가 나게 달아 있던 우문참이다. 미리 강물에 뛰어들어 기다리고 있던 놈들 덕분에 차가운 강물을 배가 터지게 마셨다. 저도 옆의 놈을 찍어누르고 잠깐잠깐 숨을 쉬었으나 팔다리에서 자꾸 맥이 풀렸다. 자기처럼 헤엄 잘 치는 사람이 물에 빠져 죽으리라고는 생각도 못했다. 개마대 대장이 말 위에서 죽지 못하고 물에 빠져 죽는 것도 눈 못 뜨게 부끄러운 일이다.

"어찌 나에게 이런 일이! 아아, 하늘이여!"

우문참은 생각나는 대로 부르짖었다.

마침내, 우문참의 부르짖음이 하늘에 통했는가? 후두둑! 후

두둑! 여동군의 화살이 소나기처럼 쏟아졌다. 헤엄 잘 치는 우문참이 물에 빠져 죽는 것은 면하게 되었으니, 개마대장이 말 위에서 죽지 못했다고 크게 아쉬워할 일도 아니었다. 더구나 양광 앞에 끌려가서 모가지가 군문에 내걸리는 낯부끄러운 일을 겪지 않아도 되었으니, 다행이라면 다행스러운 죽음이었다.

여동군은 수군 개마대를 보면 아비 죽인 원수를 만난 듯 끈질기게 쫓아다녀 저승길로 보냈다. 먼저 강을 건넌 수군 개마대 가운데 끝까지 살아남은 자는 열에 하나도 되지 못했다. 수군 개마대는 숨 돌릴 새도 없이 부서지고 짓밟혔으니 강 위쪽에서 무슨 일이 일어나는지 전혀 알 수 없었다. 설혹 알았다 하더라도 제 목숨을 건지기 어려운 판에 누구를 돕고 자시고 하겠는가?

위쪽에서는 윤경호의 1천 기마대가 성난 호랑이처럼 날뛰는 사이, 강 언덕에 닿은 3백 개마대는 쉬지 않고 불화살을 쏘아올렸다.

"저놈들이 다리에다 불을 지른다. 빨리 막아라."

수군 장수들이 군사를 모아 달려왔으나 반갑게 맞이한 것은 이번에야말로 공을 세울 때라고 벼르던 윤경호의 1천 기마대였다. 하도 무섭게 들고 날뛰었으니 엉겁결에 달려온 수군 군사들은 한 발짝도 다가서지 못하고 주춤거리며 뒤로 물러났다.

잠깐 사이에 하늘은 검은 연기로 뒤덮였다. 구려하에서도 불길과 연기가 솟아올랐다. 마른나무와 덤불을 가득 싣고 물을 따라 흘러내리던 뗏목들이 연기를 뿜으며 타기 시작한 것이다. 뗏목을 끌어내던 수군 군사들이 비명을 지르며 강물 속으로 뛰어들었다.

뗏목마다 불이 붙은 것을 보고 개마군사들이 한꺼번에 철거덕거리며 말을 돌려 달렸다. 몇몇 수군 장수가 군사를 몰아 세웠으나 엉거주춤 막아섰던 수군들은 힘도 써보지 못하고 땅에 코를 박으며 길을 터주고 말았다. 50명씩 작은 대로 나뉜 윤경호의 기마대가 더욱 신바람이 나서 미친 듯이 쏘다녔으니 막아서기는커녕 숨을 자리부터 찾아야 했다. 불화살을 쏘고 난 여동군 개마군사들은 갈대밭을 달리듯 대열이 깨진 수군 군사들을 짓밟으며 제자리로 달려가버렸다.

마침내 연기가 먹구름처럼 하늘을 가리고 살을 익히는 열기가 구려하를 태우기 시작했다. 맨 위쪽의 뜬다리를 달리던 개마대는 바로 곁에서 뗏목을 저어가던 군사들을 깔아뭉개며 강물 속으로 곤두박질쳤다. 먼저 뛰어든 자들은 물 위로 솟구치기도 전에 나중에 뛰어든 자들의 몸뚱어리를 받아내며 강물 속으로 가라앉았다. 3월이라 해도 얼음이 둥둥 떠 흐르는 강물은 살을 에듯이 차갑다. 엉겁결에 말에서 떨어진 군사들은 무거운 갑옷을 이기지 못하고 허우적거리다 가라앉았으며,

뗏목을 타고 가다 날벼락을 만난 군사들도 반쯤은 몇 번 허우적거리지 못하고 뻣뻣이 굳어서 물 위로 떠올랐다.

뿌지직, 뿌지직, 소리를 내며 타던 맨 위쪽의 뜬다리가 마침내 몇 개씩 뗏목으로 흩어져 아래쪽으로 흐르기 시작했다. 가운데 뜬다리는 떠내려오는 뗏목에 쿵쿵 찧여 크게 흔들렸으나 부서지지는 않았다. 함께 흘러내려온 덤불더미도 불길이 제법 약해졌다. 그러나 아직도 뜨거운 불길 때문에 군사들은 가운데 뜬다리를 건너지 못하고 강물 속으로 뛰어들었다.

수나라 군사들은 맨 아래쪽에 있는 뜬다리 하나와 턱없이 느린 뗏목을 타고 강을 건넜다. 잔뜩 믿었던 개마대가 힘없이 무너진 데다 불붙어 타고 있는 뜬다리는 수군들의 사기를 크게 꺾어놓았다. 잔뜩 놀란 그들은 여동군의 창날이 닿기도 전에 차가운 강물에 뛰어들어 그길로 저승길을 밟았다.

"무엇들 하느냐? 어서어서 강을 건너라!"

양광이 펄펄 뛰는데 여동군 진영에서 징소리가 한바탕 소란스럽게 울리고 깃발들이 어지럽게 춤췄다.

"저놈들이 또 무슨 짓을 하는 것이냐? 어서어서 막아라!"

양광이 고래고래 소래기를 질렀다. 어지러운 징소리가 일어나자 눈을 더욱 가늘게 뜨고 싸움터를 살피던 우문술이 양광을 달랬다.

"황상, 조금만 기다려보십시오. 저들이 물러날 것 같습니다."

오국지 1

"물러나다니? 저놈들이 뭐가 답답해서 물러난다는 말이냐? 뭔가 또 다른 계략이 숨어 있을 것이다."

양광이 걸고들자 우문술이 싸움터를 가리켰다.

"아까부터 저들의 움직임이 조금씩 굼떠졌습니다. 개마대와 기마대가 이제 마음대로 달리지 못하는 것 같습니다."

"어째서? 누가 공을 세웠느냐?"

"잘 살펴보십시오. 저들은 공격을 멈추고 뒷수습을 하고 있습니다. 곧 뒤로 물러날 것입니다."

그러나 양광이 아무리 눈을 크게 뜨고 샅샅이 살펴보아도 용감하게 나서서 적을 밀어붙이는 수나라 군사는 하나도 보이지 않았다. 왠지 모르겠으나 여동군은 저 스스로 공격을 멈췄을 뿐이다. 이제는 누구의 눈에도 여동군이 싸움을 멈추고 물러날 채비를 하는 것이 여실히 보였다. 뭔가 다른 계략이 있어 보이지도 않았다. 설혹 매복을 하고 유인책을 쓰는 것이라 해도 뒤쫓아 나갈 수군이 하나도 없으니 적의 계략에 걸려들 까닭도 없었다. 수나라 군사들의 코앞에서도 여동군은 동료들의 시체를 수습하고 땅에 떨어진 병장기까지 챙겨가는 만용을 부리고 있었다.

"하늘이 우리를 돕는 것이다!"

양광이 좋아라 말했으나, 우문술은 듣지 못한 척 얼굴을 돌리고 딴청을 부렸다.

사실 여동군이 물러나도록 공을 세운 것은 죽어 널브러진 수나라 군사들의 주검이었다. 살아서 공을 세우지 못하고 죽은 송장이 되어 고구려 개마대와 기마대의 발목을 움켜잡은 셈이다. 마음껏 내달리며 수군을 짓밟던 1만 개마대와 3만 기마대가 차츰 겹겹이 쌓이는 주검 때문에 움직임이 너무 느려지자 하는 수 없이 싸움터를 벗어나기로 결정한 것이다.

여동군이 스스로 싸움을 끝내고 뒷수습에 들어가자, 강을 건너 싸움판에 뛰어들었던 수나라 군사들은 오히려 한 걸음씩 뒤로 물러났다.

"적의 속임수에 넘어가지 마라."

"함부로 적을 뒤쫓지 말고 본진이 모두 강을 건너기를 기다려라."

잔뜩 겁을 집어먹은 수군들은 이리 뛰고 저리 뛰며 대오를 갖추기에만 바빴다. 병진을 이룬 뒤에도 그저 북을 울리며 나머지 군사들이 모두 강을 건너오기를 기다릴 뿐이었다. 바로제 코앞에서 싸움터를 청소하는 여동군을 보면서도 공격은커녕 욕지거리도 하지 못했다.

"대장군, 그 보고는 틀렸다. 우리는 보병 8만을 잃었을 뿐 개마대는 하나도 잃지 않았다."

보병 7만과 개마군사 1만을 잃었다는 보고를 듣던 양광의 딴소리였다.

"여러 장군도 우리가 정말 개마대를 1만이나 잃었다고 생각하느냐?"

장수들은 모두 제 귀를 의심했다. 믿고 싶지 않았지만, 개마대 1만이 쓰러지는 것을 모두가 두 눈 멀거니 뜨고 쳐다볼 수밖에 없지 않았던가.

"정신들 차려라! 일승일패는 병가의 상사! 호랑이한테 물려가도 정신만 차리면 산다고 했다!"

양광이 쇳소리를 냈다. 웬일인지 싸움에 이긴 사람처럼 기운이 펄펄 넘쳤다. 도대체 무슨 소린가. 기분 좋은 낯빛과 사납지 않은 말투로 보아 첫 전투에서 실패한 것에 대한 책임 추궁을 하지 않겠다는 뜻은 알겠는데, 개마대를 잃지 않았다고 우기는 것은 정말 무슨 감투끈이란 말인가.

"그래, 아직도 모르겠느냐? 쯧쯧쯧, 어리석은 것들! 그래가지고 어찌 싸움터에 나왔느냐?"

자꾸 이죽거리는 것을 보면 누구에게 무슨 벼락이 떨어질지도 모른다. 개구리 뛰는 방향을 짐작 못하는 것처럼 양광의 변덕은 종잡을 수가 없다. 양광이 웃어댈수록 장수들은 자꾸 불안해졌다.

"개마군사들은 죽었으나 그 병장기는 하나도 잃어버리지 않았다. 개마대의 병장기를 걷어다 기마대 1만을 무장시키면 된다. 이제야 알겠느냐? 아하하하!"

위로도 여러 가지다. 양광의 너털웃음은 그칠 줄 몰랐다. 여동군이 자기들의 병장기만 챙겨가고 수군들의 병장기에는 거의 손을 대지 않았으니 양광의 말도 크게 틀린 것은 아니었다.

수군이 모두 구려하를 건넜을 때 여동군은 이미 진을 거두어 자취도 없이 사라졌다. 수많은 척후대를 내보냈으나 여동군의 모습을 발견했다는 보고는 전혀 없었다. 구려하에서 열수까지는 물론 열수 건너 어디에서도 여동군의 그림자조차 볼 수 없었다.

보이지 않는 것은 여동군만이 아니었다. 씨 뿌리기에는 이른 때지만 부지런한 농사꾼이라면 논둑을 손보고 밭을 갈아야 하는 철이다. 그러나 들판에 즐비하게 늘어선 농막에서도, 산에 있는 사냥꾼들의 움막에서도 사람은커녕 흘리고 간 숟가락 하나, 주인 없이 떠도는 개 한 마리 찾아볼 수 없었다.

여동군이 멀찌감치 도망쳐버렸으므로 양광은 느긋하게 구려하에 늘어선 성의 크기와 지형의 험준함을 고려해 군사를 배치했다. 특히 우문술은 대장장이들을 모아 여동군이 들고 나타났던 걸낫과 똑같은 것을 만들게 하고 20만 개마대의 훈련을 도맡았다.

252 　　　　　　　　　　　　　　　　　　오국지 1

막리지 을지문덕의 계책

열수를 건너 뒤로 깊숙이 물러난 여동군은 다시는 싸움터에 얼굴을 내밀지 못했다. 오랑캐 군사들이 신성, 개모성, 요동성 등 다섯 성을 들이치고 있었으나, 따로 명령이 있을 때까지 절대 나서지 말라는 태왕 천하의 천명이 내렸기 때문이다.

5월이 되자 막리지 을지문덕이 여동군 진영을 찾아왔다. 강이식이 반가운 얼굴로 맞았다.

"어서 오시오. 꼭 한번 만나고 싶었소이다."

"참으로 수고가 많소. 도원수와 여동군 군사들을 위로하고자 이렇게 찾아왔소."

빈말이 아니다. 을지문덕이 끌고 온 소수레는 300여 대나 되었는데 모두 술이 실려 있었다.

"지난번 구려하에서 적을 크게 쳐부순 도원수께 고맙다는 말도 하지 못했소이다. 이 게으른 사람을 용서하시오."

"아사달을 짓밟는 오랑캐를 눈앞에 두고도 싸우러 가지 못하는 사람에게는 칭찬으로 들리지 않소이다. 거두어주시오."

강이식은 불만이 많았다. 오랑캐들이 무슨 지랄을 하건 나가 싸우지 말라는 태왕 천하의 천명 뒤에 을지문덕이 있다는 것을 알고 있었기 때문이다. 뿐만 아니라 을지문덕에게 나가 싸우겠다고 말한 것도 아닌데, 여러 번 따로 전령을 보내 적을 치지 못하게 해온 것이다.

"구려하의 성들이 언제 넘어갈지 몰라 잠이 오지 않소이다. 막리지는 왜 그토록 나가 싸우지 못하게 하시는 것이오? 우리가 적을 치고 물러나면 적은 우리 뒤를 따라 안으로 깊숙이 들어올 것이고, 그러면 적을 분산시켜놓고 때려잡을 수 있을 텐데 말이오."

그러나 을지문덕은 그저 빙긋이 웃으며 말했다.

"오랜만에 도원수를 만났으니 함께 말이나 달려봅시다."

두 사람은 곧바로 말에 올라 한참을 달렸다. 한 언덕에 이르러 말에서 내린 도원수가 경계군사들을 물렸다. 큼직한 섬돌에 걸터앉아 시원한 바람에 땀을 식히던 을지문덕이 한가롭게 말을 꺼냈다.

"따뜻한 햇살에 시원한 바람, 참으로 좋소이다."

"그렇소. 나뭇잎이 한껏 어우러지고 풀이 무릎을 덮으니 군사들이 나가 싸우기에도 좋을 것이오."

강이식이 대뜸 말 머리를 돌렸다. 수풀이 무성하니 은밀하게 다가가 기습 공격하기에 좋다는 뜻. 참을 만큼 참았고 기다릴 만큼 기다렸다는 의미다.

"벌써 두 달이 지났소. 구려하의 여러 성은 더 버티기가 어려울 것이오. 계속 머뭇거리다가는 뉘우쳐도 소용이 없을 것이오."

"15만 여동군은 무엇과도 바꿀 수 없소이다. 요동성이나 신성 등이 오랑캐 수중에 들어간다고 해도 나는 결코 여동군을 움직이지 않을 것이오."

"무슨 말씀을 그리 하시오?"

강이식이 버럭 성을 내며 일어섰다.

"막리지는 갇혀 있는 성안의 백성들은 안중에 없단 말이오? 나는 막리지를 누구보다도 백성을 위하는 사람으로 알고 있었는데, 내 생각이 틀렸던 모양이오. 나는 막리지가 온다기에 함께 싸우러 나가는 줄 알고 목을 빼고 기다렸소. 내일 아침에는 요동성으로 나갈 터이니 더는 말리지 마시오."

강이식은 그 자리에서 결정을 내렸다. 그 또한 같은 막리지이니 굳이 을지문덕의 명령을 받아야 하는 것도 아니다. 더구나 병마도원수로서 여동군을 움직임에 있어서 을지문덕의 도움말은 듣지 않으면 그뿐이다. 태왕 천하의 천명이 맘에 걸리지만, 싸움터에 나선 장수는 일일이 천명을 받들지 않아도 된다.

"좋소이다. 도원수는 내일이라도 나가 싸우시오."

"함께 가지 않겠소? 막리지도 저들이 싸우는 것을 봐두는 것이 좋을 것이오."

뜻밖에 을지문덕이 선뜻 물러서며 나가 싸우라고 하자 강이식은 곧 누그러졌다. 기뻐하는 강이식을 보며 을지문덕은 문득 엉뚱한 소리를 했다.

"지난 한 달 동안 나는 한밝산에 가서 살았소이다."

오랑캐가 쳐들어와 나랏일이 바쁜 터에 그 깊은 한밝산에 다녀왔다니? 더구나 한 달씩이나 묵었다면 무언가 다른 뜻이 있었을 것이다. 신선도인이 되려는 것도 아니고, 무엇 때문이었을까?

"혹 신선도인들을 모시러 갔었소?"

"어찌 아시었소?"

"신선도인들이 도와주겠다고 하더이까?"

"그렇소."

을지문덕이 머리를 크게 끄덕였으나 강이식은 제가 먼저 묻고도 되레 갈피를 잡지 못했다. 신선도인들이 싸움판에 나선다는 것은 도무지 말이 안 되는 소리였기 때문이다.

"때가 되면 그분들이 몸소 신크마리의 신분으로 여동군에도 찾아올 것이오. 도원수는 그분들의 참모습을 모르는 척할 것이며, 장수들에게도 을지 아무개가 따로 보낸 신크마리들로 알리고, 다만 정성을 다하여 모시도록 하시오."

"물론이오. 받들어 모심에 티끌만치도 어긋남이 없을 것이오, 그러나……"

믿기 어렵다! 신선도인들은 마음대로 산을 날아다니고 한 주먹에 바위를 쪼개는 도술을 부린다. 제아무리 뛰어난 싸울아비도 그들에게는 감히 견줄 수조차 없다. 그러나 어지러운 속세에는 결코 그 모습을 드러내지 않는 것이 신선도인들이다. 온 누리의 부귀영화를 티끌로밖에 여기지 않는 그들은 그 결벽이 지나치게 컸으므로 온 누리가 깨져나가도 눈썹 하나 까딱할 리가 없다. 서토의 오랑캐들이 쳐들어와 아사달을 짓밟고 조선 백성들을 모두 죽여도 그저 하늘의 뜻이라며 돌아보지 않을 것이다.

"믿기지가 않소이다. 막리지는 어떻게 그분들의 마음을 움직이셨소? 혹시, 그래서 상투를 틀고 있는 것이오?"

을지문덕이 상투를 풀고 머리를 기른 것은 금군대장에서 물러나 유성을 뒤찾고 신크마리에 오른 뒤 심신을 닦으러 산에 들어갔을 때부터였다. 그때는 머리를 손질할 겨를이 없어서였지만 천명으로 산을 내려와 막리지에 오른 뒤에도 상투를 올리지 않았다. 머리 위에 상투가 있거나 말거나 늘 하늘 숨에 닿아 있으면 그만이라는 생각에서였다. 신크마리 중에도 상투를 올리지 않고 머리를 기르는 사람이 더러 있었지만 조정의 벼슬아치 중에는 을지문덕이 유일했다. 그래서 치렁하게 늘어뜨린 흰머리는 을지문덕의 상징이기도 했다. 그런 을지문덕이

상투를 올리고 나타났으니 궁금하기 짝이 없었지만 대놓고 물어볼 수도 없었던 것이다.

신선도인들은 오히려 상투를 올리지 않았지만 을지문덕은 공들여 상투를 올렸다. 정수리에 올리는 상투는 곧 솟대이니 하늘 숨을 쉬는 하늘백성의 상징이다. 제사상 앞에서 연기를 피워올리는 향로나 정갈한 모래 위에 풀을 묶어세우고 술을 붓는 솟대나 모두 같은 의미다. 을지문덕은 정수리에 상투를 올림으로써, 형식을 초월한 도인의 모습이 아니라 조선나라 백성임을 강조한 것이다. 이후 을지문덕은 다시 상투를 풀지 않았다. 상투를 풀면 말끔하게 배코를 쳤던 자리가 다 드러나 머리가 자랄 때까지 아주 우스꽝스러운 몰골이 된다.

을지문덕이 고개를 크게 끄덕임으로써 상투머리에 대한 궁금증은 풀렸으나 강이식은 오히려 더 큰 의문이 일었다. 세속을 초월한 신선도인들이 전쟁에 참여한 일은 유사 이래 없지 않았던가?

한밝산에 찾아간 을지문덕은 오로지 지극한 정성만이 그들을 움직이는 줄 알고 있었다. 머리가 허연 늙은이도 숫제 철없는 어린아이로밖에 여기지 않는 신선도인들에게 막리지라는 벼슬은 오히려 거추장스러운 것일 수밖에 없다. 아사달을 짓밟는 오랑캐의 함성도 바깥세상의 일이었으니 입 밖에 내어서는 안 될 것이었다.

골짜기에 들어서서 처음 만난 신선도인은 천지화(天指花. 무궁화) 그늘 속에 움막을 짓고 살고 있었다.

"무엇을 훔치러 왔느냐?"

"이미 훔친 것을 보고자 할 따름입니다."

"어리석은 것. 그 눈으로 무엇을 보겠느냐?"

을지문덕은 이내 입을 다물고 다시 엎드려 절을 올렸다. 쫓겨나지 않은 것만도 다행이다 싶었다.

그날부터 을지문덕은 골짜기에 머물면서 몸과 마음을 닦았다. 오가며 마주치는 신선도인들은 을지문덕이 정성껏 절을 올렸으나 아는 체도 하지 않았다. 섣불리 말을 붙일 수도 없는 일이었다. 바깥일 생각에 마음이 바빴으나 얼굴에 내비쳐서도 안 되었다.

얼마나 많은 날짜가 지났을까.

"한낱 조개도 뱃속의 모래를 진주로 만드는데. 그대 가슴의 응어리는 도리어 몸을 해치는구나. 삭일 수 없거든 그만 뱉어내거라."

"200만이나 되는 오랑캐들이 몰려왔습니다. 그 많은 서토 오랑캐들을 아사달의 적은 군사로 막으려면 죄 없는 목숨을 너무 많이 잃게 됩니다. 가엾게 여기고 도와주십시오."

머리를 조아린 을지문덕이 '고구려 군사'라 하지 않고 굳이

'아사달의 군사'라고 아뢰었다. 이는 하늘자손과 오랑캐 사이의 싸움이지 한낱 나라끼리의 싸움이 아님을 되새겨주려는 것이었다.

"목숨이라 하였느냐? 저들에게는 목숨이 없다더냐?"

을지문덕은 감히 입을 열지 못했다.

"목숨에는 위아래가 없다. 알겠느냐? 옛적에는 사람이 짐승의 굴에도 놀러 다니고 그 고기와 피도 마음대로 쓸 수가 있었느니라."

그때는 사람도 짐승에게 고기와 피를 내주었다. 저들이 나에게 필요하듯이 나 또한 저들에게 필요한 때문이다. 자기를 잡아먹는 짐승한테도 '먹을 만한가?' 하고 물을 수 있다면 옛시절 사람이라고 할 만하다. 호랑이의 밥이 되는 토끼도 자연으로서의 순응이다.

"이곳 사람들이 하늘을 날고 바위를 깨뜨리는 것은 저절로 그리 되는 것이지 따로 재주를 익혀서가 아니다. 오랑캐도 한낱 벌레가 아닌 사람의 목숨이니 어찌 함부로 저들의 목숨을 빼앗겠느냐? 까닭이야 어찌 되었든 산목숨을 해치는 것은 이곳 사람들에게 스스로 목숨을 끊으라는 것이나 마찬가지다."

말씀은 그리 해도 이미 허락할 마음이 없었다면 묻지도 않았을 것이다. 을지문덕은 안간힘을 다해 매달렸다.

"한낱 짐승이 위험에 처해도 제 목숨을 돌보지 않고 뛰어들어 구하는 것은 그저 목숨을 아끼는 마음 때문입니다. 피 흘리며 죽어갈 목숨들을 가엾이 여겨주십시오."

"때가 되면 도인들이 산을 내려갈 것이다. 하나 그대는 머리가 세어서도 티끌에서 벗어나지 못하고 스스로 목숨을 재촉하는구나. 온 누리가 그대의 눈꺼풀 하나에도 미치지 못하는 것임을 깨달아야 할 것이다."

마침내, 허락이 떨어졌다. 을지문덕은 엎드려 절하고 물러나왔다. 그러나 한밝산의 일은 속인들이 함부로 입에 올리는 것이 아니다.

"한밝산은 검스러운 곳이며 신선도인들은 무척 까다롭소이다. 도원수도 절대 입 밖에 내지 않도록 조심하시오."

을지문덕이 거듭 당부하고 나서 물었다.

"도원수는 저들의 군사가 얼마나 된다고 생각하시오?"

"창을 들고 싸우는 군사만도 100만에서 130만으로 보고 있소이다."

"우리가 저들을 평양까지 끌어들인다면 압록수를 넘어설 군사는 얼마나 되겠소?"

"구려하의 여러 성을 손에 넣지 못한다면 보급로를 더욱 잘 지켜야 할 것이오. 따로 수로군을 내어 도울 터이니 압록수를 넘는 자들은 아마 30만에서 50만쯤이 될 것이오."

강이식의 거침없는 정세분석에 을지문덕이 머리를 크게 끄덕였다.

"그들을 모조리 휩쓸어 본때를 보인다면 다시는 이 땅을 넘보지 못할 것이오."

"모조리 휩쓸어 본때를 보인다? 어려운 일이 아니겠소. 게다가 저들의 수로군까지 대동강으로 들어갈 테니 오히려 평양까지 위험할 것이오."

"저들이 욕심을 내 압록수를 넘었다가는 하나도 살아남지 못할 것이니 도원수는 근심하지 마시오. 그동안 적을 옭아넣을 덫을 만들었는데, 들어보시겠소?"

을지문덕은 품에서 지도 몇 장을 꺼내 펼쳤다. 압록수에서부터 평양까지 모든 가람과 뫼가 보였고 여러 성까지 낱낱이 그려져 있다. 두 사람은 머리를 맞대고 손을 짚어가며 오랫동안 이야기를 나누었다.

"아주 좋은 계책이오. 그러나 자칫 잘못하다가는 모두 그르치고 말 것이니 조심, 또 조심해야 하오."

마침내 강이식이 흥분을 가라앉히지 못하고 들뜬 얼굴로 말했다.

"조심스럽게 움직인다면 틀림없이 성공할 것이오. 그보다 적어도 20만 군사는 있어야 하는데 아무래도 13만 이상은 어렵게 되었소."

을지문덕이 한숨을 내쉬며 말하자 강이식도 그제야 평양에서 별동군으로 움직일 군사가 많지 않다는 데 생각이 미쳤다. 아무리 좋은 계책을 마련하고 신선도인들이 도와주어도 밑에서 따라 움직일 군사가 없으면 말짱 헛일이다.

"도원수, 나에게 여동군을 빌려주시오!"

느닷없는 소리에 강이식의 눈이 둥그레졌다. 여동군은 필요에 따라 여동 곳곳을 전장으로 삼아 싸워야 한다. 여태껏 오랑캐들이 열수를 건너지 못하는 것도 따지고 보면 모습이 보이지 않는 여동군을 두려워해서가 아닌가. 그들이 개마대 20만을 따로 빼내 훈련만 시키고 있는 것도 언제 들이닥칠지 모르는 여동군 개마대가 두렵기 때문이다. 오랑캐 진영을 살피고 돌아온 장수는 오랑캐 개마대도 걸낫으로 말 다리를 후리는 훈련을 한다고 했다. 고구려 개마대와 같은 모양의 걸낫을 만들기가 쉽지 않으므로 20만 개마대를 모두 걸낫으로 무장시키려면 1년도 더 걸린다. 구려하의 여러 성을 공격하는 적의 힘이 그만큼 약해질 수밖에 없다. 여동군은 모습을 드러내지 않고도 수십만 오랑캐 군사를 꼼짝 못하게 묶어두고 있는 것이다.

그런 여동군을 반이나 빼내겠다니? 오랑캐들이 성 공격을 포기하고 몰려온다면, 15만 여동군이 모두 나서도 막기 어렵다!

강이식은 쉽게 결정을 내리지 못했다. 을지문덕의 계책을 믿지 못해서가 아니라 여동군의 기본 임무 때문이다.

"오랑캐들이 그렇게 많은 군사를 끌고 온 것은 결코 여동의 성 몇 개를 얻고자 해서가 아니오. 머지않아서 안으로 깊숙이 들어와 평양까지 치려고 할 것이니 반드시 우리의 덫에 걸려들고 말 것이오."

을지문덕의 설득에 강이식은 7만 여동군을 내주기로 했다. 신선도인들까지 을지문덕을 돕는 마당에 여동군의 임무만을 고집할 수는 없었던 것이다. 그렇게 막리지 을지문덕의 계책을 뒷받침하다 보니 도원수 강이식의 여동군은 저절로 싸우러 나갈 수가 없게 되었다.

여동군 군사들은 수릿날이 되어도 명절을 쇨 마음이 내키지 않았다. 그러나 태왕 천하께서 따로 내린 술을 가지고 막리지 을지문덕이 찾아오자 조금씩 술렁거리기 시작했다. 을지문덕은 나라에서 엄지손가락으로 꼽히는 장수였다.

"막리지 전하께서 오랑캐와 싸우기 위해 천명을 받고 오셨다네."

누군가 아는 체했으나 곧 여기저기서 걸고들었다.

"아닐세. 막리지 전하는 겨우 술수레를 끌고 오셨을 뿐이야."

"나도 막리지 전하가 오시는 걸 보았는데 수릿날을 쇠러 오는 사람일 뿐, 도무지 싸움에 나가는 장수 같지는 않았어."

"맞아! 우리가 나가 싸우지 못하는 것도 을지문덕 전하께서 날마다 나가 싸우지 말라는 명령을 내리기 때문이라는 소문이 있었어."

"그래, 그건 모두가 아는 일이야."

모두가 한목소리로 떠들며 막리지가 왔어도 곧바로 싸움터에 나갈 수는 없을 거라고 했으나 처음 말을 꺼낸 군사는 조금도 기가 죽지 않았다. 오히려 콧방귀를 뀌며 제 생각이 옳음을 우겨댔다.

"흥! 막리지 전하는 성깔이 고약한 사람이 아니야! 언제나 웃음을 잃지 않는 분이지. 그리고 막리지 전하가 군사를 데려오지 않아서 싸울 수 없다는 것은 우리 스스로 15만 여동군을 바지저고리로 아는 것이 아닌가?"

그럴듯한 말이다. 떠들던 군사들이 하나둘 귀를 기울였고 신바람이 난 군사는 자기 눈으로 보기라도 한 것처럼 큰소리쳤다.

"또 오랑캐들이 쳐들어와서 모두들 피 흘려 싸우고 있는데 태왕 천하께서 무슨 생각으로 우리 군사들에게 술을 내리셨겠는가? 싸움터에 나가는 군사들을 격려하기 위해서 내린 술이 아니라면 말일세."

생각할수록 옳은 말이었다. 한쪽에서 피를 흘리며 싸우는데 단오놀이나 즐기라고 술을 보낸다는 것은 있을 수 없는 일이다.

"그렇다! 태왕 천하께서는 싸움터에 나가는 우리를 격려하기 위해 술을 내리신 것이다!"

"맞다! 막리지 전하는 우리와 함께 오랑캐들을 치러 가기 위해 오신 것이다!"

도원수와 막리지 사이에 무슨 말이 오갔는지 알 리 없는 여동군 군사들은 제멋대로 없는 말을 꾸며내고 막리지 을지문덕이 찾아온 것을 반겼다.

수릿날 아침, 여동군은 단을 쌓고 하늘과 천지신명께 제사를 올렸다. 여동군의 우두머리인 병마도원수가 나서지 않고 태왕 천하의 천명을 받고 온 막리지 을지문덕이 제주가 되었다.

제주 을지문덕이 술을 올리고 엎드려 하늘에 아뢰었다.

오호라, 하늘이여.

하늘의 뜻은 올곧고 미쁘시어 따뜻한 봄바람으로 온 누리를 녹이시니 죽었던 것들이 푸른 싹으로 움트고 하늘과 땅에는 맑은 목숨으로 가득하니이다. 백성들이 심은 씨앗을 따뜻하게 품어 싹트게 하시고 백성을 기르듯 곡식을 자라게 하시니 고마우니이다. 새들은 나뭇가지를 가려서 둥지를 틀고 알을 품으며 들짐승은 풀밭을 뛰어 개울을 찾니이다. 나뭇잎을 갉아 먹는 해충도 가을바람에 잦아지게 하시니 삼신의 검스러운 땅 아사달에 침범한 붉은 해충들도 한 바람에 잦아지니이다.

오호라, 하늘이여.

별은 하늘에 박혀 있어 한시도 멈춤이 없고 만물은 어긋남이 없이 제 들숨 날숨을 추스르나이다.

제사를 지낸 을지문덕이 군사들 앞에 섰다.

"오늘은 수릿날이다. 태왕 천하께서는 이 사람더러 여동군 군사들을 위로하라 하셨다. 이 많은 군사가 사냥을 하여 하늘과 땅을 함께 번거롭게 할 수는 없으나 대를 나누어 말달리고 활을 쏘며 수박도 하고 앙감질도 하며 즐기도록 하라. 겨루어 여럿을 이긴 사람에게는 따로 상을 내릴 것이다."

막리지가 즐겁게 놀라고 말하며 상을 내걸었으나 아무런 함성도 오르지 않았다. 영문을 모르겠다는 듯이 막리지가 여러 군사를 둘러보는데 성질 급한 윤경호가 나섰다.

"막리지 전하, 우리 군사들은 나가서 싸우고 싶어 합니다. 전하께서는 고구려 으뜸 장수가 오셨다는 기쁜 소식에 잠을 이루지 못하고 전투 명령을 기다렸던 군사들의 마음을 헤아려 주십시오."

그러자 기다렸다는 듯이 여러 장수가 앞다투어 나섰다.

"모두들 이 자리에서 싸움터로 나가는 것으로 알고 있습니다. 공격하라는 명령을 내려주십시오."

"싸움 명령이 내리지 않으면 몰래 구려하로 달아나서라도 싸울 것입니다."

젊은 장수들은 봇물이 터진 듯 떠들어댄다. 어찌 젊은 장수들뿐이겠는가.

"으-음-."

막리지 을지문덕은 신음을 깨물었다. 여동군의 불만을 모르지 않았으나 이토록 큰 줄은 몰랐다. 수만 군사가 지켜보는 자리에서 많은 장수를 설득해야 한다. 차근차근 말할 시간이 없고, 아무리 작은 것이라도 군사기밀을 입 밖에 낼 수도 없다. 그렇다고 '너희들이 알아서 무엇하겠느냐'고 나무랐다가는 자칫 벌집을 건드리는 꼴이 되고 말 것이다.

도원수 강이식도 주름투성이 얼굴로 눈살을 찌푸린 채 장수들을 노려볼 뿐 어찌할 바를 모르고 있다.

"모두들 잘 들어라."

잠시 침묵했던 막리지 을지문덕의 외침이 종소리처럼 울려 퍼졌다.

"오랑캐들이 구려하를 건널 때부터 피를 뿌리는 싸움은 이미 시작되었다. 맨 처음 오랑캐들과 맞서 싸운 여러분이 더 잘 알 것이다. 요동성과 신성 등에서는 이 순간에도 많은 군사와 백성들이 피를 흘리며 싸우고 있음을 또한 모르지 않을 것이다."

군사들이 귀를 쫑긋 세워 듣는 것을 보며 을지문덕은 잠깐

숨을 골랐다.

"많은 사람들이 피를 흘리며 싸우고 있는데 저들을 도와 함께 싸워야 할 여동군 군사들은 여태껏 여기서 무엇하고 있었는가? 화살이 떨어지고 창칼이 부러져서 나가 싸우지 못하였는가? 아니면 오랑캐들이 무서워 숨어 있었는가?"

막리지의 성난 목소리가 군영을 쩌렁쩌렁 울렸다.

무슨 소리인가? 태왕 천하의 천명 때문에 나가 싸우지 못하고 있다. 태왕 천하께 그런 천명을 내리도록 조정을 움직인 사람이 막리지 을지문덕이라는 것을 모르는 사람도 없다. 그런데 도대체 이 무슨 소리란 말인가. 모두들 제 귀를 의심하지 않을 수가 없었다.

"대답을 하라. 왜 나가 싸우지 못하였는가?"

그동안 여동군을 꽁꽁 묶어두었던 을지문덕이 왜 나가 싸우지 못하였느냐고 소리 높여 꾸짖고 있으니, 도대체 어찌 된 일인가? 혹 도원수가 거짓으로 태왕 천하의 천명을 내세워 몸을 사리고 있었던 것인가? 그럴 리가 없다는 것을 누구보다도 잘 아는 장수들도 도원수 강이식을 흘깃흘깃 쳐다보기 시작했다. 장수들의 따가운 눈총이 쏟아지자 도원수의 얼굴이 차츰 붉어졌다.

"왜 모두들 대답이 없는가? 그대가 말해보라."

을지문덕이 손을 들어 맨 앞에 나서서 대들었던 장수를 가리켰다. 윤경호는 순간 당황했으나 이내 낯이 벌겋게 달아올랐다.

"비록 태왕 천하의 천명으로 나가 싸우지 못하였으나, 태왕 천하와 조정을 움직인 사람이 막리지 전하라는 것을 모르지 않습니다."

"뭐라고 하는지 하나도 들리지 않는다. 큰 소리로 대답하라."

윤경호의 숨소리가 씨근벌떡 거칠어졌다. 귀머거리라도 못 들었을 리가 없다! 막리지는 지금 생트집을 잡고 있는 것이다! 불끈 쥔 주먹이 부르르 떨리며 으드득 이가 갈렸다.

"도원수 전하께서는 태왕 천하의 천명을 내세워 군사들에게 싸우지 못하게 하였소. 그러나 조정을 움직이고 도원수 전하께 사흘이 멀다 하고 전령을 보내 싸우지 말라고 말린 사람은 막리지 을지문덕, 바로 당신이었소!"

웅웅거리며 징이 울 듯 악을 쓰던 윤경호가 팔을 번쩍 치켜들어 단 위의 막리지를 향해 칼날처럼 손가락을 꽂았다.

아니? 사람들은 깜짝 놀랐다. 큰일이다! 막리지가 터무니없는 트집을 잡고 있는 건 사실이지만, 아무리 그렇다 해도 윤경호가 한낱 젊은 장수의 몸으로 막리지 을지문덕에게 '전하'라는 존칭을 쓰지 않고 '당신'이라고 막말을 하거나 손가락질을 하며 대드는 것은 그 자리에서 목이 달아나고도 모자랄 일이었다.

성난 막리지가 손수 칼을 빼들고 날아가 건방진 팔을 잘라 낼지도 모른다. 아니면 철없이 건방떠는 젊은 장수를 불러내 본보기로 목을 잘라 효수할 것인가.

모두들 숨을 죽인 채 단 위의 막리지를 쳐다보았다. 윤경호의 팔은 아직도 막리지를 향한 채 뻣뻣이 굳어 있었으나 막리지 을지문덕은 천천히 젊은 장수에게서 눈길을 돌려 수만 군사를 쓸어보았다. 젊은 장수의 말도 듣지 못하고 자기에게 꽂힌 손칼도 보지 못한 것만 같았다.

막리지가 정신이 나갔는가? 되레 보는 사람이 어이가 없었다.

그때, 다시 한 번 막리지의 외침이 울려퍼졌다.

"그렇다. 15만 여동군이 나가 싸우지 못한 것은 바로 이 막리지 을지 아무개 때문이었다."

사람들은 어안이 벙벙했다. 왜 나가 싸우지 못하였느냐고 그토록 사납게 다그치더니, 바로 자기 때문이었다고 한다.

"그러나 생각해보아라. 이 을지 아무개가 다 늙은 목숨이 아까워서 싸움을 말렸겠는가? 한 번 더 생각해보아라. 고구려 으뜸 장수라 일컫는 이 을지 아무개가 무엇이 두려워서 여동군의 손발을 묶어두었겠는가?"

그렇다면? 그것은 모를 일이다. 무언가 전략상의 필요에 의

한 것이라면, 짐작이 가더라도 함부로 아는 척할 수 없는 일이다.

"적의 판단을 어지럽히고 깊이 끌어들여 한꺼번에 치기 위해 숨어 있는 군사라면 그대로 풀이 되고 나무가 되어 숨소리도 죽이고 있어야 한다. 앞에 나가 적을 끌어들이는 군사가 피 흘리는 것을 안타까워하여 기다리지 못하고 뛰쳐나간다면 이야말로 어리석은 짓일 뿐이다."

그러나 벌써 두 달이 넘었다. 작전상 후퇴를 하고 숨어서 기다리는 데도 한계가 있다. 구려하의 여러 성에서는 많은 군사가 피 흘리며 싸우고 있는데, 이들을 지원해야 할 여동군이 언제까지 숨을 죽인 채 기다려야만 한단 말인가?

"군사의 움직임을 낱낱이 알려고 하지 말라. 궁금함을 참지 못하여 적에게 보탬이 되는 짓을 해서는 안 된다. 군사들은 이 을지문덕이 왜 나가 싸우지 않을까 의심하지 말라. 닷새 뒤에는 이 가운데서 많은 군사가 나와 함께 싸움터에 나갈 것이다."

와-! 와-! 군영이 들썩거리게 커다란 함성이 일었다. 막리지가 여동군을 이끌고 싸우러 가겠다니, 군사들은 발을 구르며 좋아했다. 이 얼마나 기다렸던 말인가?

"아니?"

모두들 좋아서 어쩔 줄 모르는데 도원수 강이식만은 무슨 영문인지 몰라 갈피를 잡지 못했다. 무슨 일이 있어도 나가 싸우지 말라던 막리지였다. 어디 그뿐인가? 막리지가 여동군에서 7만 군사를 빌려가는 것은 앞으로 나가 싸우려는 것이 아니다. 뒤로 물러나 적이 압록수 건너기를 기다리기 위한 것이다. 적이 대를 나누어 평양으로 갈 때까지 여동군은 손발을 묶고 앉아서 쳐다보기만 해야 하는 것이었다. 아무리 공격하기 좋은 기회가 생겨도 눈을 감고 모른 척해야 하는 것이다.

그러나 을지문덕이 멍석을 펴고 나선 마당에 가만히 서서 구경만 할 수는 없었다. 강이식은 성큼 앞으로 나가 을지문덕 곁에 나란히 섰다.

와ー! 나가 싸우자! 군사들은 더욱 큰 함성으로 도원수를 맞았다. 도원수는 두 손을 들어 군사들을 조용히 시킨 뒤 함성이 멎기를 기다려 큰 소리로 외쳤다.

"명령을 받은 군사들은 막리지를 따라 싸우러 가야 할 것이다. 그러나 지금은 모두 입을 다물어라. 적의 눈귀를 가리기 위해 우리는 언제 어디서나 쥐도 새도 모르게 움직여야 한다."

도원수가 여동군에게 정식으로 내리는 싸움 명령이다.

나가 싸우자! 오랑캐를 쳐부숴라! 군사들은 참지 못하고 서로 껴안고 펄쩍펄쩍 뛰어오르며 춤췄다.

을지문덕이 다시 군사들을 가라앉히고 말을 이었다.

"밤에 잠자지 못한 군사는 이튿날 힘을 내 싸울 수가 없다.

오늘은 수릿날이다. 내일 저녁까지는 태왕 천하께서 내려주신 술을 마시며 실컷 즐겨라. 나와 함께 싸움터에 나설 군사들은 모레 아침에 발표하겠다."

전투 명령이 내리자 신바람이 난 군사들은 대를 나누어 저마다 가진 재주를 맘껏 뽐냈다.

이겨라! 이겨라! 벌판 가득히 여기저기서 군사들의 응원소리가 울려퍼졌다.

이곳저곳 겨룸판을 둘러보며 군사들을 격려하고 다니던 을지문덕이 문득 걸음을 멈췄다. 쭈그리고 앉은 막리지는 할미꽃 한 포기를 뿌리째 뽑아들었다. 피처럼 진한 붉은 꽃잎은 이미 지고 꽃술도 하얗게 말랐다.

":⋯⋯?"

강이식의 명을 받아 곁에서 모시던 정현백이 함께 쭈그리고 앉아서 막리지와 할미꽃을 갈마보았다.

"피를 멎게 하고 아픔을 잊게 하는 풀이다."

잠깐 뿌리를 쓸어보던 막리지가 할미꽃을 정현백에게 건넸다. 이어서 막리지의 손은 대가 솟아오르는 엉겅퀴에 머물렀으나 까실까실한 이파리만 손끝으로 쓸어볼 뿐 뽑아들지는 않았다.

"엉겅퀴 또한 많이 쓰일 것이다. 예쁜 꽃을 피우기도 전에 뽑힐지도 모르지."

몸을 일으켜 걸음을 옮기면서도 막리지는 나직이 말을 이었다.

"늪에 있는 부들도 멍들어 다친 몸을 위해 함부로 뽑히고 말 것이다. 싸움판의 칼날이 어찌 사람에게만 그치겠는가?"

닷새 뒤 막리지 을지문덕이 군사들을 이끌고 떠났다. 그러나 곧장 서쪽으로 나가지 않고 동쪽으로 길을 잡자 군사들은 물론 장수들도 의심이 일었다.

"요동성을 구하러 가는 것이 아니다!"

"적이 평양성으로 쳐들어오는지도 모른다!"

을지문덕의 높은 이름은 익히 들어서 잘 알고 있었으나 병마도원수 강이식만을 따랐던 사람들이다. 막리지에게 첫 번째로 뽑혀 따라나선 윤경호가 참지 못하고 쫓아가 따지려 드는 것을 눌러앉힌 정현백이 막리지 앞에 섰다.

"막리지 전하, 여동성으로 나가지 않으니 군사들이 전하를 못 미더워하고 있습니다. 여러 장수도 마음이 흔들립니다."

"그대도 그러한가?"

"그렇습니다, 전하. 어째서 곧장 구려하로 가지 않는지 궁금합니다."

"그럴 것이다."

머리를 끄덕였으나 막리지는 정현백의 물음에는 대답하지

않았다.

"곧바로 장수들을 빠짐없이 모이게 하시오."

을지문덕은 장수들이 모두 모인 것을 확인하고는 천천히 입을 열었다.

"적이 온다 하여 모든 백성과 군사들이 일어나 싸운다면 누가 씨앗을 뿌리고 김을 매겠는가? 씨앗을 뿌리고 가꾸지 못한다면 적이 물러가도 우리는 배고픔으로 쓰러지고 말 것이다. 오랑캐들이 압록수를 건너기를 기다렸다가 한꺼번에 때려잡자는 게 우리의 계책이다."

무슨 말인지 알 수가 없다. 군사들에게 창칼을 버리고 밭을 갈라는 소리는 아닐 것이나 무슨 뜻인지 아리송하기만 하다. 오랑캐들이 압록수를 건너기는 언제 건널 것이며 한꺼번에 적을 때려잡는다는 것은 또 무슨 말인가? 여동군은 오랑캐들이 압록수를 건너도 멀거니 바라보고만 있을 것이라는 얘긴가?

여동군 장수들이 갈피를 잡지 못하고 어리둥절해하는데, 막리지는 자신을 호위하는 부하장수를 가리키며 말했다.

"모두들 잘 들어라. 이 장수도 그 계책에 대해서는 짐작조차 하지 못한다. 그러나 이 을지 아무개의 입에서 이번 계책에 대한 말이 언뜻 비치기라도 한다면 곧바로 목을 잘라 비밀을 지키라는 천명을 받들어 내 뒤를 따르는 것이다. 이 계책을 아는 사람은 태왕 천하와 막리지 고건무, 도원수 강이식 그리고 나,

이렇게 네 사람뿐이니, 나에게 무슨 일이 생기면 여러 장수는 곧바로 평양에 가서 오직 태왕 천하와 막리지 고건무의 명을 받아야 한다."

무엇인지는 모르겠으나 막리지 을지문덕의 목을 잘라서라도 지켜야 할 엄청난 계획이요, 비밀인 모양이었다.

"병마도원수 강이식에게도 천명을 받은 장수가 그림자처럼 따르고 있다. 저들이 다시 구려하를 건너 완전히 물러가기 전에 잠결에라도 입 밖에 흘렸다가는 그 순간 목이 잘리고 천명을 거역한 죄가 남을 것이다."

태왕 천하의 천명을 받은 장수가 병마도원수의 목을 치기 위해 잠자리까지 지켜보고 있다니, 소름 끼치게 무서운 일이었다. 어떤 장수가 막리지와 함께 왔다가 함께 돌아오지 않고 남았는지 알 수 없었지만 그대로 믿을 수밖에.

"알겠는가? 이 계책의 엄중함을?"

낯빛을 굳힌 막리지가 다짐을 받았다.

"예, 알겠습니다. 막리지 전하."

알아서가 아니다. 장수들은 모르는 채로 막리지의 명령을 받았다.

15만 여동군을 이끄는 병마도원수 강이식 정도나 되어야 알 수 있는 비밀이다. 자기들 7만 군사가 막리지의 명령에 따라 움직이고 있는 것도 바로 병마도원수 강이식의 명령을 받았기 때문 아닌가. 여동군 장수들은 차마 다시 묻거나 불평을 할 수가 없게 되었다. 그저 자기들도 모르는 채 군사들에게 잠자코 따를 것을 엄하게 명령할 뿐.

우중문의 평양 공격 계획

6월이 되었다. 요동성 서쪽에 자리를 잡고 군을 지휘하던 양광이 부하장수들을 모두 불러모았다. 더운 날씨임에도 양광은 황금갑주를 입고 있었다. 장안을 떠날 때부터 한시도 벗지 않았으니, 전의를 다지는 것인지 고구려 개마대의 갑주로 만든 황금갑주를 자랑하는 것인지 알 수 없다. 곁에서 부채질하는 군사들만 죽어날 판이다.

"좌익위대장군! 우리가 구려하를 건넌 지 며칠이나 되었는가?"

"오늘로 두 달 보름이 되었습니다."

"참으로 긴 세월이다. 그러면 우리는 적의 성을 몇 개나 빼앗았는가?"

양광의 나무람에 대답 대신 우문술의 목이 움츠러들었다.

"말하라. 적의 성을 몇 개나 빼앗았느냐고 묻지 않았느냐?"

"하나도 빼앗지 못하였습니다."

"하나도 못 빼앗았다? 그러면 그대는 여태 무엇을 하고 있었는가?"

"20만 개마군사를 훈련시켰습니다."

"음, 그랬지. 그럼 훈련은 다 끝났는가?"

"훈련은 대충 끝났습니다만 아직 준비가 덜 되었습니다."

"준비가 덜 되다니?"

"대장장이들을 시켜 고구려 개마대가 쓰던 것과 똑같은 걸 낫을 만들게 하였으나, 아직 8천여 개밖에 만들지 못했습니다."

"닥쳐라! 군사들이 모두 늙어 죽을 때까지 그 잘난 걸낫만 만들겠다는 것이냐?"

양광이 버럭 화를 냈다. 우문술의 목이 더 들어갔다.

흥! 코웃음치던 양광의 눈길이 우중문 쪽으로 돌아갔다.

"우익위대장군! 그대의 군사들은 무엇을 하였느냐?"

"……!"

"그대도 개마대 훈련을 하고 있었는가?"

"저는 요동성을 공격하고 있었습니다."

"그래? 요동성은 빼앗았느냐?"

"아직 빼앗지 못했습니다."

"아직 빼앗지 못했다? 그러면 언제 손에 넣을 수 있겠느냐? 내일 아침이면 내가 요동성에 들어갈 수 있겠느냐?"

그제야 꼬박꼬박 말대꾸를 할 때가 아니라는 것을 깨달았다. 모가지가 짧은 우중문이 머리를 숙이다 보니 돌절구 같은 허리가 함께 구부러졌다.

"좌효위대장군!"

"……"

"우효위대장군!"

"……"

"좌둔위대장군! 우둔위대장군! 좌어위장군! 우어위장군! 좌무후장군!"

"……"

양광이 앞에 늘어선 장수들을 일일이 불렀다. 모두들 저를 부를 때마다 하나같이 대꾸 대신 머리를 푹 숙였다.

"대답하라. 모두 죽었느냐? 어째서 불러도 대답이 없느냐?"

양광의 목소리가 쇳소리로 갈라져 나왔다. 장수들은 등줄기가 다 서늘했다.

"……예!"

장수들의 입에서 쥐어짜낸 목소리가 흘러나왔다.

"'예'라고 대답했느냐?"

양광이 자리에서 벌떡 일어났다.

"흥! 그래도 제놈들이 무슨무슨 대장군이요, 장군이라는 것을 알기는 아는 모양이지?"

단에서 내려온 양광이 부하들 코앞에 섰다.

"머리를 들어라. 그 잘난 대장군의 얼굴을 들어 보이란 말이다."

그 시퍼런 서슬에 장수들은 머리를 들었으나 감히 양광을 바로 보지 못하고 다시 눈을 내리깔았다.

"정말 잘났다! 장군들의 낯짝이 참으로 잘났다!"

몸 둘 바를 모르고 서 있는 장수들 사이를 거닐며 하나하나 쏘아보던 양광이 다시 단 위로 올라갔다. 숨 막힐 듯한 공포에서 벗어난 장수들에게 다시 양광의 사나운 소리가 쏟아졌다.

"그대들은 자신의 벼슬이 높고 또 명문세가임을 들어 감히 황제를 얕잡아보고 있지 않느냐? 싸움터에 나선 장군이라는 자들이 앞을 다투어 공을 세울 생각은 하지 않고 이리저리 핑계를 대고 있으니, 그것이 바로 황제를 업신여기고 있다는 증거가 아니냐?"

터무니없는 떼거지였으나 막을 도리가 없었다. 그저 숨을 죽이고 제풀에 지쳐 가라앉기를 기다릴 수밖에.

"그대들은 모두 내가 몸소 싸움에 나서는 것을 말렸는데, 그것은 그대들이 몸을 아껴가며 싸우는 것을 내가 볼까 두려웠기 때문이다."

양광의 두 눈이 쥐를 어르는 고양이처럼 빛났다.

"나는 이미 보았다. 그대들은 황제인 나보다도 적의 화살을 더 겁내고 있다. 여태껏 성 하나도 빼앗지 못하고 있는 것도 바로 그 때문이다. 나는 이제 나를 두려워하지 않고 적을 두려워하는 자들을 다스릴 것이다. 내가 그대들의 목을 베지 못할 줄 아느냐?"

드디어 양광의 입에서 부하들을 죽이겠다는 소리가 나왔다. 포악하기로 이름난 양광이다. 당장 누군가를 불러내 본보기로 목을 자를지도 모른다. 모두가 흙빛이 되어 벌벌 떨었다.

"앞으로 보름 동안 시간을 주겠다. 죽음을 무릅쓰고, 저마다 맡은 성을 빼앗아라. 보름이 지나도록 맡은 성을 빼앗지 못하는 자는 나보다 적을 두려워함이니 내 손수 그 목을 베어 군문에 걸 것이다. 알겠느냐?"

"에! 죽기로써 성을 빼앗겠습니다."

보름 뒤의 일은 그때 가보아야 안다. 이 자리에서 목이 달아나지 않은 게 천만다행이다. 승냥이 아가리에서 놓여난 장수들은 큰 소리로 우렁차게 대답하고 양광 앞에서 물러나갔다.

열흘이 지났다. 수나라 장수들은 제 목을 걸고 군사를 닦달하여 공격을 해댔으나 어느 한 곳에서도 성이 떨어질 낌새가 보이지 않았다.

그날도 양광은 저녁밥을 먹기 전에 술을 마시고 있었다. 밥을 먹기 전에 입맛을 돋우려고 마시는 술이 아니다. 갑갑한 가슴을 달래기 위해 젓가락도 들지 않고 독한 술을 잇달아 들이부었다. 이때 요동성을 공격하고 있던 우익위대장군 우중문이 들어왔다.

우중문은 남북조 때 주(周)나라 하남도 행군총관으로 위지형을 물리쳐서 하남땅을 평정했다. 뒤에 수나라에 들어가 행군원수가 되어 양광의 아비 양견의 명령을 받아 12총관을 이끌고 호적(胡敵)을 칠 때 가한(可汗)이 우중문의 많은 군사를 보고 놀라 싸우지도 않고 달아나 쉽게 공을 세웠다. 크고 뚱뚱한 몸피에 얼굴이 둥글고 컸으나 길게 찢어진 눈은 형편없이 작고 코도 입도 작아서 볼품이 없었다. 다만 살이 더덕더덕 붙어 있는 뺨따귀와 길게 찢어진 눈이 짐승의 그것처럼 빛나서 가까이하기가 꺼림칙했다. 양광은 못생긴 우중문을 볼 때마다 기운이 솟는지 자주 곁에 불러 놀리기도 했다.

"무슨 일이냐? 요동성을 빼앗았다는 말이냐?"

여느 때와 달리 우중문을 보자마자 양광의 입에서는 첫소리가 갈라져나왔다. 석 달이 가깝게 공격해도 끄떡하지 않는 철옹성을 오늘이라고 손에 넣었을 리 없었다. 요즘 들어서 양광은 술을 마시고 고주망태가 되어 쓰러지는 일이 많았다. 곁에 있는 부하들한테 술을 적게 마시라는 잔소리도 늘었다. 양광이 다짜고짜 싸움에 대해 묻는 것은 미리 그따위 잔소리를 막자는 것이었다.

"오늘도 쉬지 않고 공격하였으나 성벽에는 오르지 못했습니다."

"매우 훌륭하다. 그런 소리는 날마다 귀에 못이 박이게 들었다. 다른 소리를 지껄일 수는 없느냐?"

양광이 거친 숨소리를 불어냈다. 술 취한 김에 당장 끌어내 목을 베라는 소리가 나올지도 모르는 일이었으나 우중문은 겁내는 얼굴이 아니었다. 큰 몸뚱이를 벌벌 떨며 우스꽝스러운 몸짓을 하면서도 옆으로 길게 째진 눈이 똑바로 양광을 쳐다보는 것을 보면 무언가 믿는 구석이 있는 모양이었다.

"황상, 긴히 아뢸 말씀이 있습니다."

우중문이 양광에게 바짝 다가섰다.

"무슨 말이냐?"

"황상께서 100만 대군을 이끌고 이곳에 오신 것은 여동의 성 몇 개를 얻고자 함이 아닙니다. 하루빨리 평양으로 달려가 고구려 왕의 항복을 받아야 하지 않겠습니까?"

"그래서?"

양광은 짜증이 먼저 일었다. 그걸 말이라고 하느냐?

우중문은 언제 몸을 떨었느냐 싶게 가슴을 쑥 내밀었다. 불룩 튀어나온 아랫배가 한껏 그럴듯했다.

"무슨 뾰족수라도 있다는 말이냐?"

우중문은 양광의 재촉에도 끄떡 않고 째진 눈으로 주위를 천천히 한 바퀴 둘러보았다. 웬만큼 뜸을 들였다 싶은 뒤에야 입을 열었다. 올챙이처럼 작은 입에서 크고 높은 소리가 울려나왔다.

"우리가 이곳에 오래 머물러 적의 성을 빼앗지 못하고 헛되이 시간을 보내는 것은 적에게 이로움을 줄 뿐 우리에게는 아무런 이득이 없습니다."

"그래서? 무슨 구멍수라도 있느냐고 묻지 않느냐?"

"무릇 성이라고 하는 것은 지키기에 쉽고 빼앗기는 어렵습니다. 저들은 숨어서 성을 지킬 수 있으니 우리가 아무리 애써도 성 밖으로는 나오지 않을 것입니다. 그러므로 굳이 적을 성 바깥으로 끌어내려 하지 말고 이대로 평양으로 쳐들어가는 것이 옳지 않겠습니까."

"바보 같은 소리! 구려하까지 마중을 나왔던 여동군 놈들이 코빼기도 내밀지 않고 있다. 우리가 깊숙이 들어가기를 기다려 우리의 허리를 끊고 싸우겠다는 수작이 아니겠느냐?"

나무라는 소리였으나 성난 목소리는 아니었다. 짐작했던 대로다. 우중문은 늘어진 볼따귀를 출렁거리며 제 생각을 늘어놓았다.

"다행히 우리의 군사가 훨씬 많습니다. 여러 성에는 성문을 열고 나오는 고구려군과 싸울 군사만을 남겨두고 나머지 군사로는 압록수를 건너게 하여 평양을 손에 넣으면 됩니다. 성안의 고구려군은 이를 지키는 우리 군사가 있으므로 함부로 성을 나서지 못할 것이며, 평양이 떨어진 다음에는 가을 잎사귀처럼 저절로 시들어 떨어지고 말 것입니다."

"여동군 놈들이 언제까지 가만히 있을 것 같으냐? 느닷없이 나타나서 보급로를 끊으면 어찌할 것이냐?"

"그놈들이 숨어 있으니 우리가 마음을 놓지 못하는 것입니다. 곳곳에 서로 도와 싸울 수 있는 군사를 놓아두었다가 잘 쓴다면 오히려 어둠 속에 숨어 있는 적을 끌어내 잡을 수 있을 것입니다."

"좋다. 그대의 말을 더 들어보자."

"우리의 군사는 92만 명이나 됩니다. 이곳의 성에는 15만 군사를 남겨 적이 함부로 성을 나서지 못하게 하고, 앞으로 나아가며 여러 성을 맡을 군사를 15만으로 하고, 22만 군사를 별동군으로 곳곳에 두어 보급로를 지키게 한다면, 남은 40만 군사는 마음 놓고 압록수를 건너서 평양을 칠 수 있습니다. 이때 15만 수로군이 대동강을 타고 평양의 남쪽을 친다면 평양을 손에 넣기는 그리 어려운 일이 아닙니다."

"100만 대군으로도 여동의 성 몇 개를 빼앗지 못하고 있다. 성을 공격하다가 죽은 군사만 11만 명이다. 15만 수로군이 돕는다 해도 어찌 40만 군사로 평양까지 칠 수 있겠느냐? 압록수에서 평양에 이르는 길도 쉽지만은 않을 텐데."

누가 평양을 치고 싶지 않겠는가. 그러나 고구려 병장기에 맞설 만하다고 믿었던 개마대도 꼼짝 못하고 당하기만 했다. 여동군 개마대는 별것도 아닌 걸낫 하나를 가지고 수군 개마대를 마음껏 도살해버렸다. 그뿐 아니다. 위용을 자랑하는 거대한 공성기기들도 철옹성 같은 여동의 성들에는 위력을 발휘하지 못하고 있다. 이번에는 착실하게 만반의 준비를 갖추고 왔기 때문에 자신만만했었는데, 모든 것이 장안에서 생각했던 것과 너무 달랐다. 막상 고구려 도전이라는 뚜껑을 열고 보니 눈앞에 있는 몇 개의 성을 공격하는 것만도 버거워서 평양 공격은 감히 엄두도 내지 못했다.

"여동의 여러 성이 저처럼 강한 것은 마치 거북의 등과 같다고 할 수 있습니다. 저들은 우리의 강한 군사를 겁내 구려하언저리에 저토록 굳고 튼튼한 성을 만들었습니다. 옛날의 도읍지였던 국내성 언저리의 성들도 굳고 튼튼하겠지만, 백제나 신라와 맞서기 위한 성은 그다지 튼튼하지 않을 것입니다. 압록수 남쪽에는 평양에 이르기까지 성이라고 할 만한 것이 없는 것을 보아도 잘 알 수 있습니다. 따라서 우리는 거북의 등과 같은 여동의 여러 성을 내버려두고 압록수를 넘어서 곧장 평양으로 쳐들어가야 합니다."

"여동이 거북의 등과 같다니, 재미있는 말이구나."

양광이 커다란 입을 벌려 아하하하 웃어댔다. 그 번들거리는 얼굴을 보며 우중문도 웃음소리를 보탰다.

들고 보니 우중문의 말은 참으로 그럴듯했다. 185년 전인 2760년(427), 고구려 장수왕이 도읍을 압록수 남쪽으로 쑥 내려간 평양으로 옮기기 전까지는 압록수 북쪽인 졸본성과 국내성에 도읍이 있었다. 저절로 여동의 방비가 튼튼할 수밖에 없는 일이다. 더욱이 양견의 공격을 받았던 구려하 언저리의 성들이 모두 성벽을 고쳐쌓고 참호를 넓게 파서 방비를 단단히 굳혔다. 특히 열수(태자하)를 한쪽 참호로 삼아 만든 요동성은 성벽 높이가 70척(약 20미터)에 이른다. 성뿐만이 아니라 여동에는 군사들도 사나운 자들만 모아두었을 것이 뻔하다.

이리저리 생각해봐도 여동을 가로질러 곧바로 압록수를 건너 평양성을 치는 것이 옳게 생각되었다.

"그대의 생각을 쓰겠다. 평양성을 치는 선봉을 그대에게 줄 터이니 잘 싸워라."

양광은 우중문을 칭찬하고, 그날 밤으로 가까이에 있는 우두머리 장수들을 불러모았다.

"이제부터는 성을 공격하는 것을 그만두고 저들이 함부로 나오지 못하도록 잘 지키기만 하면 된다. 30만 군사는 저마다 맡은 성을 지키며, 싸우고 22만 별동군은 보급로를 맡아 지키며 여동군이 나타나기를 기다린다. 나머지 40만 군사로는 우익위대장군과 함께 압록수를 건너 평양을 쳐라. 또한 수로군은 대동강 어귀에서 평양의 군사를 끌어내라."

"참으로 좋은 생각입니다."

"옳습니다. 곧바로 군사를 평양으로 돌려 압록수를 건너게 해야 합니다."

진작부터 지긋지긋한 싸움에 넌덜머리를 내고 있던 장수들이다. 까마득하게 높고 철벽처럼 단단한 성벽을 내버려두고 평양으로 쳐들어간다는 소리에 모두들 좋아서 난리인 가운데, 한 사람이 압록수를 건너 평양을 치는 것에 반대하고 나섰다. 대장군 우문술이었다.

"우익위대장군의 계책은 그럴듯하나 고구려군은 만만히 볼 상대가 아닙니다. 여동을 가로질러 압록수를 건너기보다는 남쪽으로 내려가 안시성을 먼저 손에 넣어야 합니다."

"어째서 그런가?"

"안시성 동쪽에 있는 갈로산은 치우천황이 쇠를 캐던 산입니다. 좋은 쇠를 얻는다면 우리도 얼마든지 좋은 무기를 만들 수 있습니다."

"여태껏 밤낮없이 걸낫을 만들었어도 1만 개가 못 된다. 안시성을 손에 넣고 갈로산을 얻는다 해도 어느 세월에 전군을 무장시킨단 말이냐? 이제는 저들의 날카로운 화살도 빛나는 도끼도 쓸모가 없다는 것을 모르는 사람이 없다. 또다시 우리 개마대가 당한다면 나는 대장군의 죄를 먼저 묻겠다."

양광의 으름장에 우문술의 입은 절로 얼어붙었다. 사실 지난번 첫 싸움에 8만 군사를 잃은 것은 병장기가 나빠서가 아니라 걸낫을 사용하는 전술에 당했기 때문이다. 갑주가 무겁긴 해도 그게 싫어서 갑주를 벗어던지는 놈은 하나도 없었다.

다음 날 낮이 되자 여러 성을 공격하던 군사들에게까지 양광의 명령이 전달되어 장수들이 군사를 이끌고 달려오기 시작했다. 이틀 뒤 저녁 신성을 치고 있던 장근이 군사를 이끌고 오는 것으로 모두 한곳에 모였다.

양광은 평양으로 곧장 쳐들어갈 군사를 40만으로 결정했다. 우중문이 대장이 되었으며 우문술과 신세웅 등이 돕게 했다. 구려하 언저리를 지킬 장수는 위문승으로 하고 오골성과 압록수 언저리를 지킬 장수로는 조효재와 왕인공을 보내기로 했다. 언제 어디서 나타날지 모르는 여동군으로부터 보급로를 지키는 큰 임무는 형원항이 이끄는 22만 군사의 몫이었다. 형원항이 군사를 이끌고 먼저 길을 떠났다.

나흘 뒤, 우중문과 우문술이 이끄는 40만 군사가 압록수로 길을 잡았다. 이날 해가 지고 어두워지기를 기다려 요동성에서 봉화가 올랐다. 봉화는 달리는 말이 10리를 갈 만한 시간을 두고 켜지고 꺼지기를 되풀이하고 있었다.

"보아라, 저 같잖은 꼬락서니를!"

부하들과 함께 지켜보고 있던 양광이 큰 소리로 비웃었다.

고구려군이 구려하 언저리에 쌓았던 봉화대는 모두 없애버렸으니 쓸데없는 짓거리일 뿐이다. 수나라 군사들의 화톳불을 제외하면 아무리 둘러보아도 빛나는 것이라고는 밤하늘의 별뿐이다. 거듭해서 켜졌다가 꺼지는 것은 외로운 요동성의 운명을 말하는 것만 같았다.

"축배를 들어야겠다. 장수들을 불러라."

급히 장수들을 소집하고 시원한 곳에 자리를 만들게 했다. 여러 장수가 다 모이자 기다렸다는 듯이 밝은 달이 솟아올랐다. 지루한 싸움 끝에 짐을 벗어버리고 홀가분하게 마시는 술은 그 맛이 좋을 수밖에 없다. 더구나 밝은 달 아래서 비명이라도 지르듯 애처롭게 켜졌다 꺼지는 봉화는 이미 고구려의 운명을 보는 것 같았다. 모두들 왁자지껄 떠들며 술을 마셨다.

대부분 거나하게 취했을 무렵 한 젊은 장수가 숨 가쁘게 달려왔다.

"적들에게서 봉화가 올라 켜지고 꺼지기를 되풀이하고 있습니다."

하하하! 아, 하하하! 다 듣기도 전에 장수들 사이에서 쏟아지듯 웃음이 터졌다.

"저것을 보고 그러는 것이냐?"

양광이 손을 들어 요동성을 가리켰다.

"벌써부터 알고 있다. 그대도 자리에 앉아서 술이나 마셔라."

봉화가 오른 지 언젠데 보고가 이리 늦느냐고 나무라기는커녕 굼벵이같이 게으른 장수에게도 한자리에 앉아서 함께 마시라고 권했다.

"요동성의 봉화를 말하는 것이 아닙니다. 이미 동쪽 멀리 두 곳에서 요동성과 똑같은 봉화가 올랐는데, 그곳에 봉화대나 고구려군이 숨어 있을 것이라고는 짐작도 못한 곳이었습니다."

쨍그렁! 누군가가 놀라서 술잔을 떨어뜨린 모양이었다.

"누구냐? 술잔을 떨어뜨린 자가?"

양광이 소리쳤으나 담이 작은 부하를 찾아내거나 탓할 생각은 없는 것 같았다.

"잔을 들어 술을 마셔라. 적들도 바보가 아닌 다음에야 숨어다니며 봉화 정도는 피울 줄 알 것이다."

되레 배짱 좋은 소리를 하며 양광이 잔을 높이 들었다. 장수들도 양광을 따라 잔을 들어 술을 마셨으나 한번 깨져버린 술판은 금이 간 술잔이나 다름없었다.

"앉아서 오줌 누는 계집 같은 것들, 어서 술잔을 비워라!"

양광이 버럭버럭 악을 썼으나 눈치 빠른 부하장수들은 몰래 술을 쏟아버리거나 마시는 척 시늉만 했다. 마침내 저 혼자 소 뜨물 켜듯 들이켜던 양광이 고주망태가 되어 쓰러졌다. 부하들은 멀쩡한 얼굴로 물이 빠지듯 슬금슬금 내빼고 말았다.

대동강변의 징소리

내호아가 거느린 수나라 15만 수로군이 봉래를 떠나 묘도군
도에 이르렀을 때 고구려 수군은 누른바다에서 흔적도 없이
사라지고 없었다. 여느 백성들의 고깃배 하나도 눈에 띄지 않
았다. 오랑캐들이 맘 놓고 대동강 어귀로 들어오도록 뱃길을
비워둔 것이다.

누른바다를 건너는 수나라 군사들이 대동강 어귀로 들어오
는 것은 물길을 따라 평양으로 들어가기 위해서다. 그러나 곧
바로 배를 타고 평양으로 들이닥치지는 못한다. 먼저 뭍으로
올라서 길을 열지 않고 무작정 대동강을 따라 깊숙이 들어섰
다가는 반드시 독 안에 든 쥐처럼 갇혀서 옴짝달싹 못하고 잡
혀 죽고 말 것이기 때문이다.

"저들은 강어귀의 북쪽 뭍에 오르고자 할 것이다. 뭍에 닿
기를 기다려 한꺼번에 휩쓸어버려야 한다."

평양에서 5만 군사를 이끌고 달려온 막리지 고건무는 지친
수나라 군사들이 뭍에 오르는 순간 칠 생각이었으나 부장 이

진문이 한 꾀를 내었다.

"태왕 천하께서는 저들을 빨리 물리치고 돌아오라 하셨는데, 잘못 건드렸다가 저들이 놀라 배를 타고 다시 바다로 나가 버리면 언제 어느 곳으로 다시 올지 알 수가 없어 우리는 평양으로 돌아갈 수가 없게 됩니다. 차라리 적을 이곳에 오르게한 뒤에 적은 군사로 적을 지키게 하고 평양으로 돌아가는 것이 나을 것입니다."

"적이 모두 뭍으로 오른 뒤에도 적은 군사로서 이를 지킬 수있다니, 무슨 뾰족수라도 있는가?"

"황룡산성에서 남동쪽으로 10여 리 떨어진 곳에 낡은 성이하나 있습니다. 저에게 이 성을 미끼로 삼아서 적을 칠 계책이있습니다. 그리고 적을 반드시 이곳에 오르게 하는 것도 어렵지 않습니다."

이진문은 차근차근 제가 생각한 바를 말했다. 잇달아 머리를 끄덕이며 듣던 건무는 그의 꾀대로 싸우기로 했다.

"평양에 군사를 보내 징을 많이 가져오게 하십시오."

"징이라면 우리한테도 얼마든지 있지 않은가?"

"막리지 전하, 처음부터 오랑캐들의 귓구멍에다 시끄러운징소리를 박아두어야 합니다. 나중에는 징소리만 들어도 얼이빠질 터이니 그만큼 일이 쉬워집니다."

옳게 여긴 고건무는 그 자리에서 군사들을 평양으로 보내

징을 되도록 많이 모아오게 하고, 황룡산 뒤에다 군영을 갖추었다. 강어귀는 이진문이 5천 군사를 데리고 가서 지키기로 했다.

두 사람이 황룡산 마루에 올라 적을 기다린 지 아흐레 되던 날, 드디어 멸치떼처럼 바다를 까맣게 덮으며 수나라 군선이 밀려오는 것이 보였다. 나타난 수군 군선은 모두 작은 성처럼 보였다. 화살을 막기 위해 뱃전에다 성벽처럼 성가퀴를 만들었기 때문이다. 한눈에도 준비를 단단히 했음을 알 수 있었다.

고구려 바다에는 섬만 드문드문 떠 있을 뿐 배라고는 씨도 보이지 않았다. 섬그늘에 숨은 것도 수천 년 뿌리박은 바위들 뿐이었다.

"고구려놈들이 모두 어디로 도망갔기에 여태 코빼기도 보이지 않느냐?"

"제깟 놈들이 감히 우리 15만 군사한테 덤빌 엄두나 내겠습니까?"

"고구려 수군 놈들은 모두 배를 끌고 산으로 도망쳤을 것입니다."

내호아가 입을 벌리자 부하들도 서로 저 좋은 소리만 떠들어댔다.

"그래도 싸우는 시늉쯤은 할 줄 알았는데 너무 심심해서 재미가 없구나."

"제놈들도 눈뜬 소경이 아닌 담에야 대장군을 못 알아보겠습니까? 대장군 이름을 듣자마자 오줌을 싸고 도망쳤을 것입니다."

"그래도 순찰선 하나쯤은 보여야 하지 않느냐? 놈들이 앞서서 도망치며 가는 길을 가르쳐줘야 할 것 아니냐?"

"고구려놈들의 군선은 배라기보다는 그저 뗏목에 돛을 달아놓은 것이나 마찬가지입니다. 굼벵이 같은 배를 타고 뭉그적거리다가 우리 눈에 띄면 살아남겠습니까?"

15만이나 되는 수나라 수로군은 무서울 것이 하나도 없었다. 고구려 군선이 싸움을 걸어오면 멋지게 해치우겠다고 잔뜩 벼르고 있었는데 하나도 나타나지 않으니 되레 맥이 풀릴 정도였다.

"이상하지 않느냐? 여기가 정말 대동강 어귀란 말이냐?"

"글쎄요, 무슨 꿍꿍이속인지 모르겠습니다."

대동강 어귀가 맞다고 큰 소리를 내는 것은 길잡이들뿐이었다.

누른바다를 건넌 뒤에도 언저리를 살살이 둘러보았으나 고구려군은 보이지 않았다. 조심스럽게 대동강 어귀에 들어서서도 쥐새끼 한 마리 보이지 않으니 오히려 찜찜했다.

"놈들이 정말 배를 끌고 산으로 도망쳐버린 것이 아니냐?

이대로 평양까지 배를 몰아가는 것이 어떻겠느냐?"

"아무래도 이상합니다. 먼저 뭍에 올라 진지를 구축하는 게 낫겠습니다."

"허수아비 같은 고구려놈들 걱정할 것 없습니다. 가는 데까지 들어가면 됩니다."

"이제는 고구려 수군이 아니라 뭍에서 쳐들어오는 군사들을 함께 걱정해야 합니다. 조심해서 나쁠 것이 없습니다."

"도대체 놈들이 어디로 숨어버린 것이냐? 같잖은 놈들이 처음부터 애를 먹이는구나."

장수들이 서로 얼굴만 쳐다보고 있는데 군사들이 와자지껄 떠들어대기 시작했다. 고구려군을 찾아낸 것이다.

뱃전으로 썩 나서서 보니 북쪽 뭍의 숲속에 고구려 군사들이 무리 지어 숨어 있는 것이 보였다.

"이미 적들이 우리를 기다리고 있으니 이곳에 오르는 것도 안으로 들어가는 것도 옳지 않습니다. 뒤로 물러가 남쪽 뭍에 오르는 것이 좋겠습니다."

부장 주법상의 말에 내호아는 대답 대신 텁석부리 수염을 들썩거리며 껄껄 웃었다. 7척이나 되는 큰 키에 한 아름이 넘는 아랫배를 출렁거리며 웃어대자 타고 있는 배까지 흔들리는 듯했다.

"뭍에 오르기도 전부터 적의 손짓에 따라서 움직이겠다는 것이냐? 잘 보아라. 적의 수가 많아 보이나, 뒤에 숨어 있는 것은 사람이 아니라 투구를 씌운 허수아비들이다. 한데 남쪽 뭍에는 적군이 하나도 없다는 것은 우리가 그쪽으로 오르기를 바란다는 뜻이 아니고 무엇이겠느냐?"

"적이 우리를 기다리는 것은 아무래도 께름칙합니다. 오랜 뱃길에 지친 군사들이니 뒤로 물러가 남쪽 뭍에 올라서 며칠 쉬었다가 다시 저쪽으로 옮겨도 늦지 않습니다."

"그대의 말이 틀린 것은 아니다. 그러나 어차피 작은 손실이 있더라도 이대로 뭍에 오르는 것이 군의 사기를 위해서 더 낫다. 그리고 우리 군사들이 뱃길에 크게 지친 것도 아니다."

내호아는 더 듣지 않고 뭍에 오를 것을 명령했다. 수나라 군사들이 배를 뭍 쪽에 가까이 대고 얕은 물에 뛰어내리자 기다렸다는 듯이 화살이 쏟아졌다. 뭍을 향해 치닫던 군사들이 여기저기서 물에 코를 박고 쓰러졌으나, 그 수가 그리 많지는 않았다. 화살을 피한 군사들이 하나둘 뭍에 오르기 시작하자 나무둥걸에 몸을 가리고 숨어서 화살을 날리던 고구려 군사들은 놀란 참새떼처럼 한꺼번에 달아나버렸다.

"별놈들을 다 보았구나, 하하하!"

"고구려 군사들은 허수아비도 싸움에 내세우는 모양이다, 하하하!"

수나라 군사들은 고구려 군사의 투구를 300여 개나 주어다

놓고 웃었다. 모두 허수아비에 씌워놓았던 것들이다. 허수아비가 5천여 개였으니 나머지 투구는 모두 벗겨가지고 달아났을 것이다.

"앞으로도 우리는 언제나 5천여 허수아비 군사와 싸워야 할 것이다. 하하하!"

내호아가 곰 같은 몸을 거들먹거리며 웃어젖히자 부하들도 배를 싸쥐고 웃는다.

고구려군의 투구 300개는 엄청난 전리품이었다. 쇠도끼를 가져다 힘껏 내리쳐보니 도끼날이 무뎌질 뿐 투구는 끄떡없다. 내호아는 50여 개만 가까운 장수들한테 나누어주고, 나머지는 나중에 공을 세운 자에게 주겠다며 따로 보관하도록 했다.

두껍고 무겁기 짝이 없는 투구를 벗고 고구려 투구를 쓰니 날아갈 듯 가벼웠다. 그 무서운 고구려 쇠도끼도 견뎌내는 투구라는 생각에 투구를 받은 장수들은 좋아서 어쩔 줄 몰랐다. 장수들은 제 투구를 부하 군졸에게 물려주었고, 맨머리로 뛰어다니다 투구를 얻어쓴 군졸들은 저승사자의 명부에서 이름이 지워진 것처럼 좋아했다.

다음 날부터 내호아는 나무를 베어다 튼튼하게 울짱을 세우고 적이 쉽게 넘지 못하도록 참호를 파게 했다. 군영을 에워싼 울짱과 참호가 완성된 뒤에는 군사를 편히 쉬도록 했다. 하는 일도 없이 며칠 쉬고 나니 군사들은 몸이 근질거려 견딜 수가 없었다. 양광은 평양을 치라는 명령이 내릴 때까지 적을 끌어내 싸우고자 했지만 한번 달아난 고구려 군사들은 낯짝도 구경할 수가 없었다. 적이 보이지 않으니 심심해진 수나라 군사들은 첫날 만났던 고구려군 생각이 간절했다. 다 낚은 고기를 놓쳐버린 듯 아쉬운 마음이었다.

"앉아서 공이 이루어지기를 바랄 수는 없습니다. 나가서 싸워야 합니다."

"우리가 이곳에 온 것은 평양에 있는 장안성을 치기 위함입니다. 한 걸음이라도 더 나가서 황상의 명령이 내리기를 기다려야 합니다."

첫 접전에서 자신감을 얻은 장수들은 모두 나가 싸우고 싶어 했다. 부총관 주법상이 이대로 군영을 지키며 양광의 명령이 내리기를 기다려야 한다고 했으나 동의하는 장수는 없었다.

내호아는 주법상에게 진지를 지키게 한 뒤 10만 군사를 이끌고 평양을 향해 나아갔다. 20여 리를 가자 숲에서 5천 선봉군에게 화살이 쏟아졌다.

"뒤따라 중군이 온다. 힘껏 싸워라."

선봉장이 군사를 재촉해 맞서 싸웠다. 이들이 싸우는 것을 보고 중군과 본군이 함께 달려오자 숨어서 화살을 날리던 고구려군은 꽁지가 빠지게 달아났다. 10여 리를 뒤쫓아가자 왼쪽으로 큰 산이 나타났다. 고구려군은 산자락을 돌아 쉬지 않고 달아났다. 아무리 많이 보아도 5천 명이 될까말까한 적은 군사다.

"적이 달아난 곳이 어디냐?"

고구려군이 악착같이 맞서지 않고 너무 쉽게 내빼자 되레 의심이 일어난 내호아는 함부로 뒤쫓지 않고 길잡이에게 물었다.

"북쪽으로 15리쯤 되는 곳에 아주 오래된 산성이 하나 있습니다. 북동쪽에 황룡산성을 쌓은 뒤로는 제대로 돌보지 않아 성벽이 여러 군데 무너져 있다고 들었는데, 어쩌면 그곳으로 달아났는지도 모르겠습니다."

"음……!"

길잡이의 말을 듣고 보니 군침이 당겼다. 황룡산성을 쳐서 뒤를 깨끗이 해야 했지만 성을 치려면 많은 손실이 따른다. 그렇다고 황룡산성을 그냥 두고 간다면 두고두고 골칫거리가 될 것이다. 낡은 성일망정 손에 넣어 쓸 수 있다면 황룡산성에 대한 걱정은 훨씬 줄어들 것이다.

"적이 그 성으로 달아났다면 아직 성으로서 쓸모가 있을 것이다. 무너진 곳은 고쳐 쌓으면 된다. 그 성을 차지해서 우리 군사들이 지키게 해라."

곧바로 군사를 몰아 성으로 달리게 했다.

산 들머리에 들어서자 달아나던 고구려 군사들이 다시 맞서왔다. 그러나 얼마 안 되어 또다시 뒤를 보이며 달아난다.

"함부로 뒤쫓아선 안 됩니다. 먼저 선봉을 보내 싸우게 하여 적의 속임수를 경계해야 합니다."

장수들의 말을 받아들여 선봉군을 앞서 가게 하고 내호아는 본진을 이끌고 멀찌감치 뒤를 따라갔다. 갑작스러운 북소리가 들려 달려가 보니 앞장선 선봉군이 양쪽 산에 숨어 있다 나타난 3천여 고구려군의 공격을 받고 있었다.

"고구려놈들은 저런 걸 가지고도 속임수라고 하는가 보다. 참으로 멍청한 것들이다. 한꺼번에 휩쓸어버려라."

내호아의 명령에 본진 군사들이 한꺼번에 들이쳐 내달리자 놀란 고구려군은 정신없이 뒤로 내뺐다.

양쪽에 있는 산이래야 한달음에 뛰어오를 수 있는 야트막한 언덕이다. 숨어 있던 고구려군도 화들짝 놀라 참새떼처럼 허겁지겁 흩어졌다. 산으로 적을 쫓으러 갔던 군사들은 100여 개나 되는 투구를 주워왔다. 이번에는 허수아비를 만들지도 못하고 그냥 나뭇가지에 걸려 있더라고 했다.

그렇다면 어디에 군사들이 숨어 있다고 해도 별것 아니다. 적들이 산에 숨어서 공격해온다고 해도 산이 높지 않으니 언제라도 한달음에 쫓아갈 수가 있다. 내호아와 부하장수들은 어느새 허수아비를 세우고 나뭇가지에 투구를 걸어 군사가 많은 것처럼 위장하는 것이 고구려군의 실체라고 믿어버렸다.

"산을 믿고 숨어 있는 것들이 있다 해도 산이 크지 않으니 별것 아니다. 숨어 있는 것들이 있다면 그대로 짓밟아버려라."

양쪽 산 너머에 건무의 4만 5천 군사가 숨어 있는 줄 모르는 내호아는 마음 놓고 군사들을 성으로 달리게 했다. 내호아는 산이 낮아서 쉽게 쳐올라갈 수 있다고 믿었지만, 고구려군도 한달음에 낮은 산을 넘어올 거라는 데까지는 미처 생각이 미치지 못했던 것이다.

마침내 고구려군이 산성으로 뛰어들어가는 것이 보였다.

"적들이 모두 성안으로 들어가버리면 성을 빼앗기가 어려워진다. 한꺼번에 공격해 적이 성안에 들지 못하게 하라. 적을 놓치지 말고 뒤따라 성안으로 들어가라."

신이 난 내호아는 군사들을 더욱 재촉했다. 신바람 난 부하 장수들도 서로 공을 다투어 군사를 몰아댔다.

마침내 수군 선봉이 쫓기는 고구려군에 휩쓸려 산성으로 들어가기 시작하고 있었다.

"성문을 닫지 못하게 하라!"

"빨리 달려라!"

뒤따르던 군사들도 저마다 목청껏 외치며 내달렸다. 이미 수나라 군사들이 성안으로 달려들고 있으니 성을 빼앗는 것은 일도 아니다.

"우리 군사들이 성안으로 들어갔다."

"이미 빼앗은 것이나 다름없다. 어서 성안으로 달려들어라."

이때였다. 콰-앙. 콰-앙. 모두가 신바람이 나서 내달리는데 느닷없이 하늘이 무너지고 땅이 뒤흔들렸다. 너무도 요란한 징소리에 온 누리가 깨져나가는 것만 같았다.

고구려군이 2천여 개의 징을 한꺼번에 부서져라 울려대니 수나라 군사들은 그 엄청난 소리에 놀라 혼이 달아나버렸다.

"거짓놀음에 넘어가지 마라. 어서 적들을 공격해 성을 빼앗아라."

겨우 제정신이 돌아온 장수들이 얼이 빠져 있는 군사들에게 악을 썼으나 온 누리가 이미 어지러운 징소리로 가득 차 있었다. 장수들은 그저 팔다리를 저으며 입만 벙긋거리는 꼴이었다.

하늘과 땅을 뒤섞을 듯이 어지럽게 울리던 징소리가 멎는가 싶더니 이번에는 하늘을 까맣게 뒤덮으며 화살이 날아왔다. 천지가 깨져나가는 듯한 징소리에 얼이 빠져 있던 수나라 군사들은 앞뒤에서 동료들이 픽픽 쓰러지는 것을 보고서야 비로소 제정신이 들었다. 그러나 살아야겠다는 것은 마음뿐이었다. 아직도 오금이 저린 군사들은 그대로 땅에 머리를 처박거나 갈팡질팡하며 어쩔 줄 몰랐다.

"저놈들은 얼마 되지 않는 어중이떠중이들이다!"

"힘껏 싸워라! 어서, 적을 물리쳐라!"

먼저 정신을 차린 장수들이 맞서 싸우라고 소리쳤으나 한

번 얼어붙은 오금은 쉽게 펴지지 않았다. 무엇보다 고구려 군사들이 생각처럼 적은 수도 아니었고 어중이떠중이는 더더욱 아니었다. 용맹을 내어 고구려군을 향해 달려들던 군사들도 산에 올라보지도 못하고 쓰러졌다.

"적이 놓은 덫에 걸린 것이오."

"곧바로 물러서야 합니다."

부하장수들이 손짓발짓을 하며 악을 쓰는 통에 내호아는 비로소 정신을 차렸다. 그러고 나서 보니 살길은 도망치는 것 뿐이다.

"군사를 뒤로 물려라."

갈팡질팡하던 군사들도 그제야 정신을 차렸다. 다리야, 날 살려라! 둑 터진 물처럼 뒤쪽으로 정신없이 내달리기 시작했다.

고구려군은 천천히 수나라 군사들의 뒤를 따라 달렸다. 이 진문이 5천 군사만을 이끌고 있었다. 막리지 고건무는 수군의 앞길을 막기 위해 군사들을 이끌고 지름길로 달려간 뒤였다.

"도적놈들을 잡아라!"

"오랑캐놈들을 한 놈도 놓치지 마라!"

이진문의 군사들은 쫓겨 달아나는 수군의 뒤를 마지못한 듯 멀찌가니 뒤따르면서, 대신 소리만 크게 질러댔다.

"아무리 보아도 우리 뒤를 따르는 것은 5천 정도밖에 안 됩니다. 저놈들을 두들겨잡아 속이나 풀고 갑시다."

장수들이 떠들었으나 간이 오그라든 내호아는 되레 버럭 성을 냈다.

"멍청한 놈들! 적의 덫에 걸렸을 때는 먼저 발을 빼야 한다는 것도 몰랐더냐? 그러고도 장수라고 뽐냈더냐?"

한바탕 야단을 치던 내호아가 문득 입을 다물었다. 무언가 눈에 번쩍이는 것이 있어 쳐다보니 샘물이 솟아나는 듯 작은 폭포처럼 물줄기가 떨어지고 있었다.

"물통을 가져와라!"

신바람 나게 고구려군을 뒤쫓다보니 한동안 물을 마시지 못했다. 잠깐 말을 멈추고 부하가 건네주는 물을 마시니 기운이 버쩍 나고 살 것 같다.

"맛있다. 참 맛있다! 꿀이니 뭐니 해도 사실 물처럼 맛있는 것은 없다. 이렇게 땀을 쭉 내고 마시는 물맛을 감히 무엇에 비긴단 말이냐?"

내호아가 물맛에 대해 떠벌리는 사이, 멀리 떨어져 그 말을 들을 수 없는 군사들은 물줄기가 보이는 곳으로 말을 달렸다. 가보니 그 폭포뿐이 아니다. 산 밑으로 도랑이 흐르는데 제법 많아서 보기만 해도 시원했다. 더구나 태어나서부터 평생 봐온 누런 흙탕물이 아니라 하늘백성들이 먹고 마시는 아사달의 맑고 깨끗한 물이다. 횡재라도 한 듯 군사들은 개울에 대가리를 박은 말처럼 벌컥벌컥 물을 들이켰다.

"뭐냐? 저것들은?"

"군사들이 물을 마시고 있습니다."

"모두들 목이 마를 것입니다. 잠깐 길을 멈추고 군사들도 물을 마시게 하십시오."

부하장수들이 권하자 내호아가 발끈했다.

"뭐라고 개소리를 쮀치는 것이냐? 찬물을 마시고 배탈이 나서 뒈지려고 그러느냐?"

우문술이 대장군이 된 뒤로 군사들에게 찬물 마시는 것을 가르쳤으나 생각대로 되지를 않았다. 장수들도 우문술의 눈앞에서만 찬물을 마시는 척했지 뒤돌아서면 더운 여름에도 뜨거운 물에 찻잎을 띄워 마셨다. 태어나서부터 줄곧 더운물을 마셔온 사람들이다. 어쩌다 충실하게 따르는 장수도 없지는 않았으나 그들도 제가 거느리는 군사들의 버릇까지 다 바꿀 수는 없었다. 내호아가 놀라 소리를 지른 것은 바로 그 때문이었다.

"그래도 물을 마시게 하는 것이 낫겠습니다. 더운 날씨에 군사들이 갈증으로 쓰러질지도 모릅니다."

"멍청하기 짝이 없는 놈들! 여기서 꾸물거리다가 또다시 적의 덫에 걸리고 싶어 지랄이냐? 살고 싶거든 어서 달아나기나 해라!"

내호아가 큰 소리로 명령을 내렸다.

"북을 울려라! 군사들이 어서 달려가게 하라!"

요란하게 북이 울렸지만 도랑가에 모인 군사들은 꿈쩍도 하지 않았다. 몸에 밴 버릇은 아니지만 찬물은 시원해서 좋았다. 꿀보다 단 물을 배가 터지게 마시고 싶은데 몇 모금 마시기도 전에 뒤에 있는 놈들이 밀치고 끌어당기고 야단이다.

"그만 처먹고 빨리 나와라!"

좋은 말로 안 되니 앞에 엎드린 놈의 엉덩이를 발로 차 던진다. 발길질로 자리를 내고 개울물에 제 입을 대보지만 저도 제 뒤에 있는 놈한테 똑같은 꼴을 겪기 마련이다.

모두들 북소리에 놀라 정신없이 바쁘게 서두르다 보니 개울가는 엉뚱하게 치고받고 난장판이 되어버렸다.

"활을 쏘아라! 개울가에 자빠져 있는 놈들을 모두 저승으로 보내라!"

말뿐이 아니었다. 내호아는 몸소 시위에 화살을 걸어 당겼고 다른 장수들도 활을 손에 들었다.

슈욱 슉, 슉 슉 슉. 화살이 쏟아지고 저승길로 접어드는 비명소리가 울리기 시작하자 개울가는 와작 바빠졌다. 메뚜기떼처럼 저마다 살겠다고 머리를 싸쥐고 정신없이 내달렸다.

내호아는 지친 말을 갈아탔다. 그 또한 몹시 지쳐 가쁜 숨을 헐떡거렸으나 말에서 내리면 죽는다는 생각으로 버티고 있었다. 군사들도 7월의 땡볕 아래 아침부터 쉬지도 못하고 물

한 모금 마시지 못한 채 축 늘어졌다.

아침에 이진문의 군사가 숨어 있던 곳을 지나는데 또다시 양쪽에 숨어서 기다리던 고구려 군사들이 길을 막고 뛰쳐나왔다. 지름길을 달려온 막리지 고건무의 군사들이었다.

콰-앙, 콰-앙. 또다시 온 누리가 깨져나갈 듯한 징소리에 수군 군사들은 그 자리에 털썩 주저앉았다. 놀란 나머지 생똥을 싸고 오줌을 흘리는 자도 많았다. 정신을 잃고 까무러치기도 했다.

잠시 후 소나기처럼 쏟아지는 화살에 수백여 명이 한꺼번에 비명을 지르며 고꾸라졌다.

"바로 저 앞에 우리 부대가 있다. 어서 앞으로 달려라!"

장수들이 외치는 소리에 군사들은 없는 기운을 짜냈다. 저 앞에 우리 부대가 있는데 여기서 죽을 수는 없다! 수군들은 물불 가리지 않고 고양이를 물려고 덤비는 쥐떼처럼 고구려군 속으로 뛰어들었다. 창칼에 찔려도 아픈 줄을 모르고 죽어라 앞으로 내달렸다.

그렇게 가까스로 죽음의 구렁텅이를 벗어났으나 고구려군은 끈질기게 쫓아왔다. 달리다 넘어지거나 걸음이 빠르지 못한 수군들은 모두 고구려 군사들의 창칼 아래 쓰러지거나 사로잡혔다.

마침내 처음 뭍에 올라 진을 쳤던 곳에까지 달아나자 주법상이 군사를 몰아 달려나왔다. 비로소 고구려군이 뒤쫓기를 멈추고 뒤로 물러갔다.

내호아의 큰 몸을 싣고 달려온 말이 쓰러지자 땅바닥에 나동그라진 내호아는 외마디 비명을 지르며 그대로 까무러쳤다. 넘어지면서 제 몸으로 깔아뭉갠 왼팔이 부러졌을 뿐이었으나 내호아는 한나절이 지나서야 겨우 깨어났다. 불쌍한 목숨을 건지려고 비대한 몸을 돌보지 않고 정신없이 내달린 게 병이 된 것이다.

깨어나자마자 아프다고 엄살을 떨던 내호아는 다시 까무러치고 말았다. 정신을 차리고 보니 살아서 끝까지 도망쳐온 자가 만 명도 되지 않았기 때문이다. 하루아침에 무려 9만 명의 군사를 잃었으니 눈앞이 캄캄해지지 않을 수 없었다.

내호아는 다시는 눈을 뜨고 싶지 않았으나 배가 고파서 견딜 수가 없었다. 눈을 뜨고 일어났으나 밥 먹고 약 먹을 때만 빼고는 끙끙 앓는 소리를 냈다. 부러진 팔이 욱신거리며 아파서라기보다는 부하들의 낯을 보기가 두려워서였다.

그러나 갇힌 짐승처럼 누워 있기가 더 갑갑했다. 내호아는 스스로 나흘 만에 자리를 털고 일어났다.

"나무를 베어다 울짱을 높여라. 참호를 더 깊이 파고 흙을 높이 쌓아서 울짱을 튼튼하게 굳혀라."

내호아는 툭하면 고래고래 소리를 지르는 것으로 부하들의 눈총을 깔아뭉갰다. 한번 놀라고 나니 다시 싸우는 건 엄두도 내지 못할 일이었다. 이제는 양광에게서 평양으로 쳐들어가라는 명령이 오기만 기다릴 뿐이다.

내호아의 수로군은 한 발짝도 나가지 않고 날마다 튼튼하게 울짱을 덧쌓으며 날을 보냈다. 고구려군도 튼튼하게 울짱을 높여 쌓은 수나라 군사들을 공격할 생각이 없는 듯했다. 수나라 군사들은 차츰 바다에서 낚시질도 하면서 느긋하게 지냈다.

둥. 둥. 둥. 둥. 내호아는 수로군 15만을 이끌고 북소리도 드높게 뱃길로 나가고 있었다. 서로 부딪쳐 깨지지 않도록 사이를 벌려 수천 척의 배를 띄우니 온통 바다를 뒤덮어 참으로 볼만했다. 하늘이 푸르고 바람도 알맞게 부니 돛을 펴고 달리는 뱃머리에 부서지는 파도소리도 흥겨웠다. 북과 꽹과리 소리에 섞여 군사들이 와자지껄하게 떠드는 소리도 들려온다.

"으흠, 보기 좋구나!"

내호아는 매우 흐뭇했다. 새삼 가슴 가득히 숨을 들이마시는데 웬 장수가 느닷없이 덤벼들어 온몸으로 내호아를 떠밀었다.

"웬 놈이냐?"

내호아는 덤벼든 장수의 몸에다 깊숙이 칼을 박았다.

으응? 내호아는 안개가 걷히듯 잠에서 깨어났다. 온 누리가 떠내려가는 듯 시끄러운 소리로 가득 차 있다.

"장군, 어서 일어나십시오."

"악, 아윽!"

내호아가 비명을 질렀다. 아직 아물지 않은 팔이 떨어질 듯 아팠다.

"놔라, 놔! 아이쿠!"

묶인 돼지처럼 죽는다고 소리쳤으나 부하들은 들은 척도 않고 내호아의 뚱뚱한 몸을 잡아끌었다.

"적이 쳐들어왔습니다. 빨리 일어나 싸워야 합니다."

"뭣이? 방금 뭐라고 했느냐?"

비로소 잠이 달아난 듯 내호아가 제대로 된 비명소리를 냈다.

"고구려놈들이 우리 배에다 불을 질렀습니다."

"고구려 군선이 모두 몰려나와 바다를 가로막고 있습니다."

"울쩡도 오래 견디지 못할 것입니다."

옷도 걸치지 못하고 밖으로 달려나온 내호아의 눈에 횃불처럼 솟아오르는 수백 개의 불빛이 보였다. 벌써 수백 척의 배에 불이 붙은 것이다.

불빛은 갈수록 대낮처럼 밝아졌다. 눈을 찌르는 매캐한 연기 속에서 배를 지키는 군사들이 단 가마 속의 개미들처럼 분주했다.

"어찌해야 옳으냐?"

놀라서 넋이 달아난 내호아가 부하장수들에게 물었다.

"늦었습니다. 곧바로 배를 띄워 빠져나가야 합니다."

"그렇다. 곧바로 배를 띄워라."

내호아의 명령에 장수들이 바쁘게 움직였다.

"모두 배에 올라 바다로 빠져나가라."

"배에 오르는 대로 닻을 잘라 곧바로 빠져나가라."

그러나 장수들의 호령은 울짱을 뛰어넘는 고구려군의 함성 속에 묻혀버렸다.

"오랑캐들이 달아난다. 모두 쓸어버려라."

"오랑캐들이 배에 오르지 못하게 하라."

수나라 군사들은 물밀 듯이 넘어오는 고구려군을 막을 엄두도 내지 못하고 모두 메뚜기처럼 뛰어서 배에 올랐다.

장수들이 외치는 소리를 듣지 못해도 수군들은 재빠르게 움직였다. 불이 붙은 배에서는 군사들이 미련 없이 배를 버렸고, 배에 오른 군사들은 서둘러 닻을 자르고 돛을 올려서 바다로 내뺐다. 200여 척의 배가 불타고 있었으나 그것들은 오히려 횃불처럼 환하게 뱃길을 밝혀주는 셈이었다.

수군들이 바다로 나가자 이번에는 뱃길을 막고 있던 고구려 수군에서 불화살이 날아왔다. 눈에 불을 켜고 찾아 헤맸던 고구려 싸움배였으나 이젠 쳐다보기도 겁이 났다. 붉은 해 속에 그려져 있는 세발까마귀가 금방이라도 날아서 덮쳐올 것만 같았다.

그러나 언제까지 두려움에 떨고만 있을 수는 없는 일. 살아야 한다!

"얼마 되지 않는 적이다. 마주 불화살을 쏘아라."

"빨리 물을 길어 불을 꺼라. 조금만 더 나가면 적진을 벗어난다."

수나라 군사들은 누가 시키지 않아도 목숨을 건지려 몸을 아끼지 않고 싸워가며 한마음 한몸이 되어 고구려군의 불화살 속을 빠져나갔다. 뱃전에 만든 성가퀴에 몸을 숨긴 수군들이 마주 불화살을 쏘아대니 고구려 수군도 더는 쫓아오지 못했다.

그러나 내호아를 비롯한 1만여 군사만이 간신히 목숨을 구해 달아났을 뿐 나머지 군사들은 바닷물에 빠져 죽거나 고구려군에게 사로잡혔다. 겨우 두 번의 싸움으로 15만 수군이 깨끗이 박살나고 만 것이다.

뒤쫓는 고구려군은 없었지만 수로군은 부지런히 달아났다.

사흘이 지났다. 점점이 떠 있는 섬들이 눈물겹게 반갑다. 봉래가 가까운 묘도군도다. 이곳에는 고구려 수군이 주둔하고 있었지만 전쟁이 시작되자마자 썰물처럼 빠져나가고 없었다.

고구려 수군은 내호아의 수군을 공격하느라 대동강 어귀에 집결했었을 것이니 이곳에서 고구려 싸움배를 만날 일은 없다. 비로소 살았다는 생각이 들었지만 장수들은 마냥 기뻐할 수도 없었다. 지금은 살아 돌아가지만 이 목이 언제까지 붙어 있을지 모를 일이다.

문득 내호아의 배에서 장수들을 부르는 깃발이 오르고 징이 울렸다. 다시 돌아가 싸우려나?

모두 돛을 내리고 내호아의 배 곁으로 모여들었다. 배마다 작은 배를 내리더니 장수들이 모였다. 난리통에 작은 배를 잃어버린 장수들은 풍덩 물에 뛰어들어 지나가는 작은 배에 기어올랐다.

내호아의 배에 올라간 장수들은 갑판에 잔칫상이 차려진 것을 보고 어리둥절했다. 15만 수군을 이끌고 갔다가 겨우 1만 군사만 데리고 도망치는 중이다. 잔치를 열고 즐길 처지가 아닌 것이다.

내호아는 2층 누각에서 부하장수들의 인사를 받았다.

"모두들 수고하였소. 이렇게 살아서 만나니 얼마나 좋소."

내호아는 죽지 않고 살아서 다행이라는 말을 누차 강조하더니 자못 엄숙한 표정으로 말했다.

"우리 수로군은 아무런 공도 세우지 못하고 몰살당했소. 황상께서 책임을 묻는다면 나뿐 아니라 여러 장군도 할 말이 없을 것이오. 우리의 목은 성문에 내걸리고 부모와 처자식은 모두 죽거나 종으로 떨어져 자자손손 짐승처럼 살아가게 될 것이오."

차라리 죽느니만 못하다! 싸움터에서 죽었으면 내 핏줄들이 죽거나 종으로 떨어질 염려는 없었을 터인데…… 장수들은 새삼 살아서 돌아가는 것이 두려웠다. 더구나 남에게 들씌우기 좋아하는 내호다. 부하장수들이 명령에 제대로 따르지 않아서 싸움에 졌노라고 핑계를 댈지도 모른다.

모두들 무슨 욕을 얻어먹을지 모른다고 생각했는데 뜻밖에 나무라는 소리가 없다. 더구나 잔칫상까지 마련해두었지 않은가. 대장군의 뜻은? 아아, 자결하기 전 마지막 잔치를 하자는 것인가.

장수들은 마음을 굳게 먹었다. 스스로 자결하여 내 피붙이들을 살려야 한다!

모두들 비장한 각오를 다지는데, 내호아는 웬일인지 기운이 펄펄 넘치는 모양이었다. 뭐라고 큰 소리로 떠들어댄다.

"몇 번의 싸움에서 우리는 5만여 적을 죽이고 전리품으로 고구려 투구를 만여 개나 얻는 큰 공을 세웠소. 그러자 부총관 주법상은 간덩이가 부어서 함부로 고구려군을 뒤쫓다가 적의 복병에 걸리고 말았소."

무슨 소린가. 언제 고구려군을 5만이나 죽였으며, 주법상이 군사를 이끌고 싸움에 나섰단 말인가.

"곤경에 빠진 부총관을 구하려다 많은 군사가 희생되고 말 았소. 전공에만 눈이 어두운 어리석은 주법상과 그의 부하 몇몇 때문에 14만 명이나 되는 군사들이 억울한 귀신이 되고 만 것이오. 게다가 황금을 퍼주고도 바꿀 수 없는 고구려 투구를 몽땅 빼앗기고 말았소."

제발 그랬으면 오죽 좋으랴! 하지만 부총관이 얼토당토않은 그런 모함을 받고 가만히 있겠는가. 장수들은 그제야 이리저리 둘러보고 주법상이 보이지 않는다는 것을 깨달았다.

"어리석은 주법상이 황상께 나아가 죄를 빌어야 하나 이미 고구려군의 손에 죽고 말았으니 어쩔 수가 없게 되었소. 살아남은 우리가 잘 말씀드릴 수밖에!"

장수들은 혼란스러웠다. 바로 어제까지만 해도 주법상과 큰소리로 이야기를 나눈 장수가 많았다. 아무래도 주법상과 그 부하장수들을 모두 죽이고 싸움에 진 모든 허물을 그에게 덮어씌우려는 모양이었다.

어쨌거나! 참나무숯으로 불을 피웠든 말똥으로 피웠든 밥 맛은 매한가지다! 하늘이 무너져도 솟아날 구멍이 있다고 했다. 포악하고 미련퉁이 같은 내호아가 이렇게 신통방통한 재주를 부릴 줄이야!

장수들은 부지런히 먹고 마셨다. 저승사자에게 끌려 지옥

의 문턱을 넘어섰다가 다시 놓여났다고 생각하니 술맛이 기가
막히게 좋았다.

여수장우중문시

　우중문과 우문술은 40만 군사를 거느리고 압록수를 건넜다. 수나라 군사들이 처음 강을 건널 때에는 고구려군이 화살을 날렸으나 겨우 5천이나 될까말까했다. 그나마 수군사들이 강 저쪽에 닿아 싸움새를 이루자 모두 달아났다.

　"적이 쉽게 물러서는 것은 우리를 덫으로 끌어들이고자 함이오. 우리 본진은 좀 더 지켜보다가 내일 강을 건너야겠소."

　우문술의 말에 우중문이 콧방귀를 뀌며 말했다.

　"앞으로 나서지도 못하는 적이 두려웠다면 여기까지 오지도 않았을 것이오. 적들이 몰래 숨어 있다 해도 얼마 되지 않을 것이니 본진이 건너가서 짓밟아버리면 될 것이오."

　제 뜻대로 강을 건넌 우중문이 우문술이 건너오기를 기다리며 크게 웃어젖혔다.

　"봐라! 적들은 감히 대적할 엄두도 내지 못하고 멀리 달아나버리지 않았느냐, 하하하!"

　그러나 우문술은 마음을 놓지 못하고 바오달 터를 돌며 군사들을 독려했다.

"야습을 조심하라. 경계군사를 많이 세워라."

하지만 그날 밤은 물론 이틀 뒤 수군이 모두 압록수를 건널 때까지 고구려군은 코빼기도 보이지 않았다.

"내가 뭐랬소? 적들은 일찌감치 뒤로 달아나 평양성을 지키려 할 것이오. 미리부터 쓸데없는 걱정 하지 말고 적이 나타날 때까지 앞으로 나아갑시다."

우중문과 우문술이 말에 오를 때였다. 한 장수가 숨 가쁘게 달려와 한 통의 서찰을 전했다.

"무엇이냐?"

"적장 을지문덕이 보내온 것입니다."

"어디 보자."

서찰을 펼친 우중문의 얼굴이 시뻘게졌고 온몸이 부들부들 떨렸다.

"놈의 에미하고 붙겠다!"

"뭐라고 썼기에 그러시오?"

곁에 있던 우문술이 서찰을 받아들었다.

귀신같은 계책은 하늘의 이치를 다하였고
기묘한 꾀는 땅의 이치를 통달하였도다.
싸움마다 이기어 공이 이미 높으니

여수장우중문시   321

만족함을 알아 싸움을 그만두기 바라노라.

"뭐, 이런 걸 가지고 그러시오?"

우문술이 달랬으나 우중문의 귀에는 아무것도 들리지 않는가 보았다. 우문술의 손에서 서찰을 낚아채더니 그것이 마치 을지문덕이라도 되는 양 북북 찢어 내던져버렸다.

"북을 울려라! 을지문덕의 숨통을 끊으리라!"

바로 눈앞에 적이 있는 것처럼 우중문은 채찍을 휘두르며 말을 달렸다. 뒤따르던 장수들도 정신없이 내달렸다.

천천히 말을 몰아가던 우문술이 다시 한 번 뒤를 돌아보았다. 저만치에서 을지문덕이 보낸 서찰이 숱한 군사들의 발길에 짓밟히고 있을 것이다. 대장이라는 자가 적장이 보낸 서찰에 저토록 흥분한다면 큰일이 아닐 수 없다. 당나귀 뒷다리 같은 고집에다 성질마저 불같으니 무슨 일을 저지를지 모른다.

"으음, 아무래도 불길하구나!"

우문술의 입에서 끝내 탄식이 흘러나왔다.

압록수를 건넌 지도 여러 날이 되었다.

수나라 군사들은 산을 넘고 숲을 지날 때마다 느닷없이 몰려나올 고구려군을 대비해 조심 또 조심했으나 어디에서도 고구려군의 모습은 보이지 않았다. 싸움이 없으니 군사들은 되

레 따분하기만 했다. 뜨거운 햇살 아래 터벅터벅 걷는 발걸음
도 지쳤다.

"여동군 놈들도 코빼기를 보이지 않더니 압록수를 건너도
적이 안 보인다. 무슨 꿍꿍이속일까?"

한 군사가 내뱉자 곁에서 시큰둥하게 받았다.

"우리 수나라 군사들의 위세에 놀라 감히 싸울 엄두를 내지
못하는 것임에 틀림없다."

벌써 몇 번이나 이런 말을 주고받았는지 모른다. 닳아빠진
소리가 재미있어서가 아니다. 날마다 그저 내처 걷기만 하다
보니 모두 심심한 터에 푸념처럼 노닥거리는 것이다. 밤마다
〈조선가〉를 웅얼거리던 사람들도 낮에는 사나운 군사의 모습
이다.

"적의 개마대는 귀신보다 무섭다. 화살도 소용없고 창날로
도 상할 수 없으니 다시 나타나면 참으로 큰일이다."

"너는 혹 바보가 아니냐? 이곳에는 산이 많고 냇물이 많아
서 거추장스럽고 움직임이 굼뜬 개마대는 아무런 힘도 내지
못하고 도리어 당할 뿐이다. 저들도 바보가 아닌 다음에야 이
런 곳에까지 개마대를 끌고 다니겠나? 개마군사들은 여동군
에게만 있을 뿐이다. 이제부터는 오히려 우리 개마대가 마음
껏 싸움터를 달릴 것이다."

장수들에게 얻어들은 소리가 있었으므로 제법 똑똑한 체

하는 군사들도 있었다.

"그렇다 해도 왠지 기분이 나쁘다. 적이 보이지 않으니 도리어 뒤통수에 굶주린 귀신을 달고 다니는 것 같지 않나?"

"굶주린 귀신이라니, 이제 곧 그대를 잡아먹겠구나? 바보 같으니라고, 벌건 대낮에 있지도 않은 귀신을 들먹이는 것을 보니, 아무래도 늙은 마누라한테 기운을 다 쏟아붓고 나온 것이 아닌가, 하하하!"

더위에 지쳐 있던 군사들도 기운을 내어 하하하 웃는다.

승암산은 산이 험하고 숲이 울창해서 군사를 숨기기에 좋은 곳이다. 10여 리 되는 곳에 서고성까지 있으므로 매우 조심했으나 숨어 있는 군사는 하나도 없었다. 서고성 곁을 지날 때에도 성벽에는 깃발만 나란히 서서 나부낄 뿐 쥐새끼 하나 어른거리지 않았다.

그래도 언제 고구려군이 뛰쳐나와 골탕 먹이려 들지 모르는 일이다. 우중문은 하귀군에게 1만 5천을 주어 서고성 언저리의 보급로를 지키게 했다.

"이렇게 좋은 곳에도 적이 없다니 믿어지지 않는다."

밀죽산과 가례산도 길이 좁고 산이 험한 곳이다. 군사를 숨겼다가 싸우기에 이보다 더 좋은 곳은 없을 것이다. 그러나 어디에서도 고구려군은 나타나지 않았다.

압록수를 건넌 지 이레가 넘었다. 어디에서도 고구려군의 모습이 보이지 않으니 수나라 군사들은 차츰 탕개가 풀어졌다. 탕개가 풀어지니 7월의 땡볕 더위와 끝없는 행군이 더없이 짜증나고 괴로운 일이 되고 말았다.

터벅터벅 걷기만 하던 선봉군이 구봉산 밑을 지났다. 10여 리를 가서 노곡령에 이르러서도 아무런 낌새도 알아채지 못하고 재를 넘었다. 뒤따르던 2만 중군도 별일 없이 재를 넘었다. 오래지 않아 산골짜기를 따라 너른 평지가 나타나고 계곡물도 제법 흐르고 있었다. 진작부터 지치고 목말랐던 군사들이다. 찬물을 마셔도 괜찮은 자들은 벌컥벌컥 물을 마셨으나 대부분 푸푸 세수를 하고 손발을 씻는 것으로 갈증을 달랬다. 눈치 볼 것 없이 첨벙첨벙 뛰어들어 좋다고 소리치는 자들, 땅에 주저앉아 다리를 주무르는 자들, 아예 길게 드러눕는 자들도 있었다. 그러나 곧 욕설을 퍼부으며 길을 재촉하는 장수들 때문에 오래 있을 수는 없었다.

그렇게 달콤한 휴식을 즐긴 선두 대열이 골짜기를 막 벗어날 무렵이었다. 우르르르- 콰 콰 콰-. 아직도 골짜기에서는 물을 마시는 군사들과 장수들이 내지르는 소리가 시끄러운데 느닷없이 하늘이 갈라지는 소리가 일어났다. 언뜻 눈을 들어 보니 벼랑처럼 비탈이 심한 왼쪽 산에서 수십 개의 집채만 한 바윗돌이 굴러내리고 있었다. 바윗돌들은 무섭게 부딪혀 쪼개지며 하늘로 날아올랐다.

으앗! 아악! 눈 깜짝할 사이에 100여 명이 깔려 죽었다.

바윗돌들이 잇달아 굴러내린다. 꽈르르르. 꽈, 꽈, 꽈—.

피해라! 빨리 뛰어라! 군사들은 바윗돌을 피해 넘어지고 자빠지며 오른쪽 산 밑으로 정신없이 내달렸다.

악! 카—악! 산 밑에 이르렀는가 싶었는데 정신없이 달려가던 군사들이 비명을 내지르며 쓰러졌다. 산비탈과 나무그늘에서 화살이 소나기처럼 날아온다. 오른쪽 산은 비탈이 밋밋해서 바위를 굴려내릴 수는 없었으나 오히려 많은 군사를 숨겨두기에 좋았던 것이다.

"적을 쳐라!"

"당황하지 마라!"

장수들이 악을 쓰며 군사들을 몰아세웠으나 이미 반쯤 넋이 빠진 군사들이다. 날아오는 화살을 피해 땅에 엎드리는 게 고작이었다.

한참을 소나기처럼 퍼붓던 화살이 멈추는가 싶었다. 그러나 이번에는 창칼을 든 군사들이 벌떼처럼 달려나와 반쯤 넋이 달아난 수군들을 찍어넘기기 시작했다. 고구려 군사들이 너무 사납게 날뛰는 통에 수군들은 맞서 싸울 엄두도 못 내고 걸음아 날 살려라 내빼기에 바빴다. 2만 명 가운데 겨우 4천여 명이 목숨을 건져 본진으로 달아났을 뿐이다. 앞서 골짜기를 벗어났던 5천 선봉에서도 누구 하나 살아 돌아오지 못했다.

노곡령에서 바윗돌이 굴러내리고 있을 때 수군 본진은 구봉산 밑을 지난 뒤였다.

쾅. 쾅. 쾅. 조금 전에 지나온 구봉산에서 징소리가 어지럽게 울렸다.

"무엇이냐?"

놀란 우중문의 눈에도 산에서 굴러떨어지는 수십 개의 집채만 한 바윗돌이 보였다.

"어서 군사를 물려라."

장수들이 고함을 질렀다. 그러나 바윗돌이 굴러내린 산은 군사들이 지나는 길에서 너무 멀리 떨어져 있다. 사납게 굴러내리던 바위였으나 산 밑에 와서는 얼마 구르지 못하고 제풀에 멈춰서고 말았다.

쓸데없는 짓을 저질러놓고 부끄럽지도 않은지, 고구려군은 계속해서 징소리를 쾅, 쾅 시끄럽게 울려대고 있다.

"낯짝 두꺼운 놈들이다. 저것들을 잡아 죽여라."

몇몇 장수가 군사를 몰아 산비탈을 기어올랐다. 그러나 얼마 전까지도 시끄럽게 징을 두드리던 고구려군은 자취도 없이 사라져버렸다. 산허리에는 바윗돌을 묶어두었던 칡덩굴과 부러진 나무들만이 고구려군이 놀다 간 자리라는 것을 말해주고 있을 뿐이다.

봉우리까지 올라간 수군들이 개새끼 토끼새끼 같은 놈들

이라고 욕설을 퍼붓고 더러는 오줌발을 갈기는데, 갑자기 징소리가 일어났다. 깜짝 놀라 바라보니 곁에 있는 동쪽 봉우리에 고구려군이 나타나 깃발을 흔들어대고 있었다. 놀려대는 것이 분명했으나 잘못 뒤쫓다가는 무슨 창피를 당할지 모른다.

"고구려놈들은 모두 생쥐 같은 놈들이다. 뒤쫓아봐야 잡을 수 없다. 그냥 돌아가자."

바윗돌이 굴러떨어질 때 다친 군사도 지레 놀라 도망치다 넘어지면서 코를 깨거나 발을 삔 것이다. 직접 바윗돌에 다친 군사는 하나도 없었다. 그저 어지러운 징소리와 구르는 바윗돌에 속아서 잠깐 넋이 빠졌던 것이다.

나중에 노곡령에서 도망쳐오는 중군을 보고서야 속은 줄 안 우중문은 이를 갈았다.

"놈들의 잔꾀에 속아 중군을 구원할 때를 놓쳤구나!"

본진이 노곡령에 이르러 보니 바윗돌에 맞아 처참하게 으깨진 주검들이 절로 눈을 돌리게 했다. 그러나 그것은 약과였다. 오른쪽 너른 평지는 널브러진 주검들로 시산혈해를 이루고 있었다. 적들은 수군들이 바윗돌을 피해 오기를 기다렸다가 화살과 창으로 집중 공격해서 겹겹이 주검의 산을 쌓은 것이다.

"저것이 무엇이냐?"

우중문이 소리를 질렀다. 그가 가리킨 오른쪽 산허리에는 세 아름이 넘는 소나무가 있었는데, 그 한쪽을 반듯하게 깎아

내고 거기에 무어라 글씨가 쓰여 있었다.

달려갔다 온 장수가 곧이곧대로 말하기가 딱하다는 듯이 우물거리며 입을 열지 못했다. 우중문이 먼저 말을 몰았고 우문술과 여러 장수도 주검들을 밟으며 뒤를 따랐다.

하늘의 뜻을 그대에게 이른다.

곧바로 이곳에서 군사를 돌려 돌아가라.

그대의 헛된 용맹을 자랑하기 위하여 얼마나 많은 산목숨을 죽여야 하는가?

하늘과 땅과 사람이 함께 노하니 그대들은 살아남을 수 없다.

부아가 터진 우중문이 길길이 날뛰며 몸소 도끼를 들어 소나무를 내리찍었다. 여러 장수가 말리자 우중문은 군사들에게 명령을 내려 소나무를 불에 태워버렸다.

"앞으로 나가라. 선봉군을 둘로 나누어 적의 잔꾀를 막아라."

산과 골짜기뿐만 아니라 작은 숲까지 미리미리 낱낱이 살피게 했다.

그렇게 대암산 계곡을 지날 때였다. 산 밑을 지나기 전에 먼저 산으로 3천 군사를 올려보내 살피게 하니 숨어 있던 고구려 군 수백 명이 놀란 메뚜기떼처럼 달아났다. 아니나 다를까. 이곳에도 바윗돌을 굴려내리기 위한 모든 준비가 갖춰져 있었다.

"참으로 웃기는 놈들이다. 두 번씩이나 속을 바보가 어디 있다더냐?"

군사들이 바윗돌을 얽어맨 밧줄을 잘라냈다. 우레 우는 소리를 내며 바윗돌이 구르고, 우지끈 투두둑 비명을 지르며 아름드리나무가 부러져나갔다.

하하하, 하하하! 수 선봉군은 소리 내어 웃었다. 다시 쓰지 못하게 바윗돌을 모두 산 아래로 굴려버렸다. 바윗돌이 굴러 내리자 일이 그릇되었음을 알고 반대쪽에 숨어 있던 5만여 고구려군도 깨끗이 뒤로 물러나는 것이 보였다.

"을지문덕이라는 자가 저렇게 어리석을 줄은 미처 몰랐다. 저런 멍청이가 으뜸 장수라 하니, 고구려 군사들이 불쌍할 뿐이다."

우중문과 부하들은 잔뜩 뽐내며 대암산을 지났다.

고구려군도 더 이상 속임수가 통하지 않는다는 것을 안 모양이었다. 다시 숨어 있기를 포기하고 5만 정도의 군사가 모습을 드러낸 채 천천히 앞서 나가고 있었다. 수군 선봉도 바싹 뒤쫓지 않고 5리쯤 거리를 두고 천천히 뒤를 따랐다.

"더는 쓸데없는 짓을 안 하는 걸 보니 을지문덕이란 자가 아주 멍청이는 아닌가 보다."

"천천히 어기적거리며 앞서 가는 것을 보니 우리를 평양으로 모시고 가는 것만 같습니다."

노곡령에서 혼쭐난 수나라 군사들은 고구려군이 싸움을 걸어오지 않는 것이 고맙기만 했다. 혹시라도 다시 무슨 꿍꿍이를 꾸미지 않는가 조심하면서 부지런히 뒤를 쫓았다.

압록수를 건넌 지 열사흘째 되던 날 아침, 우중문은 봉린산 산봉우리에 올라 있었다. 서북쪽으로 10여 리 떨어진 곳에 박릉성이 보이고 그 뒤로는 이틀 전에 건넌 대령수(대령강)가 흐르고 있다.

"저놈들은 아예 성안에 틀어박혀 나올 줄을 모른다. 그러나 마음 쓸 필요 없다. 평양이 우리 손에 떨어지면 모두 저절로 말라 시들어버리는 나뭇잎 꼬락서니가 될 것이다."

우중문이 껄껄 웃었다. 이때였다.

"큰일이오. 빨리 군사를 멈춰야 할 것이오."

우문술이 뒤늦게 산에 오르며 말했다.

"저들이 5만이나 되는 군사를 가지고 한 번도 크게 싸우지 않고 여기까지 온 것은 바로 우리를 끌어들이기 위한 것이었소. 저들은 지금 곧장 남서쪽으로 달아나고 있는데, 길잡이들의 말에 따르면 50~60여 리를 더 가면 바다가 나타난다고 하오. 북으로는 대령수로 막혀 있고 남으로는 살수(청천강)가 막아서니 삼면이 물로 싸여 있소. 여기에 갇히면 군사를 움직일 수 없게 되오. 더욱이 대령수와 살수가 서로 가까이 흐르기를

30여 리인데 강 사이의 거리가 10리에도 미치지 못한다니, 이는 우리를 끌어들이려는 속임수가 틀림없소이다."

우중문도 크게 놀랐다. 저놈들은 우리를 평양으로 데려가는 것이 아니라 저승문으로 데려가고자 했던 것이다!

"그렇다면 큰일이오. 적들은 미리 뗏목과 배를 준비했다가 강을 건너 달아날 것이니 우리 군사만 바다와 강물에 의해 막히게 되오."

"저들이 애써 우리를 남서쪽으로 불러들이려 드니 우리는 동남쪽으로 나가 강을 건너야 할 것이오. 동남쪽에는 안섬이라는 섬이 있는데 그곳으로는 뗏목이나 배가 없이도 걸어서 강을 건널 수 있다고 하오."

안섬은 살수 어귀에서 60여 리 올라간 곳에 있다. 청색군(평북 희천군) 백산 남록에서 시작된 살수 원줄기와 장정(평북 창성) 부아산 동남쪽 기슭에서 흘러내린 구룡수(구룡강)가 만날 즈음에 살수의 흐름으로 생겨난 섬이다. 윗섬과 아랫섬으로 갈라져 있으며, 두 섬의 크기는 아랫섬의 길이가 약 8리며 윗섬은 13리이고 너비는 둘 다 5리쯤이다. 가람의 너비가 큰 만큼 강물은 깊지 않아서 여느 때에는 어른의 가슴이 잠기는 정도였다. 군사들이라면 뗏목이나 배 없이도 얼마든지 그냥 걸어서 건널 수가 있었다.

"그런데 섬의 생김으로 보아 적이 군사를 숨겼다가 우리가 강을 건널 때 공격한다면 그것도 큰일 아니오?"

하마터면 고구려군의 덫에 치이고 말았을 것이라는 생각에 무슨 소리에도 겁부터 앞선 우중문이다. 우문술이 딱하다는 듯이 입귀를 일그러뜨리며 쓸쓸하게 웃었다.

"우리를 남서쪽으로 끌어들이려는 적의 속셈이 이미 드러나지 않았소. 안섬을 지나는 것이 힘든 길일 수도 있으나 군사들이 걸어서 강을 건널 수 있다면 적이 기다리고 있다고 해도 크게 나쁠 것은 없소이다. 섬을 사이에 두고 강물이 나뉘어 흐른다 하나 섬의 남쪽 강물은 매우 얕아서 겨우 허리춤에도 닿지 않을 것이라 하니 섬을 섬으로 생각하지 않아도 되고 굳이 강이 두 개라고 하지 않아도 될 것이오."

듣고 보니 그 말도 옳았다. 강물이 걸림돌이 되는 것은 사실이나 군사들이 걸어서 건널 정도라면 별다른 위협이 되지 못한다. 적이 기다리고 있다고 해도 이미 눈앞에서 남서쪽을 향하여 가는 무리가 5만이니 그리 많은 수는 아닐 것이다.

"좋소이다. 곧바로 군사를 동남쪽으로 돌려 안섬을 지나게 하시오."

겁쟁이가 되어 우문술에게 창피를 당했다고 여긴 우중문은 두말없이 명령을 내려 군사를 뒤로 돌렸다. 그러나 제가 책임을 지고 싸움터에 나선 마당에 우문술한테 질 수 없다고 생각한 우중문은 고구려 장수들이 비웃는 소리는 듣지 못했다. 뒤따르다 말고 썰물처럼 물러가는 수군을 바라보며 고구려 장수들은 소리 내어 웃고 있었다.

"어리석은 오랑캐 같으니, 네놈들의 조그마한 잔꾀는 차라리 없는 게 낫다는 것을 알게 될 것이다. 장군은 5천 군사를 이끌고 적을 꾀여내려는 것처럼 뒤따르시오."

5만 군사를 이끌던 막리지 을지문덕이 유상현에게 명령했다. 그가 달려간 뒤 을지문덕은 군사를 이끌고 남서쪽으로 내려가 뗏목과 배를 타고 강을 건넜다.

유상현이 5천 군사를 끌고 바짝 뒤쫓아갔으나 우중문 등은 뒤도 돌아보지 않고 안섬으로 향했다.

"우리가 아무것도 모르고 제놈들의 얕은꾀에 속을 줄 알다니 멍청하기 그지없는 놈들이다. 깃발을 보아하니 고구려 으뜸 장수라 일컫는 막리지 을지문덕이 틀림없던데, 이렇듯 어리석을 줄은 내 미처 알지 못하였다. 으하하하!"

고구려군의 손바닥 위에서 놀아나는 줄 모르는 우중문이 또다시 큰 너털웃음을 쏟아냈다. 수군 장수들 모두가 한바탕 크게 웃었다.

비록 강은 넓으나 과연 강물은 깊지 않았으며 지키는 군사들도 보이지 않았다. 선봉군은 들판을 지나듯 모두 걸어서 강을 건넜고 본진도 대를 나누어 강을 건너기 시작했다.

강물은 걷지 못할 만큼 물살이 센 것도 아니었다. 깊은 곳은 키를 넘기도 하였으나 대개 가슴이나 잠기는 정도였다. 키 작은 군사들도 뒤꿈치를 들고 뛰듯이 걸으며 숨을 쉴 수가 있었으므로, 모두들 옷이 젖었을 뿐 매우 수월하게 강을 건넜다. 안섬을 지나서 남쪽 강에 이르니, 길잡이들의 말처럼 이곳의 강물은 더욱 얕아서 겨우 허리나 적시는 정도였다.

강이 얕아서 사람도 말도 쉽게 건널 수 있지만 군량은 다르다. 물에 흠뻑 젖어버리면 이 더운 날에 썩거나 싹이 트고 만다. 강을 건넌 우중문은 수레가 건널 수 있도록 다리를 만들게 했다.

물 한 바가지만 뒤집어써도 원이 없을 만큼 더위가 기승을 부리는 때다. 나무를 베어 나르는 군사들은 더위 먹은 황소처럼 헉헉거리지만 물속에 들어가 다리를 만드는 군사들은 물놀이 나온 것처럼 즐겁다.

"강물이 너무 차갑지도 않고 물놀이하기 딱 좋구나."

"고구려놈들이 다리를 부숴버리지 않고 내버려두었더라면 우리가 이런 재미를 몰랐을 것이다. 정말 생각할수록 고마운 놈들이다."

옷을 벗고 물에 들어간 군사들은 걷기보다 헤엄쳐 다니는 것이 더 빠른 것처럼 굴었다. 무엇을 찾거나 강바닥이라도 고르는 것처럼 자맥질하기 일쑤였다. 일하고 있는 놈 다리를 잡아당겨 물을 먹이는 것도 재미있다. 엉겁결에 물을 먹고 나온 군사는 눈물 콧물 흘리며 개새끼, 토끼새끼 욕설을 퍼붓지만 곁에서 보던 군사들은 손뼉을 치며 낄낄거린다.

"어디나 다 이렇게 물이 맑다니, 과연 아사달은 하늘백성들이 사는 곳이다. 이렇게 깨끗한 물을 마시고 살면 병도 들지 않고 나이를 먹어도 늙지 않을 것이다."

누렇게 흐린 물만 보면서 살아온 군사들은 무엇보다 맑은 물이 탐나는지 압록수를 건널 때부터 물 타령이었다.

"그렇게도 물이 좋거든 아예 여기다 뿌리를 박고 살아라. 네 마누라는 내가 먹여살릴 테니."

곁에서 핀잔을 주었으나 헛일이다.

"늙은 마누라를 돌봐주겠다니, 정말 고맙구나. 네 어린 딸은 내가 책임지마."

"이런 염병에 땀을 못 낼 놈!"

"어허, 서토 백성은 과연 입이 더럽구나! 나도 이제부터는 조선땅 아사달에 사는 하늘백성이니 너희들은 입조심해라!"

고구려 도전에 나선 뒤로 이렇게 웃어보기는 정말 처음이다. 모두들 즐겁게 웃고 떠들며 다리를 만들었다.

살수에 갇힌 수군

우문술이 10만 군사를 이끌고 먼저 떠났다. 살수를 건넌 뒤부터는 군사를 둘로 나누어 움직이기로 한 것이다. 하루를 더 쉬면서 우중문은 군사 3만을 따로 가려냈다.

"너희는 이곳에 남아서 보급로를 지켜라. 박릉성 때문에 3만 명이나 두는 것이니 특히 적의 야습에 당하지 않도록 각별히 조심해라."

살수에 3만 군사를 남긴 우중문은 다음 날 살수에서 30여 리를 나아가 선불산 밑에 자리를 잡고 하룻밤을 지냈다. 우문술과 하루 사이의 거리를 둔 것은 평양이 멀지 않았으니 적당한 거리를 두고 움직이는 것이 좋다는 생각에서였다. 이제부터는 고구려군도 안간힘을 다 할 것이었기 때문이다.

선불산에 올라서자 동남쪽으로 하얗게 빛나는 강줄기가 보였다. 낭림산 줄기의 동백산과 소백산에서부터 흐르는 대동강이다.

"저곳에서 130리를 굽이쳐 흐르다 비류수와 만나고, 그곳에서 120여 리를 더 가면 평양에 이르게 됩니다."

길잡이가 손을 들어 가리켰으나 우중문은 이미 듣지 않고 있었다. 그는 아까부터 남쪽을 향하여 밀려가는 군사들을 바라보며 저 좋은 생각에 잠겨 있었다. 번뜩이는 창날과 함께 수천 개의 깃발을 휘날리며 나아가는 모습은 참으로 볼만하고 볼수록 대견스러웠다.

"보아라, 아름답지 않으냐?"

"저곳에서 흐르는 푸른 물이 평양에 닿을 때, 우리 군사들의 붉은 강물도 평양을 뒤덮고 장안성도 한달음에 휩쓸어버릴 것이다. 쥐새끼 같은 고구려놈들! 네놈들의 운명도 머지않았다!"

우중문이 한참 큰소리를 치고 있을 때, 한 장수가 숨이 턱에 닿아 멧부리로 기어올라왔다.

"대장군! 오늘 새벽에 적들이 몰려와서 살수에 남겨둔 우리 3만 군사를 모조리 죽였다고 합니다."

"뭐? 몽땅 다 죽여?"

"예, 살아 돌아온 자는 20여 명에 지나지 않습니다."

더 이상 산 아래를 굽어볼 맛이 없게 되었다. 산을 내려가니 살아 돌아온 군사들이 한곳에 모여 치료를 받고 있었다. 군사들은 우중문을 보자 저승사자라도 만난 듯 땅에다 머리를 처박았다.

"머리를 들어라. 어찌 된 일이냐?"

벌벌 떨던 군사들이 우중문의 재촉에 기어들어가는 소리로 대꾸했다.

"모두 죽었습니다."

"살아남은 사람은 저희들뿐입니다. 모두 죽거나 사로잡혔습니다."

이래서는 알 수가 없다.

"차근차근 말해라. 적은 얼마나 되더냐?"

"겨우 날이 밝기 시작했으므로 잘 알 수는 없었으나 엄청나게 많았습니다. 우리는 모두 안섬에서 자고 있었는데 적들이 끝도 없이 몰려들어 마구 죽였습니다."

"안섬에는 모두 몇 명이나 있었느냐?"

"강 건너 양쪽에 5천씩 1만 명이 있었고 섬에는 2만 명이 있었습니다."

"너희는 모두 섬 안에 있었다고 했는데, 그럼 바깥에 있던 자들은 어찌 되었느냐?"

"남쪽 강을 건너 도망치면서 보니 모두 죽은 것 같았습니다. 저희를 보자 그쪽에서 100여 명이 말을 몰아왔으나 웬일인지 저희를 잡지 않고 모두 돌아갔습니다."

"너희를 보고 그냥 돌아갔다는 말이냐?"

"예, 어떤 자들은 우리를 막아서기도 했으나 그들의 장수가 무어라 소리를 치자 우리를 내버려두고 돌아갔습니다."

그때 한 군사가 손을 들고 나섰다.

"아닙니다. 안섬에서 빠져나온 사람은 모두 30여 명이었는데 그들이 다가와 보더니 크게 다친 군사 여덟 명을 말에 태워 갔습니다. 그리고 그 장수는 말번지기를 시켜 우리한테 말했습니다. '지금이라도 군사를 돌려 돌아가겠다면 막지 않고 압록수를 건너게 할 것이며, 여동군에게 명령을 내려 한 사람도 다치지 않고 구려하를 건너 모두 고향으로 돌아가게 해주겠다. 이것으로 두 번이나 알아듣게 말하였으니, 이번에도 듣지 않으면 한 사람도 살아 돌아가지 못할 것이다. 하늘백성이 사는 검스러운 아사달에 죄 없는 군사들의 피를 뿌리고 싶지 않은 막리지 전하의 말씀이니 잘 전하라'고 했습니다."

"으음!"

우중문이 신음을 깨물었다.

"천지신명이 저희를 보살핀 것입니다."

"어리석은 놈들! 그것이 바로 적의 계략이다."

아직도 정신을 차리지 못하는 군사들의 귀에 대장군의 성난 목소리가 울렸다.

어떻게 해야 한다는 말이냐? 되돌아 길을 재촉하면서도 우중문은 입맛이 썼다. 살수에 남겨둔 군사뿐 아니라 서고성 곁에 남겨둔 군사들도 모두 당했을 것이다. 이제 믿고 의지할 데가 없어진 것이다.

서고성 곁에 1만 5천, 살수에 3만이나 되는 군사를 남겨둔 것은 보급로 확보 때문이 아니었다. 사실 적진 깊숙이 들어가면서 군량 따위를 지원받을 수 있는 보급로를 온전히 지킬 수 있을 것으로 생각하는 바보는 어디에도 없다. 행군 속도가 늦어도 군량과 장비를 필요 이상 넉넉히 가지고 이동하는 것도 그 때문이다.

적진 깊이 들어온 군사들은 앞에 있는 적보다도 퇴로 때문에 늘 뒤가 불안하다. 보급로가 끊어지면 앞에 나간 군사들은 저도 모르게 돌아갈 길도 없어졌다고 여기게 된다. 연줄이 끊긴 연처럼 사기가 떨어지기 마련이다. 서고성과 살수에 많은 군사를 남겨둔 것은 바로 안전한 퇴로 확보로 군사들의 자신감을 지키기 위한 것이었다. 보급로가 안전하게 확보되면 전투 중에 희생이 많아도, 군량이나 장비가 떨어져도 보급로를 통해 얼마든지 지원받을 수 있다고 믿는 구석이 있어 부모 앞에서 동무와 싸우는 아이들처럼 군사들이 늘 당당할 수가 있는 것이다. 여의치 않아 철수를 한다고 해도 뒤에서 기다리는 든든한 우군이 있으므로 우왕좌왕 혼란에 빠지지 않고 여유 있게 철군할 수 있다. 군사작전 가운데 철수가 가장 어렵다는 것은 철군 중에는 마음이 급한 군사들이 불안해서 쉽게 혼란에 빠져버리기 때문이다.

그런데 이제 그 보급로가 끊겼으니 물리적인 손해는 거의 없다고 해도 정신적 타격으로 막심한 피해가 예상되는 것이다.

어떻게 한다? 다시 군사를 보내는 것이야 어렵지 않지만 다시 보낸 군사들이라고 당하지 말라는 법이 없다. 벌써부터 철수를 걱정하는 것이 아니다. 뒤가 불안한 군사들은 힘을 내어 앞만 보고 싸울 수가 없다는 것이 가장 큰 문제다.

하늘이 무너져도 솟아날 구멍이 있다! 골머리를 앓던 우중문이 마침내 구멍수를 찾아냈다.

"그렇다, 모르는 것이 약이다! 살인멸구!"

군량도 아직 100일치가 넘게 남아 있고 전투 장비도 충분해서 군이 보급로가 필요하지도 않지 않은가?

우중문은 부하장수들을 데리고 온 길을 되짚어갔다. 더 물어볼 말이라도 있나 해서 쳐다보는 군사들에게 대장군 우중문의 질타가 쏟아졌다.

"아느냐? 입이 화근이라는 것을! 너희의 입으로 들어가는 것이 너희를 해치는 것이 아니라 너희 입에서 나오는 것이 너희 목숨을 앗아간다는 것을!"

처음 들어보는 진리의 말씀에 어리둥절한 군사들에게 대장군의 누구나 쉽게 알아들을 수 있는 시원한 명령이 떨어졌다.

"살인멸구, 저놈들의 목을 잘라서 함부로 입을 놀리지 못하게 하라!"

우중문의 명령이 내리자 장수들의 손에서 칼이 뽑히고 쓸데없이 말이 많았던 군사들은 그저 외마디 비명으로 하직인사를 대신하고 사연 많은 세상을 떠났다.

우중문의 시뻘건 눈길이 늘어선 군사들의 얼굴을 훑었다. 모두 부동자세로 숨죽인 채 대장군의 훈시를 경청할 준비가 되었다.

"쓸데없이 조동아리를 나불거리는 놈들이 어떻게 되는지 똑똑히 보았을 것이다. 모두들 조동아리 확실히 닥치고 여기서 있었던 일을 깨끗이 잊어라. 그게 바로 너희가 살아남을 길이다. 내 말이 무슨 뜻인지 확실히 알겠느냐?"

"옙!"

대장군의 우중문의 연설은 길었으나 군사들의 대꾸는 짧았다. 입을 벌리지 않는 것만이 파리만도 못한 목숨을 살리는 길임을 확실히 알았기 때문이다.

"크흐흐흐! 군사들이 살았거나 죽었거나, 보급로는 여전히 건재한 것이다!"

우중문은 자신의 천재적인 두뇌로 보급로 문제를 깔끔하게 해결했다고 좋아했으나 즐거운 기분은 오래가지 못했다. 고구려군에게 무슨 크나큰 자비심이 있어서 부상을 입고 도망치는 20여 군사를 살려주면서 당장 철수하면 모두 살려 보내겠다고 돼먹지 않은 소리를 지껄인 것은 아닐 것이다.

"저들이 노리는 것이 무엇인가?"

3만 군사를 한꺼번에 몰살시킬 수 있는 군사들이라면, 우중문더러 군사를 되돌려 오라는 도전장으로 보는 것이 옳았다. 기분대로라면 당장 대군을 몰고 가 박살을 내버리고 싶었지만 아무래도 함정이기 쉬웠다.

"군자의 복수는 10년도 늦지 않다고 했다. 흥, 을지문덕! 이제부터는 모든 일이 네놈 뜻대로 되지는 않을 것이다. 평양이 내 손에 들어온 뒤에도 그따위 헛소리를 지껄이는지 두고 보마. 모든 것은 평양을 치는 것으로 끝난다. 네놈이 살려달라고 비는 꼴을 반드시 보고야 말 것이다."

우중문은 자신을 위로하며 군사를 앞으로 재촉했다.

어둠이 걷힐 무렵, 10만 고구려 군사는 아직 꿈속을 헤매는 수나라 군사 2만 4천을 죽이고 6천 명을 사로잡았다. 살아서 빠져나간 수군은 하나도 없었다. 우중문에게 말을 전하려고 보내준 20여 명이 다였다.

"제기랄, 저렇게 땅이 넓고 빈자리가 많은데 왜 이렇게 깊은 구덩이를 파야 하는지 모르겠구먼."

"그러게 말이야. 저 땅에다 밭을 일굴 것도 아닌데 왜 비워두는지……"

숨이 턱턱 막히는 구덩이 속에 들어가 한바탕 땀을 내고 나온 군사들이다. 시원한 바람에 땀을 들이다 보니 절로 불평이 나온다. 벌써 두 길 넘게 깊은 구덩이를 파고 있자니 꼭 헛일을 하는 것만 같다.

"노곡령에서도 주검을 산 밑으로 끌어내리느라 고생을 했는데 또 주검 때문에 이 고생을 해야 하다니, 무슨 팔자가 이런지 모르겠다."

"구덩이가 깊어질수록 일하기가 힘들어진다는 걸 모르는 모양이야. 막리지 전하께서 하는 일은 도무지 알 수가 없다니까."

들판이므로 아무 데나 파묻기만 하면 되는 줄 알았는데, 을지문덕은 턱없이 많은 땅을 비워두고 한쪽에다 무덤을 만들게 했다.

마침내 주검을 다 묻었다. 오래지 않아 이름 없는 숱한 무덤에도 풀이 자라고 나무가 자랄 것이다. 아니, 며칠도 지나지 않아서 다시 땅을 파헤치고 더 많은 주검을 묻어야 할 것이다.

을지문덕은 정현백과 고영철에게 명령을 내렸다.

"그대들은 군사 7만을 이끌고 멀찍이 적의 뒤를 따라가라. 모든 싸움은 다른 군사들이 계책대로 할 터이니 다시 명령이 있을 때까지 싸우지 말라."

남은 군사 3만 명은 막리지를 따라 강 위쪽 구룡수(살수 지류)로 올라갔다. 구룡수 남쪽에는 집채만 한 짚벼눌이 수없이 많았는데, 군사들이 이엉을 벗겨내자 차곡차곡 쌓아둔 뗏목이 모습을 드러냈다. 이른 봄부터 만들어둔 뗏목이었다. 드문드문 손수레를 쌓아둔 짚벼눌도 있었다. 강기슭에는 동돌을 쌓아놓은 돌무더기가 끝없이 이어져 있었다.

"강물에 뗏목을 띄우고 돌을 실어라."

을지문덕이 명령을 내리자 장수들은 저마다 군사들을 이끌고 뗏목을 끌어내 물에 띄웠다. 그리고 뗏목이 물에 쑥 잠길 때까지 동돌을 실었다. 동돌에 걸터앉은 군사들의 종아리까지 물이 찰랑거리자 군사들은 서로 물을 끼얹으며 장난을 쳤다.

뗏목이 안섬까지 흘러갔다. 군사들은 강물에다 동돌을 밀어넣었다. 모두 지름이 한 자가 넘는 동돌이다. 거의 무릎보다 높아서 물속에서는 올라서기 어려울뿐더러 자꾸 뒤뚱거렸으므로 조심해도 넘어지기 쉬웠다. 윗섬 가운데와 끝, 아랫섬 가운데와 두 강물이 다시 만나는 곳에는 물밑둑을 쌓았다.

"더러운 오랑캐놈들이 저승으로 떠나는 길에 몸을 깨끗이 씻게 되었으니 저승에 가서는 깨끗한 사람으로 태어날 것이다. 목욕통을 번듯하게 잘 만들어야 한다."

"방 안에서도 신발을 벗을 줄 모르는 짐승 같은 놈들이니 살수의 물이 더러워질 것이다."

"살수의 고기를 먹지 못하게 될 테니, 이 나쁜 오랑캐놈들은 죽어서도 좋은 일은 못하겠구나."

군사들은 여태껏 생각지도 못했던 방법으로 적을 친다는

생각에 절로 신바람이 났다.

"걸림돌이라는 말이 있지만 정말로 걸림돌에 걸려 죽는 놈들을 보겠구나."

"돌덩이로 덫을 만들 줄은 정말 생각도 못했다. 소문대로 막리지 전하는 여느 어른이 아니다."

군사들은 와자지껄 떠들면서도 부지런히 손발도 놀렸다. 물밑둑을 쌓는 군사들은 뗏목으로 날라온 돌을 나란히 던져넣어 바닥에 둑을 쌓고 강변에서 자갈도 가져다 넣었다. 되도록 물을 많이 모아야 하는 것이다.

"강물을 가두는 것도 아니고 뭘 하려고 그러지?"

남쪽 강에서 동돌을 늘어놓는 군사들은 머리를 갸웃거렸다. 여기서도 강물 속에다가 물밑둑을 쌓는데, 흐르는 강물을 따라 위에서 아래로 길게 둑을 쌓으라 하니 무슨 까닭인지 알수가 없었던 것이다. 도망치는 오랑캐들이 걸려 넘어지게 하려면 여기저기 무질서하게 마구 늘어놓는 것이 훨씬 효과적일 텐데, 이렇게 죽 쌓으면 한 번 넘어서면 그만 아닌가? 군사들은 궁금했으나 따질 수는 없는 일이었고, 다음 날 낮이 되어서야 일이 끝났다.

군데군데 물밑둑을 쌓았으므로 강물은 어디서나 한 자 이상 높아졌다. 남쪽 강에서는 별 효과가 없을 것 같았지만, 강물이 깊었던 북쪽 강은 사정이 전혀 달랐다. 가장자리는 별것 아니었지만 강 가운데로 들어서면 이제는 어디서나 강물이 키를 넘었다. 더구나 북쪽 강바닥에는 수없이 많은 걸림돌이 깔려 걷기조차 어려웠다.

"아얏! 아푸, 아푸!"

시험 삼아 10여 명씩 북쪽 강 여러 곳에서 강물을 건너게 했다. 대규모 군사가 한꺼번에 강을 건너는 것으로 가정해서, 물이 얕은 곳에서는 되도록 헤엄을 치지 않고 건너도록 하니 동돌에 걸려 넘어지고 허우적대느라 제대로 건너지 못했다. 키를 넘게 깊은 곳에서는 한꺼번에 헤엄을 치느라 곁에 있는 사람을 잡아끌어서 서로 물을 먹이기도 했다.

잘했다! 성공이다! 군사들은 하루 동안 애쓴 보람이 나타나자 기뻐서 어쩔 줄 몰랐다. 물에 빠져 허우적대는 군사들을 보고도 잘못될까 걱정보다는 좋아라 환호성을 질렀다.

"저러다 다치겠다. 어서 뗏목을 띄워 건져내라."

을지문덕이 급하게 내린 명령에 군사들이 뗏목을 내어 군사들을 싣고 왔다. 엉겁결에 물을 많이 먹은 군사도 있고 발목을 다친 자도 셋이나 되었다.

이제 남은 것은 오랑캐들을 덫으로 끌어들이는 것이다!

"뗏목은 모두 아랫섬 밑 북쪽 언덕에 숨겨두어라. 1만 군사가 기다리고 있다가 오랑캐들이 모두 섬으로 쫓겨 올라가거든 곧바로 뗏목으로 뜬다리를 놓아 군사들이 달려서 강을 건널 수 있도록 하라. 군사들이 강을 건너거든 다리를 지키는 군사 1천 명만 남기고 다른 군사들과 함께 북쪽 언덕에 오른 자들을 쳐라."

"예."

장수들이 한목소리로 명을 받았다.

"남쪽 강의 남쪽 언덕에도 물에 던져넣을 돌을 준비하여 쌓아두되 쉽게 던질 수 있도록 그리 크지 않은 것으로 하라. 이 일은 내일 낮까지 끝내고 모두 제자리에서 저들이 오기를 기다려라."

살수에서 준비를 마친 을지문덕은 윤경호와 기마군사 300여 명만 데리고 남쪽으로 달려갔다.

우중문이 자모산성을 15리쯤 바라보는 삿갓산 밑에 닿아 바오달을 이루고 있을 때였다. 서쪽 삿갓산에서 북소리가 어지럽게 울렸다. 놀라 바라보니 멧부리에서 경계군사들이 깃발을 휘저으며 고구려군의 기습을 알리고 있었다.

"서쪽에서 적군이 오고 있다. 빨리 달려가 막아라!"

마침 무장을 풀지 않고 있던 개마대가 먼저 달려나갔다. 들이닥친 고구려 개마대는 1만이나 되었으나 막상 싸울 생각은 없는 모양이었다. 수군 개마대가 달려나가자 마주쳐오는 듯하더니 곧장 꽁무니를 빼버렸다.

함부로 뒤쫓다가는 덫에 걸린다! 우중문은 뒤쫓는 군사들을 불러들였다.

"무슨 꿍꿍이가 있을 것이다. 멀리 쫓지 말고 돌아오게 하라."

"개마대 군사들은 밤에도 무장을 풀지 않는 것이 좋겠습니다. 고구려군은 반드시 야습을 해올 것입니다."

부하장수들의 말에 우중문이 콧방귀를 뀌었다.

"고구려놈들이 또 쳐들어온다고? 천만에! 오늘 밤에는 절대로 쳐들어오지 않는다."

"1만이나 되는 개마대는 적은 수가 아닙니다. 단단히 준비하지 않으면 막기 어려울 것입니다."

"적들이 노리는 것이 바로 그것이다. 무더운 날씨에 밤에도 무장을 풀지 않고 어떻게 견디겠느냐? 더위에 시달리며 밤새 잠도 못 자고 지켰는데 아무 일 없이 날이 밝아봐라. 군사들의 사기가 떨어져 꼼짝도 하지 못할 것이다. 야습을 한다고 해도 우리를 잠들지 못하게 하려는 것에 지나지 않을 것이다. 경계 군사를 멀리 보내 군사들이 마음 놓고 쉬게 하라."

우중문의 말이 맞았다. 이날 밤에도 사방에서 고구려군의 야습이 있었으나 징과 꽹과리를 두드리며 시끄럽게 떠들다가 경계군사들에게 쫓겨가곤 했다. 그러나 멀리 쫓았는가 싶으면 어느새 뒤쪽에서 나타나 어둠 속에서 다시 징과 꽹과리를 두드려댔다. 조그마한 개울 하나, 나무 하나까지도 잘 알고 있는 고구려 군사들이다. 징과 꽹과리 소리는 불쑥불쑥 곳곳에서 일어났다가 사라졌다.

"저쪽이다!"

"잡아라!"

경계군사들은 정신없이 뛰어다녔으나 아무런 보람이 없었다.

"개 같은 고구려놈들!"

"지옥에 떨어져라!"

나중에는 멀쩡한 나무까지 창으로 찔렀다. 불이 번쩍 나게 바위를 칼로 내리치기도 했다. 고구려 군사들이 하도 바람처럼 나타났다가 연기처럼 사라지니 마치 나무나 돌로 변신하는 것만 같았던 것이다.

"으이고, 저놈의 꽹과리 소리!"

밤이 깊어갈수록 고구려군의 징과 꽹과리 소리는 더욱 시끄러워졌다. 잠들지 못한 수나라 군사들이 귀를 막았다.

"자손대대로 광대질이나 해 처먹을 놈들!"

"네놈들의 8대 조상하고 붙겠다!"

8대 조상까지 걸어서 쌍욕을 퍼부었으나, 그런다고 조용해질 리 만무했다. 경계군사들이 밤새 어둠 속을 뛰어다닌 보람도 없이 수군들은 꼼짝없이 잠을 설쳤다.

콰-앙. 콰-앙. 다음 날 아침, 이제 날이 밝아 조용해지는가 싶었는데 느닷없는 징소리가 다시 일어났다.

"고구려놈들이 아니냐?"

"어디서 무슨 일이 일어난 거냐?"

설핏 들었던 잠에서 억지로 깨어난 군사들이 눈을 비벼대며 소리쳤다. 그러나 눈을 뻔히 뜨고 경계를 하던 군사들도 모르기는 마찬가지였다. 고개를 들어보니 삿갓산 위에서 고구려군이 깃발을 흔들며 산 아래 수군을 놀려대는 것이었다.

"저것들을 당장 잡아버려라."

3천여 군사가 날듯이 달려갔으나 고구려군은 또 자취도 없이 사라져버렸다. 산에는 경계군사 300여 명의 주검이 되어 어지럽게 흩어져 있을 뿐이었다. 어젯밤 온통 시끄러운 틈을 타서 삿갓산을 지키던 경계군사들을 소리도 없이 몽땅 다 죽여버린 것이다.

"산을 지키던 군사 300명이 모조리 죽었습니다."

"모조리? 네 눈으로 보았느냐?"

"예, 하나하나 살펴보았습니다."

부하장수의 말에 우중문은 놀라지 않을 수 없었다. 무슨 수를 썼기에 300여 군사를 소리도 없이 죽였단 말인가. 귀신이 땅을 치고 통곡할 일이다. 어두운 밤이니 경계군사들로서는 오히려 도망치기 쉬웠을 텐데⋯⋯.

"으음!"

우중문은 등골이 시렸다. 개마대가 1만이나 나타난 것을 보고 오히려 대규모 야습이 없을 것임은 알았지만, 경계군사를 300명이나 소리없이 죽일 것이라고는 정말 생각도 하지 못했다.

"산이라면 보기만 해도 지긋지긋하다. 이곳에서 쉬도록 해라."

아직 해가 많이 남았으나 우중문은 행군을 멈추고 바오달을 치라고 명령했다. 이날 우중문이 자리잡은 곳은 청룡산에서 남동쪽으로 20여 리에 있는 들녘으로, 강골산은 남서쪽으로 15리, 소사산은 동쪽으로 20리, 동남쪽의 백족산까지는 25리 떨어진 곳이었다. 20만 군사의 바오달에서 어느 산도 10리는 멀리 떨어져 있으니 꽹과리 소리에 시달리지 않고 쉴 곳으로는 이만한 곳도 없었다.

"오늘 밤은 마음 놓고 쉴 수 있을 것이다. 경계군사를 배로 늘려서 멀리 내보내 군사들이 편히 잠들 수 있게 하라."

우중문 자신부터 하룻밤쯤은 편히 쉬고 싶었다. 밤마다 징과 꽹과리를 울리며 괴롭히는 고구려군 때문에 제대로 잠을 못 잔 그는 기운이 하나도 없다.

이날 밤에도 고구려군이 징과 꽹과리를 두드리며 괴롭혔으나 수군 바오달 안에서는 아득하게 멀리서 들려왔다. 경계군사들이 잘 막아내고 있는 것이다. 군사들은 이틀 동안 잠자지 못했던 것을 벌충이라도 하려는 듯 드르렁드르렁 코를 골며 초저녁부터 깊은 잠에 떨어졌다.

별자리가 이제 막 해시에 들어섰을 무렵, 느닷없이 들이닥친 북소리가 수군 바오달을 뒤흔들었다.

"일어나라. 적이 몰려오고 있다."

요란한 북소리와 함께 잠을 깨우는 고함소리가 들렸으나 군사들은 오히려 귀를 틀어막았다. 시끄러운 꽹과리 소리 속에서도 억지로 잠을 자야 했던 버릇이 붙은 것이다.

헉! 크악! 소름 끼치는 외마디 소리들이 귀를 찢고서야 비로소 정신이 번쩍 들었다.

"고구려놈들이 쳐들어왔다!"

"모두 일어나 싸워라!"

모두들 벌떡 일어나 창칼을 손에 잡았으나 별빛만 희미하게 빛나는 밤이다. 곳곳에 피워진 화톳불도 별 도움이 되지 않았다. 어둠 속이라 도무지 적을 알아보기가 어렵다. 놀란 군사들은 그림자만 언뜻거려도 창을 내지르고 칼을 휘둘렀다. 제 편 창칼에 다치고 죽는 군사가 더 많았다.

"군사들의 막사에 불을 질러야 합니다."

"그게 무슨 소리냐? 우리 손으로 막사에 불을 지르다니?"

"너무 어두워서 적과 우리를 구별할 수가 없습니다. 불을 밝히면 적들은 저절로 도망칠 것입니다."

"그렇구나! 어서어서 막사에 불을 질러라!"

우중문의 명령에 따라 막사 곳곳에 불이 붙었다. 비로소 검은 옷을 입은 고구려 군사들의 모습이 보이기 시작했다.

"적은 얼마 되지 않는다. 저것들부터 모조리 베어라."

장수들을 따라 군사들이 짜임새 있게 맞서 싸우기 시작하자 고구려군은 재빨리 어둠 속으로 사라졌다.

여기는 고구려군의 안마당이다. 어둠 속에서 적을 쫓아봐야 이로울 것이 없다. 수군들은 뒤쫓기를 멈추고 돌아섰다. 경계군사를 늘리고 다친 군사들을 돌보느라 한바탕 법석을 떨었다.

대충 헤아려도 1만 8천 명이 넘게 목숨을 잃었다.

"건방진 놈들! 괘씸하기 짝이 없는 놈들! 한 놈도 남겨두지 않겠다! 놈들의 불알을 까서 자손을 끊어버리겠다!"

점점 자라는 불안한 마음을 우중문은 입이 터지게 욕을 퍼붓는 것으로 감추고 있었다.

오래지 않아 날이 밝았다. 수군들은 모두 밤새 귀신한테 시달린 사람처럼 날이 새는 게 반가웠다.

"오늘은 여기서 하루를 쉰다. 대를 나누어 경계를 철저히 하고 나머지는 푹 쉬어라."

우중문은 그동안 제대로 쉬지 못했던 군사들을 마음 놓고 푹 쉬게 하고는 우문술에게 전령을 보내 이곳에서 하루를 머문다고 알렸다. 모래처럼 깔깔한 아침밥을 먹고 고단한 몸을 뉘려는 우중문에게 우문술의 전령이 왔다.

어젯밤 야습을 당해 1만 명이 넘는 군사를 잃었소. 그동안 적의 끝없는 습격에 시달리느라 고단하여 어이없이 당하고 말았소. 오늘은 이곳에 머물며 군사를 쉬게 하고 본진이 이르기를 기다리겠소. 여기서 평양까지는 30여 리가 남았으니 이제부터는 더욱 조심해야 할 것이오.

우중문은 눈앞이 캄캄했다. 적은 어젯밤 두 곳에서 동시에 쳐들어왔던 것이다. 결코 만만하게 볼 상대가 아니다. 이곳에서 어물거리다가는 평양을 차지하기는커녕 장안성 성벽도 구경 못하겠다.

"곧바로 떠날 준비를 하라. 준비가 갖춰지는 대로 길을 떠나라."

막 잠에 떨어졌던 군사들이다. 장수들의 성난 욕설과 거친 발길질에 졸린 눈을 비비며 억지로 발을 옮겼다.

우중문이 말에 오르려는데 다시 우문술의 전령이 왔다.

앞으로 나가는 것보다는 뒤로 물러가서 때를 기다리는 것이 좋겠소. 내일 군사를 돌려 돌아가겠으니 그리 알고 머물러 쉬면서 기다려주시오.

"쓸모없는 작자 같으니!"

우중문은 버럭 성을 내며 전령을 땅바닥에 패대기쳤다.

"그래 가지고 무슨 대장군이라고? 흥!"

콧방귀를 뀌던 우중문이 털썩 땅에 주저앉았다. 깜짝 놀란 부하들이 부축하려 했으나 우중문은 제가 패대기쳤던 전령을 주워 흐뭇한 얼굴로 들여다보았다.

"천만다행이다! 멍청한 놈!"

우중문은 알 수 없는 소리를 내뱉으며 우문술의 전령을 품속에 잘 간직했다.

"무엇들 하느냐? 어서 가자!"

우중문은 갑자기 생기가 펄펄 넘쳤다. 무엇이 그리 좋은지 말에 올라서도 뚱뚱한 엉덩이를 들썩들썩 엉덩춤을 추었다.

저녁 무렵 우중문은 제자리에 눌러앉아 쉬고 있던 우문술의 군영에 도착했다.

"무엇 때문에 돌아가자는 것이오? 내일 저녁이면 평양에 닿고 모레 아침부터는 장안성을 들이칠 수 있을 텐데……."

우중문은 마중 나온 우문술을 매섭게 다그쳤다.

"아무래도 우리가 적에게 속아 여기에 이르게 된 것 같소이다. 우리를 깊숙이 끌어들여서 치고자 하는 것임을 알았으니 서둘러 돌아가야 할 것이오."

"대장군은 툭하면 적의 속임수라고 걱정하는데, 그것이 어떻단 말이오? 내일이면 평양에 닿을 것인데 저들이 잔꾀를 부린들 무엇하겠소? 비록 적의 야습에 적지 않은 군사를 잃었다하나 이는 언제고 있을 수 있는 일이오. 기운을 잃지 말고 앞으로 나아가야 하오."

우문술이 대답 대신 머리를 저었다. 본디 혈색이 좋은 얼굴은 아니었으나 우문술의 낯빛은 전에 없이 꺼칠했다. 우중문은 제대로 잠을 자지 못해서 정신이 흐려진 탓일 거라고 생각하며 말을 이었다.

"대장군은 아마 낮도깨비에게 홀린 모양이오. 푹 쉬도록 하시오. 지금쯤은 15만 수로군도 평양으로 움직이고 있을 것이오."

우문술이 또 고개를 저으며 입을 열었다.

"수로군은 믿지 않는 것이 좋을 것이오. 저들이 하는 짓을 보아서는 이미 수로군도 졌다고 보는 게 옳소. 아직 싸우지 않았더라도 평양까지 오기는 어려울 것이오."

"어찌 대장군은 자꾸 쓸데없는 소리를 하시오? 마치 우리가 지기를 바라는 것 같소."

이쯤 되면 서로 싸우자는 말밖에 안 된다.

"모든 것은 내일 아침에 다시 이야기합시다. 오늘 대장군의 군사들은 먼 길에 고단할 것이니 우리 군사로 전군의 경계를 세우겠소."

우문술이 앞뒤를 생각해서 말했으나 벌써부터 잔뜩 성이 난 우중문은 모든 것이 아니꼽게만 생각되었다.

"걱정해주어서 고맙소만 우리 군사들은 어린애가 아니오. 제 목숨쯤은 스스로 지킬 것이니 그런 걱정은 마시오."

"그래도 군량을 지키는 것만은 우리 군사들이 맡게 해주시오."

"군량을 좌익위대장군의 군사들에게 맡기라고? 누구를 어린애로 아시오? 흥, 듣자듣자 하니 별 해괴한 소리를 다 하는구려!"

다투지 않으려면 어느 한쪽에서 입을 다물어야 했다. 답답한 가슴으로 제자리로 돌아간 우문술은 몇몇 장수를 따로 불렀다.

"우익위대장군의 군사들이 쉬지도 못하고 먼 길을 오느라 많이 지쳤을 것이다. 그대들은 군사를 데리고 가까운 곳에서 숙영하다가 무슨 일이 생기면 곧바로 달려가라. 군사들의 목숨보다 군량을 먼저 챙겨라. 군량을 잃으면 그대들의 목숨도 없다. 알겠느냐?"

군량은 우중문의 본대가 9할을 운반하고 있었다. 원정길에서 군량은 군사들의 목숨줄이라고 할 수 있는데, 잠 못 자고 행군에 지친 우중문의 군사들은 제 목숨 하나도 돌보기가 어려워 보였다.

어쨌거나 우문술은 따로 경계군사를 내 우중문의 군사를 돕도록 했을 뿐, 직접 전군의 경계를 맡지는 못하고 말았다. 이것이 또 큰 화를 불러올 줄이야!

어둠이 내리고 오래지 않아 고구려군이 사방팔방에서 쳐들어왔다. 특히 우중문의 군사가 있는 북쪽에는 한꺼번에 10만이 넘는 고구려군이 밀려들었다. 우중문의 경계군사들은 창을 들고 맞서기는커녕 북조차 제대로 울리지 못하고 도망쳤다. 고구려군은 잠에 떨어진 군사들에게 미친 듯이 달려들어 닥치는 대로 불을 질렀다. 와중에 한 부대는 똑바로 중앙으로 파고들어 화공으로 식량수레에 불을 지르기 시작했다. 불화살을 날리고 곁에 있는 화톳불을 들어 던졌으니 우중문의 부대는 삽시간에 아비규환의 지옥으로 떨어졌고 불길이 솟아 하늘을 태웠다. 식량수레와 함께 섞여 있던 병장기수레에 불이 붙으면서 엄청난 불길이 되어 치솟았다.

"일어나라! 적과 싸워라!"

어지러운 북소리와 함께 곳곳에서 적과 싸우라는 소리가 들렸으나 곧이어 숱한 비명소리에 묻혀버렸다.

우중문의 명령에 따라 곳곳에 환하게 화톳불을 밝혀두었으니 처음부터 적을 알아보지 못해서가 아니었다. 오히려 대낮처럼 밝힌 필요 이상의 화톳불이 화근이 되어버렸다. 고구려 군사들이 곳곳에서 있는 화톳불로 매우 손쉽게 군막을 태우고 식량수레에 불을 붙여버린 것이다.

사흘 내내 밤에는 제대로 잠을 자지 못하고 낮에는 땡볕 아래 행군에 시달린 군사들이다. 병장기를 쥐고 일어선 자들도 심신이 지쳐 싸울 엄두를 내지 못했다. 고구려군의 칼날을 피해 이리저리 몰려다니다 비명을 지르며 쓰러질 뿐이었다.

"맞서 싸워라!"

악을 쓰며 맞서던 장수들도 갈대처럼 쓰러져갔다.

"불을 꺼라. 불부터 꺼라!"

우중문까지 발을 구르며 어서 불을 끄라고 악을 써댔으나 제 손으로 불을 지르지 않은 수나라 군사들은 불을 끄지도 못했다. 군량을 지키던 우중문의 군사들은 물통을 들고 내달리기보다 제 목을 노리고 날아드는 고구려군의 창칼을 먼저 피해야 했던 것이다.

"아사달을 더럽힌 오랑캐놈들!"

"오랑캐는 한 마리도 살려두지 마라!"

짐승처럼 울부짖는 비명소리 속에서 고구려군의 고함소리만 드높았다.

"빨리 달려라! 군량을 지켜라!"

우문술의 명령을 받고 따로 배치되었던 군사들이 군량을 지키고 우중문의 군사들을 구하기 위해 달려왔다. 낮 동안 움직이지 않고 푹 쉰 군사들이다. 이들이 대오를 갖추고 북을 울리며 달려오자 고구려군은 몇 번의 징소리를 신호로 썰물처럼 빠져나갔다.

살수가의 노랫소리

한번 뒤돌아간 고구려군은 다시 쳐들어오지 않았으나 수나라 군사들은 언제나처럼 징과 꽹과리 소리로 밤을 밝혔다.

"알았다. 부상당한 자는 상처를 돌보고 죽은 군사들은 잘 묻어주어라."

우중문은 더 듣고 싶지 않았다. 그러나 부하장수들의 보고는 계속되었다.

"물에 젖은 군량이 너무 많습니다. 불에 탄 것보다도 훨씬 많습니다."

"어서 젖은 군량을 말리지 않고 무엇들 하느냐? 목을 잘라 내걸어야 정신을 차리겠느냐?"

대뜸 불호령을 내려 부하장수들을 모두 쫓아 보냈으나 우중문은 머리가 빙빙 돌았다. 어젯밤 고구려군의 야습으로 죽거나 다친 군사가 무려 3만이나 된다는 보고에도 그저 뒤처리나 잘하라고 한 우중문이다.

세상에, 군량이 모두 젖다니! 돈 주고 살 수도 협박으로 빼앗을 수도 없는 적지에서 군량은 곧 그대로 군사들의 목숨줄이다. 식량수레를 상자로 만들고, 나무에 물이 스미지 않도록 상자에 기름을 먹이고, 나무가 말라서 빈틈이라도 생기면 밀랍으로 틈을 메우며 만전을 기한 것도 그 때문이었다. 그런데 어젯밤 화재를 진압하느라 퍼부은 물이 소실된 뚜껑을 통해 식량수레 속으로 들어간 것이다. 차라리 갈라진 틈이 많았더라면 들어가는 족족 물이 빠져 피해가 적었을 것인데, 그 '빈틈없음'으로 말미암아 물이 그대로 수레 안에 고였고 밤새 군량이 물에 퉁퉁 불어버린 것이다. 병장기수레든 식량수레든 아예 불길이 닿지 않은 수레들만 멀쩡했다.

개새끼! 토끼새끼! 당장 쫓아가 때려죽이고 싶어도 우문개는 이미 구려하에서 처형당하고 없다. 탁군을 출발할 때는 물이 들어가지 않는 식량수레를 만든 우문개를 모두가 칭찬했는데, 이제는 그 잘난 수레 덕분에 군량이 젖어 못 쓰게 되고 말았다.

살수에 다리를 놓느라고 행군이 지체된 것도 군량을 젖지 않게 하기 위해서였다. 군사들은 젖어도 군량은 젖어서는 안 된다. 정말 구렁이알처럼 끔찍하게 건사해온 군량이었고 목숨처럼 지켜내야 할 군량이었다.

"에미를 붙을!"

한숨이 절로 나왔다. 어디 대고 풀 수도 없는 분을 억지로 삭이고 있는데 우문술이 온다는 보고가 들어왔다. 군막을 나선 우중문의 눈이 절로 감겼다. 아침 햇살 아래 물에 젖은 군량을 말리는데, 마땅한 그릇이나 깔개가 모자라다 보니 불에 타다 만 군막은 물론 군사들의 전포까지 벗어 펴놓고 곡식을 널어놓았다. 즐비하니 늘어앉아, 빨리 마르라고 이리저리 뒤적이고 부채질까지 해대는 군사들을 보니 뭐라고 소리 지를 기분도 아니었다.

"생각했던 것보다는 손실이 적을 것 같아 그나마 다행이오."

"유구무언. 내가 무슨 할 말이 있겠소."

비아냥거리는 것인지 어젯밤 군사들로 도와준 것을 자랑하는 것인지 모르겠으나, 우중문은 그렇게 우문술의 인사를 받았다.

"어젯밤 대장군의 구원에 감사드리오."

"아니오. 미리 나서지 못해 피해가 컸으니 그저 미안할 따름이오."

우문술이 손을 저었다. 이미 그도 우중문의 군사 3만이 죽거나 다시 싸우지 못할 만큼 엄청난 피해를 입었다는 보고를 받은 터였다.

"모두가 내 잘못이오. 대장군의 말대로 했더라면 이토록 피해가 크지는 않았을 것이오. 곰곰이 생각해보니 아무래도 대장군의 생각대로 군사를 되돌려야 할 것 같소. 군량이 저렇게 젖어버렸으니 장안성을 포위하고 공격하려고 해도 식량이 모자라 오래 견디기 어려울 것이오."

우중문도 한시바삐 이 끔찍한 곳을 떠나고 싶었다.

"적들이 고단한 군사를 골라 공격할지도 모르니, 대장군과 내 군사가 서로 대를 섞어서 가야 할 것이오."

"좋은 생각이오. 이미 돌아가기로 했으니 어서 서두릅시다."

우중문은 까탈을 부릴 엄두도 내지 못하고 고분고분 우문술의 말에 따랐다.

이날 하루는 그저 물에 젖은 군량이나 말리며 푹 쉬도록 했다. 그 밤에도 시끄러운 꽹과리 소리와 함께 고구려군의 간헐적인 야습이 있었으나 모처럼 낮잠을 즐긴 군사들은 여유 있게 잘 막아냈다.

다음 날은 아침을 지어 먹기가 바쁘게 길을 떠났다. 우문술의 군사가 선봉을 맡아 나가고, 그 뒤로는 우중문과 우문술의 군사가 한 대씩 서로 섞이어 출발했으며, 마지막에는 우문술의 군사 1만이 따르게 했다.

5만여 군사가 남았을 때다. 남쪽에서 징소리가 어지럽게 들려왔다. 놀라 바라보니 온통 햇빛에 번쩍거리는 빛무리가 달려오고 있었다.

"고구려 개마대다!"

군사들이 놀라서 소리를 질렀다. 뒤늦게 길을 떠나려던 우문술은 1만 개마군사를 내보냈다. 다행스럽게도 고구려 개마대와 같은 걸낫을 가진 군사가 5천 명이나 되었다.

"적은 3천을 넘지 못한다. 한달음에 휩쓸어버려라."

양날 걸낫을 든 5천 개마군사가 앞장서 달려나갔다. 그동안 연습한 대로 고구려 개마대의 말 다리를 잘라내려는 것이다. 모처럼 좋은 기회였다. 바로 뒤에는 이들을 지원할 개마군사 5천이 따르고 있다.

이들이 뿌옇게 먼지를 일으키며 마주쳐 나가고 조금 뒤 비명소리가 어지럽게 울려퍼지며 개마대가 서로 어우러졌다. 싸움판이 잠시 가라앉는가 싶더니 다시 먼지를 부옇게 일으키며 수나라 군사들이 내달아오는 것이 보였다.

지켜보던 군사들이 먼저 비명을 질렀다.

"졌다! 우리 개마대가 졌다!"

"어서 달아나자!"

개마대가 쫓겨오는 것을 본 군사들이 한꺼번에 뒤를 보이며 내달리기 시작했다.

"멈춰라!"

"맞서 싸워라!"

장수들이 막아서며 외쳤으나 군사들은 정신없이 앞으로 내달렸다.

세 배나 많은 개마대도 도망쳐오는 판이다. 장수들만 남아서 고구려 개마대를 막을 수는 없는 일이었다. 장수들도 뒤섞여 달아나는 군사들 틈에 끼여서 달리는 말에 박차를 가했다.

수나라 군사들이 정신없이 내달려 강골산과 백족산 아래를 지날 때였다. 또다시 어지러운 징소리와 함께 양쪽에서 5만 고구려군이 달려들었다. 수군들은 싸울 엄두조차 내지 못하고 오직 목숨을 살려보려고 마지막 안간힘을 다해 내달렸다. 모두들 죽어라 앞으로 달려갔고, 미처 빠져나가지 못하고 갇힌 7천여 군사가 5만 고구려군에 사로잡히거나 목숨을 잃었다.

수군은 전날 아침 우중문의 군사가 떠나왔던 곳에서 발을 멈추고 군사를 쉬게 했다. 해가 아직 많이 남았으나 경계군사를 내보낸 뒤 곧장 잠자리를 보았다. 어차피 밤에는 잠자지 못할 터이므로 낮에 실컷 자두자는 것이었다.

"이놈들아, 밥이나 먹고 자라!"

장수들이 소리를 지르며 엉덩이를 걷어찼다. 우중문의 군사들은 빨간 토끼눈으로 눈두덩을 쥐어뜯으며 이른 저녁을 먹고, 젓가락을 놓기가 바쁘게 모두들 곯아떨어졌다.

"큰일이오. 적들이 공격해오면 맞서 싸우기도 어려울 것이오."

우중문이 걱정스럽게 말했으나 우문술은 느긋했다.

"낮에 군사들이 쉬는 것을 보았으니 어젯밤처럼 대충 공격하는 시늉이나 내다가 도망칠 것이오. 뜻하지 않게 개마군사

오국지 1

들까지 나타났으나 밤에는 움직이지 못할 것이오. 다만 적이
시끄럽게 굴지 못하도록 경계를 잘 해야겠소."

어둠이 내리자마자 징과 꽹과리를 어지럽게 두드리는 소리
가 들려왔으나 모두 적어도 5리는 넘는 곳이었다.

"뭐? 경계군사가 200명이나 죽었다고?"

잠깐 잠에서 깨어 바오달을 둘러보고 있던 우문술은 크게
놀랐다.

"예. 남쪽 경계를 맡고 있던 군사 200명이 모두 죽고 한 사람
도 살아오지 못했습니다."

"등신 같은 놈들!"

우문술이 어금닛소리를 냈다.

"너희들은 무엇하고 있었느냐? 어째서 구원병을 보내지 않
았느냐?"

"저희들은 정말 아무것도 모르고 있었습니다. 초저녁부터
적들의 징과 꽹과리 소리가 시끄러웠을 뿐 우리 경계군사들이
보내는 신호는 하나도 없었습니다. 우리는 아무 낌새도 못 채
고 있었는데 교대를 하러 간 군사들이 보고 달려와 전한 것입
니다."

"으음!"

우문술은 눈을 질끈 감았다. 야습이 없는 줄 알고 있다가
뒤통수를 맞아서가 아니다.

200명이나 되는 경계군사를 아무 기척도 없이 죽여버리다니! 등에 식은땀이 흘렀다. 아무리 제집 안마당이라고 해도 수나라 군사들이 모두 허깨비는 아니다. 고구려군이 이곳 지리를 잘 알겠지만 수군도 오늘은 달랐다. 바오달 언저리를 돌 하나 나무 한 그루까지 낱낱이 살펴두었다. 더구나 어제는 저녁 때 낮잠까지 실컷 잤으므로 꾸벅꾸벅 졸았을 까닭도 없다.

200명이나 되는 경계군사가 적이 나타났다는 신호조차 보내지 못하고 죽다니! 비로소 고구려군의 무서움을 알 것 같았다.

압록수를 건너지 말아야 했다! 늦어도 살수에서는 군사를 되돌려 돌아갔어야 옳았다! 문득 노곡령 계곡에서 죽은 1만 6천여 명의 참혹하기 짝이 없는 주검이 눈앞을 가린다. 그리고 세 아름이 넘는 소나무를 깎아 만든 경고문.

하늘의 뜻을 그대에게 이른다.
곧바로 이곳에서 군사를 돌려 돌아가라.
그대의 헛된 용맹을 자랑하기 위하여 얼마나 많은 산목숨을 죽여야 하는가?
하늘과 땅과 사람이 함께 노하니 그대들은 살아남을 수 없다.

그 글을 적은 사람은 고구려 으뜸 장수이자 막리지 을지문덕이었다. 흘러내린 송진이 누렇게 굳은 것으로 보아 노곡령에서 수군을 친 후 적은 글이 아니었다. 며칠 앞서 미리 만들어둔 경고문이 틀림없었다.

"그것은 단순한 공갈이 아니었다. 또 하나……."

살수에서 달아나는 군사를 시켜 전하게 했다는 말.

지금이라도 군사를 돌려 돌아가겠다면 막지 않고 압록수를 건너게 할 것이며 여동군에게 명령을 내려 한 사람도 다치지 않고 구려하를 건너 모두 고향으로 보내주겠다. 이것으로 두 번이나 알아듣게 말하였으니 이번에도 듣지 않으면 한 사람도 살아 돌아가지 못할 것이다. 하늘백성이 사는 검스러운 아사달에 죄 없는 군사들의 피를 뿌리고 싶지 않은 막리지 전하의 말씀이니 잘 전하라.

우중문의 곁에서 들은 장수가 전해준 그 말도 귀에 생생했다. 우중문은 기껏 살아온 군사들을 죽여 입을 다물게 했으나 어차피 눈 가리고 아웅이다. 그런 수로 막을 수 있는 것은 수나라 군사들의 눈과 귀였을 뿐, 고구려군의 막강한 전력까지 묶어둘 수는 없는 것이었다.

"한 사람도 다치지 않고 모두 고향으로 보내주겠다!"

그것은 막리지 을지문덕의 말이었다. '하늘백성이 사는 검스러운 아사달에 죄 없는 군사들의 피를 뿌리고 싶지 않은 막리지 전하.' 이것은 고구려 군사들이 을지문덕을 가리키는 말이었다. 그는 누구에게나 이렇듯 올곧고 자애로운 사람으로 새겨져 있는 것이다.

세상에는 이러한 사람도 있다는 것을 왜 짐작도 하지 못하였을까? 처음에는 멍청하게 여러 작전에 걸려든 수군에 대한 비웃음으로 알았다. 을지문덕이 스스로를 뽐내어 큰소리치는 줄만 알았다.

벗어날 길이 없지만은 않을 것이다. 이제라도 을지문덕에게 군사들의 목숨을 살려달라고 빈다면? 아마 들어줄 것이다!

그러나 우문술은 쓸쓸하게 웃었다. 비록 쫓기고 있지만 23만이 넘는 군사다. 3천 명 이상의 장수들 가운데 싸우다 죽기를 바랄지언정 목숨을 구걸해 돌아갈 사람은 하나도 없을 것이다. 밤마다 〈사망가〉를 부르고 〈조선가〉를 읊조리는 것도 여느 군사들의 짓이지 장수들은 아니다.

자신이 좌익위대장군의 이름으로 부하장수들에게 명령을 내리고는 있으나 마음까지 움직일 수 있는 것은 아니다. 을지문덕에게 빌어서 군사들의 목숨을 살리려고 했다는 사실이 알려지면 그 자리에서 자신의 목은 부하장수들 손에 날아갈 것이다.

후―우. 우문술은 한숨을 불어냈다. 늙은 목숨이 아까워서가 아니다! 우중문은 나가 싸우는 데는 용감한 장수지만 적지 깊은 곳에서 패잔병을 이끌고 돌아갈 장수는 못 된다. 자신이 없으면 수군들은 머리 잃은 군사가 되어 모두 고구려군의 창칼에 가엾은 목숨을 바치고 말 것이다. 수나라 군사들이 아무리 〈조선가〉를 불러봐야 고구려군의 창칼에는 자비심이 없다.

멀리서 시끄럽게 울리는 고구려군의 꽹과리 소리가 자꾸 꿈에서 깨어나라고 소리치는 것만 같다. 그러나 우문술은 끝내 을지문덕을 찾아갈 엄두를 내지 못했다.

이튿날 아침, 우문술은 문득 몇몇 부하의 움직임이 이상하다는 것을 깨달았다. 낯짝이 노래진 부하장수들이 종종걸음을 치는가 하면 밑살이 삐져나온 것처럼 어기적거리는 것이었다.

"무슨 일이냐?"

"바쁜 김에 그만 찬물을 마시고 말았습니다."

"뭐라고? 누가 함부로 찬물을 마시라고 했느냐?"

성난 소리로 묻자 대답 대신 부하장수의 목이 쑥 들어갔다.

"조심해라. 그렇게 기운이 없어서야 무슨 싸움을 하겠느냐?"

"예, 조심하겠습니다."

또다시 볼일이 생겼는지 종종걸음이다.

아아, 큰일이다! 땅이 꺼져라 한숨이 나왔다. 몽둥이라도 맞은 것처럼 머리가 아프다. 우문술은 대장군이 된 뒤로 군사들한테 찬물 마시는 버릇을 들이기 위해 애썼지만 아직도 찬물을 마시면 배탈이 나는 군사가 많았다. 하는 수 없이 그런 똥물싸개들한테는 꼭 더운물을 마시도록 했지만, 어제는 너무 정신없이 달아나다 보니 물을 끓일 겨를이 없었던 것이다.

행군이 시작되었다. 말에 올라 앞으로 나가며 보니 군사들이 길가에 즐비하게 늘어앉아 있다. 모두 낯짝이 노래져서 엉덩이를 까고 앉은 똥물싸개들이다. 뱃속이 비어서도 자꾸만 똥찌물을 죽죽 내쏘는 똥물싸개들이 무슨 기운이 있겠는가. 싸우기는커녕 뒤따라올 수만 있어도 다행이다.

"이미 날이 밝았다. 꿈에서 깨어야 한다!"

배탈이 난 사람처럼 어두워진 얼굴로 우문술은 저도 모르게 중얼거렸다.

날이 밝기 전에 아침을 지어 먹고 서둘러 길을 떠난 수군의 선봉이 자모산에 이르렀을 때, 본진의 뒤를 맡아 지키며 뒤따르던 군사들은 겨우 15리를 가서 봉린산 아래를 지나고 있었다. 그때 눈 깜짝할 사이에 곁에 있던 숲과 나무가 모두 고구려 군사로 뒤바뀌며 수군의 꽁무니를 잘라냈다.

"다리야, 날 살려라."

앞을 가로막힌 1만여 군사가 감히 맞설 엄두도 내지 못하고 죽어라 앞으로 내달렸으나 겹겹이 막아선 고구려군을 뚫어낼 수가 없다. 너른 들이 아닌 곳에서는 개마대나 기마대가 달리기 어려웠으므로 장수들을 빼고는 모두가 보병이다.

"길을 뚫어라."

장수들이 앞장서 길을 뚫고자 했으나 수렁에 돌 던지기다. 용감하게 달려나갔던 몇몇 장수가 몇 번 창칼을 휘두르지도 못하고 쓰러져버렸다. 빽빽하게 늘어선 고구려군이 창칼을 번뜩이며 다가온다.

"맞서 싸워라. 곧 구원군이 올 것이다."

남은 장수들이 큰 소리로 군사들의 사기를 북돋웠다.

그러나 이미 구원군은 바랄 수가 없게 되었다. 뒤쪽에서 함성이 일어나며 고구려군이 나타나자 놀란 군사들이 죽어라 앞으로 내달려버린 것이다. 장수들이 군사를 뒤로 돌리자 해도 따르는 군사가 없었다. 장수들도 군사들에 섞여 함께 앞으로 달려가버렸다.

갇힌 군사들은 모두 겁에 질렸다. 앞서 가던 자들이 정신없이 내빼는 것을 보았으니 다시 돌아와 자신들을 구해준다는 건 상상도 못할 일이다. 어서 전투대열을 갖추라고 장수들이 고함을 질렀지만 깃발에 따라 움직이는 군사는 하나도 없었다. 그저 창칼을 들고 허수아비처럼 서 있을 뿐.

모두가 무리죽음을 당하게 될 순간, 누군가 떨리는 목소리로 노래를 부르기 시작했다.

아침이면 동녘을 향해 머리를 조아리고
빛의 나라 조선에 감사드리네.
동이는 세상의 밝은 빛이니
그 손길 스치면 천하만물이 되살아나네.

조그맣게 시작된 노래는 곧 커다란 합창으로 울려퍼졌다. 갑작스러운 노랫소리에 고구려군의 발길도 멎었다. 고구려 군사들이 걸음을 멈춘 것을 본 수군들은 창칼을 내던지고 더욱 큰 소리로 노래를 불렀다. 발을 구르고 팔을 흔들며 박자를 맞추는 이도 있고 땅에 엎드려 계속 절하는 이도 있었다. 처음에는 눈치만 살피던 장수들도 말에서 내려 한목소리로 노래를 불렀다.

얼마나 지났을까? 고구려 장수 하나가 앞으로 나서더니 팔을 들어 조용히 하라고 신호했다.

"너희가 모두 〈조선가〉를 불렀으니 한 사람도 해치지 않고 모두 살려주겠다. 한 사람도 포로로 붙잡지 않고 모두 고향으로 돌려보내줄 것이다."

믿을 수 없는 일이다! 꿈만 같아 어리둥절해하던 군사들도 고맙다며 절하는 군사들을 보고서야 정신이 돌아온 듯 땅에 머리를 박았다.

"너희들은 앞서 간 자들을 따라 함께 돌아가고 싶겠지만 참아야 한다. 지금은 우리 손을 피해 도망쳤다고 좋아하겠지만, 저들은 모두 죽을 것이다. 지금 너희를 못 가게 붙잡는 것은 너희를 살려 고향으로 보내기 위한 것이니, 우리를 믿고 따르라."

고구려 장수의 말이 끝나자 수나라 군사들은 고구려군의 손 짓에 따라 한곳으로 줄지어 나갔다. 제 몸을 지키는 창칼은 내 버렸지만, 모두들 살아서 고향으로 돌아갈 수 있다는 기쁨에 들떴다. 모두들 제 목숨을 구해준 〈조선가〉를 신나게 불렀다.

선불산 아래까지 도망쳐 밤을 새운 수군은 날이 밝기 전에 밥을 지어 먹었다. 군사를 움직이기에 앞서 우중문은 엄한 명 령을 내렸다.

"절대 앞으로 달리지 마라. 함부로 걸음을 재촉하는 자는 곧바로 목을 베어라. 뒤에서 혼란을 일으키는 자는 그 장수들 의 목을 벨 것이다."

이때 우중문의 말에 대꾸라도 하듯이 징과 꽹과리 소리가 들려왔다. 꽤 멀리서 나는 소리였다. 소나기 퍼붓듯 쉴 새 없이 들리던 고구려군의 징과 꽹과리 소리는 오래지 않아 그쳤다. 그러나 소리가 그치고 조용해지자 오히려 더 불안했다. 그저 께도 대낮에 징과 꽹과리 소리가 들리더니 까맣게 잊고 있었 던 개마군사들이 달려오지 않았던가.

"잠깐 군사를 멈추고 저들의 움직임을 보아야 할 것이오. 오늘 움직이는 것은 좋지 않을 것 같으니 이곳에서 하루를 쉽시다."

우문술의 걱정에 우중문이 코웃음을 쳤다.

"적들이 수상쩍은 것은 사실이오. 그러나 적들의 숨은 뜻을 짐작하지 못할 내가 아니오. 수상쩍은 짓으로 우리를 이곳에 묶어놓고 고단하게 만들어 치겠다는 뻔한 수작이오. 대장군은 언제까지 적들의 허튼 속임수에 놀아날 셈이오?"

우중문의 비웃는 소리에도 우문술은 못 들은 척했다. 고구려군이 하는 짓거리가 너무도 꺼림칙한 마당에 이러쿵저러쿵 따지고 자시고 할 겨를이 없었던 것이다.

"다시 안섬으로 나가는 것도 좋지 않을 것 같소. 군사를 선불산 동쪽으로 돌려 곧장 북쪽으로 향해 강을 건너는 것이 좋겠소."

"적이 안섬을 지나는 곳에서 우리가 강을 건너기를 기다릴 거라는 것은 나도 짐작하고 있소. 그러나 그 강은 비록 넓으나 강물이 깊지 않소. 군사들이 강을 건너는 데 그다지 걸림돌이 될 게 없다는 것을 좌익위대장군도 모르지 않을 것이오. 만일 감당하기 어려운 적군을 만났다면 벌써 선봉군한테서 연락이 왔겠지. 지금쯤 우리 선봉군은 안섬을 지나고 있을 것이오."

우중문은 압록수를 건넌 이후로는 늘 자기가 군을 이끄는 대장임을 뽐내며 으스댔다.

"만일 저들이 기다리고 있음을 두려워하여 북쪽으로 올라간다면, 그곳은 강폭이 좁은 대신 강물이 깊고 흐름이 빨라서 군사들이 뗏목에 의지하지 않고는 강을 건널 수가 없소. 더구나 우리가 길을 바꾸는 것을 적들이 알고 뒤쫓아올 것이니 오히려 스스로 수렁에 빠져들어가는 꼴이 될 것이오."

더 이상 말씨름을 하기도 귀찮다는 듯 우중문은 큰 소리로 부하들에게 행군 명령을 내렸다.

본진이 출발하고 우중문도 막 움직이려고 할 때였다. 시끄러운 징소리가 다시 들리기 시작했고, 오래지 않아 남쪽 전산자락에서 눈부시게 빛나는 빛무리가 나타났다.

"고구려 개마대다!"

"개마군사들이 저토록 많다니 도저히 믿을 수가 없다."

고구려 개마대는 징소리 대신 북을 울리며 천천히 다가왔으나 수나라 군사들은 미리부터 겁을 집어먹었다.

"적어도 5만은 넘겠다."

"1만 개마대가 나가서도 3천 개마군사에 쫓겨왔다. 저들을 어떻게 막아낸단 말인가?"

"뒤를 봐라. 뒤따르는 군사가 30만은 되겠다."

군사들은 저마다 두려움에 몸을 떨었다.

이때 고구려군의 개마군사는 2만여 명에 지나지 않았다. 나머지는 모두 말에 두른 전포에 나뭇조각을 꿰어 붙이고 기름 칠한 것이었다. 다만 멀리서 보는 수나라 군사들에게는 반짝이며 빛나는 것이 모두 갑옷의 미늘로 보였을 뿐이다. 뒤따르는 군사도 13만에 지나지 않았다.

"본진이 강을 건널 때까지만 시간을 벌면 된다."

먼저 개마대와 기마군사 3만여 명을 내보낸 우문술이 칼을 높이 뽑아들었다.

"고구려군에게 저렇듯 많은 개마군사가 있을 수 없다. 군사들도 많아 보이지만 늙은 백성들이 전포를 걸치고 나왔을 뿐이다. 모두 속임수를 쓰고 있는 것이니, 우리가 달려나가면 적들은 놀라 달아나고 말 것이다."

그러나 정말 그렇다 하더라도, 군사들 모두가 우문술이 외치는 소리를 들을 수 있는 것은 아니었다. 출발 명령이 내릴 때까지 편하게 앉아 있어야 할 군사들이 궁금증을 참지 못하고 일어서기 시작하자 이내 대오가 흩어지고 소란이 일었다. 군사들의 소란은 곧 행동으로 나타나 명령이 내리기도 전에 군사들이 움직이기 시작했다.

"아직 움직이면 안 된다. 순서가 올 때까지 기다려라."

장수들이 멈춰서라고 소리를 질러도 군사들은 귀를 막고 부지런히 걸음을 재촉했다.

"멈춰라!"

"뒤돌아 적을 막아라!"

성난 장수들이 칼을 휘두르며 막아섰으나 제 목숨이 무엇보다 아까운 군사들의 발걸음만 더 빨라졌을 뿐이다. 그뿐만이 아니다. 적을 맞아 싸우러 나가던 말 탄 군사들도 뭐가 아쉬운지 뒤를 흘끔거리며 못 잊어하더니 어지럽게 달아나는 본진 군사들을 보고는 냅다 말고삐를 잡아채 뒤돌아 내달렸다.

기마군사들이 바람처럼 곁을 스쳐가자 더욱 마음이 바빠진 군사들이 스스로 알아서 죽을 둥 살 둥 내달렸으니, 이를 지켜본 선불산은 뒷날 주마산(走馬山)으로 이름이 바뀌었다.

그사이 앞서 길을 떠난 선봉군이 살수에 도착했지만 고구려군은 보이지 않았다. 모두 남쪽으로 내려가 한패가 되었거나 막아선다고 해도 강물이 깊은 북쪽 강 저쪽 언덕일 것이다. 달려온 선봉군은 망설임 없이 물에 뛰어들었다. 강 한가운데 강물을 따라 길게 설치되어 있는 물밑둑을 만난 선봉장은 잠깐 놀랐다. 그러나 겨우 군사들의 정강이나 다칠 수 있는 정도의 장애물이다. 대충 치워버릴까도 생각했으나 돌의 무게보다도 가슴까지 차는 물 때문에 물속에 코를 박고 돌을 치우기도 쉬운 일은 아니었다. 물밑둑에 걸려 잠깐 터덕거리기는 했으나 군사들이 적어 별 혼란 없이 남쪽 강을 건너 안섬으로 올라갔다.

사실 부대의 눈에 해당하는 선봉군의 급선무는 적의 위치나 매복 따위를 탐지하고 길을 여는 것이지, 소소한 장애물까지 일일이 신경을 쓸 수는 없었다. 그건 중군이나 본진이 알아서 할 일이었다.

안섬에서도 고구려군이 하나도 보이지 않았으므로 선봉군은 한달음에 5리를 달려 북쪽 강에 다다랐다. 강 건너 북쪽 언덕에서는 고구려 군사들이 징과 꽹과리를 어지럽게 울리며 수나라 군사들을 맞았다. 그러나 잠깐 주춤해서 멈춘 수나라 군사들은 거친 숨소리로 하하하 웃었다. 소리만 시끄러웠지, 막상 막아선 고구려군은 별로 많지 않았고 한 줄로 길게 늘어서서 소란만 피우고 있었기 때문이다.

선봉군 단독으로도 강을 건널 수는 있겠지만 피해가 클 것 같았으므로 선봉장은 전령을 보내 중군이 빨리 달려오도록 했다.

중군이 몰려오자 선봉군은 더욱 힘이 솟았다.

"가자! 별것 아니다."

"깊은 강물도 아니다. 곧바로 저쪽 언덕에 닿을 수 있다."

"고구려놈들을 한꺼번에 휩쓸어버려라."

선봉군에 이어 중군 군사들까지 2만여 명이 대를 지어 강물에 뛰어들었다. 푸른 강물이 한쪽에서부터 붉은색으로 바뀌기 시작했다.

"으악! 허억! 아푸, 아푸!"

수나라 군사들은 강물에 들어선 지 얼마 안 되어 허우적거리기 시작했다. 지난번 건널 때는 가슴까지 찼던 물이 이제는 머리끝까지 잠겼고, 전에는 없었던 돌들에 자꾸 발이 걸려 앞으로 나가는 속도가 매우 더뎠다. 한번 넘어진 군사들은 뒤에서 밀며 넘어지는 통에 일어서지 못하고 꼴깍거리며 물을 먹었다. 간신히 기우뚱거리는 걸림돌 위에 올라서면 물에 넘어진 군사들이 잡아당기는 통에 함께 물에다 머리를 박고 허우적거리지 않을 수 없었다.

수백 명의 군사가 빠르게 헤엄쳐서 언덕에 오르기 시작했으나 수가 너무 적었으므로 고구려군의 집중 화살공격을 받아 쓰러졌다. 수군의 상륙을 저지시킨 고구려군의 화살은 강물을 건너고 있는 수나라 군사들한테도 쏟아졌다. 숨을 쉬려고 퐁퐁 뛰기도 하고 발끝으로 더듬어가며 조심스럽게 강을 건너고 있던 군사들에게 화살이 쏟아지자 강은 금세 아수라지옥이 되었다. 화살에 맞아 쓰러지는 이보다 지레 놀라 허둥거리다 물을 먹는 군사가 많았고, 넘어진 자들이 서 있는 군사를 잡아당기니 혼란은 극에 달했다.

뒤로 물러서기도 쉽지 않았다. 나중에 강물에 들어선 군사들이 앞에서 벌어진 위험을 깨닫고 뒤로 돌아나가기 시작했다. 그러나 고구려군의 화살은 더욱 맹렬하게 쏟아졌다. 천천히 조심스럽게 걸어나가도 걸림돌에 발이 걸려 넘어지기 일쑤인데 귓전을 스치는 화살소리에 놀라 서두르다 보니 물속에 자빠지기 다반사였고, 버둥거리다 엉겁결에 곁의 놈까지 잡아 끌어 물을 먹이게 되었다. 발이 삐었다고 소리질러봐야 아픈 사정 알아주는 놈 하나도 없다. 서로 듣거나 말거나 모두들 다 급한 사정으로 악을 써대기 때문이다.

북쪽 강물을 가득 채운 수나라 군사들은 배가 터지게 물을 마셔야 했다. 골치가 띵하니 어지럽고 팔다리에 맥이 풀려 물에다 코를 박고도 고통스러운 줄 모르는 송장이 되었다. 나중에 들어선 군사들과 운 좋은 군사들이 더러 다시 안섬으로 올라갔다.

"뭐냐, 저것은?"

뒷수습을 포기하고 안섬으로 달리던 우문술이 저도 모르게 부르짖었다. 안섬 남쪽 강가에 이르자 식량과 병장기를 실은 수레들이 수없이 버려져 있었다. 수레 행렬은 강물 가운데까지 이어져 있었다. 고구려군이 강물 속에다 길게 쌓은 둑에 수레바퀴가 걸려 움직이지 않자 수군들이 수레를 끌던 말만 빼내 타고 달아난 것이다.

군사들에 휩쓸려 강물에 들어선 우문술은 한 번 더 놀랐다.

"큰일이다! 적의 덫에 걸리고 말았다!"

지난번에는 겨우 허리에나 닿을 성싶었던 강물이 군사들의 가슴까지 차올라오는 것이었다. 그동안 비는 한 방울도 내리지 않았다. 강물이 저절로 두 자 가까이 불어났을 리가 없다.

"적의 계략에 말려들었다! 곧바로 군사를 돌려야 한다!"

그러나 군사들은 서로 먼저 강을 건너겠다고 아우성치며 사람의 물결에 둥둥 떠밀려서 강을 건너고 있었다. 앞을 보아도 뒤를 보아도 제 다리만 믿고 달릴 뿐 명령에 귀를 기울일 낯짝들이 아니다. 게다가 말과 사람이 뒤엉켜 아우성을 지르고 있다.

"밀지 마라! 개새끼들아! 밀지 마라!"

철 만난 악머구리떼처럼 시끄럽지만 거의 모두가 밀지 말라는 소리다.

가까이 다가가서야 우문술은 무슨 일인지 알아차릴 수 있었다. 고구려군이 어느새 강 가운데 만들어놓은 물밑둑이 인마의 통행에 걸림돌이 되고 있었던 것이다. 바로 이것 때문에 식량과 병장기를 실은 수레들이 강을 건너지 못하고 뒤엉켜 있었구나.

"장애물은 하나뿐이다. 조심해서 넘어라."

모두가 제 발밑을 조심하느라 장수의 명령에 귀 기울일 군사 하나 없는데 버릇처럼 큰 소리로 명을 내린 우문술은 어딘지 찝찝했다. 자신의 말도 전혀 부상을 입지 않고 무사히 물밑둑을 넘어왔는데도 영 개운치가 않았다. 강 가운데를 지나서부터는 오히려 물밑둑을 넘어온 군사가 적어서 군사들에게 떠밀리지 않고 느긋하게 강물을 지날 수 있었다.

"함정이다, 저 섬이 바로 함정이다!"

우문술의 입에서 저도 모르게 비명이 새어나왔다. 고구려군이 물밑둑을 하나만 설치한 목적은 인마의 통행 저지가 아니라 수군이 식량을 버리고 안섬에 올라가도록 하는 것인 것이다. 단지 인마의 통행을 저지하고 살상하는 것이 목적이었다면, 물밑둑을 하나가 아니라 여러 개 설치했을 것이다.

"왜 그러십니까? 무슨 일입니까?"

"저 섬에 들어가면 꼼짝 못하고 다 죽는다. 아직 늦지 않았다. 돌아서기만 하면 된다!"

돌아서면 식량수레도 병장기수레도 모두 수군의 수중에 그대로 있게 된다. 무엇보다 고구려군이 쳐놓은 함정에서 빠져나갈 수 있다. 고구려군은 이곳에서 건곤일척의 한판 승부를 벌이려고 모든 준비를 했을 테니, 이곳만 벗어나면 고구려군은 힘을 쓰지 못할 것이다. 이곳만 벗어나면 큰 손실을 입지 않고 무사히 철수할 수가 있다.

"북쪽도 깊은 강물은 아닙니다. 일단 이 살수만 벗어나면 됩니다."

"여기서는 군사를 통제할 수가 없습니다. 일단 저 섬으로 가서 군사를 모으고 안정시킨 다음 움직여야 합니다."

당장 이곳에서 군사를 돌린다고 해도 군사들의 태반이 이미 안섬으로 올라간 뒤다. 별일 없다면 선봉과 중군은 이미 북쪽 강까지도 건너갔을 시각이다. 우문술도 부하장수들과 함께 말을 재촉해 안섬으로 올라갔다.

떼무덤

수나라 군사들은 남쪽 강변 저쪽까지 뒤엉켜 있는 식량수레를 보고 애가 탔으나 섬으로 끌어올 재주가 없었다. 강물 속에다 동돌로 둑을 쌓아놓았으니 말이나 사람은 강을 건너도 바퀴 달린 수레는 건널 수가 없는 것이다. 그러나 식량수레를 보며 애태우는 것도 잠깐이었다.

"저놈들이 우리 먹을 식량을 다 가져가는구나."

고구려 군사들이 식량수레를 뒤로 빼가기 시작한 것이다. 수나라 군사들이 화살을 날렸으나 갑주로 무장한 고구려군은 군사도 말도 수나라 화살을 겁내지 않았다. 나중에는 강물 속에 처박힌 수레까지 줄을 매어 다 끌어내 갔다.

강물에는 동돌로 된 둑을 지나오다가 다리를 다친 말 등 부상당한 말이 많았다. 하지만 멀쩡한 말까지 다 잡아먹어도 이 많은 군사들이 얼마 동안이나 배를 채울 수 있을 것인가.

보급로 확보를 위해 3만이나 되는 군사들을 남겨두었던 곳이다. 그 많은 군사들마저 깨끗이 사라져버렸으니 구원군이

오기를 바랄 수도 없는 노릇이었다. 적진 깊숙이 들어와서 보급로가 끊어진 데다 가지고 다니던 식량까지 두 눈 뻔히 뜨고 몽땅 빼앗겼으니 신세 처량하기가 짝이 없었다.

이젠 꼼짝없이 죽었다! 식량수레를 가져간 것으로도 모자라 이제는 돌까지 날라다 강물 속에 밀어넣었다. 작은 뗏목에 돌을 실어나르던 고구려 군사들이 넘어져 코를 박는 걸 보면서도 수나라 군사들은 조롱할 수조차 없었다. 발목을 겹질린 듯 크게 절뚝거리거나 아예 다른 군사들한테 업혀가는 것을 보면서도 잘코사니를 부르기는커녕 마치 자신들이 다친 것처럼 보는 것마저 끔찍해했다.

수나라 군사들은 돌을 강물에 던져넣는 고구려 군사들을 보고 땅이 꺼져라 한숨을 쉬었다. 수군이 강을 건너지 못하게 하고 자기들도 안섬에는 들어오지 않은 채 다리를 뻗고 앉아서 지키기만 하겠다는 뜻이다.

"적들은 우리를 굶겨서 죽이려 하고 있소."

"앉아서 굶다가 사로잡히느니 기운이 떨어지기 전에 나가 싸우다 죽는 게 나을 것이오."

그러나 누구도 나가 싸우기는커녕 막상 강물에 뛰어들 엄두조차 내지 못했다. 강물에 뛰어드는 대로 고구려군의 화살에 거꾸러질 것이 뻔했고, 운 좋게 강변으로 올라선다고 해도 사방에서 에워싸고 날아드는 고구려군의 창날까지 피할 수는 없는 일이다. 북쪽 강변으로 많은 군사가 한꺼번에 상륙하는 수밖에 없었으나 키를 넘게 깊어진 강물과 둥돌이 덫이 되어 수군들의 발목을 잡고 있었다.

"가만, 이게 무엇이냐?"

우중문이 문득 발밑을 내려다보며 물었다. 수군 장수들은 늘 높은 단 위에서 군사들을 내려다보던 버릇대로 어느새 저도 모르게 높은 곳으로 올라서 있었던 것이다. 발밑이 단단하지 못하고 생흙이 섞인 것이 마치 누가 방금 흙무더기를 쌓은 것만 같다. 그러고 보니 집채만 한 흙무더기가 군데군데 끝없이 들어서 있다.

성질 급한 장수 하나가 말에서 뛰어내리더니 창끝으로 땅을 파헤쳤다. 날파람 있고 힘센 장수의 부지런한 손놀림에 파파팟 흙이 날아가고 구덩이가 패였다. 문득 장수의 손놀림이 멎는가 싶더니 희뜩한 것이 불쑥 솟아났다. 구덩이 밖으로 다 드러나지는 않았지만 누렇게 변해가고 있는 것은 사람의 손이 분명했다.

무언가 궁금해서 눈길을 박던 우중문이 '악!' 소리를 지르며 물러섰다.

"더럽다! 어서 치워라!"

구르듯이 무덤에서 내려간 우중문이 빽빽 소리쳤다. 썩기 시작한 송장들 위에 서 있었다고 생각하니 입맛이 매우 썼다.

높다란 흙무더기들은 보나마나 수군들의 무덤일 것이다. 수많은 무덤 속에 에워싸였다고 생각하니 자꾸만 불길한 생각이 들었다. 꿈자리 걱정이 아니라 저도 무덤 속으로 묻힐 것만 같은 느낌이었다. 그리고 보면 강을 건너오기 전에 보았던 흙무더기들도 모두 수나라 군사들의 무덤일 것이다.

"나쁜 놈들이 우리를 겁주자고 저렇게 커다란 무덤을 만든 것이다."

"글쎄, 겁을 주자면 주검을 그대로 내버려두지 않았을까?"

"저렇게 빈자리가 많은데 무엇 때문에 고생스럽게 이렇게 커다란 무덤을 만들었겠는가? 틀림없이 못된 꿍꿍이속이 있을 게야."

장수나 군사들이나 이런저런 말이 많았다. 그러나 그런 잡담도 오래가지 못했다. 빈터 곳곳에 작은 팻말이 박혀 있었는데 '수나라 군사들의 무덤자리'라고 똑똑히 쓰여 있었기 때문이다.

정말 이곳에 묻힐지도 모른다고 생각하니 소름이 쭉 끼쳤다. 처음에는 무서움을 잊기 위해 아무 소리나 맘대로 지껄이던 군사들이었으나 이제는 물을 끼얹은 듯이 조용해졌다. 대낮에 무서운 귀신이라도 만난 듯 군사들이 슬슬 자리를 피해 무덤이 모여 있는 쪽으로 다시 몰려들었다.

"뗏목을 만들어 강을 건넌다면 크게 다치지 않고 건널 수 있을 것이오."

하늘이 무너져도 솟아날 구멍이 있다고 했다. 장수들도 모두 넋 나간 사람들처럼 먼 하늘만 쳐다보는데 우문술이 구멍수를 찾아냈다.

"뗏목은 30여 척으로 충분할 것이오. 먼저 수백 명이 강을 건너 적들의 저항을 약하게 한 뒤에 군사들이 걸어서 강을 건너게 해야 할 것이오."

듣고만 있기가 거북살스러운 우중문이 머리를 저었다.

"한꺼번에 많이 건너지 않으면 안 되오. 적어도 500여 개의 뗏목을 한꺼번에 띄운다면 적들도 막을 방법이 없을 것이오."

"이 섬에는 나무가 많소이다. 적들이 우리가 뗏목을 만들 거라는 걸 모를 리가 없고 보면 반드시 무슨 준비를 했을 것이오. 적들이 눈치를 채지 못하게 몰래 만들어야 하오."

"그래도 뗏목 30개는 너무 적소. 100개를 만들도록 하시오."

내가 어찌 그대의 말에 그대로 따르겠는가. 우중문은 더 듣지 않고 큰 소리로 명령을 내렸다.

"100개의 뗏목을 만들어라. 적들이 눈치채지 못하게 하라."

군사들은 이제 살길이 열렸다고 좋아하면서 곧바로 나무를 베어 뗏목을 만들기 시작했다.

군사들이 나무를 베어내고 있을 때였다. 남쪽에 버티고 있던 고구려 군사들이 바쁘게 움직이더니 대를 나누어 강을 따라 달려내려가는 것이 보였다. 어림잡아 5만 명은 되어 보이는 대군이 따로 움직이는 것이다.

고구려 군사들이 향해 가는 강 아래쪽을 지켜보는 수군 장수들의 가슴은 바작바작 타들어갔다. 여기서 보이지는 않지만 최대한 가까운 곳에 뜬다리가 설치되어 있을 것이고, 고구려 군사들은 그 다리로 빠르게 강을 건널 것이다. 5만 명이 강을 건너고 다시 대오를 편성해서 돌아오는 데 시간이 얼마나 걸릴까? 그동안에 우리는 무엇을 할 수 있을까?

"이미 적들이 눈치를 챘소. 저 군사들까지 강 저쪽으로 건너와 우리를 막아서기 전에 강을 건너야 할 것이오. 만들어지는 대로 뗏목을 띄웁시다."

서둘러 나무를 엮어 20여 개의 뗏목이 만들어지자 곧바로 강가로 가져갔다.

강을 건넌다는 기쁨에 군사들은 신바람이 나 있는데 지휘부는 무겁게 가라앉아 있었다. 먼저 앞에 나서서 길을 열어줄 사람이 없는 것이다. 비록 뗏목을 만들었으나 군사들이 모두 고구려군을 두려워하니 먼저 내보낼 만큼 용맹한 군사가 없었다.

수군이 아침에 선불산에서 여기까지 정신없이 쫓겨온 것은 전력이 약해서도 전술이 잘못되어서도 아니었다. 싸우라고 내보낸 군사들이 지레 겁을 집어먹고 허겁지겁 도망쳐서 본진까지 혼란에 빠뜨렸기 때문이다. 더구나 다시 이 살수에 와서도 앞장서 물에 뛰어들었다가 강물에 코를 박고 떠내려간 군사가 무려 3만 명이 넘는다. 군사들이 감히 앞으로 나서지 못하는 것도 당연한 일이다. 한번 떨어진 사기를 일으켜세우는 것은 하늘의 별을 따기보다 어렵다. 더구나 5만여 고구려군이 앞을 막기 위해 달려오고 있으니 서둘지 않으면 때를 놓치고 말 것이다.

모두가 눈치만 보며 누군가 나서주기를 바라고 있었다. 그러나 장수 혼자서 될 일이 아니었다. 적어도 1만여 명의 군사가 죽음으로 길을 열지 않으면 안 된다.

앞장서 길을 여는 사람이 없다면 누구도 강을 건너지 못한다! 모두들 눈치만 살피고 있는데 문득 한 장수가 나서며 소리쳤다.

"내가 앞장서 길을 열겠소."

"우둔위장군이?"

장수들은 모두 깜짝 놀랐다.

"이 늙은 몸이 적의 화살을 몇 개나 받을 수 있을지 모르나 앞장서보겠소. 다행히 나를 따르는 장수들이 있다면 그 힘으로 길을 열 수 있을 것이오."

말을 마친 신세웅이 무덤 위로 올라갔다.

"여러 장수들은 들어라. 내가 밟고 선 이 무덤에는 우리 수나라 군사들의 주검이 묻혀 있다. 오늘 우리가 적의 덫에 걸리고 말았으니 이제는 내일을 기약할 수가 없게 되었다. 지금은 내가 무덤을 밟고 서 있으나 내일은 누가 내 무덤을 밟고 서 있을지 모른다."

신세웅은 한껏 목청을 돋워 장수들에게 외쳤다.

"모든 군사가 겁을 먹고 엎드렸으니 감히 나가 싸울 군사가 없다. 군사를 움직여 싸우는 것이 장수지만 나가 싸울 군사가 없다고 장수마저 숨을 죽이고 있어서는 안 된다. 여느 때 말 위에 높이 앉아 군사들의 우러름을 받았으니 군사들이 겁내 엎드렸을 때에는 마땅히 장수 된 자가 앞에 나가 길을 열어야 한다. 사람은 언제고 한 번은 죽기 마련이다. 장수 된 자로서 어찌 목숨을 아껴 죽음을 겁내는가? 그대들은 한 번 싸워 보지도 못하고 이 자리에 눌러앉아 굶주려 죽음으로써 부끄러운 이름을 남기겠는가?"

늙은 신세웅의 갸륵한 마음씨는 많은 장수의 가슴을 뜨겁게 울렸다.

"무릇 살고자 하는 자는 죽고 죽고자 하는 자는 산다고 했다. 우리 모두 죽기로써 살길을 열어야 한다. 나와 함께 먼저 싸우러 나갈 장수들은 우리 군사들의 무덤을 밟고 서라. 죽은 자들도 우리를 축복할 것이다!"

신세웅이 선봉의 깃발을 세우자 장수들이 선뜻선뜻 무덤으로 올라서기 시작했다.

"마땅히 장수들이 앞에 나가야 한다!"

"군사들을 잃은 장수가 어찌 살아남기를 바라겠는가?"

"비겁하게 죽어 치욕을 남기지 말고 장하게 죽어 아름다운 이름을 남기자!"

앞다퉈 나온 장수가 모두 350여 명이나 되었다.

앞에 나서는 것은 바로 죽음을 뜻한다! 수백여 명의 장수가 앞장서 죽음으로써 길을 열겠다고 하자 군사들도 크게 감격했다.

"우리도 비겁하게 굶어죽지 않겠소. 용맹하게 싸우다 장하게 죽겠소."

군사들도 무려 5천여 명이나 함께 가겠노라 따라나섰다.

"이들이 길을 열지 못하면 개마대도 아무런 필요가 없다."

우문술은 이들에게 고구려 화살도 뚫지 못하는 개마대의 두꺼운 갑옷과 투구로 바꿔입게 했다. 또 방패까지 손에 들려 주니 5천여 선발대는 아무것도 무서울 것 없는 군사가 되었다.

뗏목 하나에 30여 명의 장수와 군사들이 나누어 탔다. 앞을 향한 자들이 방패로 몸을 가렸으니 물에 들어가 뗏목을 미는 군사들은 적의 화살을 겁내지 않아도 되었다. 나머지 군사들도 강물에 들어서서 명령이 내리기를 기다렸다. 이들은 제 각기 방패를 높이 들고 뗏목 뒤에 바짝 붙어 섰다.

"뗏목을 밀어라."

신세웅이 명령을 내리자 모두가 서로 앞을 다투어 북쪽 언덕으로 뗏목을 밀었고 걸어서 건너는 자들도 뒤에 바짝 붙어서 앞으로 나아가기 시작했다.

화살이 빗발치듯 날아왔으나 화살에 맞아 쓰러지는 군사는 없었다. 모두가 두꺼운 갑주에 방패까지 들었으므로 걸림돌에 걸려 넘어지는 이만 있었을 뿐이다. 고구려군도 소용없다는 것을 깨달은 듯 활쏘기를 멈추고 쳐다보기만 했다.

뗏목이 언덕에 닿자 기다렸다는 듯이 고구려군의 화살이 날아들었다. 강 언덕에 올랐으나 수나라 군사들은 방패로 몸을 가리고 앉아 달려나갈 줄을 몰랐다. 날카로운 창날을 번뜩이는 고구려군과 마주치자 더럭 겁이 난 것이다.

"내 뒤를 따라라!"

신세웅이 방패를 고쳐쥐고 칼을 높이 쳐든 채 큰 소리를 지르며 앞장서 달려나갔다. 그러나 이 늙은 장수는 적과 마주치기도 전에 다리에 여러 대의 살을 받고 주저앉았다. 다시 일어서던 신세웅이 얼굴을 움켜쥐며 쓰러졌다. 화살이 얼굴에 박힌 것이다.

"장군이 쓰러졌다!"

"우둔위장군의 원수를 갚아라!"

신세웅을 마음속 깊이 따라 스스로 죽음을 무릅쓰고 강을 건넌 장수와 군사들이다. 350여 장수와 5천 군사가 둑이 터진 강물처럼 한꺼번에 달려나갔다. 모두들 눈이 뒤집힌 망나니처럼 창칼을 휘두르며 고구려군을 밀어붙였다.

"어서어서 강을 건너라!"

"살길이 열렸다!"

저쪽 언덕에 올라서서 드잡이를 하는 동료들을 보고 크게 사기가 오른 수군들은 모두 앞을 다투어 강물로 뛰어들었다. 고구려군의 화살 걱정은 하지 않아도 되었으니 모두가 한껏 용맹해졌다.

그런데 이것은 또 무슨 일인가? 두 번째로 뛰어든 군사들이 강 가운데를 지났을 때였다. 어지러운 징소리와 함께 갑자기 고구려군 뒤에서 2만여 명의 군사가 나타났다. 이들은 신세웅의 군사가 건너와 벌이는 드잡이질도 아랑곳하지 않고 숨어서 다시 수군이 강물에 뛰어들기만을 기다리고 있었던 것이다. 2만여 군사들이 소나기처럼 퍼붓는 화살에 다시 한 번 살수는 온통 아수라지옥으로 바뀌고 말았다.

"으악! 헉! 아푸, 아푸!"

"어서 강을 건너라."

"밀지 마라."

비록 강물에 코를 박은 군사가 많았으나 뗏목이 닿았던 곳에는 드잡이질을 벌이는 군사들 때문에 고구려군이 화살을 날리지 못했으므로 그런대로 강을 건널 수 있었다.

"저쪽이다. 저쪽을 집중적으로 뚫어라!"

뒤에서 지켜보고 있던 우중문이 발을 구르며 소리쳤다.

오래지 않아 드잡이판이 벌어진 언덕 쪽으로 수나라 군사들이 떼지어 오르기 시작했다. 그런대로 교두보가 확보되었다고 판단한 지휘부는 서둘러 강을 건넜다. 아직도 본진 군사들은 모두 섬에서 대기중이었지만, 만일을 대비해 지휘부 장수들부터 미리 도강한 것이다.

불길한 예감은 딱 들어맞았다. 수군 지휘부가 북쪽 강변 뭍으로 올라서자마자 강 아래쪽에서 고구려 군사들이 먹구름처럼 밀려오는 게 보였다.

"어서 강을 건너라."

소리소리 지르며 재촉했으나 급한 것은 소리치는 장수들보다 제 한목숨 살리려는 군사들이었다. 저쪽 언덕에 올라서지 못하면 다시는 강을 건너지 못하고 제삿밥도 못 얻어먹는 귀신이 되고 말 것임을 누구도 모르지 않았다. 모두들 죽어라 내달리는데 발이 자꾸만 걸림돌에 걸려 물에 코를 박고 넘어졌다. 넘어진 군사들은 살아보겠다고 정신없이 허우적거리다 다른 군사들까지 넘어뜨려 물을 먹었다.

"아푸, 아푸!"

죽어서 물에 뜬 주검이 많아지면서 강을 건너는 군사들의 움직임을 크게 가로막았다. 화살이 날아오지 않아도 마음이 바쁜 군사들은 물속에서 허우적거릴 뿐 제대로 강을 건너지 못했다.

우아! 섰거라! 모두 2만 5천여 명이나 건넜을까 싶은데 강 아래쪽으로 돌아온 5만 고구려군이 싹쓸바람처럼 휩쓸어왔다.

"맞서 싸워라. 우리 군사가 잇달아 강을 건너온다."

그러나 며칠째 싸워보지도 못하고 마냥 쫓기기만 한 군사들이다. 온몸이 물먹은 솜처럼 무거운 데다 고구려군을 보기만 해도 오금이 저렸다. 장수들이 앞에 나서서 길을 여는 것을 보고 잠깐 올랐던 사기도 사납게 날뛰는 고구려군을 보자 한순간에 사그라지고 말았다. 게다가 걸림돌에 걸려 다리를 다쳤거나 배터지게 물을 마시고 나온 이가 많았다. 살아야겠다는 마음에 강물 속에서는 몰랐으나 뭍에 오르고 보니 다친 다리가 새삼스럽게 아프고 뚱뚱한 배 때문에 움직이기가 힘들었다.

차츰 강을 건너오는 군사보다 고구려군의 창칼에 쓰러지는 군사가 더 많아졌다. 마침내 싸울 생각을 버리고 달아나는 군사들마저 생기자 수군들의 전열은 더욱 어지러워졌다. 이리저리 휩쓸리다가 서로의 발에 걸려 넘어지고 짓밟혔다.

만물을 살리기를 좋아하는

한꺼번에 200여 군사가 한 덩어리가 되어 싸움터를 빠져나왔으나 고구려군은 뒤쫓지 않았다. 뒤이어 또 한 무리의 군사들이 포위망을 뚫고 빠져나온다. 잇달아 수십 명씩 떼를 지어 빠져나오고 있었으나 고구려군은 뒤로 빠져 달아나는 자들은 아랑곳하지 않았다. 수군들이 더 이상 강을 건너지 못하도록 하는 데만 온 힘을 쏟는가 보았다.

다리야, 날 살려라! 싸움판을 빠져나온 군사들은 숨도 쉬지 않고 달아났다.

"멈춰라. 모두 이곳에 모여라."

몇몇 장수가 악을 쓰며 군사들을 한곳에 모으려 했으나 멈춰서는 이는 아무도 없었다. 모두들 곁눈도 주지 않고 죽자사자 달아났다. 군사를 한곳에 모아 고구려군의 뒤를 친다는 것은 저 좋은 생각일 뿐이었다.

더구나 싸움판의 드잡이질 소리가 점점 줄어들고 있었다. 불러도 멈추지 않는 군사들을 모으려고 싸움터 가까이에서 뭉그적거릴 수도 없는 일이었다. 고구려군의 눈에 띄었다가는 살아남지 못한다. 마음을 고쳐먹은 장수들도 말을 달려 군사들의 뒤를 쫓았다. 한달음에 15리를 내달아 자그마한 내를 만나고 보니 그제야 목이 말랐다. 새벽밥을 먹은 뒤로 아무것도 먹지 못했다는 생각도 그제야 들었다.

"모두들 잘 들어라. 피를 흘리고 물을 마시면 죽는다. 상처를 입지 않은 사람도 기운이 빠져 죽게 된다. 먼저 손발을 씻고 몸을 식힌 다음 천천히 물을 마셔라."

우문술의 명령에 장수들이 눈을 부릅뜨고 군사들을 감독했다. 군사들은 손을 닦고 낯을 씻은 다음 조금씩 물을 마셨다. 비로소 정신이 드는 것 같았다. 그러고 나서야 흐르는 피를 깨닫고 상처를 처맸다.

뒤를 이어 몇 사람씩 모여서 달려왔다. 대충 헤아려도 7천 명에 가까웠다. 모두가 상처 입고 지친 몸이었지만 군사들이 많아지니 든든했다.

"뒤에 오는 사람은 없느냐?"

"예, 없을 것입니다."

뒤늦게 말을 달려온 군사는 뒤따르는 사람이 없다고 했다. 오늘 하루에만 21만 군사가 죽거나 고구려군에게 사로잡힌 것이다. 아니다! 압록수를 건넌 40만 대군이 모두 죽고 이들 7천이 살아남은 것이다. 더러는 사로잡혀 가엾은 목숨을 이었겠지만 그나마 많지는 않을 것이다.

"뒤쫓는 자들은 없었느냐?"

"없었습니다."

우문술은 상처를 입지 않은 젊은 장수와 군사 30명을 불러냈다.

"적을 만나지 않도록 조심하고 우리 군사를 만나거든 말에 태워 오너라."

장수와 군사들이 자기가 탄 말에다 한 필씩 말을 더 끌고 뒤돌아 달려갔다. 남은 사람들은 상처가 깊은 군사들을 말에 태워 길을 떠났다.

10여 리를 더 간 다음 쉴 만한 풀밭을 만나자 그곳에서 밤을 보내기로 했다.

이쯤에서는 박릉성과 보급로를 지키던 군사들의 모습이 보여야 했으나, 그림자도 비치지 않았다. 그 까닭이야 보지 않아도 뻔한 것이었으니, 아무도 입 밖에 꺼내지 않았다. 몸과 마음이 지친 데다 저녁 먹을 일마저 없었으므로 모두들 느릿느릿 움직여서 잠자리를 찾았다. 뒤돌아 갔던 군사들은 어두워지기 전에 돌아왔다.

"적은 아직 우리 뒤를 쫓지 않고 있으며 살아나온 사람은 열일곱 명입니다."

말에서 내리는데 세 사람은 거의 몸을 가누지도 못했다.

만물을 살리기를 좋아하는   403

다음 날 아침, 우문술이 깨어나니 코고는 소리와 함께 구린 내가 진동했다. 누구나 아침에 일어나면 똥 누는 것으로 하루를 시작하기 마련이지만, 남 앞서 일어나 누렇게 뜬 얼굴로 엉덩이를 까고 앉아 있는 놈들은 똥물싸개임이 틀림없었다. 바깥으로 기어갈 새도 없었던지 자고 있는 동무들 틈에다 똥찌물을 죽죽 내쏘는 놈들도 있다. 제 힘으로 일어나 똥찌물을 내지르는 놈은 그래도 다행이다. 400여 명이나 끝내 잠에서 깨어나지 못하고 말았다. 이제부터는 창칼에 다친 상처로 죽는 이보다 배앓이로 죽는 이가 많을지도 모른다.

창칼도 내던지고 도망쳐 나온 판에 더운물을 끓일 솥이 있을 리 없다. 모두들 허기진 배를 냇물로 채우는 것으로 아침을 에웠다. 똥물싸개들도 어쩔 수 없이 찬물을 마셨다.

어쨌거나 목숨을 구하려면 부지런히 걸음을 재촉해야 했다. 하지만 바지를 추스르다 주저앉거나 앉아 있을 기운도 없어 맥을 놓고 쓰러진 군사들은 살에 맞은 짐승의 눈으로 떠나가는 군사들을 쳐다보았다. 엉덩이를 까고 앉아 있는 똥물싸개들은 따라오면 다행이고 못 오면 그뿐이다. 우문술은 애써 뒤돌아보지 않았다. 배탈난 군사들을 위해서 할 수 있는 일이라고는 행군 속도를 늦춰 조금 천천히 걷는 것뿐이었다.

"북서쪽으로 10여 리를 더 가면 지난번 건넜던 대령수가 나옵니다."

길잡이의 말에 우중문이 우거지상을 하며 가래침을 내뱉었다.

"지난번 왔던 길에는 안 좋은 일이 일어날지도 모르니 다른 길을 골라서 갑시다."

곧장 북쪽으로 가다가 한낮이 지나서야 서쪽으로 길을 잡았다.

"10여 리만 더 가면 강을 만날 것입니다."

길잡이의 말에 기운을 내 길을 재촉하는데 앞쪽 멀리서 한 무리의 군사가 달려오는 게 보였다.

"혹시 보급로를 지키던 군사가 아니냐?"

우중문이 지푸라기라도 잡는 심정으로 말했으나 모두 귀가 먹었는지 아무도 대꾸하지 않았다. 아무리 먼빛으로 보아도 수군의 붉은 옷은 아니었다. 다가올수록 검은 전포를 두른 고구려군이 분명했다.

아이쿠! 다릿심이 풀려 엉덩방아를 찧는 군사도 있었다.

"크게 다친 자들은 뒤로 세우고 모두들 싸울 채비를 하라."

우문술의 명령에 따라 장수들이 소리를 지르며 대충 군사를 벌려 세웠다.

고구려군은 빠르게 다가왔다. 달려온 군사는 모두 5천여 명, 그런대로 싸워볼 만한 적이었으나 이쪽은 너무 굶주리고 지쳐 있었다. 무엇보다 몸에 창칼을 지닌 사람이 많지 않았다.

만물을 살리기를 좋아하는

한목숨 살리려고 죽어라 내달렸으니, 내닫는 군사들에게 창칼 따위는 오히려 거추장스러운 짐이었던 것이다.

"그래도!"

장수들은 이를 갈아붙였다. 우리가 아무리 지쳤다고는 하나 너희도 우리만큼은 죽어주어야 할 것이다. 지옥에 가더라도 한 놈씩은 데려가야 할 것이 아니냐. 덤빌 테면 어서 덤벼라!

수나라 군사들의 몸은 긴장감으로 터질 듯했다. 그러나 웬일인지 앞을 막고 선 고구려 군사들은 창을 겨눈 채 꿈쩍도 하지 않았다. 죽이지 않고 몽땅 사로잡을 셈인가?

잠자코 노려보며 한동안 숨 막힐 듯한 침묵이 흘렀다.

마침내 다각다각 말발굽 소리를 울리며 대장으로 보이는 장수 하나가 앞으로 나왔다.

이때다! 이 많은 목숨을 살려야 한다! 우문술이 재빨리 군사들을 제치고 말을 몰아 앞으로 나갔다. 고구려 장수는 곧 멈춰 서더니 뭔가 뚫어지게 쳐다보았다. 그의 눈길을 좇아 머리를 돌리던 우문술의 눈에 영(令)이라는 대장의 깃발과 좌익위대장군, 우익위대장군이라고 수놓은 깃발들이 한눈에 들어왔다.

낭패다! 우문술은 천길 나락으로 떨어지는 절망감에 휩싸였다.

진작 깃발을 내리고 말아서 간직할 것을! 아아, 대장군들만이라도 모두 자결해야 했을 것을! 어쩌자고 목숨을 아껴 도망쳤단 말인가. 수십만 대군을 가지고도 꼼짝없이 당한 고구려 땅에서 겨우 수천 군사가 살아남을 수 있다고 터무니없는 생각을 했던가.

"우리 모두 이곳에 앉아 자결하겠다. 저 군기들만큼은 우리 손으로 태울 수 있게 해달라. 무리한 부탁인 줄 알지만 그대 또한 당당한 장수이니 우리의 심정을 모르지 않을 터. 제발 부끄럽지 않게 죽을 수 있도록 해달라. 무릎 꿇고 빌겠다."

대장군 우문술이 간절하게 청했다. 고구려 장수가 알아듣지 못한다는 것은 미처 생각지도 못했다. 그저, 당당한 사나이끼리 맞선 것이니, 무릎 꿇고 간절히 빈다면 들어줄지도 모른다는 생각밖에 없었다.

말에서 내리려는데 문득 뒤쪽에서 노랫소리가 들려왔다. 우문술이 돌아보는 사이 노래는 파도처럼 번져나갔다.

아침이면 동녘을 향해 머리를 조아리고
빛의 나라 조선에 감사드리네.
동이는 세상의 밝은 빛이니
그 손길 스치면 천하만물이 되살아나네.

〈조선가〉였다. 금지된 노래였으나 말리는 사람은 없었다. 군사들은 털썩 무릎을 꿇고 머리를 조아리며 〈조선가〉를 불렀

만물을 살리기를 좋아하는

고, 말 등에 앉은 장수들도 입술을 달싹거렸다.

무릎 꿇고 항복한 자들이 노래를 부른다! 고구려 장수의 얼굴에 놀라는 빛이 가득했다. 수나라 군사들이 창칼을 놓고 엎드려 항복했지만, 고구려 장수는 사로잡을 생각이 없는가 보았다. 대장군들의 깃발도 탐내지 않는다. 뒤로 물러서더니 오른팔을 높이 들어 양쪽으로 흔든다.

장수의 손짓에 따라 뒤따르던 깃발이 파락파락 춤추고, 벼랑처럼 버티고 있던 고구려군이 양쪽으로 좍 갈라졌다. 장수가 곁으로 비켜서며 머리를 끄덕였다.

살았다! 우문술은 곧바로 군사들에게 명령을 내렸다.

"이들이 길을 비켜주고 있다. 어서 내 뒤를 따르라."

높지 않은 소리였으나 알아듣지 못한 이는 없었다. 모두들 감격에 겨운 목소리로 〈조선가〉를 높이 부르며 우문술의 뒤를 따라 고구려군 사이를 빠져나갔다. 수군이 모두 빠져나가자 고구려군도 가던 길로 달려가버렸다.

"내가 꿈을 꾸고 있는지 모른다. 애처로운 마음에서 적군은 살려주어도 적장의 깃발만큼은 그냥 보내주지 않았을 것이다. 내가 너무 지쳐 헛것을 보았던가?"

그러나 뒤돌아보면 달려가는 고구려군의 뒷모습이 아직도 보인다. 고구려군이 멀어졌지만 군사들은 쉽게 〈조선가〉를 그치지 않았다.

우문술 일행은 10리를 더 가서 대령수를 만났다. 헤엄칠 수 없는 자들을 위하여 뗏목을 만들려면 시간이 오래 걸린다. 배탈이 난 똥물싸개들은 먼 길을 가기 어렵다. 우중문은 끝까지 데려가지 못할 바에야 내버려두고 가자고 했으나 우문술은 차마 그럴 수가 없었다. 7천을 헤아리던 군사가 어느새 반도 남지 않았다.

군사들이 뗏목을 만드는 걸 지켜보고 있는데 문득 한쪽에서 연기가 올랐다. 웬일인가 가보니 우중문이 군기를 태우고 있었다. 놀란 우문술이 뛰어들어 군기들을 걷어내고 발로 밟아 불을 껐다.

"왜 이러는 것이오? 이것들 때문에 하마터면 사람까지 큰일 날 뻔했소."

우중문은 군기를 모두 태워버려야 한다며 악을 썼다. 아까 고구려 장수의 눈길이 군기에 박혔을 때 어지간히 놀란 모양이다.

"군기는 우리의 목숨이나 다름없소. 적의 눈이 무섭다면 군기를 말아서 가지고 가면 될 것이오."

"어린애 같은 소리 마시오. 적들이 이미 우리의 군기를 보고 갔는데 숨긴다고 찾지 못하겠소?"

"군기에 욕심이 있었다면 아까 빼앗아갔을 것이오."

"아까는 저들이 수가 크게 많지 않아 그냥 간 것뿐이오. 압록수까지 가는 동안 얼마나 많은 적군을 만날지 모르는데, 우리가 끝까지 군기를 지킬 수 있겠소?"

말다툼 끝에 우문술은 자신의 깃발만 말아서 간직했다. 우중문은 영기와 우익위대장군의 깃발 등을 모두 태워버렸다.

뗏목을 만드느라 시간이 많이 걸린 데다 굶주린 군사들이 너무 지쳤다. 강을 건넌 뒤 10리도 못 가서 군사를 쉬게 했다.

"밤을 지낼 준비를 하라."

그러나 잠자리 준비는 하고 말 것이 따로 없었다. 아무런 장비가 없으니 마른땅을 가려 지쳐빠진 몸을 누이면 그만이었다. 다들 자리를 잡고 몸을 뉘었으나, 헤엄쳐 강을 건넌 군사들은 물에 젖은 옷이 다 마르지 않아 으슬으슬 추웠다. 해도 얼마 남지 않았다.

"일어나 몸을 움직여 옷이 마르게 하라. 자칫 감기라도 걸리면 큰일이다."

우문술은 명령을 내려놓고 쓴웃음을 지었다. 굶주림에 시달리고 걷기에 지친 군사들이다. 움직일 기운도 없거니와 움직일수록 주린 배만 더 고파진다. 뱃속에서 쪼르륵거리는 소리가 났으나 군사들은 그것이 자기 배에서 나는 소리인지 아닌지도 몰랐다.

주려 죽을지도 모른다! 한가롭게 풀을 뜯는 말들이 부럽다. 솥이 있으면 풀이라도 삶아 먹겠는데! 아아, 뜨거운 죽 한 그

룻이면 석 달 머슴이라도 살겠다! 굶주림이 이렇게 사람을 서글프게 만드는가. 군사들은 너나없이 서산에 내려앉는 해를 바라보며 눈물지었다.

그때 문득 남쪽에서 수백여 기의 기마대가 쏜살같이 내달아오는 것이 보였다.

"저들은 누구냐?"

누군가 소리를 내었으나 대꾸하는 이는 아무도 없다. 보급로를 맡았던 수군일 리가 없고 보면 고구려군일 것이 뻔하다. 그러나 그것이 어쨌다는 말인가.

한번 땅에 몸을 누이니 이 한 몸이 천근만근이다! 저들에게 한칼에 목을 잘려도 아까울 것이 없다.

"사는 것은 무엇이고 죽는 것은 또 무엇인가? 그저 푹 쉬고 싶을 뿐이다."

고구려 군사들이 코앞까지 들이닥쳤으나 아무도 일어나 맞설 생각을 하지 않았다.

"죽이고 싶으면 죽여라. 오히려 이 굶주림과 고달픔 속에서 부대껴야 하는 몸뚱어리를 끝장내준 너희에게 고맙다고 하겠다."

그러나 가까이 다가온 군사들을 본 수군들은 눈에 생기가 돌았다. 앞장선 장수는 낮에 자기들을 보내준 바로 그 장수였다. 누가 시키지 않았어도 한 사람씩 일어나 바르게 앉았다.

고구려 장수가 말에서 내려 다가오자 우문술이 앞으로 나가서 맞았다. 그 순간 서로 말이 다른 사람들이라는 생각은 없었다. 그저 서로 반가운 사람을 다시 만났다는 생각뿐이었다.

"니 하오(안녕하시오)?"

"잘 있었소?"

두 사람 다 서로가 자신의 인사를 알아듣지 못한다는 것도, 더구나 이런 상황에 어울리지 않는다는 것도 생각하지 못한다. 그저 오래 익혀온 버릇대로 움직이는 것이다.

손을 잡고 서로의 얼굴을 들여다본다. 참으로 가까운 벗의 얼굴이다!

조금 뒤 고구려 장수가 문득 생각난 듯이 뒤에다 대고 손짓을 했다.

말에서 내려 서 있던 500여 명의 군사가 저마다 두 개씩 커다란 보따리를 가져왔다. 장수가 보따리에서 무언가를 꺼내더니 하나를 우문술에게 주고 하나는 자기 입에 넣고 우물거리는 시늉을 했다.

밥이다! 구태여 말하지 않아도 수군들은 고구려 군사들이 가져온 것이 자기들의 목숨을 이어줄 음식이라는 것을 모르지 않았다.

우문술이 머리를 끄덕이자 곧 보따리가 나누어졌다. 군사들은 소금물에 적신 주먹밥을 걸신들린 것처럼 씹을 새도 없이 삼켰다.

밥이다! 이제 살았다! 군사들의 볼에 눈물이 주르르 흘렀다.

고구려 장수가 종이와 붓을 꺼냈다. 그제야 우문술은 통역을 내세워야 한다는 생각이 떠올랐으나, 그저 씩 웃으며 붓을 들었다.

"압록수를 건널 때까지 아무도 당신들을 붙잡지 않을 것이오. 마음 놓고 돌아가시오."

"고맙소. 내 그대의 고마운 이름을 묻지 않고 고구려 사람의 따뜻한 마음으로 받아들이겠소."

우문술은 차마 고구려 장수의 이름을 묻지 못했다. 이름 따위를 알아 무엇하랴.

"서둘러 지어온 밥이라 거칠기는 해도 쉬지 않으면 한 이틀은 견딜 수 있을 것이오. 길을 가다가 성을 만나면 서슴없이 찾아가시오. 어느 고구려 군사를 만나도 즐겁게 음식을 나누어줄 것이오."

대답 대신 우문술은 고구려 장수의 손을 꼭 잡았다.

"조금이나마 약을 준비했으니 아쉬운 대로 쓰시오. 상처가 덧나지 않게 바르는 약과 배탈난 사람에게 먹이는 약은 이름을 적어두었으니 맞게 쓰시오. 그리고 병이 깊은 환자는 남겨두고 가시오. 길을 다 가지 못하여 쓰러질 것이오."

"참으로 고맙소. 그러나 이곳에 남아 보살핌을 받기보다는 한 줌의 재가 되어서라도 고향에 돌아가고 싶어 할 것이오. 그대의 청을 거절함을 참으로 미안하게 생각하오."

"병이 깊은 환자만이 의원의 집에 머무는 것이오. 병이 나으면 언제라도 고향집으로 돌아갈 것이오. 이곳은 싸움터가 아닌데 어찌 포로나 볼모가 있을 수 있겠소? 자칫 잘못해서 치료받을 때를 놓치면 뉘우칠 수도 없는 것이 사람의 목숨이니, 그대는 다시 생각해보시오."

"……!"

"길가에 누워 있는 군사들을 모두 거두어 보살피게 했으나 의원들은 이미 손쓸 때를 놓친 사람이 많다고 했소. 무엇을 더 망설이시오? 대장군은 군사들이 죽는 것을 보고만 있을 셈이오?"

다시 우문술의 손이 고구려 장수의 손을 잡았다. 따뜻한 손이다. 큼직했으나 조금도 장수의 억센 힘이 느껴지지 않는다. 손을 잡은 채 고구려 장수의 얼굴을 한참 들여다보던 우문술은 문득 이러고 있을 때가 아니라는 생각이 들었다. 벌써 날이 어둡다. 우리는 이곳에 몸을 뉘면 되지만 고구려 군사들은 먼 길을 돌아가야 한다.

"자기 혼자 힘으로 먼 길을 가기 어려운 환자는 손을 들어라. 따로 보살펴주겠다."

손을 드는 이는 많지 않았다. 그러나 불과 얼마 전 강을 건넌 뒤에도 뒤따라오지 못하고 주저앉은 자가 수십 명이다. 우문술은 장수들을 시켜 상처가 크거나 배탈이 심한 사람을 가려내게 했다.

"너희가 나를 믿는다면 이 고구려 장수를 믿어라. 너희의 몸이 낫는 대로 국경을 넘게 해줄 것이다. 또한 너희가 이 고구려 장수의 하는 모습을 낱낱이 보았으니 조금도 걱정할 일은 없을 것이다."

전쟁포로로 잡을 것이라면 굳이 병든 군사들을 고를 까닭이 없다! 군사들도 우문술과 고구려 장수의 뜻을 알아들은 듯 고구려에 남지 않겠다고 우기는 사람은 없었다. 500이 넘는 군사가 고구려에 남게 되었다.

"수군 대장군 일행이 돌아가고 있다는 것을 이미 알렸으니 군기를 앞세우고 가시오. 대장군들의 군기가 없으면 쉽게 알아보지 못해 오히려 번거로운 일이 생길지도 모르오."

정말 뜻밖이었다. 수군 군기를 앞세우고 가는 게 오히려 낫다고? 그러나 군기는 거의 다 태워버리고 좌익위대장군 깃발과 자신을 따르는 몇몇 장수의 깃발만 남아 있었다. 그렇다고 사실대로 말할 수도 없는 노릇, 우문술은 말꼬리를 돌렸다.

"배탈이 나서 따라오지 못한 군사가 3천이 넘소. 힘들겠지만 그들도 모두 찾아서 살려주기 바라오."

우문술은 제가 버린 군사들을 적장에게 보살펴달라는 것이 부끄러웠지만 우물쭈물하다가 더 큰 부끄럼을 당하고 싶지 않았다. 툭하면 서토의 오랑캐라고 비웃는다던데……

"참으로 염치가 없소. 나 혼자 살겠다고 아픈 군사들을 수천 명이나 들판에 내버려두었소."

"대장군, 힘을 내시오. 대장군이 없으면 남은 군사들도 끝까지 살아서 돌아가기 어려울 것이오. 꼭 고향으로 데려다주시오."

고구려 장수가 위로했으나 우문술은 못내 부끄러웠다.

"고맙소. 잊지 않겠소."

우문술은 붓을 놓고 돌아섰다. 울컥, 눈물이 솟았다. 애써 눈을 부릅떴으나 앞에 앉은 군사들도 눈에 들어오지 않았다.

언제 다시 만날 수 있을 것인가? 없다! 또다시 창검으로 맞서지 않는 한! 서로 얼굴을 마주칠 일도 누구를 시켜 안부를 물을 수도 없다! 그리운 얼굴들을 남겨두고 저승길을 떠나는 사람처럼 끝 모를 아쉬움.

문득 가슴 깊은 곳에 있던 화두 하나가 일시에 솟구쳐 뻥 뚫리는 것을 느꼈다. 아아, 이(夷)는 만물을 살린다 했다! 어려서부터 오랜 세월 화두처럼 풀지 못했던 '夷'라는 글자 하나. 그것은 '평탄(平坦)하다, 평안(平安)하다'라는 뜻을 가진 '夷'라는 글자에 건축물을 파괴하여 평지로 되게 한다는 뜻과 '멸(滅)하다, 다 죽이다'라는 뜻이 함께 있다는 것을 알게 되면서

오국지 1

부터였다. 평지로 만들기 위해 건축물을 파괴하는 것은 '평탄하다, 평안하다'와 비슷한 뜻으로 해석될 수 있지만, '멸하다, 다 죽이다'는 '평탄하다, 평안하다'와는 정반대의 개념이기 때문에 도무지 한 글자로 이해할 수가 없었다.

주야(晝夜, 밤낮)나 천지(天地, 하늘 땅), 흑백(黑白, 검고 흼, 옳고 그름)처럼 한 낱말에 두 가지 의미를 가진 말은 많지만, 그것은 서로 상반되는 뜻을 가진 글자나 말이 모여 두 가지 뜻을 동시에 나타내는 것일 뿐이다. 그의 상식으로 단 하나의 말, 단 하나의 글자에 전혀 다른 두 가지 뜻을 담고 있는 글자는 세상천지 어디에도 존재할 수가 없었던 것이다.

스승들도 이족(夷族)은 본디 인야(仁也)요 대지(大也)라, 즉 '어질다, 크다'의 뜻을 지닌 夷로 썼는데, 尸→弖→夷로 바뀌어 세상을 지배했던 夷族이 큰활을 사용하는 족속처럼 비하되었다고 했을 뿐, 어떻게 글자 하나가 전혀 다른 두 가지 뜻을 동시에 가지고 있는지 명쾌하게 설명하지 못했다.

그런데 오늘 문득 오래전에 『예기(禮記)』왕제(王制)편에서 본 '동이(東夷): 이는 어질어서 만물을 살리기를 좋아한다'는 글귀가 떠올랐고, 오래 잊고 있었던 夷라는 글자에 대한 화두가 절로 풀려버린 것이다.

우문술은 손을 놀려 손목에 차고 있던 팔찌를 풀어냈다. 50년 가까이 한시도 떼어놓지 못했던 팔찌. 할아버지의 할아버지도 할아버지한테서 물려받았던 팔찌였다.

남 앞에 내놓기에도 초라한, 청동조각을 두드려서 만든 조악한 팔찌! 대대로 사냥을 업으로 삼았던 선비족 아비한테서 받은 단검은 아들 우문화급이 장군으로 진급하던 날 기념으로 넘겨주었으니 자신이 보관하고 있는 것은 손자에게 건네주어야 할 이 팔찌뿐이다.

뒤돌아선 우문술이 고구려 장수의 팔을 잡아끌었다. 웬일인가 처다보는 그에게 팔찌를 채웠다. 아무런 설명도 없이 팔찌를 손목까지 밀어넣은 다음 양 끝을 꾹 눌러 잠시 벌려둔 팔찌를 원상태로 되돌렸다.

수나라 대장군의 선물! 그러나 귀한 옥으로 만든 것도, 값나가는 보석도, 흔해빠진 황금도 아니다! 잠시 제 왼쪽 손목을 내려다보던 고구려 장수가 오른손으로 팔찌를 감싸고 힘을 주었다. 결코 끄르지 않겠다는 몸짓.

한 번 더 팔찌를 바라보더니 끌어안 듯 제 가슴으로 두 손을 가져갔다. 가슴을 안은 그 자세로 고구려 장수가 무겁게 고개를 숙였다.

"……잘 간직하겠소!"

모두들 정신없이 밥 먹기에 바쁜데 처음부터 두 사람의 행동을 의혹의 눈초리로 지켜보는 사람이 있었다. 바로 우중문. 당장 이게 무슨 짓이냐고, 그게 무엇이냐고 따져묻고 싶은 것을 꾹 참고 있는 것이다. 뭔가 자신에게 크게 이로운 상황이 될 것 같은 강렬한 기대감으로.

고구려 군사들이 환자들을 말에 태우고 돌아갔다. 수나라 군사들은 편히 누워 밤하늘을 바라보았다.

제고장 제집에서 보던 별들이 모두 그대로 총총히 박혀 있다. 내놓고 합창하던 〈조선가〉도 그쳤다. 몸은 천근만근 무겁지만 생각은 고향으로 줄달음질쳤다. 머나먼 고구려에 들어와 고달픈 싸움터를 달려온 일들이 모두 아득한 꿈속의 일만 같다. 아무래도 저녁을 잘 먹고 마당에 누워 설핏 잠들었다가 길고도 험한 꿈을 꾼 것만 같다.

"내일은 일찍 일어나 밭에 씨앗을 넣어야 할 텐데, 낮에 괭이질을 너무 많이 해서 몹시 고단하구나. 내일은 일찍 일어나기가 어려울 것 같다."

"내일은 막내아들의 옷감을 사러 가야겠다. 빨간색이 좋은데 마음에 들지 않는다면 훙, 아비 말을 듣지 않는 녀석은 한번 때려주어야지."

"저 못돼먹은 이 대인 집의 말들이 또 우리 콩밭을 망치려고 힝힝거리고 있다. 내일은 일찍부터 콩밭에 숨어 있다가 혼뜨검을 내주겠다. 훙, 이놈의 말새끼들 오기만 해봐라."

꿈길에서는 모두가 행복한 사람들이었다.

만물을 살리기를 좋아하는

"제기랄, 땀 냄새가 고약한 이놈을 마누라로 알고 좋아했구나!"

잠깐 단꿈에서 깬 사람들도 쩝쩝 입맛을 다시며 다시 깊은 잠 속으로 빠져들었다.

대장군 우중문과 우문술

오랜만에 밥을 배불리 먹고서 잠까지 푹 자고 나니 절로 힘이 솟았다. 게다가 고구려 군사들이 하는 모습을 보아서는 앞으로도 자기들을 붙잡지 않을 것 같으니 마음이 편안해졌다. 더구나 배가 고프면 고구려 군사들에게 음식을 얻으라고 했다. 틀림없이 살아서 돌아가 부모형제 자식들을 만날 수 있다고 생각하니 힘이 부쩍부쩍 솟아올랐다. 〈조선가〉를 부르면 살아남을 수 있다던 소문이 정말이었다.

길을 떠나려는데 군사들이 시끄럽게 떠드는 소리가 들렸다. 배탈이 나서 길을 나설 수 없는 군사들이 있었다. 모두 앞으로 나오게 하니 샛노래진 얼굴로 비실거리는 환자가 열다섯 명이나 되었다.

"어미를 붙을! 야, 이 때려죽일 놈들아! 어제 손들고 나오라고 할 때 뭣하고 자빠졌었나?"

한 장수가 욕설을 퍼부으며 발길질을 해댔다.

"잠깐, 그만두어라!"

우문술이 말리자 발길질을 하던 장수가 변명처럼 말했다.

"샅샅이 살펴봤는데 어두워서 몰랐나 봅니다."

지켜보던 우중문이 "에이, 버러지만도 못한 것들!" 하더니 곧 바로 앞으로 나가라는 명령을 내렸다.

군사들이 움직이기 시작했으나 우문술은 말에서 내렸다.

"이리 오너라."

우문술이 부르자 한 군사가 벌벌 떨며 다가왔다. 한눈에도 나이 든 군사. 집에는 손자도 여럿일 것이다. 아니, 그 손자들의 아비 되는 자식들도 이 전쟁에 나왔을 것이지만. 이 노병은 바로 곁에 있는 그 자식들의 안부조차 모를 것이다.

"그 몸으로 어찌 고향까지 갈 수 있겠느냐?"

"대장군, 이놈들은 대장군의 명령도 듣지 않았습니다. 명령에 따르지 않는 놈들은 뒈져도 쌉니다."

장수들이 말렸으나 우문술은 귀가 막힌 사람처럼 아무 대꾸도 없이 배탈난 노병을 말에 태우고 말안장에 몸을 묶어주었다. 정신을 잃고 몸을 가누지 못한다 해도 밑으로 떨어지는 일은 없을 것이다.

"대장군께서는 이 말을 타십시오. 대장군이 걸어가시는데 어찌 저희가 편히 가겠습니까?"

한 장수가 말에서 내려 말을 권했으나 우문술은 고개를 저었다.

"모두 들어라. 아사달에 사는 조선 사람들은 스스로를 하늘 백성이라 하고 우리를 서토 오랑캐라며 비웃는다. 아직도 그 까닭을 모르겠느냐?"

느닷없는 소리에 모두들 눈을 동그랗게 뜨고 대장군 우문 술을 쳐다보았다.

"저들은 우리가 수군의 대장군임을 알아보았으면서도 한 사람도 포로로 붙잡지 않았다. 사람은 불쌍해서 그렇다 치더라도 군의 상징인 군기까지 빼앗지 않았고 오히려 당당하게 들고 가라고 하였다. 비록 목숨을 다투어 싸우는 적군이지만 그 명예를 아껴준 것이다."

듣던 장수들은 저도 모르게 고개를 끄덕였다.

"저들은 성한 군사들을 놔두고 오히려 병든 군사들을 치료해주겠다며 데리고 갔다. 우리가 또다시 병든 군사를 길에 버려두고 간다면 저들은 우리를 짐승만도 못한 인간들이라고 욕할 것이다. 한 사람도 남김없이 모두 데려가야 한다. 환자 때문에 길을 가지 못한다면 차라리 우리 모두 길에 쓰러져 죽는 편이 떳떳할 것이다. 우리는 함께 싸움터에 뛰어들어 생사고락을 같이해온 군사들이다. 병들어 기운 없는 사람을 버리는 것보다는 모두 적에게 항복해서 목숨을 비는 것이 훨씬 더 떳떳한 일이라는 것을 명심하라."

모두들 숙연해졌다. 언제까지 짐승만도 못한 서토 오랑캐라는 비웃음을 당하며 살 수는 없는 일이다! 장수들이 모두 말에서 뛰어내렸다. 배탈난 군사들을 모두 말에 태우고, 건강한 군사들은 앞다퉈 말고삐를 잡았다. 우문술은 저도 모르게 왼쪽 팔목으로 손이 갔다. 늘 채워져 있던 팔찌의 빈자리에 허전함 대신 뿌듯한 기운이 차올랐다.

3천에 가까운 군사의 행렬이지만 군기는 여섯 개밖에 안 된다. 어디 내놓기도 부끄럽게 초라한 행렬이지만, 이제는 모두가 한 피붙이처럼 정으로 뭉친 군사들이다. 한 사람도 빠짐없이 살아서 돌아갈 수 있다는 믿음에 모두들 발걸음이 가벼웠다.

"가진 짐이 없어 걸음들이 빠르니 오늘 해가 지기 전에 대령수를 건널 수 있을 게야."

"어제 건넌 것이 대령수인데 또 오늘 해 안으로 대령수를 건너겠다니 자네는 길을 거꾸로 가는 것인가?"

옆에서 핀잔했으나 처음 말을 꺼낸 사내는 기다렸다는 듯이 지껄였다.

"이런 자라 콧구멍을 보았나! 이렇게 답답하니 콧구멍이 하나라면 진작 죽었을 것이여. 아, 대령수가 하나는 은창산과 삼봉산 계곡에서 시작해 남동쪽으로 흐르고, 또 하나는 길선산에서 북동쪽으로 흘러가 만나니 모두가 만년군(평북 구성군)을 적시며 흐르는 것 아닌가. 오늘 우리가 건널 곳은 바로 길선산에서부터 흘러내리는 대령수일세. 이제 좀 알겠나?"

길잡이에게서 주위들은 소리를 한 마디도 빼지 않고 잔뜩 으스대며 주위섬기는 것을 보니 결국, 아는 것이 많고 똑똑한 자기를 알아 모시라는 소리였다.

"내일은 어디에서 묵게 되겠나? 자네가 그걸 모를 리가 없겠지?"

건방진 자의 코를 눌러주려는 게 아니라 궁금해서 하는 소리였다. 기운이 넘쳐나니 알고 싶은 것도 많고 무슨 얘기를 해도 재미가 있다.

"오늘 대령수를 건널 수 있다면 내일 낮에는 노곡령을 넘게 되니 모레는 서고성을 지난다고 했는데……."

듣기는 했는데 나머지는 까먹은 모양이다. 머리를 쥐어짜는데 한 사람이 불쑥 끼어들었다.

"노곡령이라 했나?"

듣던 사람들은 그제야 노곡령에서의 끔찍스러웠던 일을 생각해냈다. 온몸이 짓이겨진 처참한 주검들을 생각하니 비위가 상했다. 쓸데없이 아는 척하다가 사람들의 기분만 언짢아졌으므로 모두들 입을 다물고 길을 재촉했다.

부지런히 걸었으나 이튿날 아침에야 대령수를 건넜고 한낮이 훨씬 기울어서야 노곡령 밑에 닿았다. 산 밑에는 어느새 수없이 많은 무덤이 생겨나 있었다. 떼를 입히지 못한 흙무덤이라 가슴이 더 아팠지만 머뭇거릴 겨를이 없었다.

골짜기에 들어서니 커다란 바윗돌들은 그날 산에서 굴러내려온 것임을 알겠으나 끔찍한 주검은 하나도 보이지 않았다. 그 많은 송장이 말끔히 치워진 것이다. 핏자국을 지우려고 흙을 덮은 곳도 많았다.

우중문이 불같이 화를 내며 도끼로 찍고 태워버렸던, 경고문이 적혀 있던 소나무도 깨끗이 밑동이 잘리고 큰 돌이 하나 얹혀 있었다.

"그날 보았던 것들이 꿈만 같아."

모두가 머리를 끄덕인다. 꿈이다! 지난번에 이곳에서 처참하게 짓이겨진 주검을 보았을 때, 살수에서 아득한 절망에 싸여 있을 때는 다시 이 길을 걸어 돌아가리라는 생각은 꿈에도 하지 못했다. 밤마다 몰래 〈조선가〉를 부르면서도 이렇게 살아 돌아갈 수 있다는 생각은 정말 하지 못했다.

이날은 구봉산 자락에서 밤을 새웠다.

"밥이 쉬기 전에 오늘은 조금도 남기지 말고 모두 먹어야 한다. 내일부터는 밥을 얻을 수 없으니 많이 먹어두는 게 좋을 것이다."

우문술의 명령에 따라 모두들 배를 눌러가며 주먹밥을 남김없이 다 먹었다.

다음 날 서고성 밑에 이른 것은 한낮이 조금 지나서였다. 서고성에서 3리쯤 떨어진 곳으로 성을 지나치는데 성에서 다섯 사람이 말을 달려나왔다. 우문술이 말번지기를 시켜 말을 전하게 했다.

"우리는 수나라 군사들이오. 무슨 볼일이라도 있소?"

"성주께서는 수군들이 한 시각쯤 이곳에서 쉬어가기를 바라시오. 대장군들을 성안으로 부르지 못해 미안하다고 하셨소이다."

달려온 장수가 서고성주의 뜻을 전했다.

"성주의 말씀을 고맙게 받아들이겠다고 전해주시오."

장수가 군사들과 함께 성으로 달려갔다.

"이곳에서 쉬었다 가자. 멀리 가지 말고 이 숲 언저리에서 편히 쉬도록 하라."

우문술의 명이 내리자 모두들 우르르 숲 속으로 달려들어갔다.

배탈이 나서 말을 타고 온 군사들도 많이 나왔다. 안장에 몸을 묶지 않아도 되었고, 이제는 제 발로 걸어가겠다는 군사도 있었다. 모두들 신발을 벗고 땀에 전 발을 말렸다. 끼리끼리 모여앉아 떠드는 이들도 있고 팔베개를 하고 누워서 쉬는 이들도 있었다. 한 시각이 되지 않아 성안에서 수백 명의 군사가 나오는 것이 보였다.

"잠든 자를 깨워라. 모두 대오를 갖추고 똑바로 앉아라."

우중문의 명에 따라 군사들이 자리를 털고 일어나 숲속이나마 그런대로 줄을 맞춰 앉았다.

　고구려 군사들이 다가오자 다시 우문술이 앞으로 나섰다.

　"거친 밥이나마 고구려 백성의 정성이니 받아주시오. 길을 재촉하지 않아도 모레 저녁에는 압록수에 이를 것이오. 성주께서는 여러분이 돌아가는 길에 어려움이 없기를 빌겠다고 하셨소."

　"고구려 백성들의 은혜를 잊지 않겠소. 서고성주와 여러분의 따뜻한 보살핌, 참으로 고맙소이다."

　고구려 군사들이 주먹밥과 약이 들어 있는 자루를 한곳에 내려놓고 돌아가자, 기다리고 있었다는 듯이 우중문은 곧바로 길을 떠나도록 명령을 내렸다.

　"군사들이 밥을 먹은 다음 길을 가게 합시다."

　우문술이 말렸으나 우중문은 작은 눈을 희번덕이며 돼지 멱따는 소리를 냈다.

　"대장군은 한 덩어리 주먹밥에 목이 매여 우리 수나라 군사들을 거지떼로 만들 셈이오? 우리가 이곳에 퍼질러 앉아서 밥을 먹으면 저들이 우리를 얼마나 비웃겠소? 비록 적의 밥을 얻었으나 몸가짐은 천하지 않게 해야 할 것이오."

　참으로 쓸데없는 억지다. 그러나…… 우문술은 그저 쓴웃음을 지으며 입을 다물었다.

"뭣들 하느냐? 어서 군사들을 떠나게 하라."

미리 말 등에 올라앉아 있던 우중문이 고삐를 당기며 말을 몰았다.

아침밥을 먹지 못하고 먼 길을 걸어온 군사들이다. 하나같이 곱지 않은 눈초리로 우중문의 뒤통수를 노려보며 걸음을 옮겼다.

이틀을 더 걸어서 압록수에 도착했을 때는 전에 없었던 고구려군의 대군영이 설치되어 있었다. 고구려군의 수많은 막사를 쳐다보던 우중문이 강 아래쪽으로 내려가서 강을 건너도록 했다. 법석대는 고구려군 사이를 지나서 강을 건너는 것은 모양새가 좋지 않다고 생각한 것이다. 아래쪽은 강물이 넓으니 지키는 군사도 많지 않을 것이다. 뗏목을 엮어서 몰래 강을 건널 수도 있을 것이었다.

수군이 발길을 돌려 아래쪽으로 내려가자 고구려군 장수가 30여 기마대를 이끌고 달려왔다.

"대장군, 이번에는 내가 말하여보겠소."

우중문이 앞으로 나서는 우문술을 불러세웠다.

"나는 수군 우익위대장군이다. 그대는 나에게 감히 무슨 할 말이 있는가?"

우중문이 잔뜩 거드름을 피우며 고구려군의 젊은 장수에게 말했다. 그동안 고구려군이 곱게 나오는 것을 보고 그만 간덩이가 부어버린 모양이었다.

수군 대장군의 말을 옮기던 고구려 군사가 이맛살을 찌푸리며 건방지다는 말을 보탰으나 젊은 장수는 마음에 두지 않았다.

"수나라 군사는 발길을 돌리지 마시오. 우리는 이미 배를 빌려주라는 막리지 전하의 명령을 받았소."

우중문이 대뜸 큰 소리로 고구려 장수를 꾸짖었다.

"군사들이 나갈 길을 정하는 것은 대장에게 달려 있다. 막리지 을지문덕은 대장의 움직임에 대하여 어느 누구라도 따지거나 막을 수 없음을 모르고 있다는 말이냐? 아니면 알면서도 길을 막겠다는 것이냐?"

촤-악! 우중문의 말이 채 끝나기도 전에 고구려 말번지기의 칼이 먼저 뽑혔다.

"저놈의 목을 베어 들짐승에게 던져주어야 합니다. 오랑캐들은 한 놈도 살려두어서는 안 됩니다."

꼭지까지 성이 치민 말번지기가 이를 북북 갈았다. 우중문이 얼마나 돼먹지 않은 소리를 지껄였을지 뻔했으나, 젊은 장수는 통역을 나무랐다.

"이게 무슨 짓이냐? 저 장수의 목을 베고 아니 베고는 내가 결정할 것이다. 그대는 저 장수의 말을 한 마디도 어긋나지 않

게 옮기기만 하라.'

말번지기가 씨근덕거리며 우중문의 말을 전하자 장수가 입을 열기도 전에 고구려 군사들이 모두 칼을 뽑아들고 창을 낮춰잡았다. 놀란 수군 장수들도 모두 칼을 뽑아들었다.

금방이라도 창칼을 휘둘러 피보라를 뿜어내려는 순간.

"중지! 모두 중지하라! 모두 움직이지 말고 내 말에 따르라."

우문술이 큰 소리로 수군 장수들을 나무라며 앞으로 나섰다.

"고구려 장수는 내 말을 들어주시오. 나는 수군 좌익위대장군 우문술이오. 우리에게는 막리지 을지문덕 전하를 모욕할 생각이 없소이다."

말을 옮기는 동안 우문술은 뒤를 돌아보며 명령을 내렸다.

"모두들 칼을 거둬라. 싸워서는 절대 안 된다!"

"칼을 넣어서는 안 된다. 대장군은 적에게 무릎을 꿇자는 것이오? 적들이 먼저 칼을 빼어든 것을 보지 못하였소?"

우중문이 발을 걸고 나섰다. 수군 장수들은 누구의 말에 따라야 할지 몰라 칼을 든 채로 눈치만 살폈다.

"무엇들 하느냐? 칼을 거두라지 않았느냐?"

"적에게 항복하려는 비겁한 놈들만 칼을 거두고 무릎을 꿇어라. 우리는 죽어도 수나라 군사의 이름을 더럽힐 수가 없다. 이제부터라도 적을 베어넘기고 강을 건너야 한다!"

우문술의 거센 명령에 우중문이 악쓰는 소리가 뒤를 따랐다. 우중문의 귀에는 군사들이 무릎 꿇고 엎드려 부르는 〈조선가〉가 들리지 않았는가? 아니다. 우중문은 군사들이 부르는 〈조선가〉가 자신의 죽음을 부르는 저승사자의 고함소리로 들렸던 것이다.

여태까지는 제 한목숨 살리려고 부지런히 달려왔지만 막상 압록수에 이르고 보니 우중문은 돌아가기가 꺼려졌다. 40만 군사를 잃고 돌아가는 대장의 몸으로서 어찌 두렵지 않을 수 있겠는가. 그리하여 차라리 이곳에서 죽는 것이 낫다는 생각이 든 것이다.

칼을 빼든 장수들의 얼굴이 차츰 굳어지는 것을 본 우문술은 말려야 할 사람은 우중문이 아니라 죽기를 무릅쓰고 싸우려는 장수들이라는 것을 알았다.

저 장수들은 싸움에 지고 살아 돌아가는 것을 겁내고 있다! 살려달라고 엎드려 〈조선가〉를 부르는 군사들과는 전혀 다르다! 장수들은 자신의 가족들까지 목숨을 잃거나 종으로 떨어지게 된다.

"여러 장수는 똑똑히 들어라. 이번 싸움에 진 것은 여러 장수의 잘못이 아니라 우리 대장군들의 잘못이다. 모두 내가 책임질 터이니 장수들은 아무 걱정 말고 강을 건너라. 여기서 죽으면 그야말로 개죽음이다. 우리가 살아 돌아가서 제대로 보고하지 않는다면, 오히려 무고한 억측으로 고향에 있는 가족들까지 죄를 받아 죽을 것이다."

"……!"

우중문 등의 말싸움을 지켜보던 고구려 장수가 머리를 끄덕였다. 한 마디도 알아듣지 못해도 수나라 장수들이 무엇 때문에 다투는지 짐작하기 어렵지 않았던 것이다. 그보다 무릎 꿇고 엎드려 노래를 부르며 목숨을 비는 수천 군사를 못 본 척할 수는 없는 일이었다. 그는 뒤로 돌아 큰 소리로 명령을 내렸다.

"모두 병장기를 거두어라. 막리지 전하의 명령에 거스르는 자는 군법으로 무겁게 다스릴 것이다."

그 서슬에 고구려 군사들은 일제히 병장기를 거두었으나 눈빛은 더욱 사나워져 잡아먹을 듯이 수군 장수들을 노려보았다.

고구려 군사들이 먼저 병장기를 거두자 우중문과 우문술의 엇갈린 명령에 갈피를 잡지 못하던 수군 장수들도 하나씩 칼을 거두었다. 〈조선가〉를 부르는 군사들이 함께 싸워줄 까닭은 전혀 없다. 오히려 제 부하들에게 사로잡혀 고구려군에게 넘겨지지 않으면 다행이라고 판단한 것이다.

"고맙소. 그대의 시원스러운 결단에 탄복하지 않을 수 없구려."

"다만 싸우지 말고 보내주라는 막리지 전하의 명령에 따랐을 뿐이오."

"막리지 전하께 고맙다는 말씀을 전해주시오."

거듭해서 고맙다고 말하는 우문술에게 고구려 장수는 을지문덕의 명령을 전했다.

"막리지 전하께서는 대장군 행렬이 밤에 오더라도 곧바로 횃불을 밝히고라도 강을 건네주라고 하셨소. 수나라 임금에게 일러줄 중요한 이야기가 있으니 잠깐이라도 머뭇거리게 해서는 안 된다는 명령이었소."

"막리지 전하가 우리더러 무슨 말을 전하라 할 까닭도 없거니와 아무 말도 듣지 못하였소. 그대가 잘못 아는 것 아니오?"

우문술이 그 무슨 뚱딴지같은 소리냐는 눈빛으로 젊은 장수를 바라보았다.

"막리지 전하께서는 빈말씀을 하시지 않소이다. 우리는 대장군이 이곳으로 온다는 것과 함께 이미 대장군에게 여러 번 그 뜻을 전했다는 전령을 받았소. 나로서는 막리지 전하의 말씀대로 여러분이 곧장 강을 건너서 빠른 시간 안에 그대들의 임금을 만나기를 바라오. 고구려군의 배를 타지 않겠다면 여러분 스스로 뗏목을 엮어서 강을 건너면 될 것이오. 굳이 먼 길을 돌아가지 말고 저곳에서 강을 건너시오."

장수가 손을 들어 자기가 달려온 곳을 가리켰다.

"무엇이 바쁜지는 몰라도 그것은 을지문덕의 일이다. 우리가 무엇 때문에 고구려 막리지의 말을 들어야 한다는 말이냐?"

우중문이 다시 앞으로 나서며 큰 소리로 나무랐다.

"강을 건너는 것은 우리가 알아서 할 일이다. 그리도 어진 척하고 싶다면 고구려 군사가 없는 곳이 어디인지 그것이나 가르쳐주면 될 것 아닌가?"

싸움터에서 고구려 군영의 배치를 가르쳐달라니 말도 안 되는 소리였다. 하나 뜻밖에도 고구려 장수는 팔을 들어 뒤쪽을 가리켰다.

"강 위쪽으로 40리쯤 올라가면 고구려군도 수군도 없을 것이오. 하지만 우리 군사들 때문에 이곳에서 강을 건너기가 꺼려진다면 오늘 밤 우리가 막사를 모두 거두고 뒤로 물러나겠소. 그대들은 내일 아침에 뗏목을 엮어서 강을 건너시오."

"어린애 같은 소리 하지 마라. 하룻밤 사이에 고구려군이 자리를 비키고 바로 그 자리에서 우리가 강을 건넜다면 어느 바보가 곧이듣겠는가?"

곧바로 강을 건너게 하라는 것이 을지문덕의 명령이었다. 고구려 장수는 군사를 뒤로 물려서라도 하루빨리 수군을 건너게 하려고 했으나 우중문이 듣지 않으니 어쩔 수가 없게 되었다. 우중문은 군사를 되돌려 강 위쪽으로 올라갔고, 하릴없이 그 뒤를 바라보던 고구려군도 말을 달려 돌아갔다.

얼마나 지났을까. 부하장수가 소리쳤다.

"적장이 다시 옵니다."

뒤를 돌아보니 고구려 장수가 말번지기와 함께 말을 달려 오고 있었다.

"……?"

모두들 걸음을 멈추고 그를 기다리는 셈이 되었다.

"곧바로 밥을 준비해서 보내드리겠소. 잠깐만 기다려주시오."

젊은 장수의 말에 우문술이 고맙다며 그렇게 하겠다고 대답했으나 우중문이 큰 소리로 걸고들었다.

"대장군, 우리는 거지떼가 아니며 고구려군의 포로 또한 아니오. 무엇 때문에 고구려군의 밥을 얻어먹는단 말이오?"

남은 주먹밥으로 아침을 먹었으나 당장 저녁을 굶어야 할 군사들이다. 고구려군의 도움을 얻지 않고 위쪽으로 올라가 뗏목을 만들어 건넌다 해도 수나라 군사들을 만날 때까지는 꼼짝없이 굶어야 할 판이다. 그러나 〈조선가〉를 부르는 군사들과 달리 장수들한테는 엉뚱한 영웅심이 있다. 목숨보다 소중한 명예를 지키겠다며 다시 칼을 빼들고 피를 부를지도 모른다.

"말씀은 고마우나 받지 않겠소. 참으로 미안하오."

우중문의 성난 목소리에서 우문술의 딱한 처지를 알아차린 고구려 장수는 그저 돌아설 수밖에 없었다.

"그렇다면 더 권하지 않겠소. 잘 가시오."

"그대들도 잘 있으시오."

고구려 장수가 멋쩍은 웃음을 남긴 채 온 길을 되짚어갔고, 수나라 군사들도 부지런히 길을 걸었다.

한둔으로 다시 하룻밤을 새운 수군들은 다음 날 아침 20여 리를 더 가서 뗏목을 만들고 해가 질 무렵에야 모두가 강을 건넜다. 2천 700명, 처음 압록수를 건넌 군사가 40만이었으니 몰살이나 마찬가지였다.

"좀 더 힘을 내라. 조금만 더 가면 우리 수군을 만나게 될 것이다."

강을 따라 내려오다 보니 몇몇씩 짝을 지어 말을 달리고 있는 것은 먼눈에도 고구려 군사들이 틀림없었다.

"서쪽으로 30리쯤에 박장성이 있는데, 저들은 그 성에서 나온 군사들인 것 같습니다."

"우리 군사가 있는 곳에 다 와서까지 추한 꼴을 보일 수는 없다."

길잡이의 말을 들은 우중문은 곧바로 군사를 돌려 박장성을 돌아가게 했다.

"저들을 지나 조금만 더 내려가면 우리 수군이 있는 곳에 이를 것이오. 굶주린 군사들로 하여 먼 길을 돌아가게 할 수는 없소이다."

우문술은 고구려군 사이를 그냥 지나가자고 했으나 우중문은 듣지 않았다.

"40만 군사를 잃고 돌아가는 터에 끝까지 적의 도움을 구걸할 수는 없소."

"고생이 되더라도 돌아가는 것이 좋겠습니다."

우중문뿐 아니라 장수들도 한목소리로 반대했다.

나흘째 찬물로 배를 채운 이들은 멀리 박장성을 돌아서 내려가 수군을 만났다. 군사들은 볼이 미어져라 밥을 밀어넣더니 더러는 젓가락을 놓지도 못한 채 쓰러져 코를 골았다.

신선도인들의 싸움

"그래, 무슨 좋은 소식이기에 두 대장군이 한꺼번에 달려오시었소?"

"……."

양광 앞에 엎드린 우중문과 우문술은 감히 얼굴조차 들지 못했다.

"평양에서 두 대장군이 쉬지 않고 달려왔으니 뭔가 좋은 소식이 있지 않겠소? 두 대장군은 어서 입을 열어 여러 사람을 기쁘게 하시오."

"……."

양광은 두 사람의 피를 말리고 있는 것이다. 늘어선 부하들도 자신이 당하는 것처럼 얼굴을 들지 못했다.

"우익위대장군, 그대가 말해보시오. 태왕의 항복은 언제 받았소? 볼모들은 어떤 자들을 얼마나 데리고 오셨소?"

"……."

"말하라! 어찌하여 대답이 없느냐?"

놀리는 데도 지친 양광이 버럭 짜증을 내자 우중문이 기어 들어가는 소리로 대꾸했다.

"적을 치지 못하고 오히려 군사를 잃었습니다."

"크게 말하라!"

"평양을 치지 못하고 데려갔던 군사를 모두 잃었습니다."

"평양을 치지도 못하고 군사를 잃어?"

"예."

"잃은 군사가 얼마나 되느냐?"

"40만 대군을 모두 잃고 2천 700백 명이 돌아왔을 뿐입니다."

"40만 대군을 모조리 잃다니? 그래, 네놈은 그 많은 군사를 모조리 잃고도 감히 살아서 돌아올 낯짝이 있더냐?"

우중문은 냉큼 대가리를 땅에 박았다. 그제야 함부로 말대꾸했음을 깨달은 것이다.

"좌익위대장군, 그대가 말해보라. 무슨 낯짝으로 돌아왔느냐?"

화살이 우문술에게 날아갔다. 그 또한 입이 열 개라도 할 말이 없을 것이나 뜻밖에도 우문술은 입을 열어 담담하게 대꾸했다.

"많은 군사를 잃은 죄, 이 한목숨으로 감당할 수 없으나, 감히 황상께 아뢸 말씀이 있습니다."

"뻔뻔스럽기 짝이 없구나. 그래, 무슨 할 말이 있다는 것이냐?"

양광은 제 입으로 말하라 해놓고도 무슨 말대꾸냐고 야단이다. 게다가 그제야 화가 치미는지 낯이 벌겋게 달아올랐다.

"40만 대군을 잃고도 살아남을 줄 알았더냐? 죽여도 곱게 죽이지는 않을 것이다."

양광의 입에서 죽이겠다는 소리가 떨어졌으나 우문술은 몸을 떨며 두려운 빛을 보이기는커녕 되레 큰 소리로 제 할 말을 했다.

"열 번 죽어도 죄를 감당하기 어려운 줄 잘 압니다. 그러나 제가 죽음보다 더한 부끄러움을 무릅쓰고 살아서 돌아온 것은 황상께 드릴 말씀이 있기 때문입니다."

너무도 걸맞지 않은 우문술의 태도에 모두들 놀라지 않을 수 없었다. 반드시 무슨 까닭이 있지 않고는 저럴 수가 없다는 생각까지 들었다.

"제가 돌아온 것은 적은 군사나마 그 목숨을 살리자 함이었으며, 또한 이곳에 있는 60만 군사들의 목숨을 살리고자 하였기 때문입니다."

"뭐라고 지껄이는 것이냐? 이곳에 있는 60만 군사를 살리기 위해서라고?"

너무도 터무니없는 대답에 양광이 다시 물었다.

"그렇습니다. 황상께서는 곧바로 군사를 모아서 장성 너머로 돌아가야 합니다. 고구려군을 이끄는 막리지 을지문덕과 그 부하장수들은 일찍이 우리가 생각하지 못했던 슬기로운 장수요, 큰 그릇이었습니다. 이들이 압록수를 건너오기 전에 군사를 거두어 물러가야만 합니다."

사람들은 대낮에 도깨비가 나타났다는 소리를 들은 것처럼 놀랍고 어안이 벙벙했다.

"좌익위대장군, 말씀이 너무 심하오. 무슨 까닭으로 그런 말도 안 되는 소리를 하는 것이오?"

한참이 지난 뒤에야 누군가 양광에 앞서 우문술에게 핀잔을 주었으나 그는 제 말이 옳다는 듯 크게 고개를 저었다.

"이 우문술이 군사를 잃은 죄를 피하기 위해 얼렁뚱땅 거짓으로 둘러대는 말이 아니올시다. 적장 을지문덕과 싸운 대장군으로서 어느 한쪽으로 치우치지 않고 바르게 보고 느낀 바를 그대로 말씀드리는 것이오."

"정말이란 말이오?"

"믿을 수 없소이다."

여기저기서 우문술을 비난하는 말들이 쏟아졌다.

이때, 우중문이 가늘게 찢어진 눈을 번뜩이며 품에서 무언가를 꺼내더니 곁에 있는 장수를 불러 전했다. 이어서 우중문의 목소리가 크게 울렸다.

"좌익위대장군이 평양 30리까지 이르러 나에게 보냈던 전령이오. 황상께 올려주시오."

그것은 우문술이 우중문에게 보냈던 것으로, 우중문의 의견을 묻지도 않고 다음 날 군사를 되돌려 가겠노라고 쓴 전령이었다.

전령을 본 양광의 큰 몸이 부르르 떨리더니 부드득 이를 갈며 소리를 질렀다.

"저자의 것이 맞거든 모든 사람에게 보여주어라."

장수가 전령을 가져오자 우문술은 그것이 자기가 보냈던 것임을 한눈에 알아보았다.

"틀림없이 내가 보냈던 전령이오."

우문술의 말이 끝나자 장수는 그곳에 있는 사람들에게 돌려보도록 했다. 모두의 눈을 거쳐 전령이 다시 양광에게 돌아갔다. 우문술에게 모아지는 눈길이 곱지 않을 것으로 짐작한 우중문은 억울하다는 듯이 소리를 높였다. 우문술의 허물을 들어 나무람으로써 싸움에 진 책임을 떠넘기려는 것이다. 우문술이 보낸 전령은 무엇보다 뚜렷한 증거였으니 자신의 목숨을 건질 수 있는 부적이나 다름없었다.

"좌익위대장군은 평양을 30리 남겨놓고 갑자기 군사를 되돌렸습니다. 비록 보급로가 끊어졌다 하나 군량도 병장기도 모두 넉넉한 터에 적의 코앞에서 싸우지도 않고 한마디 의논도 없이 갑자기 돌아선 것은 도무지 알 수 없는 일이었습니다. 좌익위대장군과 손발이 맞지 않으니 군 통솔이 저절로 어지러워졌고 군사들은 적과 싸우기도 전에 달아났습니다. 눈앞에 평양을 두고도 공격하지 못하고 물러나야 했던 것은 모두 좌익위대장군 때문이었습니다."

말을 하면서도 부지런히 주위를 살펴보니 모두가 머리를 끄덕이고 있다. 죽은 목숨을 건지려는 우중문의 목소리가 더욱 떨리며 높아졌다.

"살수에서 크게 당하고 적은 군사로 빠져나올 때에도 막아선 적들은 좌익위대장군이 앞에 나서면 두말없이 포위를 풀고 우리를 보내주었습니다. 뿐만 아니라 며칠씩 먹을 수 있는 밥까지 가져다주었습니다. 좌익위대장군은 을지문덕을 막리지 전하라고 높여 부르며 그들이 준 밥을 맛있게 받아먹었습니다. 또한 다친 군사 500여 명을 적에게 넘겨주고 보살펴달라고까지 했습니다."

무엇이? 설마 그럴 수가? 말도 안 되는 소리! 아무리 좋게 생각하려 해도 도무지 있을 수 없는 일이다!

모두가 놀라서 할 말을 잊고 있는데 다시 우중문의 말이 이어졌다.

"좌익위대장군은 함께 간 사람을 허수아비로 여겨 말을 듣지 않고 무엇이나 제 마음대로 해버렸습니다. 그는 황상의 신하가 아니라 막리지 을지문덕의 부하 같았습니다. 나는 아직도 내 눈으로 본 것을 믿을 수가 없습니다. 좌익위대장군이 스스로 황상께 말씀드리고 여러 사람에게도 지난 일을 낱낱이 밝혀야 할 것입니다."

너무도 엄청난 일이었으므로 곁에서 본 자신도 믿지 못하겠으니, 우문술 스스로 입을 열어 변명해보라는 것이었다. 우중문은 군사들이 엎드려 〈조선가〉를 불렀기 때문에 살아났다는 말을 감추고 우문술이 빌어서 살아난 것처럼 둘러방쳤다.

우문술은 인정할 것인가? 터무니없는 소리라고 잡아뗄 것인가? 사람들은 마른침을 삼키며 우문술의 입이 열리기만 기다렸다.

우문술은 한동안 잠자코 있더니 꿇어 엎드렸던 몸을 일으켰다. 비록 무릎을 꿇은 채였으나, 허리를 꼿꼿이 펴고 앉은 모습에서는 당당한 대장군의 위풍이 넘쳤다. 그가 여러 사람을 천천히 둘러보더니 크게 머리를 끄덕인 뒤 입을 열었다.

"우익위대장군의 말은 그르지 않습니다. 생각하기에 따라서 이 사람이 적과 몰래 사귀고 있었다고 여기는 사람도 없지는 않을 것입니다."

우문술은 목이 몇 개라도 되는가? 스스로 우중문의 말이 맞는다 한다. 더구나 적과 몰래 사귀었다는 소리를 듣더라도 두려울 것이 없단다. 너무도 어이없는 일이라 양광도 아예 할 말을 잊고 우문술을 내려다보기만 했다.

"철부지 아이 때부터 장수가 되기를 빌었고, 큰 공을 세우지도 못한 몸으로 대장군에 이르는 영예를 얻었으니 제 몸에는 오히려 지나칩니다. 대장군의 몸으로 40만 군사를 잃고 적이 주는 밥을 먹으며 살아 돌아왔습니다. 그러나 그것이 어찌 비겁하게 이 늙은 목숨을 살리고자 함이었겠습니까?"

우문술이 말을 멈추고 숨을 골랐다. 그렇다! 대장군의 몸으로서 어찌 죽음보다 못한 길을 택했겠는가? 그나마 싸우다 죽었으면 한 푼의 동정이라도 받을 수 있을 것이다. 40만 대군을 잃은 몸으로, 온갖 욕됨을 무릅쓰고 부끄럽게 살아와서, 감히 적의 편을 들어 황제에게 군사를 되돌려 돌아갈 것을 권하다니, 도저히 있을 수 없는 일이었다. 장안에 있는 그의 식솔들까지 죄를 얻어 모두 죽거나 종으로 떨어질 것이 불을 보듯 뻔한 일이 아닌가?

생각이 이에 미치자 사람들은 더욱 우문술의 다음 말이 기다려졌다. 우문술이 발뺌을 하지 않고 제 잘못을 술술 불어대자, 맹추 같은 녀석 덕분에 한목숨 건지게 되었다고 삐져나오는 웃음을 누르며 잘코사니를 부르던 우중문도 어느새 우문술의 이야기에 빠져들고 있었다.

"저들은 우리가 군사를 돌려 돌아가자는 말을 하도록 2천 700 군사를 돌려보냈고, 저는 그 뜻을 잘 알았기에 죽지 못하고 살아 돌아온 것입니다. 어서 군사를 모아 돌아가지 않으면 크게 뉘우칠 일이 생길지도 모릅니다."

"크게 뉘우칠 일이라니? 그게 도대체 무엇이란 말이냐?"

벌써 성이 가라앉아서가 아니다. 다만 궁금한 것을 참을 수 없는 것이 세상에 무서울 것 없는 양광의 성격이었다. 호랑이의 무서움을 모르는 사람은 눈앞의 호랑이를 보면서도 덩치 큰 얼룩고양이로밖에 여기지 않는다.

"고구려 막리지 을지문덕의 계략은 저로서는 짐작조차 할 수 없는 것이었으며, 군사를 부리는 재주 또한 믿기지 않을 만큼 대단했습니다."

우문술은 고구려군에게 겪은 꿈같은 일들을 낱낱이 늘어놓았다. 하지만 군사들이 〈조선가〉를 불러서 무사히 살아 돌아왔다는 말은 그 역시 감추었다. 〈조선가〉를 불렀다는 사실이 알려지면 기껏 살아 돌아온 2천 700명도 양광의 손에 모두 죽임을 당할 것이 너무도 뻔했기 때문이다.

"그대의 말이 너무 엉터리 같아서 믿을 수가 없다. 모두가 술을 마시고 깊은 잠에 취해 있었다 해도 그렇지는 않을 것이다."

"그렇습니다. 저로서도 다 믿지 못하겠으나 오직 지난 일을 겪은 그대로 말씀드렸을 뿐입니다."

"정말이냐? 우익위대장군, 너도 그렇게 보았느냐?"

양광이 우중문에게 물었다. 양광뿐이 아니었다. 비록 두 귀로 들었으나 누구도 믿을 수 없는 이야기였다.

"적들이 번개같이 움직이며 싸우는 것은 좌익위대장군의 말이 맞습니다. 적들은 표적으로 삼은 우리 군사들을 한 사람도 남기지 않고 죽였으며 적의 군사는 조금도 다치지 않았습니다. 언제든지 우리 군사가 꼼짝 못하고 당할 것을 미리 알고 움직이는 것 같았습니다."

우중문도 우문술의 말이 맞다고 한다. 그가 우문술을 돕고 싶어서가 아니라, 제가 40만 군사를 잃은 데 대한 그럴듯한 핑곗거리도 되기 때문이었다.

"참으로 믿기 어려운 일이오. 어찌 그런 일이 있을 수 있단 말이오?"

"귀신이라 해도 그렇게까지는 못할 것이오."

그러나 두 대장군의 말이 똑같으니 아니라고 우길 수도 없게 되었다.

한 번 더 쐐기를 박아야 한다고 생각한 우중문이 큰 소리로 좌중의 시선을 모았다.

"황상, 그런데 좌익위대장군의 행동에 정말 알 수 없는 일이 있었습니다."

40만 군사의 손실에 대한 책임을 누구든 져야 한다. 무거운 짐을 두 사람이 나눠 진다고 해서 가벼워지는 것은 아니다. 어차피 목숨으로 갚아야 하는 것이라면, 어차피 죽기로 되어 있는 한 사람에게 모든 책임을 떠넘기고 다른 사람은 무사히 풀려나는 게 옳지 않은가?

"말번지기까지 물리치고 단둘이서 필담을 나누던 좌익위대장군이 품에서 무언가를 꺼내 고구려 장수의 손에 직접 쥐어주었고 고구려 장수는 그것을 살펴보더니 곧 가슴에 끌어안고 좌익위대장군에게 고맙다고 머리를 숙였습니다. 그자가 하도 오랫동안 깊이 고개를 숙이고 있었으므로 우리 군졸들까지 모두 놀라지 않을 수 없었습니다."

어찌 거기 있던 군사들만 놀랐겠는가? 지금 전해듣고 있는 사람들도 하나같이 놀라지 않을 수가 없었다.

고구려 장수가 고개를 숙이다니? 적장들을 하나도 사로잡지 않고 보내주는 마당이다. 아무리 많은 황금이나 귀한 보석을 받았다고 해도 머리까지 숙여가며 고마워할 일은 없다. 도대체 무슨 물건이었기에 고구려 장수가 그렇게 깊은 예의를 표해가며 고마워한 것일까? 아무리 염두를 굴려보아도 궁금증만 커질 뿐이었다.

"으후!"

문득 온몸을 쥐어짜는 듯 고통스러운 한숨과 함께 우문술의 고개가 푹 꺾였다. 여태껏 그토록 드레지고 당당했던 그의 자세가 순식간에 허물어지다니! 적들과 한패가 되었을지도 모른다는 의혹을 받았을 때에는 오히려 꼿꼿하게 허리를 펴고 좌중을 휩쓸어보며 열변을 토하던 위풍당당한 우문술이 아니던가.

우중문에게 보냈던 전령 따위가 아닐 것이다! 목숨이 오가는 전쟁통에 황금이나 보석 따위를 받고 적장을 풀어주는 것도 말이 안 된다. 더구나 고구려 장수가 수나라 군사들이 모두 지켜보는 가운데 우문술한테 깊이 머리 숙여 고마워할 정도라면? 혹시, 우문술이 항복문서를?

만일 고구려 장수가 우문술에게 항복문서를 받았다면 얼마든지 모두 살려보내줄 수도 있고, 무사히 돌아가도록 음식까지 제공해줄 수도 있다. 전쟁이 끝난 상황에서 승자의 아량으로 다친 군사들도 얼마든지 보살펴 고향으로 보내줄 수 있다. 그리고 보니 모든 수수께끼가 풀리는 것 같다. 무엇보다 침통한 얼굴로 고개 숙인 우문술의 모습이 그런 추측을 당연한 것으로 만들어주고 있지 않은가?

"좌익위대장군이 말번지기까지 물리친 바람에 그것이 무엇이었는지 알아볼 수는 없었으나, 그것이 황상의 얼굴에 흙칠을 하고 우리 수나라 역사에 치욕을 남길 문서는 아니었기를 바랄 뿐입니다."

비록 그 현장에 있었으나 우문술의 등 뒤에서 바라보아야만 했던 우중문으로서는 그들이 주고받은 물건이 무엇인지 똑똑히 보지 못했다. 문서라는 말도 우중문의 상상력이 만들어 낸 의혹덩어리였을 뿐이다. 그런데 고통스럽게 한숨을 내쉬며 무너지는 우문술의 모습을 보고 우중문은 저도 모르게 우문술의 유죄를 확신해버린 것이었다.

고개 숙인 대장군 우문술은 솟구치는 격정을 겨우 참아내고 있었다. 세상에! 저렇게 속된 자가 대장군이라니! 우문술은 우중문과 나란히 앉아 있는 자신이 부끄러웠다. 전쟁에 져서 부끄러운 것이 아니라, 이런 못난 자와 함께 대장군 노릇을 하고 있다는 것 자체가 창피하고 부끄러워 통곡을 해도 시원찮을 심정이었다.

마침내, 사람들의 질시 어린 눈길을 받으며 침묵을 지키던 우문술이 고개를 들었다. 그가 소매를 걷고 왼쪽 팔을 높이 들어올리자 궁금증이 더욱 증폭되었다.

"황상, 고구려 장수에게 건네준 것은 제가 오랫동안 이 손목에 차고 있었던 청동팔찌였습니다. 할아비로부터 받은 팔찌이니 이제는 제 손자가 그것을 물려받지 못하게 되었을 뿐입니다."

"그 허접한 청동팔찌 따위에 고구려 장수가 감읍했단 말씀이오? 좌익위대장군에게 청동팔찌를 황금으로 바꾸는 재주라도 있었단 말이오?"

"비록 허접한 것이나 내가 오랫동안 간직해온 것임을 알았기에, 내가 줄 수 있는 것이 오직 그것뿐이라는 것을 알았기에, 고구려 장수가 고마워했던 것이오. 우중문, 그대는 더 이상 소인배의 간교한 마음으로 대장부의 당당한 행동을 속단하지 마시오!"

겨우 청동팔찌였다니? 너무도 뜻밖이라 우중문은 미처 대꾸할 말을 찾지 못했다. 기껏 의심했는데 겨우 작은 정표였다고 한다. 군을 상징하는 대장군의 깃발이라면 또 모를까, 청동팔찌가 아니라 대장군의 보검이었다고 해도 지나친 것은 아닐 터였다.

그러나 40만 대군을 잃고 돌아온 패장들을 내려다보는 양광에게는 대장군 우문술의 말을 그대로 들어줄 귀가 없었다.

"대대로 전해지는 팔찌가 없어졌으니 팔찌 대신 너를 묶었던 쇠사슬이 네 자손들에게 전해질 것이다. 너의 자손들은 청동으로 만든 보잘것없는 팔찌 대신 무쇠로 만든 튼튼한 쇠사슬을 온몸에 두르고 살 것이다. 대대손손 내가 내려준 쇠사슬을 자랑하겠지."

맘껏 비아냥거리며 분풀이를 하고 있는데 호위장수가 들어와 압록수를 지키던 천수장군 왕인공의 부하장수 유문국이 급히 황제를 뵙고자 한다고 전했다.

"압록수를 지키던 자라고 했느냐? 들라 해라."

양광의 허락을 받은 유문국이 들어와 군례를 올렸다.

"신 유문국은 천수장군의 명을 받아 5천 군사를 이끌고 압록수를 지키고 있었습니다. 그런데 사흘 전 저녁 제 막사 안에서 10여 명의 장수와 이야기를 나누다가 문득 정신을 잃었고, 다시 정신을 차리고 보니 온몸이 묶여 있었습니다."

밤새 꽁꽁 묶여 있었으니 유문국은 무엇이 어떻게 된 건지 도무지 알 수가 없었다. 다음 날 날이 밝고 한참이 지나서 고구려 군사들이 들어와 묶인 몸을 풀고 밖으로 데리고 나갔다.

압록수가 잘 내려다보이는 높은 언덕에 세운 막사였으므로 바깥으로 끌려나온 유문국은 눈앞에 펼쳐진 광경을 보고 크게 놀랐다. 압록수에는 어느새 두 개의 커다란 뜬다리가 놓여 있었고, 군사들과 수레가 끊임없이 줄지어 강을 넘어오는 게 아닌가.

더욱 놀라운 것은 여느 때처럼 강 언덕에 무리 지어 움직이고 있는 것은 붉은 옷을 입은 수나라 군사들이었다. 이들은 아무것도 모르는 듯 시시덕거리며 장난을 치고 있는 것이다.

비로소 유문국은 강을 지키는 군사들까지 어느 사이에 고구려군으로 바뀌었음을 알았다. 유문국은 강을 건넌 20만이나 되는 군사들이 다 어디로 갔는지 살피고자 했으나 그가 앉아 있는 뒤쪽은 온통 막사들로 가려져 있었으므로 알 수가 없었다.

해거름까지 하릴없이 고구려군이 강을 건너는 것을 구경하던 유문국이 다시 그의 바오달 안으로 끌려들어왔다.

막사 안에는 밥상과 함께 서찰이 놓여 있었다.

그대의 부하 5천을 살리고 싶거든 배불리 먹어두시오. 내일 날이 밝자마자 그대는 수왕에게 달려가야 하오. 수왕도 결코 그대를 나무라지 않을 것이오.

"고구려 장수를 만나고 싶다. 책임 있는 장수를 만나 이야기를 하기 전에는 밥을 먹지 않겠다."

유문국이 말했으나 고구려 군사는 알아듣지 못한 듯 그의 한 손을 풀고 젓가락을 쥐어주었다.

"장수를 만나고 싶다."

풀린 손으로 필담을 하고자 했으나 글도 전혀 모르는 군사 같았다. 머리를 흔들며 어서 밥이나 먹으라는 시늉이었다. 어차피 날이 밝기 전에는 알 수 없는 일이었으므로 유문국은 묵묵히 밥을 먹었다.

이튿날 새벽 다시 군사가 들어오더니 묶인 유문국을 자유롭게 풀어주고 밥상을 가져왔다. 유문국이 밥을 먹고 나자 고구려 장수가 말번지기 군사를 데리고 들어와 유문국과 마주 앉았다.

"을지문덕 막리지 전하의 말씀을 그대에게 전하겠소. 그대는 막리지 전하의 말씀과 그대가 여기서 겪은 일을 빠짐없이 수나라 왕에게 전해야 할 것이오. 그대가 수왕을 만나는 것만으로도 그대의 군사들은 풀려날 것이나 자칫 한 마디라도 잘못 전했다가는 여동에 들어와 있는 수군이 단 한 사람도 살아남지 못할 터이니 정신을 바짝 차리고 들으시오."

"말씀하시오."

이미 도마에 오른 고기가 칼을 무서워하겠는가. 유문국은 저들이 도대체 무슨 소리를 지껄이려는지 궁금하기까지 했다.

"그대가 본 대로 어제 을지 막리지 전하께서 군사를 이끌고 압록수를 건너오셨소. 막리지 전하께서는 말씀하셨소. '열사흘날 돋은 달이 빛을 잃기 전에 여동성 언저리에 있는 손홍생의 군사 1만 5천과 별동군 장수 이중방의 군사 2만 8천이 목숨을 잃을 것이다. 살아 돌아가는 자는 수왕에게 소식을 전할 군사로 50명씩을 넘지 않을 것이다. 만일 한 사람이라도 우리 군사의 눈을 속이고 몰래 도망친다면 그때는 내 말을 믿지 않아도 좋다. 내 말을 믿겠거든 늦어도 글피, 열이렛날 아침에는 군사를 돌려 떠나라.'"

말이 옮겨지기를 기다렸다가 고구려 장수가 다시 말을 이었다.

"막리지 전하께서는 또 말씀하셨소. '살수에서 살아가는 사람들을 시켜 곧바로 군사를 물리라고 전했으나 이들이 헛된 자존심을 내세워 고구려군의 배를 빌리지 않고 멀리 돌아갔기에 적어도 사흘은 헛되이 보낸 셈이다. 이들이 곧바로 수왕에게 가서 살수의 일을 전하고 수왕이 군사를 물렸더라면 4만 3천 군사의 목숨을 살릴 수 있었을 것이다. 나는 이미 여동군에게 명령을 내려 오늘 해가 질 때까지 수군이 물러날 준비를 하지 않거든 모두 죽이라 일렀으니 이제는 나로서도 어쩔 수 없다. 다만 열이렛날 낮이 되기 전에 남은 군사를 되돌린다면 구려하를 건너기까지는 물러가는 자를 공격하지 않겠다.' 나는 막리지 전하의 말씀을 그대로 전했소. 기억할 수 있겠소?"

"그대로 전하겠소. 다른 말씀은?"

"우리는 피 흘리는 것을 바라지 않소이다. 그대의 군사들은 오늘 밤 모두 풀려날 것이오."

"먼저 우리 군사들이 잘 있는지 보아야 하겠소. 그다음에야 말을 달릴 것이오."

"그렇게 하시오. 우리는 그대의 군사들이 애꿎은 원혼이 되어 우리를 괴롭힐까 봐 도리어 걱정이오. 부디 저들도 모두 제고향으로 돌아가기를 바라마지않소이다."

유문국의 5천 군사는 모두 묶여 있었으나 한 사람도 다친이는 없었다.

이틀 전 유문국과 함께 막사 안에서 이야기를 나누던 장수들도 도무지 어찌 된 일인지 영문을 모르고 있었다. 문득 정신을 차리고 보니 온몸이 묶여 있었노라고 했다. 군영 곳곳에서 경계를 서던 군사들도 여럿이 함께 순찰을 돌다가 갑자기 정신을 잃었을 뿐 아무것도 알지 못했다.

"내친김에 만나볼 사람이 더 있소. 저쪽으로 갑시다."

고구려 장수를 따라간 유문국은 또 놀랐다. 1만여 명이나 되는 수군 군사들이 모여 있는 것이 아닌가. 저들도 모두 사로잡혔는가 싶었으나 수군 군기까지 미처 다 셀 수 없이 휘날리고 있으니 무슨 영문인지 알 수가 없었다.

"거기 유 장군 아니오?"

"아니, 목 장군이 웬일로 여기에?"

아는 얼굴을 찾아 두리번거리던 유문국은 목연후를 보고 깜짝 놀랐다. 그는 우문술을 따라 압록수를 건너갔던 것이다.

"봉린산 아래서 한꺼번에 사로잡혔다가 막리지 을지문덕의 뒤를 따라왔소. 그대의 군사들과 함께 고향으로 돌아가게 될 것이오."

유문국은 목연후의 말을 믿을 수밖에 없었다. 군사들은 모두 무장해제되었지만 10여 명의 상급 장수들은 칼까지 차고 있었다. 살려 보내지 않을 군사들을 이곳까지 데려올 까닭도 없었다. 유문국도 고구려 장수의 말을 믿게 되었다.

"쉬지 않고 말을 달렸으나 이제야 이곳에 이르렀습니다."

유문국의 말이 끝났으나 입을 여는 사람은 아무도 없었다.

일껏 사로잡은 5천 군사는 물론 살수 남쪽에서 사로잡은 1만 명까지 그냥 풀어준 을지문덕이 4만 3천 군사를 죽여서 깨우쳐주겠다고 한다.

믿을 수가 없다! 믿기지 않는 것은 포로들을 살려주겠다는 말뿐이 아니었다. 4만 3천 군사 가운데 고구려 군사의 눈을 피해 달아나는 사람이 단 하나도 없을 것이라니? 도대체 을지문덕이라는 자는 정신이 있는가, 없는가.

그러나 모르쇠를 부르며 무시해버릴 수도 없는 일이었다. 40만 군사를 깡그리 잃고 적의 도움을 받아 겨우 돌아온 두 대장군이 자기들 눈앞에 있지 않은가. 유문국의 5천 군사도 아무 영문도 모른 채 붙잡혔다고 한다.

양광을 비롯한 사람들은 모두 도무지 갈피를 잡을 수가 없었다.

"을지문덕이라는 놈이 생각보다 대단한 놈일지도 모른다. 그러나 압록수 남쪽에는 온통 산이 많으니 속임수를 쓰기도 쉬울 것이다. 오늘 밤에도 4만 3천 군사를 치겠다고 큰소리쳤으니 지금쯤 우리 군사들이 당하고 있을지도 모른다. 그러나 오히려 잘된 일이다. 적들이 숨어 있지 않고 바깥으로 나와 싸운다면 이제부터는 제놈들의 뜻대로 되지는 않을 것이다."

양광이 느긋한 얼굴로 자신 있게 말했다.

"저 버새 같은 것들을 쇠사슬에 묶어라. 곧바로 목을 베어 군문에 매달 것이나 일이 되어가는 것을 저들의 눈으로 똑똑히 보게 하는 것도 좋을 것이다."

이어서 양광은 부하들에게 명령을 내렸다.

"적들은 우리의 허실을 잘 알고 움직이는 것이 틀림없다. 전군에 전하여 곧바로 모든 군영을 20리 이상 옮겨라. 또한 밤을 조심하되 화톳불을 많이 피우고 경계군사들이 먼저 당하지 않도록 하라."

다음 날 수군 지휘부 장수들은 저도 모르게 애타는 마음으로 하루해를 보내고 있었다. 애써 모른 척하고 있었으나 어느새 유문국의 말을 믿어버린 것이다.

해질 무렵 압록수 가까이에 별동군으로 있던 이중방의 군사 40명이 말을 달려와 2만 8천 군사 모두가 죽었음을 알렸다.

"적의 야습을 받아 한 사람도 빠져나오지 못하고 모두 죽었습니다."

"한 사람도 남기지 않고 모두 죽어? 그것을 어떻게 아느냐?"

"저희는 그저께 저녁 스무 명씩 순찰을 돌고 있었는데 갑자기 정신을 잃었습니다. 아침에 깨어나보니 이미 온몸이 묶여 있었습니다. 적들에게 이끌려 군영 곳곳을 둘러보았는데 모두 죽어 있었습니다. 군사들은 목에 창이나 칼을 맞아 죽었는데 드잡이질을 한 흔적이 없었습니다. 장군님께서도 갑옷을 입고 두 눈을 부릅뜬 채 꼿꼿이 서서 죽어 있었습니다. 저희 손으로 장군님과 다른 장수들의 갑옷을 벗겨보았는데 아무리 살펴도 상처가 하나도 없었습니다."

으음! 사람들은 모두 신음을 흘렸다. 두 귀로 들으면서도 믿을 수가 없었다.

"적들이 전하는 말은 없었느냐? 어려워 말고 말하라. 결코 너희의 죄를 묻지 않을 것이다."

양광이 부드럽게 말하자 망설이던 끝에 한 군사가 입을 열었다.

"이곳은 하늘백성들이 사는 검스러운 땅 아사달이다. 더러운 발길로 함부로 짓밟을 수 있는 곳이 아니다. 검스러운 땅을 죄 없는 군사들의 피로 적시지 말고 물러갈 것을 여러 번 권하였는데도 끝내 듣지 않으니 이제부터는 오직 무리죽음만이 있을 뿐이다. 한 사람의 용맹을 뽐내다가 수십만 군사가 살아남지 못하니 다만 슬플 뿐이다'라고 전하라 하였습니다."

전해듣는 사람들 모두 몸에 소름이 돋았다. 귀신같은 고구려 군사들에게 뒷덜미를 잡힌 것처럼 오싹해졌다.

이때, 갇혀 있던 우문술이 양광한테 꼭 할 이야기가 있다고 전해왔다. 양광이 허락하자 우문술이 쇠사슬을 끌며 들어와 엎드렸다.

"무슨 말이냐?"

양광이 급하게 물었다.

"신이 어렸을 때 들었으나 너무 터무니없는 소리라 믿지 않았는데, 오늘에 와서 자꾸 생각나는 이야기가 있습니다."

"말하라."

"조선에 한 신령한 산이 있으니 태백산(한밝산)이라 하는데, 이곳에는 돌이 희고 나무도 희다고 합니다. 이곳 높은 곳에 커다란 하늘못이 있고, 그 하늘못에는 불을 뿜어내는 크고 괴상한 짐승과 많은 신선이 살고 있다고 합니다. 이 신선들은 바람을 부리고 비를 부르며 높은 묏봉우리를 한걸음에 건너는데, 어쩌다 마음이 올곧고 정성이 지극한 자를 만나면 비술을 가르쳐주기도 한답니다. 이 비술로 도를 닦은 사람은 늙지 않고 200살까지 사는데, 높은 산 넘기를 작은 도랑 건너뛰듯이 하고, 10장 밖에서도 손바람을 일으켜 쉽게 곰의 가슴을 깨뜨린다 합니다. 또한 사나운 호랑이를 강아지 다루듯이 하여 호랑이를 타고 다니기도 하고 더러는 심부름도 시킨답니다. 우리 군사들이 꼼짝 못하고 당하는 것은 아무래도 이런 도인들이 적의 군사들과 함께 공격하는 것이라 여겨집니다."

"재미있고 그럴듯한 이야기다. 그러나 하늘을 나는 용이 불을 뿜어 산을 태우고 흰 호랑이가 바위를 집어삼키는 이야기는 군사의 일을 논하는 곳에서는 어울리지 않는다."

양광은 우문술의 말을 한낱 괴담으로 여겼다.

"그대는 너무 굶어 헛것이 보이는 모양이다. 배부르게 잘 먹고 기운을 차려라. 놈들의 도깨비놀음이 나한테는 통하지 않는다는 것을 맑은 정신으로 똑똑히 보아라."

그러나 다음 날 아침에는 여동성과 구려하 근처를 지키던 위문승의 부하장수 손홍생의 군사 1만 5천이 모두 죽었다는 소식이 전해졌다. 사정은 이중방 군사들의 몰살과 판에 박은 듯이 같았는데, 이번에 달려온 군사들은 사람들을 더욱 두렵게 만드는 소리를 했다.

"저희 서른 명이 말을 몰고 순찰을 돌 때였습니다. 축시였으나 이미 보름달이나 다름없이 밝은 데다 횃불까지 들고 있었으므로 모든 것이 환하게 잘 보였습니다. 말을 달리다가 저희는 들판에 있는 바위에 흰옷을 입은 사람 하나가 앉아 있는 것을 보았습니다. 저희가 다가가도 꼼짝 않고 앉아서 달을 바라보고 있기에 '누구냐? 웬 늙은이냐?' 하고 묻자 그때서야 눈길을 돌려 저희를 둘러보았습니다."

흰옷 입은 늙은이가 말했다.

"너희 중에 살고 싶은 자가 있느냐?"

"괘씸한 것!"

장수가 창을 들어 찔렀다. 늙은이는 피하지 못했고, 군사들은 장수의 창이 정확하게 가슴을 찌르는 것을 보았다. 그러나 안됐다고 생각하는 것도 잠깐이었다. 눈앞에서 이상한 일이 벌어지고 있었다. 비명소리와 함께 피가 튀는 대신 늙은이의 가슴에 꽂힌 창이 천천히 밑으로 내려갔다. 아니, 늙은이의 몸이 천천히 위로 올라갔다. 공중으로 떠오른 늙은이의 몸이 장수의 창을 깔고 앉은 것 같은 형국이었다.

믿을 수 없는 일이 계속되었다. 늙은이의 몸이 점점 더 높이 떠올랐다. 장수의 창도 똑바로 세워졌다. 날카로운 창끝에 앉은 늙은이가 군사들을 내려다보았다. 너무 신비스러운 일이라 군사들은 꼼짝도 할 수가 없었다.

"노래를 불러라. 너희의 죄를 씻어라."

감히 거역할 수 없는 명령이었으므로 군사들의 입에서는 저도 모르게 노래가 흘러나왔다.

아침이면 동녘을 향해 머리를 조아리고

빛의 나라 조선에 감사드리네.

동이는 세상의 밝은 빛이니

그 손길 스치면 천하만물이 되살아나네.

〈조선가〉를 모르는 군사는 없었다. 모두들 어려서처럼 맑은 목소리로 노래를 부르곤 했다.

늙은이가 빙그레 웃으며 앉은 모습 그대로 동쪽으로 날아갔다. 늙은이가 가고 없어도 군사들은 노래를 그치지 못했다.

날이 밝았다. 갑자기 누군가 말이 죽었다며 비명을 질렀다. 그 소리에 놀라 살펴보니 자신들이 타고 있는 말도 뻣뻣이 굳어 있었다. 죽은 말을 타고 있었던 것이다. 모두들 놀라 말에서 뛰어내렸다. 그런데 장수는 창을 똑바로 치켜든 채 아무런 움직임이 없다. 그제야 살펴보니 장수는 이미 싸늘하게 식은 송장이었다.

"장군은 〈조선가〉를 부르지 않아서 죽었다!"

"정말이다! 말도 다 죽었다! 〈조선가〉를 부른 우리만 살아남았다!"

모두들 놀라 우왕좌왕하고 있는데 군영 쪽에서 여동군 군사들이 말을 달려왔다. 그들은 열두 명밖에 안 되었지만 수나라 군사들은 모두 무릎을 꿇었다.

"너희는 살았다. 지금부터 너희가 본 수군의 꼬락서니를 수왕에게 전해라."

수나라 군사들은 여동군 군사들을 따라 바오달로 돌아갔다. 많은 경계 군사가 창을 잡고 서 있었으나 뻣뻣하게 굳은 지 오래였다. 아무 상처도 없이 그대로 서서 죽은 것이다. 막사 안에 누워서 자다 죽은 군사들은 모두 반듯하게 누운 채 목에 피를 흘리며 죽었다. 어디에도 드집이한 흔적은 없었다.

비록 한밤중이었다고는 해도 싸워보지도 못하고 그 많은 군사가 당하다니, 말도 안 되는 소리였다. 그러나 아니라고 우겨서 될 일도 아니었다.

사람들은 어제 우문술이 했던 이야기를 다시 생각하지 않을 수 없게 되었다.

"군사들을 모아라. 흩어져 있으니 적이 함부로 괴상한 장난을 꾸미는 것이다."

양광의 명령에 따라 전령이 흩어져 달려가고 장수들이 군사들을 이끌고 모여들기 시작했다.

해 질 무렵, 조효재로부터 압록수 건너에 고구려 임금의 아우인 막리지 고건무가 이끄는 30만 군사가 강을 건너기 위해 모여들고 있다는 전령이 들어왔다.

"빨리 돌아가는 것이 옳습니다."

"여동군의 위치를 파악하지 못하고 있는 데다 을지문덕이 데려왔던 20만 군사에다 30만이나 되는 적이 다시 강을 건너면 감당할 수가 없습니다."

사람들은 대부분 어서 돌아가기를 바랐으나 함부로 떠들지 말고 정신을 가다듬어야 한다고 주장하는 사람도 있었다.

"나타나지 않고 있는 여동군까지 보태면 적어도 70만 군사가 성을 나와 별동군으로 움직이고 있다는 것인데, 고구려군이 그렇게 많을 리가 없습니다. 우리가 적에게 속고 있는 것입니다."

앞뒤를 따져보면 귀담아들을 만한 소리였으나 한번 겁에 질린 사람들의 귀에는 전혀 들리지도 않았다.

"그 말이 옳다고 해도 믿을 수 없는 일이 자꾸 벌어지는 것은 무엇으로 설명할 것이오?"

"적이 압록수를 건너기 전에 군사를 물려야 합니다. 곧바로 군사를 물리면 뒤쫓지 않을지도 모릅니다."

부하장수들이 시끄럽게 떠들자 양광도 차츰 무서운 생각이 들었다.

"저들이 가까이 오기 전에 구려하를 건너 장안으로 돌아간다. 병장기와 군량을 먼저 수레에 싣고 남은 것은 거추장스러운 공성기기와 함께 모두 태워버려라."

양광은 곧장 대를 나누어 출발하도록 하고 자신이 앞장서 출발했다. 남은 군사들은 철수 차례를 기다리는 동안 가져갈 짐을 챙기고 남은 군수품은 고구려군이 차지할 수 없도록 깨끗이 태워버렸다.

양광이 되돌아가기 위해 군사들을 끌어모으고 있을 때 압록수 언덕에서는 을지문덕과 고건무가 팽팽하게 서로 맞서고 있었다. 25만 군사들은 모두 압록수를 건널 채비를 끝낸 뒤였다.

"저들이 급히 군사를 거두고 있으니 머지않아 허겁지겁 달아날 것이오. 이때가 바로 저들의 뒤를 쫓아 오랑캐를 토벌하고 서토를 평정할 다시없이 좋은 기회요. 곧바로 강을 건너 저들을 뒤쫓읍시다."

을지문덕은 쫓겨가는 적을 뒤쫓아 서토 평정을 이루자고 주장했으나 고건무의 생각은 달랐다.

"우리 군사가 다치지 않고 저들이 물러가는 것만도 다행으로 알아야 할 것이오. 막리지의 계책이 한 치도 어긋나지 않고 들어맞았으니 망정이지 바늘귀만 한 실수라도 있었다면 저들은 벌써부터 평양을 공격했을 것이오. 저들이 내일이라도 우리에게 속은 것을 알고 군사를 돌린다면 이를 무엇으로 막겠소? 막리지의 말씀대로 가만히 놔둬도 도망칠 적이라면 더욱더 쫓아서는 안 될 것이오."

"저들은 나라의 힘을 온통 기울여 이곳에 왔다가 반이 넘는 군사를 잃고 정신없이 쫓기고 있소이다. 우리가 오랑캐들을 쳐서 걱정거리를 없애고 서토를 평정하기에는 이만한 기회가 다시는 없을 것이오. 이미 하늘은 우리에게 오랑캐를 토벌하고 서토를 평정하라 하고 있소이다."

"우리가 맡은 일은 아사달에 침범한 적을 쫓아내는 것이지 서토까지 정벌하는 것이 아니오. 더구나 서토는 오랑캐들이나 살 수 있는 곳이지 사람 살 곳이 못 되기 때문에 이미 오래전에 버려진 땅이 아니오?"

"우리가 서토를 다스리지 않고 내버려두고 있으니까 제멋대로 자란 오랑캐들이 힘을 길러 우리 조선을 괴롭히는 것이오. 이처럼 좋은 기회를 놓치고 또다시 서토를 내버려둔다면 오랑캐들은 저들끼리 힘을 기르고 그 힘이 넘칠 때마다 아사달을 넘볼 것이오. 서토를 직접 다스려야 하는 것은 너른 땅이 필요해서가 아니라, 조금 힘들더라도 미리 우환을 없애기 위한 방책이라는 것을 어찌 모르시오?"

을지문덕과 고건무는 조금도 주장을 굽히려 들지 않았다.

"당장에 오랑캐를 토벌하고 서토를 평정하는 것은 어렵다 할지라도 오랑캐를 뒤쫓아서 장성만이라도 차지하고 지킨다면 우리의 근심은 크게 줄어들 것이오."

잠자코 두 사람의 논쟁을 지켜보던 병마도원수 강이식이 나섰다.

"오늘 이곳에서 강을 건널 군사는 25만이나 여동의 여러 성에서 군사를 낸다면 20만 정도는 보탤 수 있을 것이오. 장성 너머로 오랑캐를 몰아내고 그곳에 군사를 두어 지키기에는 충분하오."

강이식이 두 사람의 생각을 존중하여 말했으나, 먼저 적을 뒤쫓아 가자는 데는 을지문덕의 생각과 다를 것이 없었다.

"내 여태껏 도원수의 낯을 보아 잠자코 있었지만, 말이 나온 김에 따져물을 것이 있소. 여동군이 맡은 일이 무엇이오? 도원수께서는 무엇 때문에 천명도 받지 않고 여동군 7만 군사를 막리지에게 주어 압록수를 건너게 하였소? 아무리 막리지라 하여도 태왕 천하의 천명 없이 여동군을 움직일 수 있다고 생각하셨소?"

비위가 뒤틀린 고건무가 케케묵은 이야기를 꺼내어 붙들고 늘어졌으나 강이식도 당하고 있지만은 않았다.

"나는 여동군을 이끄는 우두머리 장수로서 을지 막리지의 계책이 옳다고 여겼기에 필요한 군사를 내어준 것이지, 막리지가 여동군을 요청해서 내어준 것이 아니오. 오늘은 나 스스로 10만 여동군을 이끌고 압록수를 건너 이 자리에 서 있소이다."

강이식의 목소리가 카랑카랑 높아졌다.

"7만 여동군이 압록수를 건너 막리지를 돕지 않고 10만 여동군이 이곳에서 함께 거들지 않았더라면, 쫓기는 적을 바라보며 이렇게 이야기 나눌 처지가 아니라는 것을 몰라서 하는 말씀이오?"

나라에 큰일이 닥쳤는데 여동군의 주요 임무만을 따져서는 안 된다. 우리 군사가 거의 다치지 않은 채 수많은 적을 무리죽음시키고 마침내 적이 달아나는 것은 두 사람이 힘을 합쳤기 때문이다. 강이식이 여느 때와 다르게 낯빛을 굳히고 따져 문자 할 말이 없게 되었으나, 자존심 강한 고건무는 잠자코 있을 수가 없었다.

"우리가 45만 군사를 내어 적을 뒤쫓고 있을 때 신라나 백제가 가만히 앉아 구경만 하겠소? 저들이 쳐들어온다면 이를 막을 군사가 없지 않소이까?"

지나칠 수 없는 말이다. 그러나 을지문덕은 끄떡도 하지 않았다.

"저들은 좋아라 쳐들어올 것이오. 그러나 저들이 대동강을 건너지는 못할 테니 큰 걱정은 아니오."

"큰 걱정이 아니라니? 평양이 어디에 있는지 몰라서 하는 말이오? 저들이 대동강에까지 와서 멀거니 구경만 하고 있을 거라고 생각하시오?"

놀란 고건무가 소나기처럼 퍼부었다. 저들이 대동강에 이르면 장안성에까지 적의 북소리가 들릴 것이다.

"태왕 천하께서 천궁을 다시 국내성으로 옮기시면 될 것이오. 지난날 장수홍제호태열제께서 도읍을 평양으로 옮긴 것은 스스로 굴속에 틀어박힌 꼴이 되었으니 크게 잘못한 것이오. 백제와 신라는 고구려와 함께 솥의 세 발을 이루는데, 굳이 두 나라를 억누르려고 하였으니 이는 하늘의 뜻을 어긴 것이요, 한 겨레붙이의 피를 부르는 것이니 천지신명과 조상님들이 함께 슬퍼할 일이오."

을지문덕은 아예 도읍을 옮겨야 한다고 주장했다.

"백제와 신라에서 눈을 돌려 우리 옛 영토를 바라보고 다시 찾아 다스리기 위해서는 반드시 국내성이나 졸본으로 도읍을 옮겨야 할 것이오."

어처구니가 없는 고건무는 씨근벌떡 가쁜 숨을 몰아쉴 뿐 할 말을 잊었다. 나라를 다스리는 도읍을 옮기는 것은 태왕 천하라 해도 마음대로 할 수 있는 일이 아니다. 더구나 이번 싸움에서도 적을 압록수 남쪽으로 깊이 끌어들인 뒤에야 비로소 크게 칠 수가 있었다. 압록수 북쪽인 국내성이나 졸본에 도읍이 있었더라면 감히 엄두도 내지 못할 일이었다.

비록 국내성이 압록수와 험한 산으로 둘러싸여 있지만 처음부터 오랑캐의 대군에게 둘러싸였더라면 마음 놓고 여러 작전을 펼칠 수도 없었을 것이 아닌가. 을지문덕은 제 생각대로 적을 물리치자 미처 제 자신을 돌아보지 못하고 간덩이가 부어버린 것이다!

"막리지와 도원수에게 태왕 천하의 뜻을 전하겠소. 여동군은 압록수를 건너되 구려하를 건너지 말 것이며 막리지는 천명을 받은 다음에야 압록수를 건널 수 있을 것이오. 천명을 어기는 사람은 군법으로 무겁게 다스릴 것이오."

싸늘하게 내뱉은 고건무는 뒤로 물러서며 부하장수들을 불러모았다. 성난 을지문덕이 언제 칼을 빼들고 날아올지 모른다! 고건무는 장수들을 향해 외쳤다.

"태왕 천하께서는 우리에게 곧바로 돌아오라는 천명을 내리셨다. 신라와 백제가 군사를 모으고 있기 때문이다. 도읍 평양이 위험하게 되었으니 한시바삐 돌아가야 한다. 꾸물거리는 자들은 역적의 죄로 다스리겠다."

〈2권에 계속〉